Gallmeister

ÉCOUTEZ-MOI JUSQU'À LA FIN

— Si vous ne les vendez pas comme animaux de compagnie, vous devez vous en débarrasser en les vendant comme de la viande. Ces petites bêtes-là ne sont que de la viande. Mais, vous voyez, ils se mettent à se faire ça les uns aux autres.
La femme montre les lapins.
— Quoi donc ?
— En vieillissant, ils se pissent les uns sur les autres, des trucs comme ça. Si vous n'avez pas dix cages différentes pour les accueillir, ils commencent à se battre. Puis les mâles castrent les autres mâles. Je vous jure. Ils se bouffent littéralement les couilles. Et là, vous vous retrouvez avec un bain de sang à nettoyer. C'est pour ça qu'il faut les abattre quand ils atteignent un certain âge, sinon ils vous font un fichu bazar.

RHONDA BRITTON, HABITANTE DE FLINT, MICHIGAN, 1989

Les choses invisibles et éternelles sont manifestées par les choses visibles et temporelles.

HILDEGARDE DE BINGEN, ABBESSE BÉNÉDICTINE, 1151

PREMIÈRE PARTIE

LE CONTRAIRE DE RIEN

Par un soir de chaleur dans l'appartement C4, Blandine Watkins sort de son corps. Elle n'a que dix-huit ans, mais elle a passé l'essentiel de sa vie à souhaiter que cela se produise. C'est une douce souffrance, comme l'ont promis les mystiques. C'est comme si votre âme se faisait transpercer par des lames de lumières, disaient les mystiques, et elles avaient raison sur ce point-là aussi. Les mystiques appellent cette expérience la Transverbération du Cœur, ou bien l'Assaut du Séraphin, mais nul ange n'apparaît à Blandine. Elle voit, en revanche, un quinquagénaire bioluminescent qui luit comme une luciole. Il court vers elle en hurlant.

Couteau, coton, sabot, eau de javel, douleur, fourrure, extase : tandis qu'elle sort d'elle-même, Blandine est tout cela. Elle est tous les résidents de son immeuble. Elle est déchet et chérubin, elle est une chaussure en caoutchouc au fond de l'océan, elle est la combinaison orange de son père, elle est une brosse lissant les cheveux de sa mère. La première et dernière usine automobile Zorn de Vacca Vale, dans l'Indiana. Un noyau à l'intérieur de l'homme qui a cambriolé son corps quand elle avait quatorze ans, une paire de lunettes rouges sur le visage de sa bibliothécaire favorite, un radis arraché d'un parterre. Elle n'est personne. Elle est Katy la chienne d'eau portugaise, qui lui léchait le visage chaque fois que sa famille d'accueil les expulsait toutes les deux dans la neige parce qu'elles gênaient. Un algorithme de ciblage publicitaire et un granité bleu acheté à la station-service. La première paire de claquettes aux pieds d'une jeune enfant actrice et l'homme qui lui demande de faire plus d'efforts. Elle est le smartphone qui la filme tandis qu'elle saigne sur le parquet de son appartement, et elle est le vernis à ongles écaillé que porte l'adolescente qui a procédé à la quatre-vingt-dixième étape de l'assemblage de ce téléphone dans un atelier vert d'une usine de Shenzhen, en Chine. Un satellite américain, un vilain mot, la bague au doigt de son professeur de théâtre au lycée. Elle est tous les lapins d'Amérique broutant la végétation de sa ville qu'on dit mourante. Dix minutes de plaisir s'embrasant entre les gens qui l'ont conçue, l'ultime cachet d'oxycodone sur la langue de sa mère, le marteau qui condamnera les garçons à la prison pour ce qu'ils sont en train de faire à Blandine en cet instant précis. Cela n'existe pas, l'instant précis. Elle n'est pas une jeune femme de plus blessée sur ce parquet, son corps lacéré par des hommes pour ses ressources – non. Elle est attentive. Elle est le dernier rire.

Par ce soir de chaleur dans l'appartement C4, lorsque Blandine Watkins sort de son corps, elle n'est pas tout. Pas vraiment. Elle est seulement le contraire de rien.

ET MAINTENANT, TOUS ENSEMBLE

C12 : Mercredi soir, entre neuf et dix heures, l'homme qui vit quatre étages au-dessus du crime a le regard rivé sur une application appelée "Rate Your Date*" (Réservé aux Adultes !). L'appli luit d'un rouge sombre, et il est sûr que personne ne l'y attend. Comme de nombreux hommes ayant subi des rebuffades féminines, le résident de l'Appartement C12 pense que les femmes ont plus de pouvoir que n'importe qui d'autre sur la planète. Lorsque la réalité lui indique que cela ne saurait être vrai, il se met en colère. C'est une colère spécifique des gens qui se sont lancés dans un débat qu'ils ne peuvent que perdre. L'homme – à présent sexagénaire – est allongé sur ses draps dans le noir. Il a fini sa journée, mais la journée n'en a pas fini avec elle-même ; il est encore trop tôt pour dormir. Il est bûcheron ; il a dépassé sa date professionnelle d'expiration, mais il n'a ni les réserves financières ni les réserves psychologiques qu'il lui faudrait pour prendre sa retraite. Souvent, il sent le poids d'un rondin fantôme lui peser sur le dos comme un enfant.

* "Évaluez votre rendez-vous galant." (Toutes les notes sont du traducteur.)

Souvent, il sent le poids d'un enfant fantôme lui peser sur le dos comme un rondin. Depuis que sa femme est morte il y a six ans, l'appartement lui paraît vide de meubles, mais il est, en réalité, congestionné de meubles. En sueur, l'homme tient au creux de ses mains son grand écran brillant.

pas mal, un genre de papa, mais plus gros que sa tof de profil. un truc qui cloche dans le regard. ne pose pas de questions sur toi et a l'air obsédé par les prix. portefeuille à velcro, avait commenté l'abonnée MelBell23 sur son profil deux semaines plus tôt. *sent comme la ville de gary, dans l'indiana**. ★★☆☆☆

Le seul autre commentaire sur son profil a été posté il y a six mois, par DeniseDaBeast : *ce type est une pomme noisette.* ★☆☆☆☆

Un brouhaha se fait entendre dans un appartement en dessous. Une fête, se dit-il.

C10 : L'adolescent règle l'éclairage de sa chambre pour obtenir des bulbes de halo flatteurs. Il passe sa main dans ses cheveux, se met du baume à lèvres. S'asperge le torse d'un échantillon d'eau de Cologne trouvé dans un magazine, bien qu'il sache que ce geste est absurde. Ajuste la caméra pour qu'elle capture ses plus belles formes et ombres. Sa mère travaille de nuit, mais il ferme quand même sa porte à clé. Il fait trente jumping jacks, trente pompes. Il écrit ce message : *Prêt*.

* Victime de la désindustrialisation, la ville de Gary est aujourd'hui confrontée à des problèmes de chômage, de criminalité et de délabrement de ses infrastructures.

C8 : La mère porte son bébé jusqu'au canapé et enlève son débardeur. Il n'est pas censé être réveillé si tard dans la soirée, mais les règles ne veulent rien dire pour les bébés. Tandis qu'il tète, il cherche à créer un lien, et la mère fait de son mieux. Encore. Et encore. Mais elle n'y arrive pas. Le bébé lui assène des accusations télépathiques adultes et perspicaces qui lui embrasent la peau. Elle le sent. Il tète fort et la griffe avec ses ongles trop tendres pour qu'on les coupe, mais suffisamment longs et acérés pour l'érafler. De sa main libre, elle vérifie son téléphone. Un SMS de la mère de la mère : une photo de Daisy le dragon barbu, vêtue d'un costume de motarde miniature. Casque rembourré sanglé sur sa tête dentelée rouge corail, blouson de skaï noir sanglé sur son ventre. En lettres de style Hell's Angels, le dos du blouson clame : DRAGON CATASTROPHE. Le reptile fixe l'appareil photo avec ses yeux plissés du haut de son perchoir sur la table à manger ; son air est insondable. La mère zoome sur l'œil de dinosaure de Daisy, qui semble l'observer depuis une autre époque, il y a quatre-vingt-dix millions d'années.

T'as ton bb, moi j'ai le mien !! a écrit la mère de la mère, qui vit aujourd'hui à Pensacola avec son deuxième mari. *AH AH AH ! C'est Roy qui a trouvé le costume…* 🚴 🔥 ☠️ *elle est GÉNIALE, non ?* 🐉 🐊 🐲 *Dieu vous bénisse toi et mon adorable petit-bébé* 😊 💓 🙏.

Secouée, la jeune mère ferme le fil de SMS et s'en va errer sur trois réseaux sociaux, sentant le poids et la chaleur de son bébé sous son bras droit, chérissant les infimes bruits de contentement qu'il fait en tétant. Comme d'habitude, des prédateurs sèment la dévastation sur Internet. Des prédateurs, il n'y a que ça partout. Si elle devait résumer l'intrigue de la vie contemporaine, la mère dirait : ça raconte comment tout le monde punit tout le monde pour des fautes que personne n'a commises. Et elle est là, à refuser de regarder son bébé, le punissant pour une faute qu'il n'a pas commise.

La mère a développé une phobie des yeux de son bébé.

Il a quatre semaines. Depuis quatre semaines, elle vit dans le sous-sol de son esprit. Elle a passé toute sa journée à nourrir son angoisse en surfant sur des blogs de jeunes mamans. Ils sont horribles, les blogs de jeunes mamans, pires que les sites médicaux, mais conçus tout comme eux pour exploiter votre pulsion de mort. *Être mère est la plus belle mission que vous accomplirez jamais*, clament les blogs de jeunes mamans avec une assurance à toute épreuve. Avant d'aller cliquer dessus, la mère s'est préparée à ce qu'elle pensait jusqu'alors être le pire des diagnostics possibles : *Tu es une mauvaise mère*. Mais ce n'était pas, en réalité, le pire des diagnostics possibles. *Tu es une psychopathe*, conclurent les blogs de jeunes mamans. *Tu es une menace pour nous toutes*.

Sur son sofa, son bébé dans ses bras, la mère commence à paniquer, alors elle s'auto-réconforte. *Inspire profondément, expire la tension. Relâche les muscles de ton front, de tes sourcils et de ta bouche. N'entends plus rien que le ventilateur qui ronronne au plafond*. Elle est censée imaginer que son corps est une méduse, ou quelque chose comme ça. Visualiser la dissolution des frontières entre son corps et le reste du monde. C'est sa cousine Kara qui lui a appris ces trucs, à l'époque où elles étaient colocataires.

Avant d'être une mère, la mère était Hope. "C'est drôle que tu t'appelles Hope, lui avait un jour dit Kara. Parce que t'es, genre, vraiment nulle en espoir." Après le lycée, Hope a commencé à travailler comme serveuse, Kara comme coiffeuse. Ensemble, elles louaient une maison bon marché près de la rivière. Kara aimait les habits fluo, le chewing-gum à la cannelle et les hommes angoissés. Elle changeait de couleur de cheveux tous les trois ou quatre mois, mais sa teinte favorite était le violet. C'était une personne heureuse au-delà de l'entendement, qui beuglait souvent du Céline Dion et dansait en faisant la cuisine. Souvent, Hope se demandait quel effet cela ferait de prendre des vacances dans la psychologie de sa cousine. Quand elles avaient vingt ans, Kara a trouvé Hope en position fœtale sur le carrelage de la salle de bains, à trois heures du matin, en train de répéter en sanglotant qu'elle était terrorisée, terrorisée par tout, un tout si grand qu'en fait il n'était rien, et ce rien l'avalait, ce rien avalait tout. Le lendemain, Kara a conduit Hope au Parterre des Légumes, le seul magasin bio de Vacca Vale – petit cube de lumière vacillante qui les envoûtait toutes les deux avec ses parfums d'épices et son grand choix d'ersatz de sucre. Elles en sont revenues avec un sac en papier plein de remèdes homéopathiques auxquels Hope ne comprenait rien et qu'elle n'avait pas les moyens de s'offrir : *aconitum napellus, argentum nitricum, stramonium, arsenicum album, ignatia amara*. À chaque fois que Hope plongeait tête la première dans une de ses propres ombres électrocutrices, Kara lui donnait une poignée de remèdes, lui faisait du thé à la lavande, lui prescrivait des promenades. De la méditation. Du Yoga. Du magnésium. Souvent, elle mettait un épisode de la série préférée de Hope, *Meet the Neighbors*. "Porte ce collier, disait Kara. C'est de l'améthyste, c'est un cristal tranquillisant, c'est génial contre la peur. Ça évacue la négativité. Allez, respire bien avec moi." Comme Kara en informait souvent les hommes dans les bars, elle était une INFP (une "médiatrice") dans la classification de Myers-Briggs, une Type 2 (une "altruiste") au test d'Ennéagramme et une vierge (une "guérisseuse") astrologique. Sa vocation était, pensait-elle, de prendre soin des gens.

Là, dans son appartement, Hope entend encore Kara la guider dans son exercice de respiration avec sa voix de lilas qui plane haut dans la pièce. *Inspire profondément. Expire. Un, deux, trois, quatre, cinq, six, sept, huit, neuf, dix. On recommence.* Respirant, Hope sent son bébé contre sa peau, chaud et doux.

Sa peur n'est pas si mystérieuse, se raisonne-t-elle. Son mari est sur le chantier de construction depuis ce matin, et il n'y a aucun sommeil dans son passé récent, juste la boule d'un rhume à venir qui lui serre la gorge. Ses seins ont enflé pour prendre une taille starlette, des décharges électriques claquent dans les lignes à haute tension de son cerveau, et privé de toute assistance caféinée, son corps s'est éveillé lui-même à une forme aiguë de vigilance animale. Les hormones ont monté le volume du monde à fond, ont orienté ses oreilles en direction de son bébé, l'ont forcée à écouter – écouter constamment – sa nouvelle voix crachoteuse. Elle se sent comme une renarde. Comme une renarde sous amphétamines.

Et c'est sans parler des terreurs corporelles plus importantes. Après l'accouchement, ça a cessé d'être une chatte pour redevenir un vagin. Elle est en train de découvrir que la grossesse, l'accouchement et le rétablissement post-partum sont trois actes d'un film d'horreur que personne ne vous autorise à regarder avant que vous ne le viviez. À l'école catholique, on a forcé Hope et ses paires à regarder des vidéos d'avortement, on les a forcées à écouter des femmes pleurer après coup, on les a forcées à regarder le fœtus avoir un mouvement de recul devant l'outil du médecin. Mais quelqu'un leur a-t-il jamais dit ce qui se passerait quand vous pousseriez le fœtus hors de votre corps pour le mettre au monde ? Non. Ça, c'était "magnifique". C'était "naturel". Et surtout, c'était un "miracle". Maternité drapée sous un voile bleu sacré, détails macabres que l'on vous cache, complot sophistiqué destiné à leurrer les catholiques pour qu'elles fabriquent d'autres catholiques.

Des douleurs rémanentes frappent le corps de la mère comme des éclairs vaguement divins lorsqu'elle allaite. L'allaitement n'est pas une chose innée, et pomper son lait lui donne l'impression d'être une cyborg bovine. À chaque éternuement, elle pisse. Pour résoudre ce problème, elle est censée muscler son périnée, un exercice tout droit sorti de l'enfer. L'Internet lui apprend qu'elle doit s'imaginer assise sur une bille. *Ensuite, bandez vos muscles pelviens comme si vous souleviez cette bille.* "Non mais franchement, a dit la mère à son mari l'autre soir, après avoir lu les instructions à voix haute, c'est quoi cette merde ?" Elle décrit ses états physiologiques à son mari de manière compulsive, en détail, comme si elle était une marionnette qu'un ventriloque faisait parler. S'il ne partage pas le coût, elle veut le forcer à l'imaginer.

Mais elle n'a pas besoin de le forcer. Quand elle commence à parler des dégâts que l'accouchement a faits, il prend sa main, son regard, sa douleur. "J'aimerais pouvoir tout prendre, dit-il. J'aimerais pouvoir sortir tout ça de toi et le prendre en moi." Puis il l'embrasse dans le cou, et cette douce défibrillation la ramène à la vie. Il veut tout ça, lui dit-il. Il veut l'horreur sanguinolente ; il veut les quatre heures du matin ; il veut le début et le milieu et la fin ; il veut réparer tout ce qu'il peut réparer et être là pour tout le reste ; il veut le mauvais comme le bon ; il veut la maladie et la santé. "Je te veux, dit-il. Toutes les femmes que tu es." Il l'appelle sa déesse. Son héroïne. Son miracle.

Non, se dit la mère. Non, elle n'est pas en train de devenir folle. Et, oui, il est normal de se sentir anormale après qu'un corps a quitté votre corps. Bien qu'elle ne trouve aucune trace de son état particulier sur Internet, la mère se dit qu'il n'est pas si monstrueux d'être mortellement terrifiée par les yeux de votre propre bébé, quand tant de tempêtes font rage en vous, et que Twitter croasse toutes les nouvelles du monde. Fusillade, meurtre, marée noire, terrorisme, feux de forêts, enlèvements, attentats, inondations. Une vidéo marrante dans laquelle une femme, ouvrant la portière de sa voiture, tombe sur un ours brun en train de manger ses courses assis sur le siège conducteur. Meurtre, meurtre, guerre. Internet est fâché. Vivre le réel comme un filet d'eau du robinet qui coule entre vos doigts, en un moment pareil, c'est se trouver en bonne compagnie. Le baby blues… se pourrait-il que ce soit comme ça ? Fluo, hurlant ?

C'est quoi *qui cloche* avec les yeux de son bébé ? Ils sont trop ronds. Perpétuellement choqués. Le bébé enregistre chaque image avec une expression outrée, il inspecte le monde comme s'il envisageait de le poursuivre en justice. Il ne cligne pas assez. Elle essaie de le faire réagir – elle secoue son trousseau de clés, diffracte la lumière avec un vieux bocal à confiture, fait danser ses doigts –, mais les stimulations visuelles le submergent, et chaque fois qu'elle tente ce genre de choses, il se met en colère. Le bébé préfère contempler des surfaces unies et non menaçantes, comme les murs. Et ils sont saisissants, ses yeux, presque noirs, toujours liquides, souvent pris de frénésie. Un trait qu'il tient de la famille de son père – une belle tribu, tous ses cousins sont lunatiques et magnifiques et doués pour résoudre les énigmes. La mère *aime* cette paire d'yeux, cette paire que son corps a formée comme des morceaux de carbone précieux soumis à une immense pression. Elle aime les yeux de son bébé autant qu'elle aime ses ongles d'orteils miniatures, sa tignasse noire, l'odeur de sa tête, les rougeurs qui ressemblent à un code-barres sur son cou potelé instable. Elle aime son bébé dans des couleurs qu'elle n'avait jamais vues avant, exactement comme les blogs de jeunes mamans lui avaient dit que cela se passerait. Mais l'amour n'empêche pas la terreur – à vingt-cinq ans, la mère sait que celle-ci accompagne presque toujours celui-là. Les yeux de son bébé la terrifient.

La mère s'efforce de déterminer ce que ces yeux lui évoquent. Une caméra de sécurité. Un regard de panthère dans la nuit. Un rôdeur dans la salle de bains. Les yeux de l'homme qui frappa violemment à plusieurs reprises la vitre côté passager de cette vieille camionnette, il y a des années de ça, alors qu'elle patientait dans la queue du *drive* en rêvant de frites et de thé sucré.

L'homme s'était servi d'une pelle d'enfant pour taper sur sa fenêtre. Une pelle en plastique jaune. Il n'avait pas cligné des yeux. Il n'y avait aucun langage dans sa gorge, seulement des grognements rauques, et ses intentions n'avaient rien de clair. C'était un homme qui avait perdu pied – et c'était l'expression qui convenait, elle contenait les bons trous. Au *drive*, les yeux de cet homme étaient sombres, terrifiés, et ouverts. Il avait perdu pied.

Elle avait baissé sa propre vitre et proposé de lui commander quelque chose, mais il ne semblait pas l'entendre.

— Regarde-moi, répétait-il. Regarde-moi.

Effrayée par cet homme, mais aussi, brusquement, liée à lui, elle avait tourné la manivelle pour remonter sa vitre, en regrettant qu'elle ne soit pas motorisée, ce qui aurait atténué la violence de ce geste de mépris. La nature aléatoire de toutes les collisions sociales a toujours troublé la mère, même avant qu'elle devienne mère. Avoir une nationalité, un amant, une famille, un collègue, un voisin… la mère voit bien que toutes ces attaches sont fondamentalement absurdes, étant donné qu'elles sont accidentelles – mais elles sont en même temps les tyrans de toute vie. Après avoir remonté sa vitre, elle s'était approchée de l'interphone du *drive* et avait passé commande. L'homme avait tapé sur la vitre de la voiture suivante avec sa pelle de plage, les yeux grand ouverts.

À présent, voyant que le bébé la repousse, la mère lui offre son sein gauche, mais il le refuse. Inondée d'amour chimique pour cet être fragile, elle lui fait faire son rot sur son épaule protégée par une serviette. Il s'agite. Elle le berce. En moins de quinze minutes, il s'endort de nouveau. C'est ça, la vie, a-t-elle appris, avec un nouveau-né : ça consiste à aider quelqu'un à transiter tranquillement entre la conscience et l'inconscience, encore et encore, et à lui donner à manger durant les intervalles. C'est comme si les enfants vivaient sur une autre planète, une planète qui orbite autour du soleil quatre fois plus vite que la terre. Si vous voulez comprendre la condition humaine, intéressez-vous de près aux bébés : les enjeux sont alors simultanément à leur niveau le plus haut, parce que vous risquez de mourir à tout moment, et à leur niveau le plus bas, parce que quelqu'un de plus grand satisfait tous vos besoins. Le langage et le pouvoir ne sont pas encore là. À quoi ça ressemble ? Observez un bébé.

Elle pose le sien dans son berceau et se détend le cou.

Quand son mari revient vers neuf heures et demie du soir, avec son casque de chantier vissé sur la tête, ses chaussures sales et son odeur de transpiration et d'écran total qui forment comme une maison autour de lui, leur bébé dort encore. Pour la première fois, la mère se rend compte qu'elle a passé toute la journée sans parler à personne. Elle avait projeté d'emmener le bébé faire une promenade, mais avait oublié. Elle n'avait pas pensé à allumer la télé ou la radio. Quatorze heures de tension et de solitude, à passer le jour au crible pour en ôter tous les dangers.

Elle tend à son mari une assiette de bâtonnets de poisson pané et un flacon de ketchup.

— Quel festin. (Il sourit, embrasse son épaule nue.) Merci, bébé.

Ne m'appelle pas comme ça, se retient-elle de dire. De rien, a-t-elle envie de dire, mais elle ne se rappelle pas comment on fait pour exporter des mots de sa tête et les lancer dans le monde. Cela fait des années, lui semble-t-il, qu'elle n'a pas essayé.

— Hé, je suis vraiment désolé pour Elsie Blitz, dit son mari en se lavant les mains. Ça a dû te rendre triste.

La mère cligne rapidement des yeux, comme pour essayer de se débarrasser d'une tache dans son champ de vision.

— Quoi ?

Elsie Blitz est la star de *Meet the Neighbors*. C'est la mère de Hope qui lui a fait découvrir cette sitcom familiale du milieu du XXe siècle. Peut-être parce que *Meet the Neighbors* présente une alliance tendue mais pleine d'affection entre une femme au foyer conventionnelle et sa friponne de fille, le fait de regarder cette série était une sorte de tradition matrilinéaire dans la famille de Hope : quand Hope était petite, sa mère la regardait à ses côtés, tout comme sa grand-mère l'avait regardée aux côtés de sa mère. Aujourd'hui encore, c'est ce programme que Hope choisit de regarder quand elle ne trouve pas le sommeil, s'identifiant de plus en plus à la mère plutôt qu'à la fille ; peut-être qu'un jour elle le regardera avec son propre enfant. Elsie Blitz incarne Susie Evans, fauteuse de troubles coléreuse qui tient le premier rôle dans la série. Elsie Blitz était une enfant si parfaitement puérile qu'elle en est venue à représenter tous les enfants aux yeux de Hope. Elle avait un visage qui ressemblait à une pomme, un sourire solaire et une confiance en soi à toute épreuve. Elle savait faire des claquettes, chanter et siffler. Ses actes de désobéissance, même les plus fous, étaient toujours rachetés par les rires qu'ils généraient, et les autorités finissaient par les lui pardonner. Enfant, Hope évaluait ses propres défauts à l'aune de cette Suzie Evans idéalisée, mais ni le personnage ni l'actrice ne pouvaient inspirer la moindre jalousie. Juste des aspirations sororales. Dans l'esprit de Hope, Elsie Blitz demeurait éternellement figée à l'âge de onze ans – l'âge qu'a Suzie Evans lors du dernier épisode de la série. C'était tellement plaisant de se dire qu'il y avait au moins une personne au monde qui n'aurait jamais besoin de grandir.

Son mari s'assoit à la table de la cuisine, l'air accablé de culpabilité, comme s'il avait accidentellement révélé le secret de quelqu'un d'autre.

— Je pensais que tu le savais, à l'heure qu'il est. (Il fronce les sourcils.) Je suis désolé. Je n'en aurais pas parlé, sinon.

— Pourquoi ? Qu'est-ce qui s'est passé ?

— Elle est décédée aujourd'hui, répond son mari. Elle avait plus de quatre-vingts ans.

La mère se prépare au choc d'un sentiment qui ne vient pas. C'est comme si elle était sous l'eau, et que cette nouvelle existait au-dessus d'elle, sur un quai.

— Oh, finit-elle par dire. C'est triste.

Son mari l'observe d'un air soucieux mais change de sujet. Pendant qu'ils mangent – pendant que lui mange – elle envisage de lui parler de sa phobie des yeux. Cela fait quatre semaines qu'elle envisage chaque soir de lui en parler. *Au fait*, pourrait-elle dire dès qu'elle se serait souvenue de comment on fait pour parler normalement, *il y a un truc bizarre. Un truc bizarre qui se passe, du genre marrant, rien de dingue, juste bizarre.*

— Comment va notre grand bonhomme ? demande le mari entre deux bouchées.

La mécanique de la parole lui revient, d'abord de façon hachée.

— Il est…

Pas grand. *Il est tout petit*, a-t-elle envie de hurler. Il a besoin qu'on le sauve de sa propre petitesse, comme tout le monde ! Elle boit un plein verre d'eau d'un trait.

— Les bébés. Ce que j'aime chez les bébés.

Son regard se trouble.

— Hmm ?

— Les bébés savent que le simple fait d'être en vie ne signifie pas qu'il soit *facile* de vivre.

Son mari mange un bâtonnet de poisson.

— Alors il est en vie ?

Elle acquiesce.

— Génial. (Il lisse les sourcils de la mère ; son doigt est rêche.) Je t'aime, dit-il. T'es fatiguée, hein ?

— Il y a cette… (Elle fixe le détecteur de fumée.) Cette chose bizarre qui se produit.

— Ah ouais ? Quoi donc ?

Elle hésite. Son mari pense qu'elle est une bonne mère, une personne normale, un bon investissement.

— J'ai peur…

Son mari pose sa fourchette, prend la mère au sérieux.

— Quoi ?

— Ce n'est rien. (Elle se met à pleurer aussi doucement qu'elle peut.) Je suis… si… fatiguée.

Son mari s'essuie la bouche et observe la mère de ses yeux sombres et perçants.

— Bébé, dit-il.

Il se lève et pose ses mains sur ses épaules, lui malaxe les muscles, la peau, et elle se demande qui conçoit les costumes de dragons barbus, quelle espèce étudiera ses propres vestiges dans quatre-vingt-dix millions d'années, et quels malentendus en découleront. Que ressentirait-elle si une bombe atomique explosait ? La mort serait-elle instantanée ? Y a-t-il des vrais boutons sur lesquels on appuie ? Son vagin saccagé retrouvera-t-il un jour sa vie de chatte ? Où est-ce que la souris morte a atterri quand elle l'a balancée par leur fenêtre ? Où est cet homme qu'elle a vu au *drive*, et que fait-il en cet instant ? Est-elle une psychopathe ? Est-elle une menace pour eux tous ?

— Oh, bébé, dit-il. Bien sûr que oui.

— Pardon ?

— Bien sûr que tu es fatiguée.

C6 : Ida et Reggie, tous deux septuagénaires, sont assis dans leur salon et fument des cigarettes en regardant le journal télévisé à plein volume. Vilain incendie dans une usine à Détroit. La lauréate d'un concours de beauté lance une entreprise caritative de vente de coques de téléphones, dont les bénéfices aideront les réfugiés à financer leurs soins dentaires. Des super-parasites détruisent les monocultures de poivre au Vietnam.

Ida se souvient de ce qu'elle voulait dire à Reggie plus tôt cet après-midi-là.

— Reggie. (Elle tousse.) Reggie.

— Quoi ?

— Tu m'entends, Reggie ?

— Hein ?

— Baisse le son.

— Hein ?

— *Baisse* le son. Il faut que je te dise un truc.

Il presse le bouton de la télécommande avec son pouce noueux.

— Quoi ?

— Frank est de retour en prison, annonce Ida.

— Le Frank de Tina ?

— On connaît d'autres Frank ?

— Qu'est-ce qu'il a fait, cette fois ?

— À ton avis ?

— Encore un cambriolage ?

Ida acquiesce.

— À main armée, cette fois.

— Je pensais que son opération au genou allait le calmer.

— Un genou en vrac, c'est pas ce qui peut calmer un chien comme Frank.

— Bon, ça fait du bien de se dire qu'on ne s'est jamais trompés, j'imagine. (Reggie tire une longue bouffée) On a fait ce qu'on a pu.

— Lui et sa voiture clinquante, marmonne Ida. Et ses bottes à la con.

— J'espère juste que Tina a compris qu'elle pourra pas venir chouiner chez nous et nous ramener ses gosses pour "aider au ménage" en s'attendant à ce qu'on les paye.

— On aurait dû essayer autre chose, dit Ida. La mettre dans une de ces écoles alternatives. Lui donner des leçons de piano. Des vitamines. Arrêter le gluten. Aucun de nos gosses n'a bien tourné.

— C'est du passé, maintenant, Ida. Tina est une adulte. Le meilleur service qu'on puisse lui rendre, c'est de la laisser prendre soin d'elle-même.

Ida secoue une cigarette entre ses dents.

— Et tu te trompes, dit Reggie. Nos gosses ont bien tourné.

Il remonte le volume du journal télévisé. Des parents australiens supplient les gouvernements nationaux de sauver leurs filles et leurs petits-enfants embrigadés dans des camps d'entraînement en Syrie. Leurs filles australiennes ont épousé des membres de Daech, et les voilà soumises à une violence sans nom. La science est-elle capable de faire produire des reins humains par des cochons ? Pas tout à fait, mais ça ne saurait tarder. Nappes phréatiques contaminées dans le Dakota du Nord. Le bébé d'un couple de célébrités souffre d'hypertrichose, trouble communément connu sous le nom de syndrome du loup-garou. Une fille de treize ans devient virale en taillant des copeaux de savon. “Ce n’est qu’une banale situation d’offre et de demande”, dit-elle en haussant les épaules quand on l’interroge. Sa chaîne l’a rendue millionnaire. “Je suis à l’écoute de ce que les gens veulent.”

Lorsque le présentateur du journal lui demande d’expliquer aux boomers ce qu’est l’ASMR, elle prend une longue inspiration, comme si elle se préparait au décollage. “Bon, d’accord, ce sont les initiales d’*autonomous sensory meridian response* – réponse autonome sensorielle culminante. Ces espèces de picotements qu’on ressent parfois au niveau du crâne ? Et, genre, le long de la colonne vertébrale ? C’est comme… c’est comme un frémissement. C’est la meilleure sensation que je connaisse. Ça peut être déclenché par plein de choses différentes. Un bruissement de feuilles ou, je sais pas, un gars qui vous prend en photo. Un cadeau vraiment spécial, choisi juste pour vous. Chez le coiffeur. Bob Ross. En tout cas, moi, ça me le fait chaque fois que quelqu’un se concentre très attentivement sur quelque chose d’autre. Quand j’étais petite, je croyais que soit tout le monde éprouvait ça et personne n’en parlait, soit personne ne l’éprouvait à part moi. Dans les deux cas, je savais qu’il fallait que je la ferme. Et puis, quand j’avais peut-être onze ans, j’ai vu un reportage là-dessus à la télé, et tout d’un coup, on s’est tous retrouvés. C’était comme une révolution. Je veux dire, comme une révélation. Je me suis mise à regarder ces vidéos, et j’ai compris qu’il y avait un marché. Mais ce truc de faire des copeaux de savon ? C’est pas pour moi. Ça ne me fait rien. Je le fais juste pour les gens.

Le présentateur lâche un petit rire gêné.

— Donc est-ce que ce serait un genre de… un genre de… ?

— Quoi ?

— Est-ce que c'est un genre de… ?

La jeune fille le regarde d'un air agacé.

— Quoi ? Un genre de truc coquin ?

— Eh bien…

— Non. Du moins, pas forcément. Et, bon sang, je n'ai que treize ans. Pourquoi vous me demandez ça ?

Le présentateur rit de nouveau, se tourne vers la caméra.

— Et voilà, messieurs-dames, on en apprend tous les jours, ici !

Cut sur un champ de monoculture feuillue en Californie. Chercheur en blouse blanche, visage morose. Le chou kale est peut-être poison.

— Reggie, dit Ida. Reggie.

— *Qu'est-ce qu'y a ?*

— Baisse. J'ai un autre truc à te dire.

Il soupire, mais obtempère.

— Je t'écoute.

— J'ai encore trouvé une souris morte sur le balcon.

Il cligne des yeux.

— Et ?

— Elle s'est fait tuer par un piège.

— T'as mis un piège sur le balcon ?

— *Non*, dit Ida. C'est ce que j'essaie de te dire. Je n'ai *pas* mis de piège sur le balcon.

Il attend.

— OK… ?

— Et toi ? demande-t-elle.

— Non.

— Donc c'est bien ce que je pensais !

— Tu pensais quoi ?

— C'est les petits jeunes d'en haut ! s'écrie Ida comme un détective dans un vieux mauvais film. Les jeunes mariés, avec leur bébé !

— De quoi tu parles ?

— *Reginald.* Écoute. Tu n'*écoutes* pas.

— Mais *si*, j'écoute !

— Ces jeunes mariés balancent leurs souris mortes par la fenêtre.

Reggie écrase sa cigarette dans le cendrier en inox et réfléchit.

— Bon, mais pourquoi ils feraient ça ? demande-t-il d'une voix raisonnable.

— Comment veux-tu que je le sache ? Par paresse. Par égoïsme. Par socialisme. Je te le dis, moi : ils piègent les souris chez eux, et ils n'ont pas envie de s'occuper de leurs cadavres, alors ils se contentent de… *schpouf*. Les jeter par la fenêtre. Avec le piège et tout.

Ida lisse ses fins cheveux blancs.

— Tu es sûre que c'est eux ? demande Reggie.

— Pratiquement sûre.

— Comment ça ?

— Je l'ai vu, une fois.

— Quand donc ? demande Reggie.

— La semaine dernière. J'étais dans la cuisine, à éplucher les betteraves. Et qu'est-ce que je vois ? Un cadavre, qui tombe du ciel.

— Tu ne penses pas que ça peut être quelqu'un d'autre ?

— Qui voudrais-tu que ce soit ? *Alan* ? Le gentil Alan ? Non… c'est ces petits jeunes, ils en ont rien à faire, de la *communauté*. Ils savent pas ce qu'est le respect. D'abord ils baisent, ils baisent tout le temps, de la baise bidon, comme dans un film hollywoodien…

— On a tous connu ça, marmonne Reggie.

— Et puis après y a ce bébé qui braille. Et maintenant *ça* ! Je te le dis, Reggie.

— OK.

Il pointe la télécommande vers l'écran.

— J'ai pas fini.

— *Hein ?*

— Je veux que tu ailles la déposer sur leur paillasson.

— Déposer *quoi* ?

— La souris morte. Avec le piège et tout.

— Ida.

— Il faut que tu le fasses. Ils ont besoin d'une bonne leçon.

Reggie réfléchit, puis il frappe violemment son accoudoir avec son poing.

— C'est comme ça qu'on déclenche des guerres !

— Oh, *ça va*, hein, dit Ida en levant les yeux au ciel.

— Je suis sérieux !

— Tu me dis toujours que je m'emporte, mais dès que je te demande de faire quelque chose que t'as pas envie de faire, tu me réponds un truc comme…

— Tu pourrais pas laisser couler ? demande Reggie.

Il y a des questions que des époux peuvent inlassablement se poser l'un l'autre pendant des décennies, autour de la figure centrale d'un défaut mortel que l'un perçoit chez l'autre. Entre Reggie et Ida, c'est l'une de ces questions.

— Pourquoi est-ce que tu ne peux jamais rien laisser couler ?

— Je vis ici ! hurle Ida. Et je pense que quelqu'un qui vit ici depuis plus de trente ans a le droit de jouir d'un foyer paisible ! Le droit de jouir d'un balcon où y a pas de *cadavres* !

Reggie observe sa femme.

— Qu'est-ce qui t'empêche de le faire toi ? demande-t-il lentement.

L'indignation vrille le visage ridé d'Ida.

— Quoi ?

— Monter poser le piège sur leur paillasson. Qu'est-ce qui t'empêche de le faire *toi* ? Si t'as tellement envie de leur donner une leçon ?

Elle montre ses chevilles et ses poignets, invoquant son arthrite d'un air éberlué.

— Souvent, je me dis que tu *veux* vraiment que je meure avant toi !

On entend une sirène d'ambulance dans la rue. Ils l'écoutent jusqu'à ce qu'elle disparaisse.

— Alors, tu vas le faire ? demande Ida.

Reggie s'allume une nouvelle cigarette.

— Il est tard.

— Reggie.

Il ne dit rien.

— Fais-le pour moi. Juste ça. Pour ta *femme*.

— Après le journal, convient Reggie.

C4 : Trois adolescents. Une adolescente. Un inconnu. Une chèvre. Un voisin. Des plans qui tournent au vinaigre. Un châtiment. Pour châtier qui. Tous confus. Tous terrifiés. Un rire aigu. Une pièce pleine de cœurs qui battent. Qui battent de plus en plus vite. Une odeur de roses. Une poche remplie de trèfle. De bonnes intentions. Des larmes sur son visage à elle. Un couteau dans sa main à lui. Non. S'il te plaît. Non. Arrête. Non. Non. Un des garçons filme ça avec son téléphone, en souriant. Ça va faire tellement de vues.

C2 : Un bocal de cerises au marasquin attend sur la table de nuit d'une femme esseulée, avec une petite fourchette posée juste à côté.

DEUXIÈME PARTIE

LA VIE APRÈS LA MORT

Vers cinq heures de l'après-midi le lundi 15 juillet – deux jours avant qu'elle ne sorte de son corps –, Blandine Watkins s'arrête au lavomatique avant de mettre cap au nord-est, et se demande si l'imminente activité nocturne révélera au monde qu'elle est quelqu'un de moral ou quelqu'un d'immoral. Le pouvoir est un des sens du mot vertu, elle le sait, et elle est persuadée qu'aucune activité n'est amorale. Blandine se souvient d'un passage qu'Hildegarde de Bingen a écrit il y a environ neuf cents ans : *La volonté chauffe une action, l'esprit la reçoit, et la pensée lui donne corps. Cette conception, cependant, identifie une action grâce à sa connaissance du bien et du mal.* Blandine déborde de volonté – *la volonté est comme un feu qui fait cuire chaque action dans un four*, d'après Hildegarde – et elle a des pensées, mais manque-t-elle de conscience morale ? Après avoir réfléchi à cette question pendant quelques minutes, elle se rend compte que ça ne l'intéresse guère.

Assise sur le banc du lavomatique, Blandine essaie de décrisper ses muscles, de se couper de son corps et de se concentrer sur le ronronnement des machines. Une sourde angoisse de nature financière palpite autour de ses reins. Elle pense au plan de revitalisation urbaine qui est sur le point de détruire la dernière chose que Vacca Vale a de bon : une vaste étendue de parc appelée Chastity Valley*. Blandine en a ras-le-bol des méchants de dessin animé. Ses méchants, elle les préfère complexes et pleins de nuances. Déguisés en héros.

Deux gros sacs de velours attendent à ses pieds comme un duo de chiens de garde. La présence de café gratuit dans ce lavomatique mal entretenu émeut toujours Blandine. Elle essaie de se concentrer sur son odeur, mais une violente énergie bouillonne en elle. Ses genoux tressautent de manière incontrôlable.

En général, le lundi, le lavomatique est vide, mais ce soir, une autre femme se trouve assise en face de Blandine, les yeux rivés sur une chaussette abandonnée sur le linoléum. Ils ne clignent pas, ils ne voient pas. Cette femme a les cheveux marron pâle, sa mèche est coupée court, et malgré la chaleur elle porte des vêtements en tricot de laine. Quadragénaire. Elle se tient comme un point d'interrogation, elle a un visage banal, et une paire de lunettes du XIXe siècle. Sa solitude est aussi ostentatoire que la croix qu'elle a autour du cou. Vous pourriez être sûr de ne l'avoir jamais vue, même si vous la croisiez quotidiennement. Vous pourriez être sûr que vous la voyez chaque jour, même si vous ne l'aviez jamais croisée nulle part avant. Vous lui demanderiez son chemin ; vous l'affubleriez d'un prénom comme Susan, et d'un métier de comptable ; vous vous diriez qu'elle a chez elle une mangeoire à oiseaux. Elle pourrait être votre

* Vallée de la Chasteté.

voisine. Elle pourrait être de votre famille. Elle pourrait être n'importe qui. Terrifiée par l'énergie qui s'amasse dans son corps, Blandine se résout à parler à cette femme.

— Vous habitez le Clapier ? demande Blandine. Votre tête me dit quelque chose.

La femme tressaille.

— Oui.

Sa voix est une hostie : légère et fade. Blandine n'est pas baptisée, mais elle assiste parfois à des messes catholiques et elle reçoit quand même la communion. Ce n'est pas comme s'ils vérifiaient votre identité.

— Quel étage ? demande Blandine.

— Deuxième.

— Moi, c'est le troisième. Quelle porte ?

La femme scrute Blandine comme si elle l'inspectait aux rayons X à la recherche d'intentions sinistres.

— C2.

— C'est juste en dessous de chez nous, réplique Blandine en souriant. On est au C4.

— Ah ?

— C'est dingue, non ? D'habiter si près de gens qu'on ne connaît pas du tout ?

— C'est sûr, répond poliment la femme.

Elle ancre son regard perdu sur les machines, dans l'attente évidente d'un retour au scénario normal, qui n'exige rien de la part d'inconnus se trouvant ensemble dans un espace public, au-delà de l'échange de quelques demi-sourires pour faire savoir que vous ne vous poignarderez pas les uns les autres. Elle ouvre et referme un flacon de lessive qu'elle tient sur ses genoux.

— C'est quoi, votre nom ? demande Blandine.

La femme serre les dents; ses épaules et ses mains se crispent.

— Joan.

— Joan. Heureuse de vous rencontrer. Moi, c'est Blandine.

Joan la salue d'un petit geste tout faible.

— Vous croyez à l'au-delà? demande Blandine.

— Pardon?

— À l'au-delà.

— L'au-delà?

— La vie après la mort?

— Je comprends l'expression, dit Joan.

— Et donc?

— Et donc quoi?

— Vous y croyez, à la vie après la mort?

L'attention de Joan s'enfuit pour se réfugier sur une horloge.

— Oui, j'imagine. Oui. Je suis catholique.

— Vous semblez hésitante.

— Je ne suis pas hésitante. C'est juste que je ne m'attendais pas à cette question.

— Moi, je vous trouve quand même un peu hésitante.

Joan croise les bras.

— Je suis catholique.

— Vous attendez peut-être de voir des preuves.

— On n'a pas *besoin* de preuves quand on a la foi, répond Joan.

Puis elle rougit.

— C'est vrai, c'est vrai. La foi se fonde sur une absence de preuves. (Blandine se tait un instant.) Mais j'ai toujours trouvé ça un peu raide de la part de Dieu. De *retenir* les preuves, si l'Œuf Cosmique est si important que ça. C'est l'expression qu'utilise Hildegarde de Bingen : *l'Œuf Cosmique*. Mais, ouais, c'est étrangement radin de sa part de ne nous donner qu'un ou deux messies autoproclamés tous les trois mille ans. Des prophètes dont les histoires ne s'accordent pas. Marie qui apparaît sur un toast. Une dystrophie musculaire soudain guérie. C'est beaucoup nous demander sans aucune garantie, vous ne trouvez pas ? Surtout qu'il y a des tas d'histoires alternatives, et que l'enjeu est énorme. L'enfer ou le paradis. À tout jamais.

— C'est pas faux, dit Joan.

— Mais Hildegarde clame que Dieu lui a dit… attendez, je vais le retrouver… une petite seconde…

Blandine feuillette rapidement *Femmes mystiques : anthologie*, et – chose horrifiante pour Joan – elle se met à lire à haute voix.

— "Alors Dieu dit à Hildegarde : 'Toi, créature humaine ! Conformément à ta nature humaine, tu souhaiterais en savoir plus sur ce plan glorieux, mais le sceau du secret te sera imposé ; car tu n'as pas le droit d'enquêter sur les secrets de Dieu au-delà de ce que sa majesté divine accepte de te révéler, par amour pour les croyants.'" (Blandine ferme le livre et plisse les yeux.) Je ne sais pas. Moi je trouve que c'est une solution facile. Dieu *aime* les croyants à ce point ? Quelle formidable orgueil !

Joan se hérisse.

— Bah, je ne sais pas.

— Vous avez lu la *Divine Comédie*, de Dante ? demande Blandine.

Joan réagit comme si on se moquait d'elle.

— Non.

— Lisez au moins *Le Purgatoire*. C'est exactement comme Vacca Vale. Comme un guide de voyage. Je vous jure.

Le corps de Joan vrille sous l'envie d'être ailleurs, et Blandine le remarque. Elle veut arrêter d'haranguer cette pauvre femme, mais elle a l'impression qu'elle se noiera dans le torrent de sa propre énergie terrifiante si elle cesse de parler.

— Depuis quelque temps, je lis des livres sur les femmes mystiques catholiques, dit Blandine.

— Ah ?

— Vous vous y connaissez ?

— Non.

— Elles aimaient la souffrance, dit Blandine. Elles en étaient folles.

Joan s'arrache une cuticule. Ses lits d'ongles sont dans un triste état.

— Hmm.

— Elles étaient spectaculairement singulières, ces mystiques. Prenez la bienheureuse Anne-Marie Taïgi, par exemple. Elle prétendait être capable de voir l'avenir en regardant dans une… dans une espèce de globe solaire. Et Gabrielle Bossis, une comédienne française, elle, elle a écrit un livre retranscrivant toutes ses conversations avec Jésus. *Mot pour mot*, vous imaginez ça ? Thérèse Neumann n'a jamais rien bu ni mangé d'autre que l'eucharistie. Marie Rose Ferron a eu sa première vision du Christ à l'âge de six ans. Dans le Massachusetts, figurez-vous. Et puis vous avez Gemma Galgani. "La fille de la passion", qu'ils l'appelaient. Les gens tombaient toujours sur elle alors qu'elle se trouvait en pleine extase divine, voire en lévitation. Elle avait régulièrement des visions de son ange gardien, de Jésus et de la Vierge Marie – toute la bande au complet – qui traînaient là près d'elle. Elle avait un "désir puissant de souffrir pour Jésus".

Sourire aqueux.

— Trop drôle.

— La bienheureuse Maria Bolognesi est un autre bon exemple. Elle a eu une enfance difficile – malnutrition, maladies à n'en plus finir, beau-père maltraitant, et ainsi de suite, on a tous connu ça – et puis après, pour couronner le tout, elle a été possédée pendant environ un an. Elle avait tous les symptômes habituels : elle avait peur de l'eau bénite et des prêtres, elle était incapable d'entrer dans une église et de recevoir les sacrements, elle crachait de façon compulsive sur les images saintes. Mais le truc que je préfère, c'est que, parfois, des forces invisibles tiraient sur les vêtements de Maria, et ça collait à ses amis une trouille de dingue.

Joan hausse les sourcils.

— Des forces invisibles ?

— Vous savez, c'est même pas ça qui me frappe le plus. C'est les *amis*. Maria a continué à avoir une vie sociale active tout en étant *possédée*. (Blandine plaque sa main sur son cœur.) Ahurissant.

— C'est très particulier, dit Joan.

— Pour finir, poursuit Blandine en s'empressant de fuir par la parole la tempête qui l'habite, un évêque a réussi à la bénir subrepticement alors qu'on l'emmenait à l'hôpital psychiatrique, et il l'aurait exorcisée. De nombreuses mystiques ont été diagnostiquées malades mentales, comme on peut bien l'imaginer. Et alors même que la vie recommençait à lui sourire – ses démons avaient disparu, elle était en lieu sûr, elle allait mieux –, elle a eu une vision au cours de laquelle Jésus lui a passé au doigt une bague de fiançailles ornée d'un rubis.

Blandine se tait un instant. Elle s'efforce d'habitude de ne pas dire "au cours de laquelle" à voix haute, pour réduire le nombre de gens qui la trouvent insupportable.

— Et lorsqu'elle a émergé de cette vision, elle a vu la *vraie* bague *matérielle* juste là, à sa main gauche. Boum.

Blandine perçoit clairement que ça intrigue Joan contre son gré.

— Qu'est-ce qu'elle a fait ?

— Oh, ça l'a terrorisée. Puis Jésus lui a dit, "Tu vas suer du sang." Et vous savez quoi ? Elle a sué du sang. Tout le temps. Ça lui tachait ses draps et tout et tout.

— *Pourquoi ?*

— Pourquoi quoi ?

— Pourquoi elle suait du sang ?

— Pour souffrir pour Jésus, j'imagine.

— Mais pourquoi *ça* ?

Blandine réfléchit.

— Le livre ne le dit pas.

— Étrange !

— Et vous savez ce qu'il y a de plus bizarre encore ? D'après son amie, une fois que Maria avait fini de faire son truc – suer du sang – la pièce tout entière s'emplissait d'une… d'une espèce de parfum.

— Ça sentait quoi ?

— Je ne sais pas. Il paraît que c'était une odeur sucrée.

— C'est affreux, dit Joan d'un air sombre.

— Je sais. Mais tout n'était pas mauvais. Jésus a aidé Maria à prophétiser la fin de la Seconde Guerre mondiale, il a obtenu un job pour sa petite sœur… personnellement, je trouve cette rhétorique des fiançailles-à-Jésus terriblement dérangeante, et au mieux incestueuse, mais c'est un sacré phénomène. La plupart des femmes mystiques relatent des expériences semblables. Jésus leur apparaît, et… voyez, quoi… il les *demande en mariage.*

Le visage de la femme se perle de sueur.

— Je n'aime pas ça.

— Beaucoup d'entre elles avaient des stigmates – elles saignaient des poignets, des pieds et du flanc. Sans raison médicale. Des Blessures Saintes, ils appelaient ça. Des blessures identiques à celles dont Jésus a souffert lors de la crucifixion.

— Vraiment ?

— D'après les récits. Mais qui peut le dire, en fait ? La plupart des femmes mystiques se sont affamées pour accéder aux "nourritures plus pures". Elles étaient toujours très malades. Beaucoup sont mortes jeunes. Les sceptiques disent que leurs visions n'étaient en réalité que des migraines. Je crois qu'on voit tout ce qui nous terrifie, qu'on voit tout ce qu'on veut. Nous regardons le monde, nous absorbons trente pour cent de ses données, et notre subconscient remplit les trous. (Blandine fait craquer ses phalanges.) Je ne suis pas sûre de croire en Dieu.

Joan enlève ses lunettes et en masse un des verres avec sa longue jupe.

— La lecture peut être un passe-temps agréable.

— Parfois je me dis qu'elles avaient juste faim.

— Qui ça ?

— Les mystiques.

Joan réfléchit.

— C'est possible.

C'est l'engagement à contrecœur de Joan dans la conversation, et non les protestations qu'elle y oppose, qui pousse Blandine à rassembler toute la force de volonté dont elle dispose pour contraindre ces mots bondissants, ces mots frappants, à rester dans sa tête. C'est comme fermer un loquet de cellier sur les vents d'une tornade, et son genou tressaute violemment lorsqu'elle le fait, mais elle y réussit. Joan semble soulagée.

Parmi les nombreuses objections que Blandine nourrit à l'égard des femmes mystiques catholiques, celle qu'elle ne parvient pas à surmonter tient à leur égoïsme fondamental. À *l'individualisme* qui gouverne leurs vies. Même au sein des communautés religieuses, chez les mystiques, il y avait une prime à la réclusion, et il est clair aux yeux de Blandine que lorsqu'une personne se trouve en pleine extase divine, elle n'interagit en réalité qu'avec elle-même. C'est une forme de masturbation noble. De nombreux couvents se consacraient aux personnes pauvres, vieilles, malades, déplacées, ostracisées, emprisonnées, handicapées, orphelines. Mais les mystiques – celles que Blandine admire –, elles, elles ne sortaient pas beaucoup. Elles considéraient la solitude comme une condition nécessaire à la réception de Dieu. La plupart d'entre elles ont passé l'essentiel de leur vie seules.

Comment, dès lors, se demande Blandine, une mystique contemporaine pourrait-elle s'élever contre l'impératif d'une croissance prédatrice, si tel était son but ? Elle serait forcée de sortir de sa solitude. On ne peut pas renverser le système sans sortir de chez soi et croiser quelques regards. Aussi minime que soit votre empreinte carbone, vous ne pouvez tout simplement pas abandonner la nourriture, le confort et le sexe toute votre vie en vous autoproclamant éthiquement sacrificiel. Pour que sa vie à elle puisse être vue comme éthique, pense Blandine, elle doit s'efforcer de démanteler l'injustice systémique. Mais elle ignore comment on peut faire ça.

Blandine soupire. Elle a toujours su qu'elle était trop petite et trop bête pour mener une révolution, mais elle espérait être capable au moins d'en imaginer une. Elle prend une profonde respiration, assaillie par la conscience de l'impossibilité où elle se trouve d'apprendre et d'accomplir tout ce qu'elle doit apprendre et accomplir avant de mourir. Elle dégringole en une spirale de pensées qui passe de l'effet d'albédo aux corrélations avérées entre les changements climatiques et la plupart des extinctions de masse répertoriées au fil des ères géologiques, lorsque Joan fait tomber le bouchon de sa lessive. Il roule sous une machine. Blandine se lève et va le chercher pour elle.

— Tenez.

— Merci, répond Joan. Quel âge avez-vous ?

— Dix-huit ans.

— Dix-huit ans ! s'exclame Joan. Mais ce n'est pas… Vraiment ?

— Oui. Pourquoi ?

— Vous ne faites pas dix-huit ans.

Cette accusation déprime Blandine de plus en plus chaque fois que quelqu'un la lui assène.

— Je fais ce que je peux, marmonne-t-elle.

— C'est juste que vous… vous ne *parlez* pas comme une fille de dix-huit ans.

Tu ne peux pas exister, dit le monde à Blandine jour après jour. Tu n'es pas possible.

— Et pourtant, dit Blandine. J'ai dix-huit ans.

— Vous êtes très… (Joan la regarde en plissant les yeux comme si elle était un tableau abstrait, puis sa voix s'adoucit.) Vous êtes étudiante ?

Blandine se touche le cou, et s'agace de constater qu'il est là.

— Non.

— Ah, bon, dit Joan gentiment. Il n'est jamais trop tard. Vous devriez y penser. Il y a des tas de gens comme vous, à l'université. Moi, j'étais à VVCC.

Vacca Vale Community College*.

— C'est chouette, dit Blandine. Peut-être que j'y enverrai une candidature.

— Oui. (Joan sourit.) Je crois que ça vous plairait.

Elles restent silencieuses. Blandine se force à ne rien dire, espérant que Joan ouvre le sujet de la fétichisation de la souffrance par les mystiques. Peut-être que Joan a juste besoin de réfléchir. Mais il devient bientôt évident qu'elle attend que cette discussion passe, comme une averse de grêle. La solitude empoigne Blandine avec la force d'un marionnettiste.

— Vous avez une mangeoire à oiseaux ? demande Blandine, changeant de sujet.

— Pardon ?

— C'est juste que… vous avez l'air d'être le genre de personne qui a une mangeoire à oiseaux.

— Non, répond Joan.

— Vraiment ?

— Oui.

* Université publique de la ville fictive de Vacca Vale. Les *community colleges* sont des établissements peu prestigieux, où les études ne durent que deux ans, sans rapport avec les universités privées.

— Vous n'avez jamais eu de mangeoire à oiseaux ?

— Non.

— Même quand vous étiez petite ?

— Jamais.

— Ah. (Blandine remet le livre de la bibliothèque dans son sac.) Bon, Joan, je vous le dis comme un secret, mais moi, je vais me lancer dans le mysticisme. Je crois que j'ai toutes mes chances. D'après ce que j'ai pu voir, le théisme n'est pas un prérequis absolu. Tout ce que je veux, c'est sortir de mon corps.

Joan tousse.

— Ah.

— Je crois qu'on devrait tous se prendre un peu plus au sérieux les uns les autres.

Silence.

— Peut-être, murmure Joan.

— Parfois, je marche dans la rue, je me cogne contre les gens, je les écoute plaisanter, se disputer, éternuer, avec cette impression que personne n'est réel. Même pas moi. Vous voyez ce que je veux dire ?

Joan la regarde dans les yeux pour la première fois.

— Oui.

— C'est ce que dit Simone Weil. "Savoir que cet homme, qui a faim et soif, existe vraiment autant que moi – cela suffit, le reste suit de lui-même." Simone était une vraie mystique. (Blandine se mord un ongle.) Je me demande bien ce qu'est le reste.

Nouveau silence.

— Je suis contente de vous avoir rencontrée, dit Blandine. Ce serait bizarre qu'on reste des inconnues entre voisines, vous ne trouvez pas ?

— Oh. Ouais.

— Nous ne sommes tous que des somnambules. Vous voulez que je vous dise, Joan ? Je veux me réveiller. C'est mon rêve : me réveiller.

— Oh. D'accord. Ne vous en faites pas, ça va aller.

— Je me sens mieux, de vous avoir rencontrée. Je me sens, genre, plus réveillée de dix milligrammes.

Joan cligne des yeux.

— Tant mieux.

— Mais je sais que je m'y prends mal.

— Ah ?

— Vous balancer comme ça de la religion et des démons et des petites biographies. De la sueur sanglante. Vous devez penser que je suis marteau.

— Non. (Joan consulte son téléphone d'un geste à la fois maladroit et théâtral.) Non, non. Oh, il est tard. Il faut que j'y aille. (Elle se lève brusquement.) Contente de vous avoir rencontrée.

Abandonnant toute sa lessive de bleu, elle sort du lavomatique et se glisse dans le soir comme si elle s'efforçait de ne pas le réveiller.

Seule, Blandine prend sa tête dans ses mains. Elle a la certitude de souffrir d'une sorte de handicap social ; elle ne sait juste pas quel nom il porte. Les tests sur Internet ne savent jamais que faire d'elle. En général, elle ressent trop de choses, ou pas assez, elle interagit trop, ou pas assez – jamais juste ce qu'il faut. Elle a l'impression d'avoir passé sa vie entière assise dans un lavomatique, à effrayer les gens. L'énergie monte et monte ; elle aurait dû apporter son vaporisateur. Elle se force à rester tranquillement assise. Puis elle regarde sa montre. Enfin, il est l'heure de partir.

Elle prend ses sacs en velours, qui regorgent de flacons de faux sang, de plusieurs poupées vaudou confectionnées à l'aide de petits bouts de bois, de sac de terre de la Valley, de gants sans latex, de son livre de bibliothèque, et de petits squelettes d'animaux. Elle s'enfonce d'un pas vif dans un adorable crépuscule du Middle West et file vers le nord-est en direction du Country Club de Vacca Vale. Il fait chaud, mais ses mains sont tout engourdies.

UNE MENACE POUR NOUS TOUS

Gazette de Vacca Vale

Par Araceli Gonzales, *Gazette de Vacca Vale*
Mardi 16 juillet, 8 h 50 (heure de l'Est)
Mis à jour il y a 2 h.

UN ÉTRANGE INCIDENT MET UN TERME À LA FÊTE

HIER soir, des personnalités locales se sont réunies au Country Club de Vacca Vale autour d'un dîner de gibier sauvage pour célébrer le lancement officiel d'un programme de développement immobilier. Malheureusement, les entrepreneurs n'ont pas eu le loisir de goûter aux fruits de leur labeur. Saboté par une mystérieuse attaque, le dîner s'est achevé avant même d'avoir commencé.

À 19 h 18, deux grandes bouches d'aération se sont ouvertes dans la salle du banquet, déversant immédiatement des petits os d'animaux et de grandes quantités de terre sur la table et les invités. Ces saletés furent suivies par environ deux litres d'un liquide que l'on a d'abord cru être du vrai sang mais qui s'est ensuite avéré n'en être qu'une bonne imitation. Enfin, les bouches d'aération ont déversé 26 poupées vaudou faites de brindilles et de ficelle, avec des X en lieu et place des yeux.

Pour comprendre qui peut avoir déclenché cette attaque, le détective privé Ruby Grubb dit qu'il est important d'en saisir le contexte. "Quand vous avez affaire à un groupe ou un individu qui commet un sabotage organisé, a-t-il déclaré à la *Gazette*, les mobiles sont presque toujours politiques. Pour trouver qui ils sont, vous devez chercher le mobile. Vous vous penchez sur toute l'histoire. Pas juste l'histoire personnelle, mais l'histoire de leur ville, de leur pays, de leur monde. Je crois que le premier indice est à chercher dans le programme de développement lui-même."

Le Programme de Revitalisation de Vacca Vale générera des revenus annuels estimés à environ 4 millions de dollars en impôts locaux et créera des milliers d'emplois, à condition que la campagne pour l'instaurer soit un succès. Ce programme tire parti de la beauté naturelle de Chastity Valley en projetant de construire des appartements de luxe dans les collines, transformant Vacca Vale, ville postindustrielle mourante, en un pôle de start-up qui attirera des talents en provenance du monde entier.

L'année passée a été particulièrement difficile pour Vacca Vale, avec un taux de chômage record de 11,7 % et une population de rats dépassant la population humaine d'environ 30 000 têtes. (Qui pourrait oublier ce jour où un rat est tombé du plafond d'un restaurant Ta Ta sur les frites d'un client ?) Pendant ce temps, la population de lapins dépassait celle des rats. La criminalité a augmenté, et, pour la seule année passée, la ville a enregistré 319 meurtres et homicides volontaires ; 21 068 vols ; 14 472 cambriolages ; 907 viols ; et 644 incendies volontaires. En septembre, la ville a subi une crue millénale qui a causé pour plus de 3 millions de dollars de dégâts, aggravant les effets dévastateurs de la crue bi-millénale qu'elle venait de connaître à peine quelques mois plus tôt. Vacca Vale s'est retrouvée en première position sur la liste annuelle de *Newsweek* des "Dix premières villes mourantes d'Amérique". En février, Vacca Vale s'est vue forcée de se déclarer en faillite, et la ville s'est trouvée menacée d'être placée sous tutelle.

En mars, la situation désastreuse de Vacca Vale a attiré l'attention de l'entrepreneur Benjamin Ritter. Urbaniste basé à New York, Ritter est connu pour le succès phénoménal de ses programmes de revitalisation des petites villes de la Rust Belt*. Très vite, Ritter s'est associé avec le maire Douglas Barrington et l'entrepreneur immobilier local Maxwell Pinky, fondateur et P-DG de Pinky LLC, pour sortir la ville du rouge et restaurer son économie. Quatre mois plus tard, le programme était lancé. Ritter affirme que Chastity Valley est le site parfait pour ce genre de rénovation. "Au cours de l'histoire, Vacca Vale a toujours su se réinventer, a-t-il déclaré à la *Gazette*. Cette ville bouillonne littéralement d'esprit américain."

La construction commencera en août prochain. Le programme de revitalisation rénovera les usines Zorn Automobile désaffectées, et fera d'elles les quartiers généraux de

* Littéralement, "ceinture de la rouille". Surnom d'une région du nord-est durement frappée par la désindustrialisation.

trois start-up high-tech différentes dont les identités n'ont pas encore été rendues publiques, les négociations étant toujours en cours.

Benjamin Ritter, Maxwell Pinky et le maire Douglas Barrington étaient présents au dîner d'hier soir, aux côtés de vingt-trois autres hommes. Avant que le service ne commence, Ritter et son équipe ont projeté un petit film qui incluait des simulations 3-D très réalistes du résultat final ainsi que des interviews positives de résidents déclarant avoir hâte d'entrer dans une ère économique nouvelle. Cette présentation s'est conclue par le visionnage en avant-première d'un spot publicitaire – le premier d'une longue liste de spots qui seront diffusés dans tout le pays au cours de l'année.

Une fois la présentation de Ritter terminée, le personnel du Country Club a dévoilé les plats, servis dans des assiettes en porcelaine frappées du nouveau drapeau de la ville – lauréat du concours de graphisme organisé l'an passé.

Le pasteur Wheeler a ensuite récité une prière pour tout le groupe, puis le maire Barrington s'est adressé à cette assemblée d'hommes. "Cela fait quarante ans que Zorn nous a quittés, et il est vrai que nous ne nous en sommes jamais vraiment remis, a déclaré Barrington. Mais aujourd'hui, l'heure est venue de remonter la pente. Pas par la force brute, mais par l'innovation. Avec tout notre cran. Nos mains. Notre solidarité. L'heure est venue de tout recommencer. Il n'y a rien de plus américain que la résurrection." Après les applaudissements, Barrington a ajouté : "Si ce n'est, peut-être, un repas roboratif qu'on a soi-même chassé !"

Au menu du dîner, il y avait de la venaison, du lièvre, du faisan, de la dinde, des cailles, de l'oie et du foulque, tous chassés par l'équipe d'entrepreneurs dans la région environnante et cuisinés par le chef acclamé de Windy City*, Danny Fiorentino, invité à Vacca Vale pour l'occasion.

Le dîner, cependant, n'aura pas lieu.

"Je n'ai jamais rien vu de semblable, a déclaré Maxwell Pinky, trente et un ans, dont le costume blanc s'est vu éclaboussé de terre et de faux sang. C'était très dérangeant. Ce genre d'acte d'agression est une menace pour nous tous. Nous sommes là pour aider et protéger cette ville – pour favoriser les liens sociaux – et cet acte est, en quelque sorte, l'antithèse de tout ça."

"Je vous promets que nous mettons tout en œuvre pour identifier les agresseurs", a déclaré l'officier Brian Stevens, responsable de l'enquête. L'officier Stevens et son équipe sont très vite arrivés sur les lieux, mais n'ont trouvé aucune trace du ou des agresseurs, que ce soit dans le système de ventilation ou dans le reste de la zone. Les caméras de surveillance n'ont rien filmé d'inhabituel.

Les autorités ont cependant pu déterminer que le faux sang était un mélange d'eau, de sirop de maïs, de farine, de poudre de cacao et de colorant alimentaire rouge.

"À l'évidence, nous n'avons pas beaucoup d'indices, a déclaré l'inspecteur Grubb à la *Gazette*. Mais si je devais parier, je dirais que nous avons affaire à un éco-terroriste. On va devoir abattre un sacré paquet d'arbres pour construire ces logements dans la Valley, pas vrai ?"

Selon l'officier Stevens, cependant, il est trop tôt pour spéculer sur l'identité des coupables. "Mais nous avons de bonnes raisons de penser que les gens qui ont fait ça sont

* Surnom de Chicago.

des criminels expérimentés, a-t-il dit. Nous n'avons trouvé ni empreintes digitales ni ADN sur aucun des objets. Tout ce que nous savons, c'est que la personne qui s'est faufilée dans le système de ventilation devait être assez fine."

Certains responsables mettent en avant la thèse selon laquelle les intrus étaient des militants des droits animaux cherchant à protester contre le fait qu'il y ait du gibier au menu.

Vétéran de la rénovation urbaine des petites villes, Benjamin Ritter a quant à lui une autre théorie.

"Il me semble évident qu'il s'agit là d'une protestation contre le programme de revitalisation de la Valley. C'est vrai, quoi, vingt-six poupées vaudou ? Alors qu'il y avait exactement vingt-six entrepreneurs présents ? a déclaré Ritter à la *Gazette*. Je rencontre constamment ce genre de résistance. Regarder leur ville changer peut être douloureux pour certains habitants. En général, nous observons ce genre de réaction chez des gens qui sont attachés à l'histoire locale – souvent des membres de la vieille génération. Ils nous voient comme le Grand Méchant Loup venu démolir leur *diner* favori pour le remplacer par une grande chaîne, raser au bulldozer les supérettes d'antan pour construire des centres commerciaux géants, supprimer le parking de leur église, construire un stade que personne n'utilisera jamais. Et ils ont le droit d'être sceptiques – par le passé, les programmes de revitalisation urbaine ont floué d'innombrables résidents. Mais nous ne vous flouerons pas. Je crois que quand les gens comprendront les avantages que notre entreprise pourra leur apporter, à eux, à leurs enfants et à leurs petits-enfants, ils cesseront d'avoir peur."

Poursuivant, il a déclaré que s'il pouvait faire passer un seul message aux agresseurs, ce serait : "Nous sommes de votre côté."

L'officier Stevens et son équipe ne pensent pas que les entrepreneurs soient confrontés à des menaces sérieuses, mais ils conseillent aux résidents de rester vigilants et d'informer la police locale de tout événement ou phénomène inhabituel. Cette agression pourrait être liée à une série de coupures de courant qui ont eu lieu ce printemps pendant des séances intensives de travail préparatoire.

Si vous disposez d'informations sur cet incident, merci d'appeler ou d'envoyer un SMS au 1-800-CRIMEFIGHTER, qui vous permettra de témoigner de manière anonyme.

La *Gazette de Vacca Vale* vous tiendra au courant de toutes les avancées de l'enquête. Le planning de mise en œuvre du programme de revitalisation reste inchangé.

LÀ OÙ LA VIE SE POURSUIT

JOAN Kowalski a quarante ans. À chaque fois qu'on lui demande de fournir un détail qui la définit, pour briser la glace lors d'un moment de convivialité à son travail, elle révèle qu'elle a des taches de rousseur sur les paupières mais nulle part ailleurs. Les chefs de groupes exigent toujours qu'elle le prouve. Lorsqu'elle ferme les yeux, au moins deux inconnus gentils font des remarques comme : "Ça alors", ou "Incroyable", ou "Très joli". Joan ne se sent jamais plus proche de qui que ce soit après coup ; elle n'a jamais l'impression d'être une personne définie, et elle ne comprend pas pourquoi les gens ont une si forte envie de briser la glace.

Joan travaille chez Restinpeace.com, *Là où la vie se poursuit*, et sa mission consiste à lire attentivement les commentaires sous les avis de décès en quête de langage grossier, de contenu sous copyright et de remarques malveillantes à l'égard du défunt. "Vous seriez étonné, dit-elle souvent, par le degré de cruauté dont les gens peuvent faire preuve vis-à-vis des défunts."

Après qu'un coiffeur terriblement sophistiqué eut un jour décrit les cheveux de Joan comme étant "couleur de février", elle s'est mise à couper sa frange elle-même, chez elle, plus court qu'aucun styliste ne l'aurait jamais permis. Cette démonstration d'autonomie ne cesse de la mettre en joie. Comme la plupart des résidents de Vacca Vale, Joan n'a jamais vécu ailleurs, et elle occupe aujourd'hui un petit appartement dans la Résidence à Loyers Modérés La Lapinière, à l'angle de Bella Coola et de Saint Francis. Au lavomatique, un jour, elle a entendu deux femmes parler de la création de leur immeuble : attristé par le déclin économique de sa ville natale, un philanthrope chrétien détraqué – aujourd'hui résident québécois – décida de faire une donation pour financer un complexe de logements abordables à Vacca Vale. Avec une seule exigence : que ce complexe ait l'air chic et que son nom sonne chic. Il choisit donc un mot français qui lui plaisait et l'accrocha sur un bâtiment au charme désuet en voie de décrépitude, en faisant passer l'esthétique avant la fonctionnalité. Ainsi naquit la Résidence à Loyers Modérés La Lapinière. Cet immeuble se trouve sur la frange sud de la ville, flanqué à l'ouest par des usines Zorn désaffectées et à l'est par Chastity Valley. Au début du XXe siècle, ce bâtiment était habité par des ouvriers. Le donateur choisit un adorable papier peint à lapins pour le hall, ainsi que des lampes en cuivre en forme de lapins qu'il souhaitait mettre dans chaque appartement. Les promoteurs finirent par s'opposer à ces lampes, préférant plutôt moderniser le chauffage central. Après avoir essuyé plusieurs autres rebuffades, le donateur cessa d'essayer d'influencer les architectes. Aujourd'hui, la plupart des locataires de l'immeuble l'appellent par la traduction anglaise de son nom : *the Rabbit Hutch* – le Clapier.

Joan a la capacité de manger d'une seule traite des quantités ahurissantes de pastèque – talent qu'elle utilise parfois pour amuser ses amis et ses collègues au détriment de son confort digestif. Elle aime prendre la South Shore Line pour aller rendre visite à sa tante Tammy à Gary, dans l'Indiana. Tandis que le train lui fait traverser l'État, elle aime regarder les usines cracher dans le ciel leur feu orange, elle aime s'imaginer qu'elle est une passagère clandestine orpheline en route vers l'aventure dans une grande ville. Dans ce train, elle aime lire Charles Dickens, parce qu'il est attentif à la pollution, mais aussi parce qu'il la fait rire, ce qui la pousse à penser qu'il est possible de rire dans sa propre ville polluée. Joan n'a jamais traversé un seul passage piéton en pleine confiance, et elle éprouve une méfiance profonde à l'égard des gens qui disent ne pas aimer le pain.

L'après-midi du mardi 16 juillet, Joan Kowalski est assise à son bureau, en train de passer en revue un article apparu sur son fil de nouvelles. Une collègue avec laquelle Joan avait envie de devenir amie et qu'elle voulait impressionner avait apporté une pastèque au déjeuner une heure plus tôt; une gloutonnerie spectaculaire s'était ensuivie. Au bout du compte, tout cela n'avait servi à rien. Joan avait dit quelque chose d'irrévérencieux au sujet d'un membre d'une famille royale, ce qui avait gravement fâché la collègue en question. Si Joan avait su que cette collègue était du genre à prendre la défense des monarchies, elle n'aurait pas fait tant d'efforts pour l'impressionner. Mais le mal est fait.

D'après Internet, les dangers associés à la surconsommation de pastèque incluent la nausée, la diarrhée, le ballonnement, l'indigestion et "un pouls faible ou absent". Joan décide de se distraire de cette information en consultant les actualités locales. Elle ajuste ses lunettes de pharmacie et se penche pour se rapprocher de l'écran. Elle entend Sylvie croquer des Moon Chips fournies par l'entreprise dans le box adjacent. UN ÉTRANGE INCIDENT MET UN TERME À LA FÊTE, dit la une.

Joan ne se soucie pas beaucoup du programme de développement de la Valley – elle pourrait tout aussi bien l'accepter ou le rejeter –, mais cet événement la perturbe bel et bien. Surtout les poupées vaudou. Bien qu'elle ne l'eût jamais admis, Joan est complètement droguée à la superstition. Le surnaturel – sorcellerie, Dieu, malchance, astrologie, voyages temporels – a une emprise mortelle sur elle. Elle se souvient de la jeune fille spectrale qu'elle a rencontrée au lavomatique hier soir, et de ses questions sur l'au-delà. Elle avait un nom bizarre. Elle était pâle et mince, elfique avec ses cheveux blancs. Jolie, d'une manière étrange. Fantômisée. Maintenant qu'elle y repense, Joan se dit que cette fille correspond exactement à l'image qu'elle se fait du Fantôme de Noël chaque fois qu'elle relit *Un chant de Noël*. Elle pense aux femmes qui s'affamaient volontairement – les fiancées de Jésus. Qui suaient du sang.

Soudain, Joan a besoin de témoins. Quelqu'un d'autre a-t-il vu cette jeune fille ?

— Joan ?

Joan ferme son navigateur en un spasme de honte et pivote sur son siège. Sa supérieure, Anne Shropshire, se tient à l'entrée de son box. Quand RestinPeace a procédé à sa réduction de personnel deux ans auparavant, les bureaux se sont changés en box. Pour augmenter la sensation d'intimité auditive de chaque employé alors même que son intimité spatiale avait été réduite, on diffusait une bande son de bruits blancs par la ventilation. Un bruit constant de vol transatlantique emplit désormais le bureau. En conséquence de quoi les employés de Restinpeace.com jouissent d'une intimité auditive accrue, mais ils se font aussi fréquemment peur les uns les autres par accident. L'ambiance y est assez tendue.

Le cœur de Joan bat fort. Le soulagement de sentir que son pouls n'est ni faible ni absent éclipse brièvement sa honte.

— Pardon de vous déranger, dit Shropshire, mais je voulais attirer votre attention sur un léger manquement.

Joan croise ses mains sur ses cuisses et attend. Sous le projecteur d'une attention directe, elle devient consciente de comportements programmés pour opérer inconsciemment, comme la respiration et le contact visuel. Elle fixe sa supérieure trop longtemps ou pas assez longtemps, cligne des yeux trop rapidement ou pas assez rapidement, inspire à intervalles irréguliers, bâille pendant des moments de suspense. Le chemisier d'Anne arbore trois pin's aviaires.

— Comme vous le savez très certainement, dit Shropshire, la nécrologie d'Elsie Blitz a suscité beaucoup de trafic. Votre travail de modération est toujours très important et très apprécié, ici à Restinpeace, mais pour les nécrologies de personnalités en vue comme Elsie Blitz, il l'est encore plus. Il est *suprêmement* important.

Joan a besoin de cligner des yeux, mais elle craint que le moment soit mal choisi. Ses yeux se mouillent.

— Vous n'avez peut-être pas vu le commentaire posté à 4 h 39 ce matin par l'abonné Abominable Homme Luisant ?

Joan déglutit de façon inappropriée.

— Je…

— J'espère que non, parce que je sais que vous savez qu'il est de notre devoir de garantir un environnement sûr. J'espère que si vous *aviez* lu ce commentaire, vous auriez tout de suite vu qu'il viole de manière flagrante notre Politique du Respect des Défunts, et vous l'auriez jugé impropre à la publication.

Joan hoche la tête selon un angle ambigu. Le grignotage de chips de Sylvie s'est interrompu.

— C'est la raison pour laquelle nous présumons que vous n'avez, réellement, pas vu ce commentaire. Nous serions très inquiets si nous savions que vous l'avez *bel et bien lu*, et que vous l'avez malgré tout approuvé.

— J'ai reçu un… commence Joan, mais les mots se coincent dans sa gorge. Je l'ai loupé.

Elle abandonne.

— Pardon ?

— Il m'a envoyé un mail.

Joan est fière d'avoir prononcé une phrase comme ça en entier d'un seul coup, mais Shropshire fronce les sourcils.

— Comment ? Qui ça ?

— Cet abonné. J'ai… j'ai essayé de… d'effacer son commentaire. Mais il… (Joan tremble.) Il a envoyé un mail.

— Et ?

Au terme de la course d'obstacles que constitue la fonctionnalité *Contactez-nous !*, l'abonné Abominable Homme Luisant a réussi à trouver l'adresse mail professionnelle de Joan et à l'informer, poliment, qu'il était le fils d'Elsie Jane McLoughlin Blitz, et qu'en tant que tel il trouvait la censure de Joan tout à fait déplacée. En tant que fils, affirmait l'abonné, il avait le droit de proposer un jugement franc sur sa vie. Une rapide recherche Google avait confirmé que le nom associé au mail correspondait à celui du vrai fils d'Elsie Blitz, même si Joan était consciente que cela ne prouvait rien. Joan n'avait pas répondu au message mais avait restauré le commentaire, estimant que cet abonné avait raison : les filtres habituels ne devaient pas s'appliquer aux parents du défunt. De toute façon, chaque minute, des centaines de nouveaux commentaires venaient inonder le livre d'or d'Elsie, enterrant celui de cet homme. Mieux vaut le laisser en terre, conclut Joan. C'était la conclusion qu'elle préférait, et elle l'appliquait à de nombreux dilemmes.

— Et il est… il m'a dit qu'il était son fils, bredouille Joan.

Anne Shropshire ferme les yeux et dilate ses narines. Joan trouve intéressant de voir la patience expirer en direct.

— Et parce qu'un abonné complètement inconnu, très certainement un troll, prétend être un *parent* du défunt, vous estimez que son commentaire était convenable ?

— J'ai… reçu…

— Mais supposons que cet inconnu disait *vraiment* la vérité. C'est une supposition complètement improbable, mais admettons-la un instant. Avons-nous un protocole spécial pour les fils, Joan ? Est-ce que le manuel dit que le langage grossier, les contenus sous copyright et les remarques malveillantes sont acceptables *tant que ça vient de la famille* ?

Joan a terriblement besoin de cligner des yeux. Elle a l'impression qu'on les lui presse sur un scanner. Elle fait non de la tête.

— Non. Le manuel ne dit pas ça. Nous sommes fiers de protéger *tous* nos internautes endeuillés, Joan, dit Shropshire. Nous nous efforçons d'offrir un sanctuaire à des personnes qui se noieraient dans leurs souffrances si nous n'étions pas là. C'est notre mission. C'est à ça que nous servons. Mais nous ne pouvons le faire que si tous nos modérateurs sont motivés et attentifs.

Quand Restinpeace a procédé à sa réduction de personnel, ils ont éliminé le café dans la cuisine du bureau. Si vous voulez qu'on soit *attentifs*, dirait Joan si elle était une tout autre personne, rendez-nous notre café !

— Vous pouvez être l'ange gardien de quelqu'un, poursuit Shropshire, ou vous pouvez gâcher la semaine de quelqu'un. La prochaine fois que vous surveillerez vos commentaires et mails de vandales, je vous enjoins d'imaginer les *endeuillés* de l'autre côté de l'écran. Imaginez-les un instant. Les petits-enfants, les collègues, les frères et sœurs, les parents, les époux et épouses, et les *vrais* fils et *vraies* filles du défunt. Assis sur leurs petits sièges dans leurs petites pièces sombres, à écumer le web en quête de réconfort. Je veux que vous vous imaginiez leur détresse quand ils tombent sur votre erreur. Cet *unique* commentaire posté par cet *unique* troll sous la nécrologie de leur être cher, publié parce que son auteur a prétendu avoir des liens du sang avec la défunte. Je veux que vous imaginiez ces pauvres âmes alors que *votre* erreur retourne le couteau du chagrin au plus profond de leurs tripes. Vous visualisez ça ? Vous les voyez ? Nos endeuillés ?

En proie à une crise d'angoisse, Joan respire au rythme de l'*Ave Maria*. Elle essaie de visualiser les endeuillés – elle essaie de visualiser le couteau du chagrin au plus profond de leurs tripes –, mais elle ne voit qu'un inexplicable beagle vêtu d'un pull, qui luit devant un ordinateur.

— Chaque jour, vous devez vous demander : serai-je un ange gardien, aujourd'hui, ou bien une retourneuse de couteau dans la plaie ?

Joan cligne des yeux. Ce n'est pas le bon moment, mais ça lui fait du bien de façon spectaculaire.

— Nous avons de l'estime pour vous, répète Shropshire. Mais ça ne suffit pas. Vous devez en avoir pour vous-même.

Anne Shropshire tourne les talons pour s'en aller, mais s'arrête.

— Une dernière chose, dit-elle. Les émojis d'étrons sont inacceptables. Je pensais que c'était évident, mais visiblement, ça ne l'est pas. Sérieusement, Joan. Réveillez-vous.

Elle s'en va. Le bruit blanc tonne. Sylvie reprend son grignotage.

UNE HISTOIRE ABSOLUMENT VRAIE

Nécrologie >> Condoléances >> Album photo
>> Livre d'or

Nécrologie

ELSIE JANE McLOUGHLIN BLITZ

Jeudi 16 juillet

Mes très chers êtres aimés, ennemis, voyeurs et fans,

Un des avantages qu'il y a à mourir lentement est que l'on peut écrire soi-même sa propre nécrologie. J'aurais pu confier cette tâche à l'enfant d'un ami, diplômé d'une maîtrise de littérature, ou bien à ce journaliste à la coiffure sérieuse, mais je me propose d'inaugurer un nouveau genre : l'auto-nécrologie. Quatre-vingt-six ans sur terre, résumés par celle qui les a vécus. En une époque de constantes mises à jour de nos statuts intimes, de mémoires rédigés à la chaîne et d'envois de tweets tous azimuts, il me paraît approprié de vous livrer mon propre discours d'adieu. Je soussignée Elsie Jane McLoughlin Blitz, petite chérie de la télévision aux joues roses, militante et – par-dessus tout – mère dévouée, vous offre par la présente un vaste compte rendu de ma vie *telle qu'elle fut vécue*. Je vous assure qu'il n'aura presque rien à voir avec moi. D'après des gens qui savent de quoi ils parlent, il s'agit en partie d'un "listicle*". Je suis d'abord et avant tout une femme moderne.

Au risque mortel de m'exprimer comme une habitante de Los Angeles, je commencerai en vous faisant savoir que nous sommes interconnectés et interdépendants, et ce, malgré le degré de narcissisme féroce qui gouverne nos vies. J'espère que vous garderez ça à l'esprit quand vous penserez au paresseux nain.

Comme vous devez le savoir si vous êtes une créature sensible vivant à l'Ère de l'Information, le paresseux nain, *bradypus pygmaeus*, est le plus menacé de tous les xénarthres, sa toute petite population vivant dans une unique forêt de mangroves au large de la côte caraïbe du Panama. Ces paresseux vivent sur les mêmes 4,3 kilomètres carrés depuis près de neuf mille ans, et sont ainsi d'inestimables spécimens naturels. Le nanisme insulaire a fait du paresseux nain le plus petit représentant de son genre. Étant une créature dangereusement lente, le paresseux nain dépend du camouflage pour sa survie, et a de ce fait développé une relation symbiotique avec des algues vertes qui poussent sur sa fourrure sans susciter le moindre problème pour sa santé. Je vous écris aujourd'hui depuis le seul foyer que le paresseux nain ait jamais connu : l'île d'Escudo de Veraguas, où je suis actuellement assise sur un matelas orthopédique, sur lequel

* Mot-valise formé sur la concaténation du mot "article" et du mot "liste".

j'ai demandé à mourir. La moitié de mes cendres sera jetée en mer, où le superbe paresseux aime à nager, et un quart d'entre elles sera dispersé sur les racines des palétuviers rouges qui poussent dans la mangrove, dans lesquels il vit et dont il se nourrit. Les scientifiques estiment que moins de quatre-vingts paresseux nains survivent encore sur cette île, à cause de la destruction illégale de la mangrove, du changement climatique et du braconnage.

Quid du dernier quart de mes cendres, me direz-vous ? Le dernier quart de mes cendres sera vendu au plus offrant sur eBay et les bénéfices seront reversés au programme EDGE* pour la sauvegarde des paresseux nains. Alors faites vos enchères tant que les cendres sont chaudes, mes chéris.

Pour commencer, je vais vous faire part d'un catalogue de leçons de vie, sans ordre particulier. Je vous donnerai ensuite une liste d'objets de valeur que j'ai perdus, suivie de quelques réflexions, puis d'une histoire absolument vraie. Étant donné que la plupart d'entre nous avons une tolérance très réduite pour l'espace négatif, la non-réalité et le langage non utilitaire, vous trouverez une récompense pour la lecture de ladite histoire. Enfin, je vous livrerai mes pensées conclusives sur la gloire et la mort.

Si je vous manque après ma mort, vous pourrez retrouver une rémanence virtuelle de mon esprit en cliquant ici. Je vous recommande également le documentaire quelque peu dépassé mais néanmoins extraordinaire intitulé *Hanging*

* Evolutionarily Distinct and Globally Endangered : programme lancé en 2007 par la Société Zoologique de Londres pour identifier les espèces à la fois les plus exceptionnelles du point de vue de l'évolution et les plus menacées à l'échelle de la planète, et financer des actions visant à leur préservation.

with the Sloth[*] – une œuvre collaborative de Jeri Ledbetter et Bill Hatcher, deux visionnaires pour qui j'éprouve une grande admiration.

<u>Catalogue de leçons de vie, sans ordre particulier :</u>

1. Complétez votre psychothérapie par des cours de boxe. L'énergie ne peut ni se créer, ni se détruire.
2. Si vous avez treize ans et que l'acteur Charlie Newman vous propose de vous apprendre à jouer aux échecs, acceptez, même si vous savez déjà jouer.
3. Si vous avez seize ans et que l'animateur de jeu télévisé Henry Hawk vous propose de vous apprendre quelque chose dans sa chambre d'hôtel, refusez.
4. Si vous ne refusez pas, ne venez pas pleurnicher à propos des retombées émotionnelles de la chose, parce que vous saviez ce qui vous attendait quand vous avez enlevé vos bagues.
5. Montez toujours à bord du voilier.
6. Si quelqu'un refuse un verre d'alcool, ne lui demandez jamais pourquoi.
7. Ne dites à personne, en dehors de votre agent, que vous savez pleurer sur commande.
8. Ouvrez les portes de salles de bains avec prudence. Surtout à Manhattan, Paris, Budapest, Berlin, Singapour, Abou Dabi, La Havane et San Francisco.
9. On sous-estime la fourrure de castor.
10. On surestime l'accouchement naturel.

* Littéralement, "pendu avec le paresseux" – mais, bien sûr, "*to hang with someone*" signifie également "traîner avec quelqu'un, passer du temps avec quelqu'un". Ce documentaire réel ne semble pas être disponible en version française.

11. Commandez toujours des cocktails sombres lors des soirées caritatives, au cas où vous y croiseriez des personnes comme Darlene Pickens, afin de pouvoir vider votre verre sur sa robe, qui sera blanche, parce qu'elle n'a aucune personnalité.

12. Offrez des brownies au cannabis à vos conseillers financiers et flirtez avec eux, si vous le pouvez.

13. Si vous voyez quelqu'un pleurer sur un pont, arrêtez-vous toujours et posez votre main sur son épaule.

14. Passez l'hiver à Gruyères, en Suisse. L'été à Colmar, en France. L'automne à Castiglion Fiorentino, en Italie. Le printemps à Monemvasia, en Grèce.

15. Plus l'inconnu est attirant, plus il est impératif d'utiliser un préservatif.

16. Mariez-vous au moins deux fois.

17. Fuyez les réseaux sociaux.

18. Croyez aux fantômes mais pas en Dieu, sauf si vous pensez que Dieu est une sorte de fantôme.

19. Prenez des cours de poterie à l'automne ; vous ne serez jamais à court de cadeaux de Noël.

20. Les rues dans lesquelles vous marchez, la nourriture que vous mangez, le travail que vous faites, le moyen de transport que vous utilisez, les produits de beauté que vous achetez, les programmes que vous regardez, les liens sur lesquels vous cliquez, la façon dont vous vous tenez assise dans le train, la façon dont vous parlez aux serveurs et serveuses, la façon dont vous buvez votre café : tout affecte tout le monde. Trouvez un moyen de *croire* cela, même quand vous êtes sobre.

21. Ne laissez pas vos enfants devenir les victimes de vos propres souffrances.

22. Abstenez-vous d'avoir des enfants si vous ne pouvez pas garantir le point précédent.

Trois objets perdus qui, si on les retrouve, doivent être vendus au profit du Programme EDGE pour la sauvegarde des paresseux nains :

1. Un cahier en cuir manuscrit contenant des recettes de cuisine, des listes de choses à faire, des prières et des citations exaltantes. Le nom de ma mère figure en quatrième de couverture. Margaret Deirdre McLoughlin. Bleu turquoise. (Vu pour la dernière fois à Genève durant l'hiver 1983.)

2. Un thermos à café rubis frappé à la base des initiales *E.J.M.B.*, offert par mon père, qui dépensait rarement de l'argent, et détestait le café, et était un homme excessivement bon. (Vu pour la dernière fois à Los Angeles durant l'automne 1964.)

3. Un faisan doré empaillé, perdu lors d'un déménagement d'un bout à l'autre du pays. (Vu pour la dernière fois quelque part entre Los Angeles et New York en avril 1990.)

Lettre ouverte à mon premier mari :

Bien que je te pardonne l'incroyable souffrance que tu as infligée à mon cœur jeune et tendre, je suis heureuse que nous ne nous soyons jamais reproduits. Tu as saccagé les années de ma vingtaine. Je trouve choquant que tu sois toujours en vie.

Lettre ouverte à mon fils, Moses Robert Blitz :

J'ai peine à croire que mon petit bébé blond ait cinquante-trois ans. Et aucune chance d'avoir des petits-enfants ! Ah ! Malgré nos différends, je t'aime au-delà des mots. Ton corps est sain, Moses – il n'abrite rien qui en émerge en bourgeonnant. Et au nom du Christ, j'insiste pour que tu cesses cette comédie bizarre. Ne sois pas surpris, Moses. Bien sûr que je suis au courant. S'il est une chose que l'argent peut acheter, c'est l'espionnage. Écoute-moi très attentivement : être regardé et être vu sont deux choses différentes. Si je peux t'apprendre une seule chose avant de mourir, je veux que ce soit ça.

Une histoire absolument vraie :

À l'époque où mes cellules se tenaient à carreau, je pensais que je vivrais éternellement. Si vous aussi vous pensez ça, faites tout ce qu'il faut – allez à l'église, téléchargez une appli, suivez une formation, faites-vous tatouer, tout ce que vous voulez – pour éclore hors de cette illusion et naître à la vérité. Parce qu'un jour vous mourrez, je vous le promets, et que la mortalité se fiche bien de savoir si vous croyez en elle.

Toute ma vie, j'ai juste cherché à m'amuser. J'étais une artiste de l'amusement et une ratée de tout le reste. Ce dont on a besoin, au bout du compte, c'est d'un parent ou deux. Une laisse et une clôture, une heure de coucher, une petite souris qui passe quand on a perdu une dent. Du lait sur la cuisinière. Mais si nous avons de la chance, la fin de vie nous trouve au point le plus éloigné de l'enfance. Si nous avons de la chance, nous sommes alors plus proches que jamais de nos parents, mais nous ne les retrouvons vraiment que quand tout est officiellement fini. Ce qu'on obtient en lieu et place de ces réconforts, c'est une première rencontre de comédie romantique avec La Mort. Elle est toujours en avance, et elle avait pour moi les traits d'un homme.

Je L'ai rencontré un après-midi de mars devant un magasin de chaussures en Floride. Assise dans mon fauteuil roulant, j'avais le regard perdu dans un aquarium, je me voyais dans le reflet du verre, je voyais l'Amérique dans les poissons, qui étaient affairés et condamnés et théistes. Comme d'habitude, je faisais des projets pour corriger les crimes de ma maternité lorsqu'Il m'a interrompu. J'avais quatre-vingt-cinq ans. Le sexe avait depuis longtemps quitté mon corps, et pourtant lorsqu'Il s'est dirigé vers moi mes ovaires se sont lancés dans une petite danse. Je n'ai jamais trouvé facile de faire la différence entre l'excitation sexuelle et le réflexe de préparation à la fuite ou au combat. C'est sa fragrance qui *m'alarma* – j'aurais pu accepter une odeur de décomposition, mais cette odeur était contraire à la vie, c'était l'odeur du néant absolu, moins vivant que la pierre. Il s'agenouilla et fit battre ses cils sur le dos de ma main droite – c'est comme cela qu'Il dit bonjour, c'est comme cela qu'il vous anoblit. Je ne L'ai d'abord pas reconnu, malgré l'aura de célébrité qu'il dégageait.

— Je peux prendre un selfie avec vous ? me demanda-t-Il.

Je ne dis jamais non pour un selfie, mais c'est alors que je vis Sa faux.

— Bien sûr, dis-je.

Il en prit trois. Puis, sous les yeux du vigile, Il glissa Sa main dans ma poche et y prit quelque chose. Puis il partit.

Le vigile ne remarqua rien. J'eus envie d'appeler mon fils.

Mon assistante émergea du magasin avec trois paires de chaussures pour moi. Elle ouvrit une boîte comme on ouvre un cercueil et m'offrit les chaussures de marche rouge rubis qui s'y trouvaient. C'était un geste absurde, tout bien considéré.

— Vous avez l'air d'un cadavre, dit-elle. Y a-t-il quelque chose que je puisse faire pour vous?

Je lui demandai d'appeler mon fils. Elle le fit, même si nous savions toutes les deux que c'était futile : il m'avait bloquée depuis des mois. Elle feignit la surprise.

Plus tard, mon téléphone vibra pendant que je prenais le thé. Je sursautai et fis un grand sourire, certaine que c'était lui. Mais c'était Lui.

SMS d'un numéro inconnu. Photo de la chose qu'Il m'avait prise, posée dans un vase sur une chasse d'eau dans des toilettes.

Comment avez-vous eu ce numéro? écrivis-je. Je tape lentement.

Il m'envoya un émoji de lapin.

Je sus immédiatement que c'était, comme on dit, le début de la fin. Bientôt, j'allais devoir vivre de grands tourments. *On y est, n'est-ce pas*? écrivis-je à La Mort. Il m'envoya un GIF d'un morse qui hoche vigoureusement la tête avec en légende : *Oui, oui, oui, oui, oui.*

Je voulais L'avoir dans mon camp, alors je convoquai un peu de badinage amical. Dans les semaines qui suivirent, nous restâmes en contact. J'avais entendu des religieux dire qu'Il vous laisse du temps pour mettre vos affaires en ordre, alors je Lui demandai un délai supplémentaire. Nous négociâmes. *Trois mois*, convint-il. Un anniversaire de plus.

Ce n'est pas un capitaine barbare – il faut bien que quelqu'un fasse le sale boulot. Et ce n'est pas non plus un philosophe, Dieu merci. La dernière chose que vous avez envie de faire à la fin de votre vie, c'est des maths. Je ne suis pas Sa prisonnière, et Il n'est pas mon patron, et je ne suis pas Sa cliente, et Il n'est pas ma muse, mais ni Lui ni moi ne sommes libres. Je L'ai mal jugé lors de notre première rencontre : Il fait son travail avec un vrai sérieux de fonctionnaire, malgré Son manque d'efficacité. Pas de sexe. Pas même un dîner.

Le médecin m'appela une semaine après ma rencontre avec Lui. Ce qu'il me dit ne me surprit pas, mais tout le monde pleura autour de moi.

— Qu'est-ce que je peux faire pour vous ? demanda mon assistante.

— Me reprogrammer, dis-je. Mon égoïsme.

Elle me commanda un massage.

Les gens en eurent vent. De ma fin. Après des décennies de paparazzi, de ragots dans la presse, d'interviews et de talk-shows, ils en voulaient encore. Ils voulaient connaître la Vraie Moi. Des foules se matérialisèrent dans mon quartier comme des nuisibles invasifs, détruisant le paysage. Après l'invention d'Internet, je passais souvent en revue l'historique de navigation de mon fils – c'est comme ça que j'ai appris à le connaître. Mais comment quiconque pouvait-il me connaître étant donné que mon historique à moi, que ce soit celui de mon navigateur ou celui de ma vie, avait déjà été exposé au grand jour ? *Si vous voulez me connaître, mémorisez les taches de vin sur mes draps*, tweetai-je à contrecœur. *Je suis désolée de ne pas pouvoir vous aider plus. Je ne me suis vue moi-même que trois fois.*

Une fois en observant une louve dans le zoo de ma ville.

Une fois au Temple du Serpent à Plumes à Teotihuacán, au Mexique.

Une fois devant l'aquarium de la vitrine du magasin de chaussures, à Key West.

Soudain, ce fut un vendredi aux environs de quatre heures, deux semaines avant ma mort – mon heure la plus abhorrée de toutes. Une heure purgatoriale, ni après-midi, ni soir, trop tôt pour manger et trop tôt pour boire, une heure qui encourage ses otages à faire le bilan de leurs échecs, une heure qui représente votre vie entière sous les traits d'un parking à voitures. Je fixai mon téléphone.

— Qu'est-ce que je peux faire pour vous ? me demanda mon assistante.

— Dites-lui que je suis mourante.

Elle le fit.

Comme mon fils le sait mieux que quiconque, je suis une championne olympique de la fuite, même depuis que je suis en fauteuil roulant. Ton talent est ta croix, disait toujours ma mère. Elle était très catholique et ne savait pas s'amuser. Ce soir-là, il y avait un feu qui crépitait dans son trône de marbre. Dans mon assiette, carottes braisées, jarret d'agneau et couscous perlé chaud au citron et au tahini. Du jus de grenade frais dans mon verre, du noir et blanc à la télévision, un mail de l'avocat en charge de la succession dans mon ordinateur, une compagnie perpétuelle à la maison. Rien de mon fils.

— Qu'est-ce que je peux faire pour vous ? demanda mon assistante.

Je lui donnai la destination. Elle organisa un voyage pour que j'aille voir mes paresseux adorés et me tint la main dans mon avion en pleurant. Je lui demandai de se ressaisir. Je lui dis que je voulais un drapeau américain dans la pièce où je mourrais. Un voile blanc gonflé par la brise. Je lui dis des choses que je n'avais jamais dites à personne : je lui avouai que les seconds rôles que j'avais acceptés après mon lupus étaient des frites de piscine existentielles. Que je n'avais jamais arrêté de fumer. Que, d'un certain point de vue, ma cure de désintoxication avait été le meilleur moment de ma vie. Je suis toujours hantée par ce que mon fils m'a dit sur le balcon, lors de la fête pour mon soixantième anniversaire : *Tu es là avec ton gâteau à cinq cents dollars, et tu as quand même envie de sauter*. J'ai quitté la fête pour aller donner des coups de poing à un chêne et pleurer. C'est sous la neige que j'aime le mieux, dans les cages d'escalier que je chante le mieux, et dans les trains que je pisse le mieux. Parfois, je verse un petit tas de sel rose de l'Himalaya dans le creux de ma main et je le lèche, je le lèche tout simplement. Quand je dors avec des chaussettes, je fais mes rêves les plus érotiques et les plus exaltants. J'ai passé la moitié de ma vie à attendre que quelqu'un crie *Action*. L'autre moitié, je l'ai passée à attendre que quelqu'un crie *Coupez*. Toute ma vie, j'ai été mignonne. Ces conditions vous rendent égoïste, et l'Amérique les connaît bien.

Et puis un jour vous vous trouvez dans une boutique de maladie mortelle, obligée d'acheter quelque chose pour pouvoir utiliser les toilettes, et à partir de ce moment-là, vous n'avez plus rien à penser, sinon à faire le catalogue de toutes les fois où vous avez pris alors que vous auriez pu donner.

Mon assistante me dit :

— Vous n'êtes pas seule.

— Je n'ai plus le temps de mettre à jour mon logiciel, lui dis-je d'un ton cassant le lendemain, sur mon lit de mort. Qui diable peut bien se soucier que mon curseur ait disparu ?

— Qu'est-ce que je peux faire pour vous ? demanda-t-elle.

Ce refrain épouvantable. Elle me proposait un cottage, un réalisateur précieux, un brunch sans fond. La fenêtre était ouverte, la brise était chaude et la douleur embrassait tout.

— M'offrir l'irréprochabilité, lui dis-je. Bichonnez ma biographie.

— Un oreiller, dit mon assistante. Je vais vous trouver le meilleur oreiller du monde.

Mon fils est la première personne que j'appelle le matin et la dernière que j'appelle le soir. Il sait que je ne vivrai pas éternellement, mais je veux lui dire que *lui non plus* ne vivra pas éternellement. Je veux lui dire que tout le monde – *tout le monde* – se trompe sur la mortalité. Chaque année, de saison en saison, je me suis nourrie d'été, mais aujourd'hui son lait s'est tari. Je veux dire à mon fils que je suis terriblement désolée. La mort est dans la pièce avec moi en ce moment, à faire des squats à côté du système de climatisation. Nous portons des chaussettes identiques. Des chaussettes brodées de lapins blancs. Pendant que j'attends, je tape Commande F sur l'ensemble de ma vie en quête de mentions de mon fils, de détails qui pourraient justifier son absence. Ou peut-être que je cherche une contradiction, un contre-argument, une preuve du fait que je n'étais pas une si mauvaise mère que ça, après tout. Sans résultat. Je ferme l'écran, inconsolable à cause de la disparition de mon curseur.

Ne lisez pas ce qui suit si vous n'avez pas lu L'Histoire absolument vraie :

Au jeu de pierre-feuille-ciseaux, commencez par choisir pierre. La plupart des gens choisissent ciseaux. C'est le conseil qu'il m'est le plus douloureux de partager, parce que son avantage dépend de sa nature secrète, raison pour laquelle je vous l'offre en récompense.

Remarques conclusives sur la gloire et la mort :

Elles sont toutes deux terriblement solitaires et ennuyeuses.

Bisous*,
Elsie Jane McLoughlin Blitz

* En français dans le texte.

ÉCOUTEZ-MOI JUSQU'À LA FIN

LES sacrifices animaux ont commencé quand nous sommes tous tombés amoureux de Blandine. L'hiver dernier, au Clapier. Il y a six mois. Peut-être à cause du duvet doré qu'elle a sur les jambes. Peut-être parce que c'est la seule fille. Peut-être qu'on s'ennuyait, tout simplement.

Ce qui est sûr, c'est qu'on a toujours détesté son nom d'emprunt, qu'on le déteste encore, et que même l'amour n'a pas pu guérir ça.

Cela faisait cinq mois que nous vivions ensemble quand l'amour a frappé. Nous avons emménagé dans le Clapier l'été dernier, et, au début, nous n'aimions pas beaucoup Blandine. Elle nous évitait, et nous l'évitions. Elle était bizarre depuis le départ : quand elle ne nous ignorait pas complètement, elle nous assommait de discours sur la fin du monde. Elle se baladait avec d'énormes livres terrifiants et utilisait des mots agaçants. Je ne crois pas l'avoir jamais vue consommer autre chose que du ramen épicé, des chips épicées, des algues épicées et des grandes feuilles vertes. Et beaucoup de cannabis et de thé sucré. Quand nous étions tous les quatre à la maison, c'était comme si elle ne nous voyait même pas. Parfois, je l'entendais marcher dans la cuisine en plein milieu de la nuit – nous étions tous les deux assez nocturnes – et je songeais alors à sortir de ma chambre pour aller parler avec elle, mais il y avait toujours quelque chose qui me retenait. Elle était belle, mais de manière effrayante. Les yeux trop écartés. La peau et les cheveux blancs comme les murs. Des habits de cimetière.

Au début, je ne passais pas non plus beaucoup de temps avec Todd et Malik. Nous avions nos propres vies, nos propres emplois, ou tout au moins nous faisions semblant que c'était le cas. Avec le recul, je crois que les graines de tout – de l'amour, des sacrifices, de ça – ont été semées en septembre dernier, pendant l'inondation. Cela faisait un mois que nous vivions ensemble. Tous les habitants du Clapier étaient censés évacuer l'immeuble, mais nous ne vivions pas au rez-de-chaussée, et aucun de nous n'avait nulle part où aller, alors nous avons juste fermé la porte à clé et tiré les rideaux et nous sommes restés. Quand le courant a été coupé, Blandine a sorti des bougies de sa chambre et les a allumées pour nous. Il y avait une Vierge Marie sur son briquet. Todd a fait des sandwichs à la tomate pour tout le monde. Malik a sorti un jeu de cartes et une bouteille de whiskey. On était mal à l'aise, au début, et on rechignait tous à jouer, mais très vite on en était à notre troisième tournée et on hurlait de rire. On n'a même pas vu que les portes dégoulinaient – comme si elles pleuraient – jusqu'à ce que l'eau nous touche. Elle venait du toit, je crois. J'ai alors croisé le regard de Blandine ; elle avait le visage rosi par l'alcool, les yeux tout scintillants, et j'ai ressenti quelque chose. Comme si je me réveillais.

Mais ensuite, je n'ai plus rien ressenti jusqu'à quatre mois plus tard. C'est là que l'amour m'a attaqué, et a attaqué

Todd et Malik, pour de bon. Tous en même temps. Synchronisés. Nous étions trois adolescents qui venions tout juste de sortir du programme de protection de l'enfance de Vacca Vale, c'était la première fois que nous vivions seuls, et nous pensions que nous étions libres jusqu'à ce matin d'hiver. Je crois que c'est Malik qui est tombé le plus gravement amoureux de Blandine, Todd le moins, et moi entre les deux. J'avais l'impression que Todd était plus amoureux de Malik qu'il ne l'était de Blandine, mais il voulait s'intégrer, alors il s'est mis à baver comme nous tous au moindre de ses hoquets.

Ça a eu lieu en janvier. Il venait de neiger. Nouvelle année. Ce matin-là, elle s'est levée tard et est entrée dans la cuisine les yeux plissés. Malik faisait des pancakes aux pépites de chocolat, comme un gros con. Blandine ne marche pas vraiment – elle se faufile. Féline. C'était un samedi et aucun d'entre nous ne devait travailler, ce qui était rare. Les cheveux sur la tête de Blandine étaient blancs décolorés, les poils sur ses bras étaient dorés, elle avait des boutons, ses seins pointaient sous sa chemise. La plupart des gens sont beaux parce qu'ils ressemblent à la moyenne de tout le monde, mais Blandine est belle parce qu'elle a l'air bizarre. Asymétrique. Membres maigrichons. Elle a quelque chose d'extraterrestre. Une beauté qui devrait être laide mais qui ne l'est pas. Elle a bâillé et elle a dit :

— Putain de matelas.

Et on est tous tombés amoureux.

Je sais que ça paraît incroyable que ça se soit passé comme ça, tous en même temps. Mais Todd, Malik et moi en avons parlé, et reparlé, et reparlé encore. C'est vrai pour moi, et je crois que c'est vrai pour eux aussi.

Si Blandine s'est rendu compte qu'on était tombés amoureux d'elle, elle était trop maligne pour le montrer. Avec le recul, il est clair que, d'une manière ou d'une autre, la dynamique était foireuse dès le départ, et qu'on ne pouvait rien faire pour la sauver. Trois garçons de dix-neuf ans bavant d'envie pour la même fille de dix-huit ans dans un appartement surchauffé, avec presque plus de beuh, des jobs éreintants payés au salaire minimum, un faux-semblant d'indépendance. En plus de ça, ils se faisaient snober par la fille, qui déteste l'attention, qui a horreur d'être proche de quiconque lui voudrait quoi que ce soit. Nous connaissions à peine Blandine, mais nous avions au moins compris ça.

Nous nous étions rencontrés tous les quatre dans un "Atelier d'Indépendance" qui préparait les enfants élevés en foyer ou en famille d'accueil à sortir du système. On en serait de toute façon automatiquement sortis à l'âge de dix-huit ans, mais si vous participiez à cet atelier, ils vous aidaient à trouver un logement, un emploi, une couverture santé. Ils vous donnent un peu d'argent pour payer une caution, et vous versent une bourse pendant votre première année. Vous devez juste faire un test de dépistage des drogues tous les mois et prouver que vous n'avez pas dépensé l'argent pour des choses immorales. En cours, les cheveux blond-blanc de Blandine me plaisaient. Ils me faisaient peur.

Blandine ne parle pas des vilains trucs qui lui sont arrivés avant qu'elle nous rencontre, mais on voit bien que ses vilains trucs à elle étaient salement *vilains*. Ça se voit à la façon qu'elle a de s'écorcher les mains en se les lavant avec la paille de fer de la cuisine. Aux énormes livres religieux qu'elle traîne partout. Aux nids d'oiseaux, aux brindilles et aux merdouilles de la Valley qu'elle collectionne. Aux os d'animaux. Parfois, quand elle n'est pas à la maison, je vais fouiner dans sa chambre, qui sent la beuh et les roses. Les rebords de fenêtres sont encombrés de bouteilles en verre dans lesquelles poussent des plantes couvertes d'épines. Au-dessus de son lit, elle a scotché des biographies déprimantes de gens dont personne n'a entendu parler. Elle a des tas de plantes carnivores.

La vie n'est facile pour personne dans le système de protection de l'enfance de Vacca Vale, mais pour Blandine, c'était vraiment très dur, parce qu'elle est très intelligente et que c'est une fille. Les gens attendent des choses de toutes les Blandine du système, et je suis sûr que son cerveau ne l'a pas aidée. Le fait de trop penser peut signer votre arrêt de mort, et Blandine… elle ne fait que s'enfermer dans des chambres pour penser. Elle pense elle pense elle pense et se projette dans toutes sortes de tragédies, et quand le soleil se couche elle a peur de la poignée de la porte. C'est la seule d'entre nous qui n'ait pas fini le lycée, mais c'est aussi la seule qui serait allée à l'université. Un jour, j'ai trouvé dans sa chambre une lettre écrite par je ne sais quel tuteur – un mail qu'elle avait dû imprimer – qui l'encourageait à candidater dans les grandes universités de l'Ivy League. Ce tuteur disait qu'elle avait toutes ses chances. Nous n'avons pas la moindre idée des raisons pour lesquelles Blandine a quitté le lycée. Elle était boursière dans le seul établissement chic de la ville. Il ne lui restait plus qu'un an à faire. Elle n'en parlait jamais. Quand vous évoquiez n'importe quel type d'école, soit elle vous sermonnait sur la nature radicalement foireuse du système éducatif américain, soit elle prenait ses jambes à son cou.

Comme elle refusait de nous laisser l'aimer, Malik, Todd et moi avons commencé à passer tout notre temps ensemble.

Je n'ai pas honte de dire que les sacrifices animaux étaient mon idée. C'était un soir de février – ça faisait un mois qu'on étaient amoureux – et Malik m'énervait parce qu'il n'arrêtait pas de cuisiner pour Blandine, qu'il ne voulait pas sortir de la cuisine, et que je voulais me faire une putain de quesadilla. Le truc avec Malik, c'est qu'il n'a pas du tout d'acné. Tu le regardes, tu vois son sourire d'idiot parfait et sa peau d'idiot parfaite, et tu éprouves une forme de haine particulière. En plus, Malik est le seul d'entre nous à avoir de bons rapports avec sa famille d'accueil. Il va encore chez eux pour les vacances et il prend leurs appels, et rit beaucoup quand il leur parle. Todd ne parle jamais d'aucune de ses familles. Quand on soulève la question, il a cet air sur le visage – le même air que Blandine, en fait. Comme s'ils étaient piégés dans une voiture qui se remplit d'eau.

Je reconnais que Malik est le plus attirant de nous trois, pour ce qui est du physique, de l'intelligence, du talent, des dents et du caractère. Ensuite c'est moi, ensuite c'est Todd. Pauvre Todd. Il a un air mal cuit. Comme s'il n'avait pas passé assez de temps dans l'utérus. Moi, je suis un 6/10 ou un 4/10, selon la personne à qui vous posez la question. Je ne me fais pas d'illusions – je sais que mon corps est mal proportionné, comme si j'avais été dessiné par un enfant de cinq ans, et je sais que je n'ai pas vraiment de lèvres. Mais j'ai une bonne personnalité. Je soulève cent kilos en développé-couché. Et je peux faire des imitations géniales.

Mais bon – Malik, c'est Malik.

Donc je le haïssais vraiment, en cet instant, ce soir de février, alors qu'il se tenait torse nu dans la cuisine, à se pavaner avec ses muscles et sa peau, à touiller toutes ses sauces, à retourner ses foutues pancakes, avec des sacs de courses de dingue partout sur le carrelage, du jazz qui crépitait dans les enceintes merdiques que j'avais trouvées *moi* sur le trottoir, tout seul, des mois auparavant.

— Tu veux pas *dégager*, bordel ? lui ai-je demandé.

— J'ai presque fini.

— T'arrêtes pas de dire ça.

— Juste cinq minutes.

— Allez, *merde*.

Il n'a pas répondu, il a juste continué à envelopper des steaks crus dans des tranches de poitrine fumée crue.

La cuisine est ouverte sur le salon, où Todd était assis, les yeux rivés sur la télévision qu'on avait achetée d'occasion, à regarder cette émission appelée *Tough Love**, où des parents gâtés envoient leurs pré-ados gâtés vivre dans des endroits comme des foyers pour sans-abri ou des prisons de haute sécurité ou des espèces de zones de guerre tièdes, selon que l'enfant est une petite ou une grosse merde, pour leur *former le caractère*. Assis sur le canapé les jambes croisées, Todd avait le souffle humide et croquait des radis. Quand le gamin de la télé est tombé dans une flaque de boue, Todd a ri.

Vous vous dites certainement que Todd est la raison pour laquelle je vous parle en ce moment. Et si je vous disais que Todd était le plus gentil de nous trois ? Celui qui haïssait le plus les sacrifices animaux ?

* "L'amour vache".

À de nombreuses reprises, j'ai surpris Todd en train de regarder des tutoriels pour se raser – surtout pour faire mousser le savon. C'est déjà bien étrange, mais ça l'est encore plus parce que, comme vous pouvez le voir, Todd n'a absolument aucune pilosité faciale. Pas le moindre poil. Voyez le tableau : un gamin pré-pubère qui regarde des pères et des pères apprendre aux internautes comment se raser. Quand je l'ai interrogé à ce sujet, un jour, il a juste haussé les épaules et il a dit que ces vidéos le détendaient. Il ne m'en a jamais dit plus parce qu'il se foutait de ce que je pouvais penser. Mais quand Malik s'est moqué de lui, il a fermé l'ordinateur et il s'est enfermé dans sa chambre. Humilié.

Malik est allé à l'école dans les quartiers ouest, mais Todd et moi sommes allés au lycée à Vacca Vale High. Nous n'étions pas proches, au lycée, nous étions juste des connaissances, et à partir du moment où nous avons tous les deux appris que l'autre était dans le système, nous étions déterminés à nous façonner chacun une vie bien à nous. Au lycée, je regardais Todd de loin. En général, il était avec des amis, mais ils ressemblaient plus à des accessoires, ou à des armes d'autodéfense. Ils se parlaient rarement entre eux. À l'heure du déjeuner, Todd faisait des dessins dans un cahier d'esquisses. Pendant notre avant-dernière année, il a gagné un prix national pour une œuvre qu'il avait réalisée en cours d'arts plastiques, et le lycée l'avait exposée dans le hall. Je n'avais pas la moindre foutue idée de ce que ce dessin représentait, mais je voyais bien qu'il était bon.

Malik et moi disons souvent que Todd fait bien ressortir la partie *odd* – étrange – de son nom, mais la vérité, c'est que j'envie les talents de Todd pour le mystère. Peut-être que je juge les gens trop vite, mais je les juge aussi avec précision.

Normalement, je suis capable d'entendre le message qui sous-tend le message, vous comprenez ? La vraie conversation qui se cache sous la fausse. Mais pas avec Todd. Avec Todd, l'information a toujours l'air de manquer. Il a en lui quelque chose de non américain difficile à décrire. Comme s'il n'avait sa place nulle part. Il déteste les équipes. Il a une obsession pour les légumes crus. Il a l'écorce fragile. Au lycée, je n'ai jamais vu Todd se lier à un groupe quelconque. Je ne l'ai jamais vu s'enflammer ou avoir honte, suivre une quelconque tendance ou essayer d'avoir l'air cool, s'impliquer ou se soumettre. Todd n'était pas un leader, pas un suiveur non plus – seulement un vagabond, heureux de l'être. Jusqu'à ce qu'il rencontre Malik.

Ironiquement, Todd est sans doute celui d'entre nous que Blandine aurait préféré.

J'ai toujours été fasciné par les autres enfants du système. Je les étudiais comme s'ils étaient mes jumeaux biologiques. C'est Todd qui m'a parlé de cet Atelier d'Indépendance pour vous aider à sortir du système et vous lancer dans votre propre vie. Il est juste venu me voir un jour devant mon casier et m'a donné l'info – horaires, lieu, site web. Il est parti avant que je puisse répondre.

Pendant notre deuxième année au lycée, Todd a été exclu une semaine parce qu'il avait disparu lors d'une sortie scolaire à Chicago. C'était dans le cadre d'un cours d'histoire, je pense – je n'y étais pas. Ils étaient censés aller dans un musée. Ils avaient fait trois heures de route pour y aller. Mais dès leur entrée dans le hall, Todd avait filé, avait sauté dans un bus, et était allé à Ikea. Il n'était encore jamais allé dans un magasin Ikea ; il en avait juste entendu parler. Il dit qu'il crevait d'envie d'y aller. Et il y a passé toute la putain de journée. Il dit qu'il a lu trois bandes dessinées dans trois salles de détente différentes, qu'il a mangé des boulettes de viande sur une fausse terrasse, et qu'il a fait une sieste sur un lit intégralement noir. Personne ne l'a embêté. Ils vous laissent juste flâner, dit-il. Comme dans un rêve. Tous ces cubes de maisons imaginaires qui jurent les unes avec les autres, placées ainsi côte à côte de manière parfaitement incohérente. Puis, vers l'heure du dîner, il a retrouvé le chemin de l'autocar à bord duquel sa classe montait et il est retourné à Vacca Vale avec tout le monde. Le lycée a contacté sa famille d'accueil – tout le monde bavait de haine à l'égard de ce gamin, ce gamin bizarre et égoïste. Au début, personne ne l'a cru quand il a dit où il était allé, mais quand ils ont fini par le croire, ils ne l'en ont haï que plus. Tu nous as fait croire que tu t'étais fait kidnapper, ou pire, alors que tu es allé dans un putain d'*Ikea* ?

Todd dit qu'il le referait. C'était le plus beau jour de ma vie, dit-il.

Dans notre appartement, la première nuit des sacrifices animaux, tandis que Malik faisait des steaks au bacon dans la cuisine, je me suis tourné vers Todd.

— Tu te rends compte de ce qu'il fait ? je lui ai demandé en pointant le doigt vers Malik. (Todd n'a pas réagi, il a juste mordu dans un nouveau radis.) Elle est pas végane ?

— C'est pour les gens qui mangent pas de viande ? demanda Todd.

— Eux, c'est les végétariens. Les véganes ne mangent rien – ni œufs, ni fromage, ni lait, ni poulet, ni poisson, rien du tout, a dit Malik. Et elle n'est *pas* végane.

— T'es sûr de ça ?

— Crois-moi, on le saurait si c'était le cas. Les véganes ne sont pas du genre discrets.

— Je crois qu'elle a mangé du lapin, un jour, dit Todd. Dans sa famille d'accueil. À moins qu'elle ait dit qu'elle avait refusé d'en manger ?

— Bon, ça n'a pas d'importance, dis-je. Parce qu'elle n'a même pas faim.

Blandine venait de nous le dire avant de s'enfermer dans sa chambre avec son vaporisateur et une cruche de thé sucré.

— Si, elle a faim, dit Malik. Ou ce sera bientôt le cas. Elle ne s'en rend juste pas compte. Je vais lui faire *comprendre* qu'elle a faim.

— T'es bidon, dis-je.

— Quoi ? demanda Malik.

— Tu ne fais des trucs pour elle que pour prouver que t'es prêt à faire des trucs pour elle.

— Et ?

— Tu vois pas à quel point c'est bidon ?

— Y a rien de bidon dans le fait de prouver qu'on est prêt à faire n'importe quoi pour quelqu'un pour qui on est *vraiment* prêt à faire n'importe quoi.

J'ai levé les yeux au ciel.

— Tu ne serais pas prêt à faire *n'importe quoi.*

— Si.

— Ah ouais ? Prouve-le.

Il a montré la viande.

— C'est ce que je fais.

— Non. Pour de vrai.

À la télévision, la caméra a zoomé sur les mollets nus d'un gamin, qui étaient couverts de plaies rouges purulentes.

— Comment ça, "pour de vrai" ? demanda Malik.

— Mets-toi en danger. Sois un homme.

Il a pouffé d'un air de mépris.

— Et c'est *toi* qui me dis ça ?

— Tu serais prêt à tuer, pour elle ?

— Arrête.

— Moi oui, ai-je dit en ressentant soudain une telle colère en moi que je savais que c'était vrai.

— Sûrement pas, a rétorqué Todd sans détourner les yeux de l'écran.

— Je vais tuer pour elle tout de suite.

— Mais non. (Malik a fait jouer les muscles de toute la partie supérieure de son corps, les yeux rivés sur la viande qu'il tenait dans ses mains.) Tu ne ferais jamais ça.

J'ai mis un couteau à cran d'arrêt dans ma poche et je suis parti.

Livre d'or

Nécrologie >> Condoléances >> Album photos
>> Livre d'or

À la mémoire de

ELSIE JANE McLOUGHLIN BLITZ

16 juillet

FORMIDABLE dame et formidable nécrologie !! Elle a vraiment du cran de l'avoir écrite elle-même ! C'est sûr, elle en a toujours eu, du cran, cette Elsie ! Ah ! Ah ! On n'en fait plus, des femmes comme elle ! ;) Reposez en paix, chère Mme Blitz, on se souviendra toujours de vous comme d'une des plus grandes stars enfantines du monde, & comme une militante & une mère dévouée. Il y a tellement de gens qui se font démolir par la gloire, surtout quand ils l'atteignent, comme vous, à un jeune âge. Mais vous, tout ce que la gloire

vous a fait, c'est de vous donner le sens de l'humour ! Vous êtes en sécurité, maintenant.
— **Terri Collins**, Deer Park, Maryland

16 JUILLET
RIP joli Ange… JÉSUS Vous accueillera dans Ses Bras pleins d'Amor… Il n'y a plus de souffrance maintenant… toutes mes PRIÈRES pour vous et votre famille… à jamais dans mon Souvenir, très Chère
— **Agnes Silvers**, naples, Floride

16 juillet
"Ohhhhhh MERDE ALORS, Pasteur Bill !"

Ruhet in frieden
— **Dietrich M.**, Heidelberg, Allemagne

16 juillet
bon cette "histoire absolument vraie" m'a coûté cinq minutes de ma vie que je ne retrouverai jamais mais c'est cool dieu vous bénisse
— **justin**, Henderson, Nevada

16 juillet
"L'important n'est pas de vivre longtemps mais de vivre bien." Elsie Blitz a vécu à la fois longtemps et bien. Elle est la petite chérie de l'âge d'or de la télévision américaine et elle nous manquera terriblement. Mes prières et condoléances vont à sa famille. Dieu les protège, eux et tous ceux qui sont dans le chagrin.
— **Dr Juan Alvarez**, Santa Fe, Nouveau-Mexique

16 juillet
Pfiouu je sais pas quoi dire cette “nature morte de la mort” c’en était trop pour moi pfiouu pfiouu ~ mais bonne chance à elle j’imagine + merci pour le tuyau sur pierre papier ciseaux!!!!!!!! /// bonne vie après la mort elsie t’es un trééééééésor mondial
— **wesley sugar**, poulsbo, washingtonnnnn

16 juillet
si elle elle peut mourir alors tout le monde le peut. o je suis si triste.
— **Dhrubo A.**, Calcutta, Inde

16 juillet
Bravo à Elsie Blitz : la Voix des Paresseux Nains !
— **Mohammed Patel**, Londres, Angleterre

16 juillet
ça fout un peu les jetons qu’elle ait écrit sa propre nécrologie hahahaa mais r.i.p. grandes leçons de vie
— **Adam Pejewski**, Denver, Colorado

16 juillet
S’IL VOUS PLAÎT PERMETTEZ-MOI D’EXPRIMER MES PLUS SINCÈRES ET PROFONDES CONDOLÉANCES À LA FAMILLE D’ELSIE. JE NE LA CONNAISSAIS PAS MAIS J’ADMIRE DEPUIS LONGTEMPS SON TRAVAIL D’ACTRICE ET TOUT CE QU’ELLE FAIT POUR CES PAUVRES BÊTES AU GUATEMALA. SI VOUS AIMIEZ ELSIE

BLITZ ET QU'ELLE VOUS MANQUE SOUVENEZ-VOUS SEULEMENT QU'ELLE SERA TOUJOURS LÀ PARCE QUE L'AMOUR NE MEURT JAMAIS. VOUS LA VERREZ DANS UNE TULIPE ET UN COUCHER DE SOLEIL ET VOUS ENTENDREZ SA VOIX DANS LE VENT ELLE VIT DANS LA BEAUTÉ. SOYEZ FORTS EN CES TEMPS DOULOUREUX VOUS TOUS QUI L'AIMIEZ. VOUS VOUS EN SORTIREZ!!!
— HATTIE PRESTON, BOISE, IDAHO

16 juillet
euh c'est quoi ce délire avec cette “histoire vraie” euuuhhhh *no comment*
— **nicole sassafrass**, Nantucket, Massachusetts

16 juillet
Mdr! Je pensais pas qu'elle avait Eu une vie si Excitante!!!;) j'avais encore jamais entendu une personne si âgée parler de sexe mdr elle avait pas genre 200 ans??? j'imagine qu'il a bien fallu qu'elle trouve à s'occuper après la fin de Meet the neighbors mdr;) quoiqu'il en soit tu Nous manqueras, SUSIE EVANS jveux dire ELSIE BLITZ ahahaaah <3 et Bravo pour le boulot avec les paresseux!!!!!!!:) aujourd'hui le monde a perdu une grande CLASSIQUE ~I<*.::.oO^Oo.::.*>I~
— **Gwennie**, Nouvelle-Écosse, Canada

16 juillet
Je l'adore. J'adore cette nécrologie. J'adore l'histoire absolument vraie. J'adore la vie. J'adore les mots. Je hais la mort.
— **Ishani K.**, Mumbai, Inde

16 juillet
Donc “Il” est La Mort. Mais qui est le “Fils” ? Je ne comprends pas. Quelqu’un connaît-il la réponse ? Et qu’est-ce qu’Il lui a pris dans sa poche ? Pourquoi ? Excusez mon anglais.
— **ElsieBlitzFan**, Kyoto, Japon

16 juillet
bah j’ai toujours commencé par jouer pierre & j’ai toujours gagné
r.i.p. quand même
— **joey shmoey**, montreal, Canada

16 juillet
😭😭😭😭😭😭😭😭😭😭😭😭😭😭😭😭😭😭😭😭😭
— **Bee.D.P.**, Stockholm, Suède

16 juillet
omg bon sang quelle grande dame quelle histoire qui aurait cru qu’elsie était chtarbée de ouf jvais m’en aller bosser ds une maison de retraite jvous jure la grosse éclate !!!!!!!!!
— **Liv F**, Pasadena, Californie

16 juillet
j’espère qu’elle est morte sans souffrances. j’ai cueilli des chrysanthèmes blancs pour elle et j’y ai mis le feu. Elsie pour toujours.
— **cheung hyunsoo**, Hong Kong, Chine

16 juillet
Elle aurait dû gagner un Oscar pour enfant pour cette scène où la maison se fait détruire par les flammes. Et puis aussi, pauvre John Griffin ha ha.
— **Z.**, South Bend, Indiana

16 juillet
j'ai grandi en regardant des rediffusions de *Meet the neighbors* avec mes parents et mon frère pendant le dîner. meilleure série de tous les temps. j'ai des souvenirs géniaux de quand je le regardais après avoir fini mes devoirs en mangeant de la purée lyophilisée et en renversant du lait et d'autres trucs partout. c'était une époque simple, alors. elle est peut-être elsie Blitz pour certaines personnes mais pour moi elle sera tjrs la petite susie evans. mon frère et moi on se fait encore la poignée de main que susie et peter inventent quand le camion tombe en panne après la fête des moissons et qu'ils volent les moutons sans que le fermier sebastian s'en rende compte. du bon divertissement familial comme on n'en fait plus. aujourd'hui mon frère vit à atlanta et je le vois plus beaucoup mais à chaque fois que je le vois on se fait cette poignée de main. il a des gosses et une femme et ils sont tous photogéniques. moi je suis toujours ici dans l'arkansas à m'occuper de maman parce que maintenant elle souffre de démence sénile. c'est plutôt dur j'avoue mais c'est fou comme elle se requinque dès qu'elle entend la chanson du générique de "meet the neighbors". j'ai téléchargé toutes les saisons et je les regarde avec maman juste pour la voir s'illuminer comme ça. j'avais oublié à quel point c'était drôle et bizarre quand ils sont passés à la couleur à la saison 4, et de les entendre tous dire des trucs comme "sapristi, y a

vraiment plein de lumière ici!" ah ah. j'adore le moment dans ce premier épisode en couleur où susie peint le chien en bleu pcqu'elle dit tout est "cul-par-dessus-tête" ça me fait toujours rire aussi fort. même si c'était sans doute pas une bonne journée pour le chien en fait. maman me reconnaît plus si bien mais elle reconnaît encore parfaitement ces adorables personnages. RIP petite susie evans mes pensées les plus chaleureuses à toi et ta famille. l'amérique vous aimera toujours. merci.
— **Mary Jensen**, Jasper, Arkansas

16 juillet
CETTE #NÉCROLOGIE N'EST QU'UN VASTE MENSONGE ÉHONTÉ. CEUX QUI TRAVAILLENT POUR CE SITE WEB ONT BESOIN D'EMBAUCHER DES PUTAINS DE #FACT-CHECKERS. JE SUIS DU #SÉRAIL. JE SAIS DE MANIÈRE CERTAINE QU'#ELSIEBLITZ EST MORTE À L'#HÔPITALCEDARSSINAI SUR BEVERLY BLVD, FOUTREMENT LOIN DU PANAMA. EN PLUS DE ÇA CETTE ELSIE ÉTAIT UNE #MÈREDEMERDE. IL EST TEMPS QUE LES GENS SACHENT LA VÉRITÉ À PROPOS D'ELSIE BLITZ. C'ÉTAIT UNE #MENTEUSE & UNE #SALOPE UNE #NARCISSISTE ET UNE #ADDICTAUXOPIOÏDES. ELLE EST PAS #LAPETITECHÉRIEDELAMÉRIQUE ET ELLE L'A JAMAIS ÉTÉ. ELLE A GÂCHÉ MA VIE & LA VIE DE PLEIN DE GENS & ELLE MÉRITE AUCUNE TRISTESSE NI AUCUN MOT GENTIL. JE PEUX VOUS DONNER DES DÉTAILS EN MP.

#LAVÉRITÉSURELSIEBLITZ #ELSIEBLITZ #NÉCROLOGIES #VÉRITÉ #MENSONGES #FAITS
— **Abominable Homme Luisant**, et putain, vous croyez quand même pas que je vais vous dire où j'habite

INTONATION

Quand Moses Robert Blitz dit aux gens qu'il tient un blog sur la santé mentale, la question qu'ils lui posent ensuite est toujours la même.

— Êtes-vous psychologue, demande une femme enceinte.

Elle n'y met absolument aucune intonation. Ils sont à un cocktail dans un loft par une soirée chaude et polluée. C'est le mardi 16 juillet, et la mère de Moses vient de mourir. Il a choisi de venir à ce cocktail parce que les invités sont du monde de la musique et pas du monde d'Hollywood, et qu'il présume que personne ici ne lui posera de questions sur Elsie. Le quartier d'Art District met toujours Moses mal à l'aise – il préfère éviter de côtoyer les signes évidents de maladie mentale, de toxicomanie et de pauvreté, même s'il reconnaît que ces puissances gangrènent toutes les rues de Los Angeles. Il n'aime pas les voir, voilà tout ! Entre l'endroit où le chauffeur de son service de voiture l'a déposé et la porte du Walnut Building, un homme a demandé à Moses quelque chose à manger, et lorsque Moses lui a donné un billet de vingt dollars, il s'est illuminé.

— Merci… Dieu vous bénisse, a dit l'homme en acceptant l'argent. Et gardez votre petite amie près de vous, vous m'entendez ? Gardez-la bien près de vous.

Moses, qui marchait seul, a froncé les sourcils. Puis il est passé devant une femme assise pieds nus, adossée contre un immeuble avec un chat tigré à côté d'elle.

— Je suis un dieu, je suis un dieu, je suis un dieu, a-t-elle dit.

À présent il se trouve dans un loft que l'hôte utilise comme studio. Des ombres agencées avec goût font paraître les meubles plus chers et les gens plus fertiles qu'ils ne le sont en réalité. Il y a un haut plafond incliné et un vasistas à travers lequel on ne voit aucune étoile. Brique nue. Fenêtres originales. Cette fête est censée célébrer la sortie de l'album du locataire des lieux, mais il refuse que l'on passe sa musique, dont il a soudain honte, et il s'est retiré dans la chambre à coucher en compagnie de deux très jeunes femmes et d'un cocker anglais.

Les invités sont coincés et fragrants ; ils sont vêtus de tenues de sport expérimentales et se sentent très sexy. Sauf Moses, qui veut se débarrasser de sa peau comme si c'était une combinaison. Il sent les fibres, encore, qui le piquent et le mordent comme des tiques. Il a un problème médical. Il n'aime pas en parler.

— Quoi ? demande-t-il à la femme enceinte en sentant déjà la claustrophobie l'envahir dans cet échange.

— Êtes-vous psychologue, répète-t-elle.

— Non.

— Avez-vous jamais étudié la psychologie.

— Non.

— La psychiatrie.

— Non.
— La psychanalyse.
— Non.
— La médecine.
— Non.
— Le coaching personnel.
— Non.
— La sociologie.
— Non.
— L'anthropologie.
— Non.
— La théorie critique des races.
— Non.
— La théorie queer.
— Non.
— Les études autochtones.
— Non.
— Les études féministes.

Il prend une grande respiration.

— Non.

— Dans ce cas quelle qualification avez-vous pour tenir un blog sur la santé mentale.

Elle est attirante mais elle a le regard terne, et son manque d'affect agace Moses. Il a le sentiment violent d'être un mâle blanc en sa présence, et il ne comprend pas pourquoi. Elle aussi, elle est blanche. Il se gratte le cou à deux mains – des fibres multicolores poussent comme des champignons hors de ses pores – mais ce grattage ne suffit pas. Il envisage d'y aller à la fourchette.

— Eh bien, je n'y parle que de *ma propre* santé mentale, dit-il. Donc bon.

C'est en réalité l'inverse de l'intention du blog, puisqu'il est formaté comme un service de conseils à destination d'anonymes en demande d'aide, mais Moses fait passer la vérité figurative au-dessus de la vérité littérale.

— Dans ce cas en quoi cela peut-il être un blog sur la santé mentale, dit-elle d'un ton parfaitement neutre.

Vous avez été élevée par des robots ? décide-t-il de ne pas demander.

— J'essaie juste d'aider les gens à s'exprimer.

— Votre blog m'a l'air tout aussi égotiste et vide de contenu valable que les blogs de tout le monde.

— Ah. (Il est piqué au vif. Sa peau le démange.) Chaque homme est l'expert de lui-même, donc…

— Personne.

— Pardon ?

— Personne.

— Quand je dis "homme", je veux dire "humain", explique Moses.

— Votre discours regorge de micro-agressions patriarcales codifiées.

Moses se déteste.

— Continuez, lui ordonne-t-elle.

Il sue. Il a peur de faire quelque chose de drastique – il sent le mauvais comportement se lover en lui comme un chat sauvage. Il va jeter une lampe par la fenêtre, il va se mettre à mugir ou à se déshabiller, il va pousser cette femme à terre. Non, non. Non.

— Eh bien, chaque *personne* est l'expert ou l'experte d'elle ou de lui-même. (Il vide le reste de son shot de whiskey-jus de cornichons.) Se comprendre *soi*-même aide à comprendre *les autres*. (Puis, dans un élan de conviction :) C'est pour ça que nous avons une conscience !

Il se sent bizarre, maintenant, et il est incapable de dire si elle s'en rend compte. S'en rend-elle compte ? Cette top-modèle enceinte ? Que pense-t-elle ? Est-elle capable d'éprouver le chagrin du deuil ou d'avoir des désirs ardents ? Sa forme de présence se déploie sur le mode de l'absence. Maternelle.

Elle attrape un verre d'olives plantées sur des cure-dents. Lentement, elle en choisit une, la porte à sa bouche, et mâche sans que ses yeux ne quittent ceux de Moses. Pourquoi *fait*-elle cela ? Moses se concentre sur le manque de sommeil que ses yeux bouffis trahissent, visible sous son maquillage, même à la lueur des bougies.

— Oh, dit-elle avec sarcasme. C'est donc *pour ça* que nous avons une conscience.

Il ne connaît pas cette femme. L'épouse philanthrope d'un réalisateur ringard. Pourquoi la menace d'un jugement négatif de sa part devrait-il susciter chez lui des flots de transpiration aussi extrêmes ? Il se gratte le cou à vif.

— Si nous comprenons nos propres motivations et nos propres désirs, commence-t-il prudemment, nous sommes mieux à même de prédire les motivations et les désirs des autres. (Il a le souffle court.) Prédateurs, supérieurs hiérarchiques, partenaires, etc.

— La conscience n'a-t-elle pas évolué en tant que sous-produit du langage.

— Ces théories ne sont pas mutuellement exclusives.

— Vous n'avez pas présenté la vôtre comme une théorie.

— Pardon ?

— Vous l'avez présentée comme un fait.

— Nous ne voyons pas les choses de la même façon.

Il sourit d'un air suppliant. Il faut qu'il parte.

— Excusez-moi. (Elle pose son verre sur une étagère pleine d'encyclopédies toujours enveloppées de leur cellophane.) Je crois que je vais vomir.

Moses la regarde tituber vers les toilettes, puis expire.

Mauvais comportement évité. Il s'est retenu, sa peau l'a retenu, les fibres se sont retenues à l'intérieur de sa peau – quel miracle. Moses consulte son téléphone comme une personne normale le ferait. 22 h 34. Du bout du pouce, il fait apparaître un plein écran de SMS, messages vocaux, appels manqués, e-mails, messages privés. Des gens qui lui souhaitent d'aller bien, des gens qui lui envoient leurs condoléances, des gens qui lui demandent comment il va. Et parmi eux, qui s'en soucie ? Il a un vol de nuit pour Chicago dans quelques heures, et il n'a pas encore fait ses valises. De Chicago, il louera une voiture et roulera jusqu'à Vacca Vale, dans l'Indiana. Il devrait déjà être chez lui, à Los Feliz, en train de se préparer. Il n'aurait jamais dû venir à cette soirée.

Retrouvant son blazer – en velours saphir, cadeau de Jamie pour son cinquante-deuxième anniversaire, juste avant qu'elle ne baise cet enculé de start-upper joufflu et qu'elle – tiens-toi bien, respire, tiens-toi bien –, Moses remarque sur sa main une tache fluo luisante en forme de tout petit poumon. Il devra faire plus attention.

GRAND

BLANDINE Watkins travaille quatre jours par semaine dans un *diner* appelé Ampersand – L'Esperluette –, où elle engrange les excuses et les sourires et les Pardon-de-Vous-Déranger-Mais et les Si-Vous-Pouviez-Juste-m'Apporter-un-Autre que lui adressent des travailleurs free-lance excessivement reconnaissants. L'Ampersand est le seul établissement de Vacca Vale qui n'appartienne pas à une chaîne et qui ressemble un tant soit peu à un café. Ouvert par un duo de hipsters optimistes, il attire un nombre disproportionné de gens coiffés de bérets. Un papier peint botanique vintage les entoure – papier peint que Blandine adore, la plupart du temps. Aujourd'hui, il suscite en elle des envies de meurtre à cause de la déforestation. L'Ampersand sert des tartes d'avant-garde ; c'est son truc. Pour chaque tarte achetée, ils reversent cinquante cents au foyer d'accueil pour femmes battues. Blandine passe l'essentiel de son temps de travail à fusiller les clients du regard depuis sa caisse – elle n'aime pas leurs manières fausses. Des piles d'exemplaires de la *Gazette* de Vacca Vale se flétrissent sur une chaise près de la porte. Toute la matinée, Blandine a regardé des gens lire l'article. Elle essaie de se sentir amusée, ou victorieuse, mais elle se sent juste fatiguée.

Le matin du mardi 16 juillet – la veille du jour où elle sort de son corps –, Blandine regarde deux clients oppressants de politesse se dépatouiller pour trouver où s'asseoir.

La première est une femme vêtue d'une robe jaune-bébé avec de vilaines mèches, une jolie manucure et une fille en bas âge. La femme s'agite en face de son enfant à la grande table commune, triturant une serviette. Le second est un binoclard d'une vingtaine d'années portant une sacoche en bandoulière et arborant un teint de végane radieux. Que font ces gens à Vacca Vale, se demande Blandine, et où habitent-ils, et quand s'en iront-ils ? Elle ne voit jamais ce genre de gens ailleurs qu'à l'Ampersand, en liberté.

— Je peux m'asseoir ici ? demande le jeune homme en touchant la chaise qui jouxte celle de la femme.

— Oh, dit la femme, décontenancée. Euh.

— La place est prise ? demande le jeune homme.

— Eh bien… c'est-à-dire que… voyez, en fait, on attend quelqu'un d'autre, en fait.

— Ah, d'accord, pas de problème !

Avec son sourire, et son jean, il est évident pour Blandine que personne n'a jamais vraiment critiqué ce jeune homme devant lui, et qu'il est le produit d'un amour parental extrême. Il pense que le monde entier devrait l'aimer tel qu'il est, se dit Blandine.

— Et celle-là, elle est prise ? demande-t-il en montrant la chaise qui jouxte celle de la fillette.

— Euh. (Les traits de la femme se froissent et affichent un air de panique.) Peut-être qu'il voudra cette chaise, en fait.

— D'accord. (Le jeune homme pose sa main sur la première chaise qu'il avait convoitée.) Donc pour finir, celle-ci est libre ?

Les yeux des clients du café se lèvent des tasses et des écrans, intrigués.

La femme déglutit.

— Pardon, c'est juste… c'est juste que la personne que nous attendons est son père, vous comprenez ? Et qu'il est en route ? Et qu'il est grand. Un grand gaillard. Du genre, vraiment *grand*. Alors, il aura juste besoin de beaucoup d'espace, voyez ?

Sa voix est montée dans les aigus, la serviette en papier est déchiquetée sur ses genoux. La femme a l'air aussi escamotable qu'un parapluie.

— Il aime avoir beaucoup d'espace.

Le jeune homme cligne des yeux.

— Mais… je suppose qu'il ne va pas prendre deux chaises situées de part et d'autre de la table, si ?

— C'est juste que… C'est juste que je ne veux pas que *vous* soyez mal à l'aise.

— Je ne serais pas mal à l'aise.

— Je veux que vous soyez *à l'aise*.

— Moi aussi. Je prendrai celle qui vous dérange le moins.

Ils se sourient.

— Mais si… commence la femme. C'est juste qu'il pourrait bien…

— Je serai heureux d'échanger avec lui, s'il veut plutôt cette chaise. Vraiment aucun problème.

Sans un mot, la femme implore sa fille de lui venir en aide. La fillette frappe deux jouets en plastique l'un contre l'autre, indifférente. L'un est un lapin marron, l'autre est un tyrannosaurus-rex ; le premier est trois fois plus grand que le second.

— C'est vraiment un grand gars, insiste doucement la mère, et Blandine remarque, pour la première fois, que les bras de la femme sont lacérés de griffures de chat.

Enfin, le jeune homme comprend qu'une angoisse sans aucun lien avec le fait de s'asseoir s'est matérialisée, chez cette femme, sous la forme d'une chaise. Il a suivi un cours d'introduction à la psychologie en première année de fac, se dit Blandine de façon peu charitable, et maintenant, il se prend pour un expert.

— D'accord. (Il sourit, et s'adresse à la femme et à sa fille comme si elles avaient le même âge.) Pas de problème. Je vais m'asseoir juste là.

Il prend un tabouret près de la fenêtre, et lance des regards de sympathie à la femme et à sa fille en vidant sa sacoche. Blandine déteste cette caricature de sympathie facile, qui se manifeste si souvent sous les traits de la pitié. Elle pense que c'est une attitude naturelle chez les trop-aimés et jamais-vraiment-critiqués.

Peu après cet échange, un autre homme arrive, faisant tinter la cloche derrière lui. Enveloppé d'un blouson de cuir noir, d'une odeur de cigarettes et d'un bronzage récent, il génère son propre champ de gravitation. Il serait parfait dans une pub de déodorant pour homme, se dit Blandine : assez bel homme pour servir de réceptacle à une projection de soi positive, mais pas bel homme au point de menacer le sentiment de masculinité du client. Blandine perçoit qu'il a trop de tatouages, bien qu'elle ne puisse pas les voir. Il porte sa testostérone comme une eau de Cologne puissante.

Les clients du café remarquent collectivement que cet homme est petit.

— Oh, dit la femme d'un ton descendant. Dans mon souvenir, je te voyais plus grand.

— Hein ?

— Salut, se corrige-t-elle.

Il s'assied à côté de la fillette, ébouriffe ses fines couettes.

— Coucou ma petite.

La fillette lui adresse un regard noir.

— Je ne veux pas être assise près de toi.

Sa voix est sombre et sans appel. Elle semble avoir cinq ans.

— Reste à côté de papa, trésor, ordonne la femme en regardant le père qui regarde l'enfant qui regarde Blandine qui lui rend son regard. Il a fait tout ce chemin pour venir prendre le petit déjeuner avec toi. C'est pas gentil, ça ? C'est pas *vraiment gentil* de sa part, trésor ?

Se sentant trahie, la fillette transfère son regard noir sur la mère, puis retourne à ses jouets. D'après ce que Blandine peut voir, c'est le lapin qui gagne.

— Voilà ce qui arrive quand je fais des efforts, se lamente le père.

— Oh, non, non, non… elle a juste faim, c'est tout ! (Un rire clair jaillit de la gorge de la mère.) Tu sais, c'est drôle. Je me sens tellement bête… Je pensais… je pensais juste que tu étais beaucoup plus grand. J'ai dit à tout le monde que tu étais grand. J'ai dit, genre, "Il est si grand, il est si grand." Mais en fait tu ne l'es pas. Si grand.

Il croise les bras.

— Qu'est-ce que tu sous-entends ?

Le sourire de la femme se transforme en rictus.

— C'est drôle, c'est tout.

Ils consultent leurs menus.

Au bout d'un moment, Blandine s'approche de la table et attend qu'ils lui parlent. Elle sait qu'elle n'est pas une bonne serveuse – elle n'est pas de nature aimable, et cherche souvent à déplaire –, mais aujourd'hui elle est trop épuisée pour lutter contre ses défauts. La mère commande des pancakes avec un accompagnement d'avocats, un verre de jus de pamplemousse, un verre de jus de pomme, et une assiette supplémentaire. Le père commande du café, une part de tarte aux mûres, du bacon et des œufs brouillés.

— Vraiment baveux.

Il sourit. Ses dents sont blanches comme neige. Ses yeux papillonnent pour se poser sur la poitrine de Blandine.

— Quasiment crus.

Il lui fait un clin d'œil.

Les clients font souvent des clins d'œil à Blandine. Après le clin d'œil, ils ont tendance à déballer de manière non sollicitée des choses intimes sur eux. Inconsciente de sa beauté étrange – en réalité, révulsée par son corps –, elle soupçonne que ce phénomène est dû à sa recherche compulsive de contact oculaire. La semaine dernière, pendant que sa femme était aux toilettes, un homme âgé lui a révélé qu'il était “de centre-droit, sur le spectre de la sexualité, l'extrême-droite correspondant au fait d'être complètement homosexuel”. Le lendemain, une adolescente lui a confessé qu'elle offrait des photos topless au prêtre quinquagénaire qui s'occupait des jeunes. “Il est amoureux de moi”, lui a dit la jeune fille d'une voix pleine d'espoir. Hier encore, un ranger de parc national du Michigan lui a avoué qu'il laissait parfois des darnes de saumon cru à proximité des aires de camping dans l'espoir de voir un ours.

Blandine ne tire aucun plaisir du fait de se trimballer avec des secrets d'inconnus. Elle veut se transcender, elle veut s'extirper de ce réceptacle grotesque qu'est son corps. Comment peut-elle accomplir une telle chose alors que des étrangers la traitent comme le garde-meubles de leurs informations les plus lourdes ? Elle adresse un regard noir au père qui lui fait de l'œil.

— Nous n'avons pas de tarte aux mûres, dit-elle.

— Vous êtes sûre ?

— Oui.

— Parce que j'en ai déjà pris.

— On n'en a jamais servi.

— Mais si, insiste l'homme. J'en ai commandé la dernière fois que je suis venu.

— Non, répond Blandine.

Elle sait qu'elle est en train de sublimer son opposition générale à l'égard de cet homme en une unique opposition absurde, mais elle n'a pas envie de céder.

— C'est impossible.

— C'était peut-être avant que vous ne travailliez ici.

— Je travaille ici depuis l'ouverture.

— Bon, c'est vraiment dommage que vous n'en ayez pas aujourd'hui. (L'homme se renfrogne.) Vraiment dommage. C'est quoi, vos suggestions du jour ?

Blandine se tourne vers le tableau noir accroché à l'entrée et lit :

— Agneau à la lavande, avocat-rhubarbe, moisissure noire, vinaigre tomate-fraise, charbon de banane et pêche-brocoli.

C'est comme si elle lui avait dit que leurs tartes étaient farcies de lambeaux de cuisses humaines. L'horreur s'empare du visage de l'homme et se change rapidement en rage. Sentant le danger, la femme s'emploie à trifouiller un mouchoir en papier en exhortant en vain sa fille à se moucher.

— Vous me faites une blague, c'est ça ? demande l'homme.

Blandine serre les dents.

— Je suis très sérieuse, monsieur.

— Bon sang, vous devez vous moquer de moi.

— Regardez le tableau.

Il le regarde.

— De la *moisissure* noire ?

— C'est une tarte à la crème fraîche saupoudrée de réglisse noire.

— Je ne vais pas prendre de tarte. Ça non. Bon sang.

L'homme croise les bras et secoue la tête. Le geste universel du dégoût moral.

— Ce lieu n'a pas cessé de dégringoler depuis que je suis parti.

Après avoir transmis leurs commandes, Blandine reprend son perchoir à la caisse et observe la famille d'un air amer. Ni l'un ni l'autre des parents ne porte de bague. La mère s'effondre de plus en plus en elle-même tout en bavardant au sujet de ses cheveux et de sa peau, puis des cheveux et de la peau de la fillette.

— Tu ne la trouves pas super mignonne, aujourd'hui ? demande-t-elle encore et encore. Avec ses couettes ? Et sa jolie robe blanche ? J'aurais bien aimé porter une robe blanche, ou quelque chose comme ça. Pour qu'on soit assorties.

Le père reste taciturne, mais il essaie de temps à autre d'avoir des gestes tendres à l'égard de la fillette, qui recule en tressaillant. Cela dure un moment.

Blandine prend leurs assiettes et va les leur servir.

— Merci ma belle, dit le père, les yeux de nouveau sur sa poitrine, et Blandine se félicite d'avoir éternué sur ses œufs.

La fillette engloutit tout son jus sitôt que Blandine le lui sert, comme si elle avait passé des jours perdue dans le désert.

— Avant, je bronzais vraiment beaucoup, dit la mère en transférant deux de ses trois pancakes dans l'assiette de sa fille. Mais ma peau est devenue si sensible au soleil que je ne peux pas rester dehors plus d'un quart d'heure sans écran total. C'est dingue. On a passé le week-end aux Dunes – je lui apprends à nager et tout et tout, tu vois – et j'ai dû passer mon temps à me tartiner et me tartiner et me tartiner encore, et elle a dû m'aider à m'en mettre dans le dos et je me suis quand même pris des coups de soleil, genre, partout, tu le vois peut-être, sûrement, mais j'en sais rien, ça fait longtemps que tu ne m'as pas vue, alors peut-être pas.

Son speech finit par s'arrêter, et elle rougit. La fille lui lance un regard sévère et l'espace d'un instant elle paraît disproportionnellement grande, comme Jésus dans les tableaux de Vierge à l'Enfant.

— Sirop, exige la fille.

La femme verse du sirop sur tous les endroits que la fille lui pointe du doigt.

— C'est juste dingue, conclut la femme d'une petite voix. Parce qu'avant, je bronzais tellement bien.

— En revanche, tu parles toujours trop.

L'homme se taille un quart du pancake de la femme.

— Je suis désolée, murmure-t-elle en croisant bras et jambes sur son être intérieur, se comprimant jusqu'à n'avoir plus de membres.

Elle observe le père tandis qu'il mâche la part de pancake qu'il lui a prise. Elle lâche un rire frivole.

— C'est drôle.

— *Qu'est-ce* qui est drôle ?

— Ce truc… que je te croyais si grand.

S'IL VOUS PLAÎT JUSTE

La pollution sonore déclenche chez Joan Kowalski un sentiment proche de la colère meurtrière. Cette réaction s'avère particulièrement violente dans les bibliothèques, au travail et pendant la semaine d'avant ses règles. Ces derniers temps, le bruit au-dessus de son appartement – où vit cette meute d'adolescents, dont la terrifiante fille aux cheveux blancs du lavomatique – est devenu insupportable. Des meubles qu'on fracasse. Des garçons qui hurlent. *Des bongos.*

Il y a trois mois, lors d'un voyage en train pour aller rendre visite à sa tante Tammy à Gary, dans l'Indiana, Joan s'est trouvée assise à quelques sièges d'un homme qui ronflait plus bruyamment qu'elle ne l'aurait cru possible. Joan a senti, pour la première fois, qu'elle était capable de tuer quelqu'un. Il était baveux et dégoûtant, ce ronflement – indescriptiblement dégoûtant. Joan avait déjà migré du wagon restaurant parce qu'un jeune homme qui paraissait tout droit sorti d'une fraternité étudiante avait passé une heure à s'amuser à passer des coups de téléphone les uns après les autres. Elle s'est levée de son siège pour affronter le ronfleur, s'ébrouant pour se libérer de la peur de l'affrontement et de la colère de devoir s'y coller.

— Excusez-moi, a-t-elle dit, mais l'homme a continué de ronfler. (Elle lui a tapoté l'épaule.) Excusez-moi. (Rien.) *Excusez-moi !*

Lorsqu'il s'est réveillé en un gros ronflement, il a eu l'air si gêné et paternel que l'essentiel de la colère de Joan a battu en retraite pour se changer en excuse.

— Je suis désolée, mais, euh, j'essaye de lire ? commença-t-elle précautionneusement. Et je suis très sensible au bruit ? Et je me demandais s'il vous serait possible de, hum, vous arrêter de ronfler ? Je suis vraiment désolée. Si ce n'est pas possible, ce n'est pas grave. Je sais que c'est une demande déraisonnable. C'est juste que j'ai du mal à me concentrer quand il y a… du bruit.

L'homme a rougi et a fait oui de la tête.

— Je ne m'en rendais pas compte, a-t-il dit. Que je ronflais. Je n'étais pas parti pour m'endormir. Je fais de l'apnée du sommeil, donc je ne dors pas très bien, de façon générale, mais mon fils a été malade la nuit dernière, et je n'ai pas dormi du tout. Il a la grippe, on pense. Faut croire que j'ai dû m'assoupir. Je suis vraiment désolé – ça me gêne horriblement. Je vais essayer de faire attention.

Joan s'est excusée encore à trois reprises, puis est retournée s'asseoir à sa place, en se sentant méchante. Comme d'habitude, quand elle affrontait le monde à propos d'un des problèmes du monde, le monde lui faisait comprendre que c'était elle le problème. Elle s'est juré de faire des efforts pour se libérer de sa misophonie et se comporter comme une meilleure personne.

Mais le soir du 16 juillet, alors que Joan Kowalski essaie de lire dans le tramway qui la ramène chez elle, elle est de nouveau mise à l'épreuve. Le tramway est rouge et flashy, flambant neuf mais de style rétro, évocateur des premières locomotives et de l'âge d'or de l'optimisme américain. Normalement, pour aller au travail, Joan conduit un break dont elle a hérité, mais elle n'a plus d'essence et son salaire ne tombera pas avant vendredi. Il y a peu, la phase préparatoire du programme de revitalisation de Vacca Vale a fait renaître le tram et son réseau de voies. Pour encourager les transports en commun, la ville a offert un abonnement mensuel gratuit à tous les citoyens. Cette promotion a fonctionné, et aujourd'hui, pendant les heures de pointe, il y a au moins dix personnes dans chaque voiture.

Malgré la climatisation violente, l'intérieur est joyeux. Joan serre dans ses mains un roman policier vénitien que sa tante Tammy lui a envoyé par la poste. Elle ressent encore la douleur de sa récente interaction avec Anne Shropshire et espère se distraire du sentiment de honte qui refuse de la quitter, mais les caquètements et piaillements de trois pré-adolescentes bouleversent les mots sur la page, et la plongent dans une colère noire. Elles font des bruits de chimpanzés. Alors même que Joan se dit que les caquètements des pré-adolescentes sont sur le point de cesser, ils redoublent de puissance, engouffrant sa paix inflammable ainsi que toute la voiture. Les pré-adolescentes braillent comme si elles ne voyaient personne d'autre. Joan est certaine qu'il n'existe rien au monde qui puisse faire rire des gens comme ça.

Après avoir fusillé ces jeunes filles du regard, Joan change de voiture en courant sur le quai pour être sûre de pouvoir remonter avant que le tram ne redémarre. Elle se sent ridicule. La voiture d'à-côté est silencieuse jusqu'à ce que trois trentenaires se mettent à hurler.

— Attends un peu, tu verras bien ! crie un homme vraiment grand. Un jour prochain, les hommes porteront des enfants !

— Ce n'est qu'une question de temps ! ajoute un second homme, la peau rougie de coups de soleil.

— J'espère que oui ! clame une femme en combinaison camouflage. J'espère vraiment que vous et toutes vos couilles vous tomberez enceints !

Joan ne saurait dire s'ils sont scandalisés ou enthousiastes. Elle change de voiture.

Dans la suivante, le silence dure presque deux arrêts. Puis un enfant enfile son sweat-shirt devant derrière, cache son visage dans la capuche, et se met à marcher d'un pas raide comme un zombie, en hurlant. Son père a les yeux rivés sur son téléphone, ses écouteurs fichés dans les oreilles.

La dernière voiture du tram est vide à l'exception d'une femme et de son chien d'aveugle. La femme et le chien sont tous deux beiges. NE ME CARESSEZ PAS, dit le harnais du chien.

Joan monte à bord et s'éclaircit la voix.

— Vous permettez que je…

— S'il vous plaît taisez-vous, dit la femme, les yeux fermés. S'il vous plaît. Juste. Taisez-vous, et foutez-moi la paix.

MON PREMIER ÉTAIT UN POISSON

JUSTE un minable poisson à moitié mort trouvé près de la rivière. Doré et fin, pas plus long que ma main, du bas de la paume au bout des doigts. Presque mignon. Quand je l'ai trouvé dans la boue congelée, il n'était qu'à deux ou trois centimètres de l'eau, mais il n'y avait pas de courant pour l'y ramener. Je vous jure qu'il m'a vu. Qu'il m'a vu *de ses yeux*. L'espace d'une minute, il n'y avait que ce poisson, deux opossums, un tas de lapins, et moi. Pas un bruit, sinon, sur la route, celui d'une moto du genre mate-un-peu-ma-grosse-bite dont le moteur rugit. Il faisait froid aussi, parce qu'on était en février, et comme mon manteau était merdique, je frissonnais un peu. J'ai pris le poisson par la queue et je l'ai rapporté au Clapier, à près de deux kilomètres de là. J'ai pincé ses écailles entre mes doigts. C'était visqueux. Le poisson a plus ou moins battu de la queue une ou deux fois, et puis il est mort pour de bon.

Je sais que ce n'était qu'un poisson, et je sais que la plupart des gens ne se sentiraient pas mal à cause de sa mort, mais ce soir-là – croyez-moi –, c'était comme si le poisson était en train de m'apprendre quelque chose à propos de mon âme. M'apprendre que mon âme était défectueuse. Je sais que c'est stupide, mais c'est ce que j'ai pensé, et je n'avais même pas fumé. Il me semblait que le poisson disait : Oui, Jack, tu es mauvais. Il y a un truc qui s'est mal mis à l'intérieur, dans ta machinerie, peut-être *in vitro*, peut-être dans ton enfance, et maintenant tu es coincé dans le mauvais fuseau horaire moral, peut-être même dans le mauvais système solaire. Toi, Jack, tu as le cœur froid. Et tu n'as pas d'excuse. Tu t'es peut-être trouvé piégé dans le système, m'a dit le poisson, mais tu as eu de la chance : personne ne t'a fait de mal. Ils t'ont placé chez Cathy et Robert, ce vieux couple de catholiques, quand tu avais onze ans et, honnêtement, tu n'as presque aucun souvenir du temps d'avant, quand tu vivais chez ta grand-mère, mais tu es à peu près certain que tu y étais bien. Pas formidablement bien, mais bien. Ta grand-mère travaillait beaucoup, mais elle prenait soin de toi, pas vrai ?

Quand j'étais encore dans le système, les psys n'arrêtaient pas d'essayer d'extirper de mon esprit des souvenirs datant d'avant mes onze ans, mais je n'en avais jamais à leur donner. Du moins, aucun souvenir précis. Rien que des choses vagues : Mamie fumait dans la voiture ; Mamie avait un distributeur de chewing-gums qu'elle gardait toujours plein ; Mamie portait un rouge à lèvres rouge vif ; Mamie portait un parfum qui ne ressemblait à rien de ce que l'on sent dans le monde naturel. Quand on faisait un long trajet en voiture, le mélange de fumée et de parfum me rendait malade, mais au lieu de changer ses habitudes, elle se contentait de baisser les vitres, même en plein hiver. Je me souviens que je devais traverser de vieilles voies ferrées pour aller prendre le car de ramassage scolaire, et que ces voies grouillaient toujours de lapins. Le matin, quand il faisait froid, Mamie me faisait du porridge, et même si on avait parfois des coupures d'eau et d'électricité, on avait toujours de quoi manger. L'hiver, elle empilait trois couvertures sur moi pendant que je dormais. Elle était caissière au supermarché.

Un psychologue a émis l'hypothèse selon laquelle je refoulais des souvenirs traumatiques, peut-être par une dissociation de personnalité, et j'ai voulu le croire. Cela expliquait pourquoi tout me semblait si faux, si solitaire, si numérique. Cela expliquait mes fréquentes envies de faire du mal à quelqu'un, juste pour voir si l'un de nous au moins était réel, juste pour faire bouger un peu la tête de quelqu'un, juste pour la putain de poussée d'adrénaline que ça me suscitait. Mais deux autres psychologues m'ont dit que mon enfance n'avait pas l'air d'avoir été gravement problématique. Qu'il n'y avait aucune trace de maltraitance dans mon dossier. Je n'avais sans doute pas eu une enfance facile, m'ont-ils assuré, mais je n'avais pas non plus eu une enfance si difficile que ça. Un psy m'a suggéré que si je n'avais aucun souvenir, c'était peut-être parce que je fumais trop de beuh.

J'ouvre grand ma gueule et je bande mes muscles comme n'importe quel gamin de la protection de l'enfance quand il le faut, mais Cathy et Robert ont été bons à mon égard. Ils s'absentaient souvent, collectionnaient des angelots, avaient des perroquets flippants dans le solarium et ne me regardaient presque jamais droit dans les yeux. Mais ils prenaient soin de moi, à leur manière. Ils payaient de leur poche mes cours de jujitsu. Ils descendaient rarement au sous-sol et n'entraient jamais dans ma chambre, de sorte que je pouvais facilement y faire venir des filles en douce, quand j'arrivais à les convaincre – surtout Anna, cette fille aux formes généreuses deux ans plus vieille que moi, qui allait au community college, et qui aimait réellement faire l'amour avec moi, Dieu la bénisse. Le sexe avec Anna était la chose la plus étincelante de toute ma sombre vie. Elle avait ces taches de rousseur sur les épaules que j'adorais. Pendant l'amour, elle aimait diriger et me disais toujours exactement comment la caresser et quoi lui dire. Elle disait que ses parents la détestaient, je disais que j'étais chanceux de ne pas en avoir. Le miracle d'Anna m'a permis de survivre à mon avant-dernière année de lycée, jusqu'à ce qu'elle rencontre un petit ami à plein temps dans un cours intitulé Argent, Banque et Marchés financiers. Là, elle m'a quitté. Si Cathy et Robert étaient au courant au sujet d'Anna, ils ne m'en ont jamais rien dit. Cathy m'a appris à conduire avec une boîte de vitesses manuelle, Robert faisait un barbecue avec trois viandes différentes pour mon anniversaire, ils n'ont jamais critiqué mes notes, ne m'ont jamais forcé à lire ni à prier, ne m'ont jamais fait de mal, n'ont jamais fait l'autruche face à quelqu'un qui aurait pu m'en faire. Ils m'ont donné de la liberté. M'ont imposé un couvre-feu raisonnable. Payé un téléphone. Ce que j'essaie de dire, c'est que Cathy et Robert ne m'ont jamais fait subir le genre de merdes qui changent votre vie à jamais, le genre de merdes que subissent à peu près tous les gamins de la protection de l'enfance que je connais. Une fille comme Blandine a dû en subir depuis le début. J'ai du mal à croire que les cartes à jouer qu'on a reçues venaient toutes du même paquet.

Cathy et Robert accueillaient deux autres enfants, mais qui ne venaient pas de la protection de l'enfance – c'étaient des étudiants chinois, envoyés à Vacca Vale par je ne sais quel programme maudit qui avait pris Vacca Vale pour une destination américaine prestigieuse. Ces étudiants s'appelaient Wang Wei et Li Jun, mais dans l'Indiana on les appelait Tyler et Chip.

Tyler et Chip vivaient au sous-sol, mais je n'interagissais que très peu avec eux. Ils voyaient constamment Anna, mais ils ne l'ont jamais ni saluée ni dénoncée. Nous avions un accord tacite : vivre et laisser vivre. Une année, à Noël, Tyler a posé une boîte emballée dans du papier rouge devant ma porte. C'était un cahier fait main avec une espèce de motif bleu super chiadé sur la couverture, et même si je savais que jamais de ma vie on ne me verrait en possession de ce cahier de tapette, alors que je le tenais en main, il me semblait que Tyler était mon frère. Ça peut paraître débile. Ça me paraissait débile. Mais ça me paraissait réel, aussi. Je l'ai ouvert ; j'avais les mains toutes chaudes. À l'intérieur, il y avait une carte qui disait : *pour les textes que tu écris.*

C'est là que je me suis souvenu du dîner où Cathy et Robert avaient demandé à chacun de nous ce qu'on voulait faire quand on serait grands. Chip a dit ingénieur dans l'aérospatiale. Tyler a dit "juge enfantin". Après quelques questions, on a compris que Tyler voulait devenir avocat spécialisé dans le domaine de la protection de l'enfance. Quand mon tour est venu, j'ai haussé les épaules et pris une grosse bouchée de pomme de terre, mais Robert a insisté. Mon professeur d'anglais m'aimait bien, disait que j'avais un talent pour les dissertations et n'arrêtait pas de me laisser des livres sur mon bureau. "Écrivain", ai-je dit sur un coup de tête. "De scénarios. Je ne sais pas." Ça a suffi. Et tout le monde s'est remis à manger son poulet cuit au barbecue.

À Noël, après avoir reçu le cahier, j'ai couru acheter à Tyler un paquet de cigarettes, parce qu'il fumait tout le temps "en secret" dans la ruelle derrière le garage. J'ai acheté à Chip un flacon de sauce General Tso's, parce qu'il disait que c'était sa nourriture américaine favorite, et que ça me paraissait mal – vraiment gênant – de n'acheter un cadeau que pour Tyler. J'ai écrit *Joyeux Noël* au feutre sur chacun des paquets. Je les ai posés devant leurs portes, au sous-sol. Et je me suis barré.

Mais malgré tout cela, la vie avec Cathy et Robert ne m'a jamais parue plus réelle qu'un jeu vidéo. Malgré leurs bains de bouche au clou de girofle bio, les petits bouts de poils de moustache que Robert laissait dans le lavabo quand il se la taillait, la station de radio classique qu'ils écoutaient quand ils faisaient le ménage, leur tendance à acheter trop de condiments, le gros bouton sur la paupière de Cathy – malgré toutes ces preuves de leur existence, je n'ai jamais *cru en eux*, ni en leurs perroquets, ni en moi-même. Je n'ai certainement pas cru en Tyler et Chip, qui ne sont restés que deux ans. Je croyais en Anna pendant qu'on baisait, mais le reste du temps, elle aussi, elle était irréelle. J'ai vécu six ans sous le même toit que Cathy et Robert, et nous n'avons jamais cessé d'être des étrangers les uns pour les autres. Je faisais souvent un rêve où je me voyais debout devant une maison qui brûle, et je savais qu'ils étaient à l'intérieur, et je ne ressentais rien. Si j'étais maléfique, je ne pouvais m'en prendre qu'à moi-même.

Tandis que je rapportais le poisson mort au Clapier, je regardais tout ça en face. Bon, me disais-je, maintenant c'est clair. Il se trouve que je suis le genre de gars qui tire un poisson mourant de la boue où il se trouve pour pousser ses amis à se sentir merdeux vis-à-vis d'eux-mêmes. Je suis officiellement chtarbé, et personne ne peut me dire pourquoi.

Le poisson était super mort le temps que j'arrive chez nous. Je commençais à douter de mes choix, mais cette incertitude ne m'a poussé qu'à m'entêter. Quand je suis entré, l'appartement était enfumé, et j'ai remarqué le détecteur de fumée démonté sur le comptoir. Malik était assis à la table de ping-pong, qui servait également de table à manger. Il y avait disposé un triste petit vestige de bougie, des serviettes, deux verres de Gatorade bleu, et deux assiettes de nourriture. Je m'étais absenté environ une demi-heure.

— Bon sang, où t'as trouvé des serviettes *en tissu*? ai-je demandé.

Les yeux rivés sur la porte de la chambre de Blandine, il se tenait tout raide, l'air perdu et blessé. L'air que tous les hommes follement adorés arborent la première fois qu'ils essuient un refus. Malik n'était pas un puceau. Partout où il allait, il charmait toutes les filles. C'est important pour quelqu'un de charismatique, d'attirant et de chanceux d'avoir de temps à autre un petit aperçu de ce qu'est la vie normale. C'est comme quand les célébrités se trouvent forcées de prendre les transports en commun. Je ne lui avais jamais vu l'air si désespéré – c'est Malik, normalement, qui fait attendre les autres. Todd regardait encore la télévision. Il n'avait pas bougé. De tout le temps où nous avons vécu ensemble, je ne me souviens pas de l'avoir vu cligner des yeux, ne serait-ce qu'une seule fois. Je sais que c'est impossible. Je vous dis juste ce dont je me souviens.

J'ai brandi le poisson.

— Je l'ai tué.

— Un poisson, a dit Malik d'une voix sans vie. T'as rien trouvé de mieux ?

— Je t'avais dit que je pourrais tuer pour elle, ai-je répondu en perdant mon calme.

Malik s'est frotté les yeux d'un air las.

— Qu'est-ce que ça peut me foutre, putain ?

— Un somnambule pourrait tuer un poisson, a ajouté Todd. Un bébé pourrait tuer un poisson. Un concombre pourrait tuer un poisson. C'est pas *impressionnant*, Jack. Ça t'impressionne, Malik ?

— Pas du tout, Todd, dit Malik, le regard toujours fixé sur la porte de Blandine.

— C'était juste pour prouver que je le ferais, ai-je dit pour me défendre. Je vous avais dit que je le ferais.

Todd a changé de chaîne et adressé un regard à Malik en quête d'approbation.

— On s'en bat carrément les couilles, Jack.

L'espace d'un instant, Malik a examiné le poisson que je tenais à la main, le regard vague, sans cligner des yeux, puis il s'est levé de la table et s'est dirigé vers la porte de Blandine d'un pas martial. Il a tambouriné à la porte. Des vrais coups de macho.

— Blandine ? Hé, Blandine ? T'es là ? Je t'ai préparé un truc. Je sais que t'as dit que t'avais pas faim, mais c'est juste que… j'ai fait trop à manger, et je me suis dit qu'on pourrait peut-être…

— J'ai pas faim, a-t-elle dit d'une voix basse derrière la porte.

— Peut-être que si tu le voyais, ça te donnerait faim, ou…

— J'ai pas *faim*, a-t-elle dit deux ou trois tons plus haut.

— Ou juste si tu le sentais, a-t-il insisté. Tu sais comment ça marche, hein ? On croit qu'on n'a pas faim, ou qu'on n'a pas envie de pisser, et puis on sent des beignets de crevettes, ou on entend un bruit de fontaine, et on se rend compte…

— Je me couche bonne nuit, a-t-elle dit d'un seul souffle.

Les muscles du dos de Malik se sont raidis. Todd avait coupé le son de la télé. Malik s'est retourné vers nous, tête basse.

— C'est ça, ouais, a-t-il marmonné.

Il s'est remis à table et a lentement coupé les tranches de bacon, puis le steak, qui était brûlé à l'extérieur et saignant à l'intérieur, le tout saupoudré de petits flocons verts. À dire la vérité, ces petits flocons verts m'ont un peu brisé le cœur. Mais je me suis vite souvenu que Malik était l'ennemi. Une pile de pancakes déprimants – “Ce ne sont pas des pancakes”, m'a dit Malik d'un ton cassant lorsque j'ai fait un commentaire à leur sujet – baignaient tristement dans une sauce jaune à côté de la viande. Malik mâchait comme si quelqu'un rationnait ses bouchées.

Je ne savais pas vraiment quoi faire de mon poisson, je n'avais pas planifié les choses si loin, alors je me suis tenu juste là comme ça, à regarder Malik et Todd et la télé sans le son, pendant Dieu sait combien de temps, en essayant de me souvenir à quoi tout cela servait. Les gens que je voyais à la télé m'étaient tous inconnus. L'espace d'une seconde, je me suis revu en train de prendre le poisson dans la rivière à mains nues et de le frapper à mort contre l'écorce d'un arbre. Et de me frapper le torse en hurlant à la lune. Le genre de conneries que je n'avais jamais faites.

Je ne m'attendais pas à ce que Blandine sorte de sa chambre, mais à un moment donné, sa porte s'est ouverte. Cheveux blancs noués n'importe comment, corps maigrichon semblant encore plus maigrichon vêtu d'un short baggy et d'un maillot de basket. Tandis qu'elle sortait de son monde personnel pour entrer dans le nôtre, Malik a commencé à se lever, et puis il s'est figé. Blandine s'est dirigée vers la salle de bains sans nous regarder, mais je me suis planté devant elle, serrant mon poisson dans mon dos.

— Quoi ? m'a-t-elle demandé, agacée. Qu'est-ce qu'il y a, encore ?

— J'ai quelque chose pour toi.

— Je suis pas d'humeur pour ça, d'accord ? Pour rien de tout ça, pour aucun de vous, alors arrêtez de jouer. Je suis fatiguée et je veux me brosser les dents, putain.

Malik s'est arrêté de mâcher. Il était plié en deux au-dessus de la table de ping-pong, en une posture pénible à voir, et je me suis senti gêné pour lui.

Lentement, j'ai amené le poisson entre moi et Blandine, en secouant sa queue visqueuse. Les poissons n'ont pas de paupières, ce que je n'avais pas prévu. Ce n'est pas plaisant de voir un corps mort vous regarder dans les yeux.

Blandine a observé le poisson quelques instants, son visage stupéfiant vide de toute émotion.

— J'ai un… j'ai un bouquet pour toi.

Je sentais mon cœur battre dans mon cerveau, le sang couler dans mes yeux.

Et là, il s'est produit quelque chose de miraculeux : elle a ri. Elle a *ri*. Encore et encore. Elle s'est tordue de rire, elle a croisé les bras sur son ventre et elle a fermé les yeux très fort jusqu'à que des larmes sortent à leurs commissures, et quand elle a enfin repris son souffle, elle a posé sa vraie main sur mon vrai torse – c'était la première fois qu'elle me touchait depuis que l'amour avait frappé – et j'ai enfin compris l'expression *le temps s'est arrêté*.

— Oh bon sang, a-t-elle dit en hoquetant. Elle est bien bonne.

Elle a de nouveau touché mon torse, et je l'ai senti partout. J'ai tiré ma chemise devant mon pantalon, en souriant comme un idiot. Elle est allée à la salle de bains, lâchant quelques derniers soupirs de rire.

— Espèce de clown.

Lorsqu'elle a refermé la porte derrière elle, j'ai vu qu'elle souriait.

Un sourire plein de chaleur et de bonheur.

— Est-ce que, a commencé Malik d'un air meurtrier, toujours penché au-dessus de la table, est-ce que tu te fous de ma gueule, putain ?

Todd avait enfin levé les yeux de la télé et il fixait maintenant les écailles marron que je tenais dans la main.

J'ai fait un grand sourire, puis je suis allé vers Malik et j'ai lâché le poisson mort dans l'assiette qu'il avait préparée pour Blandine. Il s'est aplati sur sa nourriture, les yeux ouverts.

— J'avais dit que je le ferais, ai-je dit. Et je l'ai fait.

RISQUE CHIMIQUE

Parfois, Moses Robert Blitz – enfant unique d'Elsie Jane McLoughlin Blitz – s'enduit le corps entier du liquide de bâtons lumineux cassés, entre par effraction dans la maison d'un ennemi, et réveille l'ennemi. Puis il fait des grands gestes dans le noir, nu et luisant.

Il ne veut pas vraiment faire de mal. Il aime juste jouer avec les gens.

Sous le couvert de cet enduit luminescent, Moses trouve une forme d'apaisement et de contrôle. Il a l'impression qu'on le voit comme il veut qu'on le voie. Les fourmillements – les fibres, les insectes, les choses qui grouillent, l'insupportable activité qui se déroule sous sa peau – se calment jusqu'à ce qu'il enlève les produits chimiques. Il pense que l'enduit luminescent est d'une manière ou d'une autre mauvais pour les fibres, ce qui le fait l'adorer comme un remède, ou un parent. Il a cinquante-trois ans.

Cet acte n'est pas très dangereux, surtout depuis qu'il utilise une marque de bâton lumineux sans verre. Quand il était novice, Moses utilisait des bâtons lumineux qui contenaient une ampoule de verre de peroxyde d'hydrogène dans un ester de phtalate, flottant dans un tube d'oxalate de diphényle. Il pliait les tubes jusqu'à ce que les ampoules se brisent et que les produits chimiques se mélangent en une réaction luminescente. Puis il coupait la tête et la base des bâtons et faisait méthodiquement pénétrer dans sa peau le liquide lumineux frais, avant de se cacher sous un long manteau, un masque de ski et une paire de gants, et de s'en aller furtivement vers la maison de ses victimes. Mais après s'être tailladé les jambes avec le verre alors qu'il se préparait pour son intervention chez Busini l'hiver dernier, il a décidé de changer pour une marque qui ne contient pas de verre mais utilise *tout de même* du phtalate de dibutyle – le DBP –, dont l'Union Européenne a interdit l'usage dans la fabrication de cosmétiques et de jouets pour enfants.

Mais qu'est-ce que ça peut lui faire que le DBP accroisse la capacité d'autres produits chimiques à entraîner des mutations génétiques ? Qu'est-ce que ça peut lui faire qu'il puisse causer des défauts de croissance, provoquer des changements indésirables dans les testicules et la prostate, faire chuter le nombre de spermatozoïdes, interférer avec les fonctions hormonales et nuire à la fertilité ? Qu'est-ce que ça peut lui faire qu'il soit toxique pour les organismes aquatiques et les jeunes enfants, pouvant détruire les reins de ces derniers ? Rien de tout cela ne dérange Moses Robert Blitz. Il n'est, d'aucune manière concrète, ni un enfant, ni un organisme aquatique. Il n'a aucune envie de se reproduire, et a sûrement déjà subi des mutations génétiques irréversibles. En outre, il considère que l'Union Européenne a tendance à surréagir. Il a ses propres règles : éviter les yeux et la bouche, ne pas ingérer, tenir à bonne distance des animaux de compagnie, se laver consciencieusement à l'eau chaude et au savon, et enchaîner avec une généreuse application de liniment pour bébé. Très désireux de produire son propre liquide luminescent, il en a récemment trouvé une recette sur Internet : acétate de sodium, acétate d'éthyle, colorant, peroxyde d'hydrogène et une poudre appelée CPPO. Il attend des nouvelles d'un fournisseur de CPPO en Russie. Il n'a jamais compris ce que l'immortalité pouvait avoir de désirable.

Il n'aura pas fallu à Moses Robert Blitz plus qu'une rapide recherche Google et trois e-mails pour identifier la femme qui a effacé son commentaire sous la nécrologie de sa mère. Il a trouvé son adresse personnelle sans même la chercher. Suite à son e-mail, elle a remis le commentaire, ce qui l'a surpris. Mais elle l'a ensuite de nouveau effacé ! Comment pourrait-il laisser passer une telle offense, alors qu'il a déjà puni des gens pour moins que ça ?

Il n'avait jamais entendu parler de Vacca Vale avant l'affront de la nécrologie, mais il aime bien visiter l'Amérique du milieu, il aime aller y enquêter puis livrer ses rapports aux deux côtes. Leurs églises et leurs sourires de supermarché. Leur maïs en boîte, qui parcourt des milliers de kilomètres avant de revenir dans la région qui l'a produit. Leurs drapeaux américains dans leurs jardins, leurs monospaces et leurs écoles chrétiennes. Les routes, l'impossibilité de se déplacer à pied, les R qu'ils prononcent de façon à la fois rude et amicale. Leurs gentils pompistes. La foi, la colère, la géométrie. Tout n'est que grandes routes et Dieu. Moses ne comprend la politique contemporaine que lorsqu'il est dans le Midwest.

Il est environ trois heures du matin le mercredi 17 juillet, et Moses s'apprête à embarquer pour son vol de nuit de Los

Angeles à Chicago. Pendant qu'il attend, il tape son projet d'itinéraire dans une appli beige sur son téléphone :

• 7 h 30 : arrivée à Chicago. Louer une voiture. Rouler.
• 9 h 30 : arrivée à Vacca Vale. Faire du tourisme. Tuer le temps.
• 10 h 30 : prendre une chambre dans un motel. Sieste.
• Après-midi : balade. Trouver un joli parc. Marcher. Visiter un musée ? Acheter à manger. Acheter de l'alcool. Surtout = se sentir bien !!!!!
• Soir : mettre le blog à jour. Lire. Martinis. Préparer enduit luminescent.
• 2 h 00 : BOUM !
• 5 h 00 : vol retour, ORD-LAX. Appeler notaire au sujet des Zorn.

Moses quitte son appli et sourit, content de lui. Établir des emplois du temps le fait se sentir vraiment adulte.

À la porte d'embarquement, les gens se tiennent assis serrés comme des sardines, le regard vague plongé dans leurs écrans, tous mortellement accros à cette lumière bleue. Moses observe le ciel bleu marine sans étoiles derrière un mur de verre. Un tout petit garçon renverse le café de son père, que la moquette absorbe dans sa déconcertante totalité. Ce devrait être interdit, songe Moses, d'emmener des jeunes enfants sur ce genre de vols de nuit. C'est ceux qu'il préfère prendre parce qu'ils le font se sentir important, comme si sa vie était bourrée d'obligations. De toute façon, il souffre d'insomnie. De minuscules avions sinuent sur le tarmac et des humains vêtus de gilets orange encore plus minuscules prennent des décisions. Moses admire les gens qui exercent un métier. Il sait qu'il devrait se sentir épuisé, mais au lieu de ça, sur son siège, il vrombit. Il ne vrombit pas d'un désir d'éclore hors de sa propre chair, mais d'un désir de punir gentiment Joan Kowalski.

Deux jeunes femmes sont assises derrière lui, avec des étuis de guitare à leurs pieds. Ce pourraient être des jumelles ou des amantes, il hésite, mais elles ont clairement passé des années sous le même toit, à se piétiner l'une l'autre pour atteindre leurs vies.

— On a tout ce bazar, et on est tellement tristes, pourtant, dit l'une à l'autre.

— T'as qu'à raconter ça dans un putain de scénario.

— Sois pas si garce.

— Sois pas si cliché.

— Cliché de quoi ?

— De milléniale.

— Tu as un chien en thalasso !

— Ta voix sonne comme de l'essence.

— Ta voix *à toi* sonne comme du *charbon* !

Elles restent quelque temps silencieuses toutes les deux, ayant battu en retraite dans leurs écrans. L'une triture ses cheveux d'un air boudeur, sourcils épais froncés, jambes croisées, tennis blanche qui s'agite. L'autre se met des couches et des couches de baume à lèvres, puis se désinfecte les mains avec un spray à la fleur d'oranger qui renvoie fugacement Moses à un cocktail délicieux qu'il a bu à Beyrouth il y a dix ans de ça. Au bout d'un moment, la première jeune femme lâche un petit éclat de rire.

— Regarde, dit-elle en inclinant son téléphone et en posant la tête sur l'épaule de l'autre. T'as déjà vu une chauve-souris sur un tapis de course ?

Moses déteste toutes les générations, déteste le concept même de générations, mais c'est cette génération qu'il déteste le plus. Il sort ses écouteurs à réduction de bruit et écoute "Quatorze vagues d'océan pour apaiser votre bébé" à plein volume. C'est génial. Il fait une nouvelle recherche Google sur Joan Kowalski, pour empêcher ses mains de gratter les fibres qui jaillissent de ses pores.

Joan Kowalski a le genre de présence en ligne négligente des gens qui pensent que personne ne les y cherchera jamais. Il est évident qu'agir pour protéger sa propre vie privée – en effaçant, par exemple, cette photo peu flatteuse où on la voit accroupie à côté d'une poubelle en forme de baleine – lui semblerait non seulement orgueilleux, mais aussi illusoire.

Un sac de cuir plein de bâton lumineux occupe le siège qui se trouve à droite de Moses, et il sent sa présence comme celle d'un être aimé. Les bâtons lumineux ont intrigué les agents de sécurité, mais Moses a haussé les épaules et dit qu'il organisait un festival de musique. Les sièges de l'aéroport arborent une nuance d'orange endémique aux années 1970, et ça le rend nostalgique. Sur Google Maps, il étudie une vaste friche d'usines, de chantiers et d'herbe morte. Moses fait défiler les résultats du moteur de recherche et cela conforte son intuition que Vacca Vale n'est qu'une souillure américaine de plus – une de ces défuntes villes jetables responsables de l'élection des démagogues qui réduisent leur pays à un feu de poubelle. Une ville qui a besoin d'un bon baby-sitter. Et de beaucoup d'éducation ! Il tombe sur une photo d'un parc verdoyant dont la splendeur paraît accidentelle dans ce contexte, comme un unique bel enfant dans une fratrie de dix. Une autre image montre des vaches qui se pelotonnent les unes contre les autres dans un champ enneigé. Moses aimerait en faire basculer une.

Après avoir parcouru la page de l'encyclopédie en ligne dédiée à Vacca Vale, Indiana, il tombe sur une section qui le fait suffoquer. Les jeunes femmes lui lancent des regards inquiets. Zorn Automobiles, dit le lien. Moses ne savait pas du tout que le fabriquant de voitures préféré de sa mère était basé à Vacca Vale, et cette coïncidence lui cause des démangeaisons, le pousse à soupçonner que des puissances conspirent pour lui envoyer un signe qu'il n'a aucune envie de recevoir. Elsie possédait plusieurs Zorn et les aimait plus sincèrement qu'elle n'aimait les gens qui faisaient partie de sa vie. À l'âge de seize ans, Moses a volé son Coupé Présidentiel 1932 pour s'en aller rouler avec à pleine vitesse sur la Pacific Coast Highway à quatre heures du matin. Quand elle l'a découvert, elle l'a inscrit à un cours intensif d'apprentissage du vieux norrois, et elle l'a envoyé à Reykjavík. Elle ne lui a plus adressé la parole jusqu'à la fin de l'été.

Il manque les obsèques de sa mère pour punir Joan Kowalski, mais sa mère ne lui manque pas. Alors qu'il sirote un cappuccino trop sucré, une émotion proche du bonheur circule dans tout son corps. Une fois arrivé à l'aéroport de Chicago, il devra prendre un bus pour se rendre à l'agence de location de voitures. Cela fait des années qu'il n'a pas pris le bus, et, à cette perspective, il se sent comme un homme du peuple. Comme s'il devait se présenter à des élections. Il aura une journée entière à Vacca Vale pour préparer son attaque. Joan sera tellement facile à terrifier.

Il range le téléphone dans sa poche et se gratte les bras, de plus en plus violemment, jusqu'à ce que les gens commencent à faire la queue. Il enlève ses écouteurs. Un homme d'affaires assis en face de lui, complètement dépourvu de cou, parle dans un téléphone. "Je l'invite chez moi pour prendre une douche, on verra bien où ça nous mène." Il glousse. "Et alors ?"

— Nous procédons désormais à l'embarquement de la Zone Un, nous procédons désormais à l'embarquement de la Zone Un, clame une voix androgyne, et Moses se lève sans vérifier son billet.

C'est peut-être ça, son problème, se dit-il. Il n'a jamais eu besoin de vérifier son billet pour savoir qu'il était en Zone Un.

VARIABLES

DANS cette équation, la variable Y pourrait être un producteur, un gérant de station-service, le Roi-Soleil. Plus d'une fois, elle a été le président des États-Unis. X pourrait être son employé, sa belle-fille, une parcelle de nature sauvage, mais il doit croire que X lui appartient. Le plus souvent, X est un humain. X n'est pas toujours de sexe féminin. X veut toujours être vu, et Y veut toujours le voir, ou la voir, ou les voir. Au cours du processus, on s'aperçoit souvent que Y aussi veut être vu. Cela s'est déjà produit – dans des boutiques de location de vidéos, dans des églises et dans des chambres froides. Cela se reproduira.

Cette fois-ci, Y est un homme du nom de James Yager, professeur de musique à Ste Philomena, unique lycée privé de Vacca Vale. Comme de nombreux professeurs de musique en lycée, James n'a jamais voulu être professeur de musique en lycée. Il a accepté ce boulot comme mode de vie de consolation quand son groupe et la santé de sa mère se sont effondrés en même temps, et c'est à compter de ce moment-là que son avenir à Vacca Vale s'est ossifié. Il met régulièrement en ligne, sous le nom de Vu, des morceaux de musique enregistrés à la maison. Il aime ses élèves mais n'aime pas la pédagogie. La plupart des gens l'appellent par son prénom. Il a quarante-deux ans, il dégage une forme de beauté endormie, il est parfois brillant et souvent déprimé. Le Prof Cool.

Cette fois-ci, X est une jeune fille de dix-sept ans du nom de Tiffany Watkins. Elle n'est qu'en première et elle en a déjà trop vu. Cheveux décolorés, teint fantomatique, vilaine posture. Yeux écartés. Vision panoramique qui convient à une proie. Tiffany manque de confiance en elle, est cérébrale, et enragée. Jolie, dans un genre extraterrestre. Accro au fait d'apprendre parce que ça la distrait de l'hostilité de sa conscience ; elle a un de ces cerveaux qui se tourne contre lui-même s'il n'est pas occupé à une tâche difficile. Ses camarades de lycée vivent en banlieue et passent leurs déjeuners à se plaindre des croisières que leurs mères leur imposent. Ils s'échangent des histoires de Comment Mes Parents m'ont Surpris en m'Offrant ma Première Voiture Flambant Neuve et portent des manteaux de marques de loisirs d'extérieur de luxe, comme si aller en voiture au lycée était un sport extrême. Descendants de la fortune Zorn, ils appartiennent à une aristocratie en déclin, de plus en plus absurde mais gavée de fonds fiduciaires. Ils font penser Tiffany à la famille royale. Les élèves sentent la lingette assouplissante – tous, jusqu'au dernier. Tiffany a décroché une bourse très convoitée pour aller à Ste Philomena, et elle passe ses déjeuners à la bibliothèque, penchée sur ses devoirs. Les professeurs l'aiment bien parce qu'elle est cérébrale et tragique. Quand ils parlent d'elle entre eux, ils la décrivent comme “défavorisée”, “en danger”, “atypique”, et “douée”. Bien qu'infestées de coquilles, ses dissertations suscitent souvent des suspicions de plagiat : comment une jeune fille malchanceuse et discrète comme elle pourrait-elle énoncer des arguments si convaincants et si sophistiqués ? *Avec tout ce qui se passe chez elle ?* Les professeurs citent ses résultats aux examens avec révérence. Elle est spéciale, disent-ils. Mais tout de même, ils la tiennent à distance, et elle leur renvoie la politesse.

Hors du lycée, Tiffany achète ses vêtements à la friperie et les choisit toujours une taille trop grands. À Ste Philomena, elle porte l'uniforme. L'école a dû payer le sien, et lorsqu'elle a dit au responsable des études quelle taille elle voulait, il a haussé les sourcils mais n'a pas objecté. Ce lycée, comme tout le comté catholique dans lequel il se trouve, considère la pudeur d'une jeune fille comme une vertu admirable.

Un matin d'hiver, entre deux cours, le professeur d'anglais accompagne Tiffany dans la salle de musique de James.

— Elle a besoin de faire du théâtre, annonce le professeur d'anglais. Tu aurais dû entendre la lecture de Perdita qu'elle vient de nous livrer.

James lève les yeux de son bureau et voit une fille maigrichonne perdue sous des vêtements trop grands. Sa peau diaphane lui rappelle la pâte à modeler luminescente qu'il achète pour ses enfants. Elle se cuit au four – la pâte à modeler. James tousse. Dès qu'il voit Tiffany, il a envie de la fuir.

Tiffany s'arrache une cuticule. Dès qu'elle voit James, elle a envie de toucher sa barbe de trois jours sur son menton, de goûter son café, d'essayer ses lunettes. Elle rougit.

— D'accord, dit James d'un air impassible. Viens donc aux auditions, jeudi.

Il met en scène le spectacle de printemps : une sombre comédie dystopique à propos de quatre adolescents qui vénèrent un mannequin. Elle a été écrite par une obscure artiste polyvalente qui s'est noyée en 1923.

Tiffany décroche le premier rôle.

Il est vrai que c'est une actrice volcanique. Elle a un talent pour le jeu, la réaction, l'imitation – des instincts cultivés par une enfance passée sous la houlette d'adultes imprévisibles. Mais c'est la nature inhumaine de Tiffany qui fascine le plus James : elle est froide et distante. Elle vient d'un autre monde. Elle est astrale.

Il est vrai que c'est un enseignant charismatique, trop grand pour son lieu d'exercice. Mais c'est la nature extra-humaine de James qui fascine le plus Tiffany. Il est brûlant, il est bruyant, et il est là, juste là. Il est aimé, il est sexy dans son insomnie et il a l'air célèbre si vous plissez les yeux. Elle voit son pouls battre sur son cou. Elle voit qu'une de ses incisives est fausse. Elle peut tendre la main et le toucher si elle le souhaite. Elle le souhaite. Elle ne le souhaite pas.

Voilà ce qui se passe : au bout d'une semaine de répétitions, Tiffany commence à sourire trop longuement à James, le mettant au défi de lui renvoyer son sourire parce qu'il est la seule personne vivante qu'elle ait envie de toucher. Un soir, elle dit une blague qui le fait rire à perdre haleine, et c'est leur premier shoot de sérotonine mutuel. Il est clair aux yeux de Tiffany qu'il serait mieux dans une ville de la côte. Il est clair aux yeux de James qu'elle serait plus heureuse si elle appartenait à une espèce différente. Quand vient décembre, il est clair aux yeux des deux variables qu'elles sont toutes deux en mesure de faire chavirer l'autre.

Pendant des semaines, les autres élèves du spectacle jalousent l'attention que James réserve à Tiffany, mais ils tempèrent leurs suspicions. Ils connaissent l'histoire de Tiffany. Ils ont pitié d'elle. Ils présument que lui aussi.

Les débuts de James et Tiffany sont des maths, tandis que la fin entre James et sa femme est un effacement. Meg passe de plus en plus de week-ends chez ses parents avec les enfants, justifiant son absence en rappelant à James que Lilian et George pourraient mourir d'un jour à l'autre.

— C'est notre dernière chance, dit-elle, et le cœur de James s'emballe.

— Notre dernière chance pour quoi ? demande-t-il.

— Pour que les enfants construisent une relation avec leurs grands-parents, dit-elle. Tu ne peux pas venir, évidemment.

Les parents de Meg le détestent. James suppose que le changement de caractère qui ne lui est devenu lisible que récemment devait leur apparaître clairement depuis le début. Ses propres parents sont morts.

Tiffany et James commencent pendant des mois, mais James et Meg sont en train de finir depuis des années. Ces derniers temps, leurs disputes ont gagné en fréquence et en durée, en phase avec les ouragans, les sécheresses et les feux de forêts partout sur la planète. Les enfants de James subissent une série de tremblements de terre émotionnels mineurs et ils n'ont pas le vocabulaire qu'il faut pour les décrire. Ils refusent leurs luxueux desserts véganes. Ils font des comédies à l'heure du coucher. Leurs étiquettes les démangent. Emma, huit ans, prend l'habitude agaçante d'observer son père pendant un long moment avant de lui demander : "Est-ce que je te *connais* ?" Après, elle rit.

À Ste Philomena, James devient le mentor de Tiffany. C'est bien d'avoir un mot pour ça. Il la dirige avec une attention spéciale et lui fait faire des exercices de diction lors des répétitions. Elle est brillante, il le lui dit. Elle est exceptionnelle et singulière. Au fil du temps, il construit de la confiance à l'intérieur de son corps comme on construit un bateau à l'intérieur d'une bouteille. Il lui demande de rester tard, exige qu'elle fasse des exercices mentaux fatigants pour excaver son personnage. Ils s'attardent sans rien faire longtemps après que le lycée se fait inonder de l'odeur de boyaux de poisson, cadeau de l'usine de nourriture pour chien qui se trouve de l'autre côté de la route. L'usine arrête la production pendant les heures d'école et la reprend à quinze heures – conformément à un accord conclu au bout de cinq ans de négociation entre le Lycée Ste Philomena et Daydream Pet Chow. Une fois les derniers élèves partis, en covoiturage, vers leurs quartiers résidentiels ultra-protégés, Tiffany demande à James :

— Est-ce que c'est inhabituel, pour une ville mourante, d'avoir des banlieues ?

— Non, répond-il. C'est comme ça qu'elles meurent.

— J'imagine qu'il faut bien que les dentistes vivent quelque part.

Ça le fait rire, ce qui la fait rire, et leur plaisir se verrouille sur une boucle de rétroaction positive jusqu'à ce que Tiffany ait l'impression que sa tête va exploser et que du champagne va jaillir de son corps pour se répandre dans le lycée.

Un autre jour, alors qu'ils sont seuls dans la salle de musique, James demande à Tiffany ce qui lui fait le plus peur. Tiffany constate qu'elle est dans l'incapacité neurologique de lui mentir. Tout est prédéterminé jusqu'à ce qu'un principe parvienne à terrasser un sentiment.

— La solitude infinie, lui répond-elle. C'est ce qui me fait le plus peur.

Ça sonne faux quand elle le dit à voix haute, mais c'est la chose la plus vraie à propos d'elle.

James et sa troupe d'adolescents moroses et théâtraux ont un budget de cinq cents dollars, pas de sono qui marche, pas de costumier, pas de doublures. Mais ils répètent comme s'ils concouraient pour un Tony Award.

Les autres élèves observent Tiffany et James avec circonspection. Ils s'échangent des SMS à leur sujet.

James commence à contacter Tiffany en dehors du cadre des répétitions. Il lui envoie par e-mail des articles, des clips, de la musique, des conseils, des fautes d'orthographe. Il lui donne des devoirs personnels : Wong Kar-wai, Samira Makhmalbaf, Rungano Nyoni, Károly Makk, Bernardo Bertolucci, Denis Villeneuve, Jean-Luc Godard, Chetan Anand, Viêt Linh. Il lui donne ses codes de connexion à des plateformes de streaming et lui rembourse ses locations de vidéos. Élève très motivée, elle regarde tous les films qu'il lui conseille ; son pouls bat vite, alors, et sa température corporelle augmente. Les films la laissent dans un état de catatonie. L'un d'eux la fait pleurer chaque soir pendant une semaine.

Quand personne d'autre n'écoute, Tiffany dit à James qu'elle ne s'était jamais imaginé que les films pouvaient dire la vérité. Elle lui dit qu'elle adore *Le Paradis perdu*. Elle lui dit qu'il est bon dans ce qu'il fait. Elle lui dit que la solitude est une déformation professionnelle de la conscience. Elle lui dit qu'elle n'a pas eu une vie très simple. Il lui dit de parler plus fort.

— Allez, dit-il. Je veux pouvoir t'entendre depuis le parking.

Lors d'une répétition, James prend Tiffany à part et lui décrit son potentiel avec le genre de précision mathématique qu'elle a passé sa vie à espérer entendre, et elle se voit forcée de quitter la salle. Toutes les toilettes des filles à Ste Philomena ressemblent à des bunkers : bâtiments en parpaings sans fenêtres peints de la couleur des requins. Dans la dernière cabine, Tiffany s'efforce d'être maîtresse de sa respiration, parce que parfois c'est ce qu'il faut faire. Il est juste paternel, se disent-ils l'un et l'autre séparément ; il prend le rôle du père auprès d'une fille qui n'en a pas. Mais James se trompe depuis le début sur le problème de Tiffany : elle a eu une surabondance de pères, et non une pénurie.

Dans sa cabine, Tiffany entend deux filles entrer dans les toilettes.

— Tu vois, c'est ces cachets que je prends, dit l'une à l'autre. Ça me fait ça à la peau.

— Quoi ?

— Regarde-moi. On dirait que mon visage est en train de tomber de mon visage.

Voilà ce qui se passe : tandis que le temps se refroidit, Tiffany et James jouent à l'apocalypse émotionnelle par e-mail, scénarios, œuvres d'art et contacts oculaires – que des paroles, pas de toucher. Elle a le rôle du monde, ce qui fait de lui sa fin. Il n'y a pas de révélation. Il est en orbite autour d'elle. Elle tourne sur elle-même. Petit à petit, ils deviennent orphelins de leur propre morale, et ils ont l'impression que quelque chose est mort, mais aussi que quelque chose est né. De tous les gens que Tiffany a jamais rencontrés, James est celui qui puise le plus en elle, et qui lui donne le plus. C'est sa faute à lui, c'est sa faute à elle, il n'est pas, ça n'a pas d'importance, c'est important au plus haut point. Ses camarades commencent à avoir l'air d'enfants aux yeux de Tiffany. Elle pense qu'elle est au milieu de sa vie. James devient son ami, en dépit de tout. Elle devient sa drogue récréative, une vilaine habitude qu'il essaie de cacher aux autres et de se cacher à lui-même. Ils se sentent tous les deux violemment compris. Pendant des mois, Tiffany et James baisent sans jamais se toucher. On a déjà vu ça.

Un soir après une répétition, alors qu'il pense que les élèves sont partis, James est assis au piano droit de la salle de musique et joue le premier mouvement d'une suite de Maurice Ravel. Tiffany est encore là ; le subconscient de James sait qu'elle est là ; le subconscient de James ne considère plus Tiffany comme une élève.

Elle se tient à plusieurs mètres de lui, l'épaule contre l'embrasure de la porte, les bras croisés sur son uniforme bleu très ample. Avec sa peau claire, ses cheveux blancs et ses yeux ombrés de violet, elle a l'air d'être morte depuis des jours. La suite finie, James surprend Tiffany qui le regarde fixement, d'un air qui trahit quelque chose qui ressemble à de la peur.

— *Gaspard de la nuit*, dit James en s'éclaircissant la voix. J'ai mis sept ans à l'apprendre.

— Gaspard ?

— Ça veut dire quelque chose comme “gardien”. Gardien de la nuit.

— C'était long.

— Quoi ?

— Cette suite.

— Ah, ouais. Sept minutes.

— Donc tu en as appris une minute par an.

— Enfin, ce n'était que le premier mouvement. Il y en a deux autres, tous inspirés des *fantaisies** de ce poète français du nom d'Aloysius Bertrand. Publiées au début du XIXe siècle, je crois. (Il fait craquer ses jointures.) Tu adorerais cette poésie. Gothique en diable. Il n'a jamais réussi de son vivant. Il n'a jamais réussi du tout, en fait. Tu fais du français, pas vrai ? Ou du latin ?

— *Les deux. Tum ex illis.**

— Mon édition présente le français sur une page, la traduction anglaise sur l'autre. Je te la prêterai.

— Et c'était quoi, ça ?

— C'était quoi, quoi ?

— Le mouvement que tu viens de jouer.

— Oh. Ça s'appelle *Ondine*. Ça parle d'une sirène qui séduit un mortel.

Gêné par cette pertinence thématique, qui ne l'avait pas frappé avant qu'il ne dise les mots à voix haute, James se dépêche de fouiller son cerveau en quête d'autres informations, puisant dans ses souvenirs de jeune étudiant

* En français et en latin dans le texte.

en musicologie. Il se met à déblatérer, d'une voix de plus en plus forte, mais Tiffany ne dit rien. Pour se forcer à se taire, il sort une paire d'écouteurs de son sac et traverse la salle pour la rejoindre. C'est une occupation.

— T'en as déjà ? demande-t-il.

Il sait qu'elle n'en a pas.

— Des écouteurs ?

— Oui.

Tiffany garde les yeux rivés sur le piano, comme si elle avait peur qu'il se mette à vivre d'un seul coup.

— Pourquoi ?

— Rosie a renversé du jus de fruits sur mon ordinateur, alors j'ai dû le remplacer hier, dit James. Il y avait une promotion pour les enseignants. Pour tout achat de portable, on offre les écouteurs. Prends-les, je suis sérieux. Je les ai eus gratuitement.

— Et toi ?

— J'en ai d'autres.

— Des meilleurs ?

— Oui.

Lorsque leurs mains se touchent, Tiffany le sent à peine, parce qu'il lui semble qu'elles se touchent depuis des semaines. James le sent et a immédiatement un mouvement de recul. La nourriture pour chien a vraiment une odeur d'égout aujourd'hui. L'espace d'un instant, ils retiennent leur respiration et s'observent l'un l'autre sous l'éclairage électrique défaillant de Ste Philomena. Puis James retourne vers le piano d'un pas vif et récupère son sac.

— Excuse-moi, dit-il d'un ton professionnel, presque coléreux, en passant devant elle.

Elle sort de la salle tandis qu'il éteint la lumière puis ferme la porte à clé.

Dans le couloir sombre, ils hésitent un moment. Après les cours, Tiffany a l'impression que le lycée entier est un décor pour elle, mettant en relief la fausseté de tout ce qui s'y déroule. Les sports, les calculs, les dissections, les réunions sur la conduite en état d'ivresse, les exercices incendie, les blancs de poulet pané, les ragots sur la virginité, les amitiés contrefaites. Rien ne compte. Tout cela n'est qu'un sudoku, une expérience de laboratoire, une succession sans fin d'épreuves pratiques. Tiffany voit ses pairs comme des bébés prédateurs, qui mordent et grattent dans leur tanière pendant que leur mère chasse. Elle veut que quelque chose – n'importe quoi – compte, mais elle est en même temps encouragée par la certitude que rien ne pourra jamais compter.

James glisse ses clés dans sa poche ; il semble plus irritable et plus maigre que d'habitude. Ses lunettes sont sales, sa barbe luit comme du chrome. Tiffany n'a pas sa place dans sa vie parce que sa vie est trop grande ; elle y pataugerait comme un hamster dans une piscine s'il la laissait y entrer. Il ne la laissera jamais y entrer.

Il prend une profonde inspiration et se dirige vers la sortie d'un pas décidé.

— Sois prudente au volant par ce temps, lance-t-il, bien qu'il sache qu'elle se déplace à vélo.

S'il était un homme bien, la bonne chose à faire serait de proposer à Tiffany de la raccompagner. En l'état actuel des choses, la bonne chose à faire est de s'extraire le plus vite possible de sa présence. Il marche jusqu'au parking des enseignants sans jamais se retourner.

Tiffany erre vers la sortie des élèves comme un fantôme sans maison à hanter. Lorsqu'elle met le pied dehors, la pluie froide de décembre est comme un baume sur sa peau brûlante. Tiffany pédale de façon agressive jusqu'à la supérette et ne frissonne pas sous ses néons, bien que ses vêtements soient trempés et qu'elle commence à avoir froid. Elle est maintenant rose, en sueur, fiévreuse, vraiment charnelle, comme une candidate dans une émission de téléréalité tournée sous les tropiques. Elle ne se souvient pas de la dernière fois où elle a éprouvé avec plaisir sa corporalité. L'a-t-elle jamais fait ? Elle se sent exubérante, droguée, libidineuse. Un homme la regarde d'un air rêveur tandis qu'elle tâte les avocats. Il a la bouche ouverte, et pour la première fois de sa vie, elle savoure l'attention sexuelle que lui porte un inconnu. Allez vas-y, se dit-elle. Regarde-moi. À l'intérieur de son sac à dos, les écouteurs irradient. Elle les sent. Tiffany décroche des légumes feuillus de leurs perchoirs brumeux et elle les fourre dans son panier, avec un grand sourire qu'elle ne contrôle pas. Pak-choï, endives, épinards, chou kale, baby kale, bette, feuilles de moutarde, feuilles de chou vert, graines germées, feuilles de betterave, cresson. Salivant, elle en conclut qu'elle souffre sans doute d'une carence en fer, mais elle sait qu'elle ne prendra jamais rendez-vous chez un médecin pour s'en assurer.

— Ah ben dites donc. (La caissière sourit.) Vous avez des lapins ?

Le total s'affiche sur l'écran : deux semaines de pourboires à son boulot au restaurant. Tiffany paie en liquide.

— Quelque chose comme ça, répond-elle.

Les parents de la famille d'accueil de Tiffany sont gentils mais fatigués. Assaillis de dettes. C'est sa quatrième famille, et la meilleure. Ils ont trois fils biologiques ; tous sont adultes et ont quitté le foyer. Quand Tiffany arrive enfin dans la maison de ranch des années 1950 de Wayne et Stella, sur le boulevard Arcadia, ils dorment et elle est lourde de pluie.

J'espère que tu as passé une bonne journée au lycée, dit un mot écrit de la main de Stella. *Il y a des restes dans le frigo.*

Avec le couteau le plus coupant qu'ils possèdent, Tiffany tranche grossièrement toute sa verdure, calcine le tout dans un mélange de sel et d'huile d'olive, et en prépare assez pour remplir deux saladiers. Dans sa chambre, Tiffany ouvre son ordinateur portable prêté par le lycée et trouve la suite que James a jouée. Les écouteurs sont sans fil, futuristes, comme un gadget de science-fiction. Elle se défait de ses vêtements mouillés, enfile un short de foot et un grand T-shirt sur la poitrine duquel est écrit DONNEUR DE SANG. Un jour, elle a tenté de donner son sang, mais on l'a refusée parce qu'elle était trop maigre. En mangeant, elle écoute *Gaspard de la nuit* du début à la fin – ça fait plus de vingt minutes. Elle se brûle la bouche avec ses légumes, mais elle les mange avec voracité, savourant l'amertume et l'onctuosité huileuse des feuilles. Elle finit un saladier et réécoute la suite. Dans *Ondine*, Tiffany entend le jeu de séduction de l'eau, elle entend le danger du désir, elle entend les éclaboussures. Quelqu'un meurt dans *Le Gibet* ; elle sent la fin d'une vie que personne n'avait de toute façon jamais voulu mener ou entretenir. *Scarbo* sonne comme la crise de panique d'un génie. Elle n'en sait rien, elle cherchera plus tard, il lui prêtera son édition. Elle écoute la suite jusqu'à ce que la batterie de son portable s'éteigne. Se brosse les dents jusqu'à ce qu'elle ne sente plus ses gencives. Se douche jusqu'à ce qu'elle ne sente plus sa peau. À trois heures du matin, elle hurle dans son oreiller, en vie de façon obscène.

À cinq kilomètres de là, dans un manoir rénové construit il y a cent quarante-trois ans dans le style Queen Anne américain par Woodrow Huxley Zorn III, cofondateur de Zorn Automobiles, James fait l'amour à sa femme pour la première fois depuis des mois, déclenchant chez eux deux des orgasmes sismiques. Mais il sent qu'elle est triste juste après, qu'elle se détourne de lui trop vite, qu'elle l'abandonne pour son intériorité privée, qu'il se figure comme la bibliothèque d'un château qu'ils ont jadis visité en Irlande, spectaculaire, hanté, ravagé par le feu des canons. Il n'a pas encore repris son souffle qu'elle est déjà dans la salle de bains. Alors qu'il l'écoute faire pipi – elle n'a jamais eu d'infection urinaire de toute sa vie, son hygiène est une espèce de religion –, il essaie de comprendre pourquoi il trouve attirante la distance d'une personne alors qu'il trouve funèbre celle de sa femme. Le robinet fait pulser de l'eau dans la baignoire ; il écoute sa femme tirer sur la valve métallique et se demande quelle quantité d'eau se perd quand on la réoriente entre le robinet et le pommeau de douche. James ne s'est jamais désintéressé de sa femme, même après que la couleur a quitté ses cheveux et son rire, mais elle s'est désintéressée de lui. Le temps qu'elle finisse de se doucher, il se sent empli d'une énergie encore plus grande que pendant qu'ils faisaient l'amour – mais c'est une énergie maladive, cette drogue, elle le prend en otage, elle l'éloigne violemment de lui-même. Lorsque sa femme revient dans la chambre, sentant le vétiver, il lutte contre un inquiétant désir fiévreux de se ruer sur elle, de la mettre à terre et de la faire rire.

— N'oublie pas que les filles ont rendez-vous chez le dentiste demain, marmonne-t-elle depuis la rive opposée de leur matelas.

Vers trois heures du matin, James enfile des vêtements et sort courir dans leur quartier, se sentant nauséeux et extraordinaire. Des racines d'arbres se rebellent sous l'historique rue pavée ; elles fouettent comme des serpents et le font trébucher. Il passe devant de nobles bâtisses du XIXe siècle, dont aucune n'est aussi opulente que la sienne. L'air est froid et humide, le quartier est habillé pour Noël. Faux rennes dans les jardins, couronnes sur les portes, guirlandes champagne scintillant sur les arbustes. Non loin de là, des hommes crient, mais James ne les voit pas. Il n'entend pas ce qu'ils disent. Le quartier a connu de nombreux cambriolages ces dernières années, poussant les gens à migrer en banlieue, et James sait qu'il doit faire attention, mais sa pulsion la plus forte le pousse à suivre les voix et à les retrouver. Il n'a rien dans les poches.

Après avoir couru une vingtaine de minutes, James s'arrête sur le pont qui relie son quartier au centre-ville, regarde la nuée de son souffle sous la lumière mandarine des réverbères, écoute le bruit de la rivière qui s'écoule sous ses pieds. Inspirées par leur livre illustré préféré, ses filles lui disent souvent qu'elles veulent être allumeuses de réverbères quand elles seront grandes. Il imagine Emma et Rosie planant au-dessus de la ville au crépuscule, semant des flammes dans des cages de verre comme des petites fées espiègles. Il n'a pas le cœur de leur dire que Vacca Vale ne s'éclaire plus au gaz ; au lieu de ça, des lampes à vapeur de sodium haute pression poussent comme des champignons sur le trottoir. Lorsque l'électricité passe dans le sodium, le sodium est excité et ça le fait luire. Efficaces et bon marché, ces lampadaires plongent la ville dans la vague luminosité orange d'un rêve. James aime les faits, mais contrairement à son élève Tiffany, il ne les méprend pas pour de la sagesse. Cependant, comme Tiffany, il aspire à amasser des informations jusqu'à ce que son éducation se change en l'inverse d'elle-même, jusqu'à ce qu'il soit complètement stupide à force de savoir. James trouvait jadis la Vacca Vale River – qui n'était qu'un égout, à sa naissance – tristement impotente. Il y a trois mois, elle a inondé la ville avec une force que James a interprétée comme une furie réprimée, comme si elle se vengeait après des siècles de mauvais traitements. L'inondation a épargné son quartier, construit sur une colline.

Sur le pont, les oreilles mordues par le vent, James fait des étirements. Sa cheville palpite de douleur à cause d'une entorse qu'il s'est faite à l'âge de dix-sept ans. Un match de foot. Le but de la victoire. Blessure jamais guérie comme il faut.

Le lendemain, alors qu'ils finalisent la dernière scène, James refuse de croiser le regard de Tiffany. Il y a des conséquences, se rappelle-t-il. Ce n'est pas une putain de répétition.

En février, James donne son numéro de téléphone à Tiffany, accompagné d'une raison. Accepterait-elle de faire du baby-sitting pour ses enfants vendredi soir ? Bien qu'à première vue l'idée d'inviter Tiffany chez lui et de la présenter à sa famille paraît contraire à sa nouvelle conviction, James obéit à un instinct : il a besoin de redéfinir le temps qu'il passe avec elle comme quelque chose de parfaitement acceptable. Il a besoin de lui arracher les crocs et de lui couper les griffes. Il peine à se le formuler clairement, mais l'inviter à faire du baby-sitting est la réponse à un problème de maths foireux : la meilleure manière de s'assurer qu'il ne se passera rien entre eux est de la montrer aux gens. Aux gens qui comptent. En outre, une fois qu'elle sera à la fois étudiante et baby-sitter, il ne pourra… il ne pourrait… *deux* clichés ? Beurk, songe-t-il. Impossible. Par ailleurs, James éprouve le besoin étrange de s'assurer de la réalité de Tiffany. Elle pourrait être une hallucination, une crise psychologique, le fantôme d'un ancêtre ! Sa vie domestique – sa vie *réelle* – va percer et dégonfler cette chose qu'il y a entre eux. Il l'exposera à sa vie à lui, et il lui exposera sa vie, puis ils se retireront dans leurs royaumes barricadés, et tout ira bien. Tout sera toujours allé bien.

— Notre baby-sitter habituelle part faire une retraite silencieuse, explique-t-il inutilement. Et mes beaux-parents sont pris.

Il ne demande pas si Tiffany a une quelconque expérience avec les enfants. Il présume qu'être du sexe féminin est une qualification suffisante pour le job.

— Je n'ai pas de voiture, répond Tiffany.

— L'un de nous pourra aller te chercher et te raccompagner.

Elle fait rouler son cou sur ses épaules.

— À quelle heure ?

Sur le trajet, James bidouille la radio pendant que Tiffany fouille dans ses expériences vécues en quête de quelque chose d'intéressant à dire. Ils optent tous les deux pour le silence.

La plupart des maisons de riches de Vacca Vale dépriment Tiffany. Une de ses familles d'accueil – famille à laquelle elle s'efforce de ne plus penser – vivait dans la banlieue. L'idée de la banlieue excitait Tiffany jusqu'à ce qu'elle y arrive à l'âge de douze ans et y découvre un panoptique de tons beiges, une architecture sans imagination, aucune vie dans les habillages de brique et de PVC, tant de fortune dans un désert de goût. Des méga-églises. Des quartiers entiers créés par copier-coller, assiégés par les terres agricoles industrielles. Parfois, Tiffany s'en allait errer à des kilomètres de la maison de sa famille d'accueil pour regarder des chevaux dans un pré. CES CHEVAUX JOUISSENT D'UNE RETRAITE HEUREUSE, disait un panneau près de ce pâturage. Elle n'y a jamais vu aucun humain, juste une grange noire au loin. Les chevaux s'approchaient d'elle avec curiosité, et elle leur donnait des pommes à travers les mailles du grillage de la clôture.

Comme James est riche, Tiffany supposait que lui aussi vivait en banlieue, alors elle est surprise de le voir s'engager dans un quartier situé à seulement sept minutes de celui de Stella et Wayne. Une rangée de maisons historiques le long de la rivière, juste au nord du centre-ville. Des putains de rues pavées. Il se gare devant un manoir – un *manoir* – et la bouche de Tiffany se met à béer comme dans un dessin animé. Elle la referme d'un petit claquement sec. Tourelles, terrasse qui court le long de la maison, bow-windows. Pierre, briques et bardeaux. Deux cheminées. Plus de mètres carrés que dans toutes les maisons des familles d'accueil de Tiffany combinées.

— Je croyais que tu habitais en banlieue, dit-elle stupidement.

— Pourquoi ?

— Je ne sais pas. (Elle déglutit et sue comme si elle faisait face à un dragon.) Cette maison est très… elle est si…

— C'est ma femme qui en a hérité, dit-il d'un ton bourru. Je n'y suis absolument pour rien.

Arrachée à une ère révolue, cette maison est d'une magnificence malcommode. Elle est difficile à prendre. Avant, Tiffany savait que la femme de James descendait de la fortune de Zorn Automobile – fortune qui a continué à croître même après que l'entreprise a rendu Vacca Vale orpheline dans les années 1960 –, mais elle ne s'imaginait pas trouver une forteresse. James fait entrer Tiffany, la dépose dans le hall comme un sac de courses, et tout d'un coup il disparaît, remplacé par sa femme. Table en marbre, vase en céramique, bouquet boisé de branches. Petits ornements d'émeraude. Sa femme sourit.

— James se prépare, dit-elle. Il va descendre dans une seconde.

Sa voix est calme et limpide, comme un étang ; son vocabulaire est nonchalamment vigoureux ; sa posture, assurée. Avant ce soir, Tiffany comprenait *l'idée* de la femme de James, mais pas sa réalité. Maintenant elle est là, en trois dimensions, aussi réelle qu'elle-même – probablement plus. Elle a des sourcils, des mains gercées, une personnalité, un master en santé publique, un rire prudent – le rire d'une adulte à qui on a toujours dit de faire moins de bruit quand elle était enfant. Elle a même un nom. Son nom est Meg. Sa présence fait que Tiffany se sent comme un prototype de femme, pas une vraie femme. Tiffany se dépêche d'enlever ses chaussures en se rendant compte qu'elle a oublié de le faire en entrant, et se sent injustement honteuse de ce faux pas.

— C'est si plaisant de se rencontrer en vrai, dit Meg, sentant le malaise de Tiffany et s'efforçant d'y remédier. James n'a que des louanges à votre égard. Merci de venir vous occuper de nos filles comme ça à la dernière minute.

Meg conduit Tiffany dans la cuisine, où elle orchestre un bavardage mondain avec une agilité de gymnaste. Tiffany s'interroge malgré elle sur la fortune : serait-elle importante dans une grande ville, ou bien ne fait-elle que couronner Meg et James dans l'économie naufragée de Vacca Vale ? Jusqu'à cet instant, Tiffany s'était imaginée que Meg se maquillait lourdement, portait un parfum fort, se faisait faire des balayages, adoptait des modes comme celle des combishorts et des paniers en guise de sac à main, se faisait faire des manucures sophistiquées aux couleurs chics deux fois par mois, et ne nourrissait que peu d'opinions éclairées. Tiffany ne sait pas trop ce qui la faisait supposer ça. En fait, Meg est pragmatique et cultivée. Elle s'exprime bien. Elle est intelligente. Pas maquillée. Gentille. La réalité factuelle brutale de Meg agace Tiffany.

— Ça va ? demande Meg en voyant Tiffany tousser.

Tiffany fait une sorte de réaction allergique à la maison. Lorsque Tiffany remarque les factures d'eau et d'électricité sur l'îlot de leur cuisine, une vague de honte se met à tourbillonner en elle. Ne savent-ils pas qu'elle est une enfant, trop jeune pour s'occuper d'autres enfants ?

Blogueuse santé, cuisine et style de vie, Meg écrit des livres de recettes véganes. Elle a un projet de chaîne YouTube, et un demi-million de followers sur les réseaux sociaux – choses qu'elle parvient à faire comprendre à Tiffany sans se vanter. Elle dit que Tiffany ne doit pas hésiter à se servir une part des légumes-racines rôtis au paprika qu'elle trouvera dans le frigo, puis elle décrit certaines de ses recettes favorites. Elles semblent toutes folkloriques.

— Vous voulez un peu de soda à la fleur de sureau ? demande-t-elle à Tiffany. Ou de limonade à la lavande ? Ou d'eau pétillante romarin-rhubarbe ? Ou de thé cynorhodon-pissenlit ?

Voyant peut-être que Tiffany est trop distraite par la maison pour choisir un breuvage, Meg lui fait visiter le rez-de-chaussée. Sa sœur Gwen est architecte à Copenhague, explique-t-elle.

— Elle nous a aidés pour la rénovation. Certains membres de ma famille ont modernisé les lieux au fil des décennies, et beaucoup de leurs choix étaient épouvantables. James et moi voulions faire honneur à l'histoire de cette maison, et les changements que nous y avons apportés consistaient surtout à exhumer le passé plutôt qu'à imposer le présent. Nous voulions lui rendre sa beauté originelle.

Peintures à l'huile terrifiantes. Reliques de voyages. Technologie effrayante et superflue. Embrasures de portes en bois sculpté. Vitraux. Tapis importés tissés d'histoires – d'histoires appartenant à d'autres gens, d'autres époques. Plafonds hauts et fenêtres sublimes. Odeur ensorcelante qui semble émaner du plancher. Tabac, cèdre, vanille. Encens. Tiffany s'en emplit les poumons, encore et encore, elle ne peut pas s'en rassasier.

— La ville n'arrête pas d'essayer de nous acheter la maison, explique Meg, mais nous ferons tout pour la garder dans la famille. Ils disent qu'ils veulent en faire un musée à la mémoire de Woodrow, que l'histoire locale est sacrée, bla-bla-bla, mais vous vous souvenez de ce qu'ils ont fait au domaine de Cecil ? Oh, vous n'êtes pas au courant ? C'est juste à quelques rues de chez nous – vous devriez aller voir, un de ces jours. La ville n'a pas réussi à réunir les fonds pour le rénover, alors ils l'ont juste laissé à l'abandon jusqu'à ce que les tuyaux explosent et que le toit s'effondre. Maintenant ils disent que son aménagement en musée est “repoussé *sine die*”. Vous allez voir, bientôt, ce sera un parking. Non merci.

Tous les jouets des enfants ont l'air de sortir du XVIIIe siècle : pas de plastique, pas de batterie, pas de petites musiques ni de lumières qui clignotent. Murs tapissés de bibliothèques pleines de livres reliés ; chats assortis au mobilier ; mobilier étonnant. Bûches dans la cheminée. Planchers en acajou. Tiffany marche timidement dans ce flot de beauté, submergée presque jusqu'aux larmes. Elle se sent comme une de ces vaches prises dans un ouragan et qui se retrouvent à nager sans but, condamnée à une tâche qu'elle n'était pas conçue pour accomplir.

À présent, Meg mène Tiffany dans un couloir exposant une galerie de portraits en noir et blanc.

— Des ancêtres, explique Meg. Impeccablement vêtus et tristes à mourir – tous autant qu'ils sont. C'est un trait de famille.

Aussi bien en taille qu'en magnitude, le portrait central est le plus formidable : un homme rude, en costume, d'une cinquantaine d'années. Barbe à la Walt Whitman. Yeux

Renaissance vides, sertis dans l'ombre, qui vous fixent. Tiffany le reconnaît de ses livres d'histoire.

— Ouais, c'est Woodrow, dit Meg d'un air indéchiffrable en observant le portrait. Woodrow Huxley Zorn, Troisième du nom. Le fondateur en personne. Ce n'est pas mon arrière-grand-père ni quoi que ce soit du genre. Nous sommes parents de manière très éloignée. Mais je suis le seul membre de la famille à être resté à Vacca Vale, alors quand mes parents sont devenus trop vieux pour entretenir la maison, c'était logique que ce soit moi qui en devienne la… gardienne, j'imagine. J'ai grandi ici, donc je me sens investie d'un devoir à son égard.

Brusquement, Meg se détourne de Woodrow et se remet à marcher.

— Assez parlé de lui, dit-elle.

Le couloir les dépose dans une petite pièce aux murs tapissés de papier peint à motifs répétitifs d'oiseaux minimalistes. Dessins faits à l'aveugle. Tiffany trouve qu'ils ressemblent à des faucons. Au centre de la pièce se trouve un piano à queue, ses pieds dorés perchés sur un tapis de laine marocain. *Bösendorfer*, lit-on en lettres d'or sur le côté. Tiffany essaie de ne pas le regarder en bavant, mais elle ne peut en détourner les yeux ; c'est l'objet le plus enchanteur qu'elle ait jamais vu.

— C'est la pièce de James, dit Meg. Je n'ai pas une seule cellule de musicalité dans le corps, et les filles détestaient leurs leçons, alors on a abandonné. Mais James est un génie du piano. Vous l'avez déjà entendu jouer ?

Un peu trop violemment, Tiffany secoue la tête.

— Jamais.

— Oh, répond Meg. Il aurait pu être concertiste – il est absolument fascinant. Peut-être qu'on pourra le forcer à jouer pour vous, un jour. Quoi qu'il en soit, les filles vont au lit vers sept heures, et dorment à huit.

Tiffany tousse encore, mais Meg lui fait la grâce de ne pas le relever. En parlant, elle traverse de nouveau le rez-de-chaussée avec Tiffany, jusqu'à ce qu'elles soient de retour dans le hall.

— Les coordonnées du médecin et tous les numéros d'urgence sont scotchés sur le frigo – vous les verrez. Le dîner est déjà prêt, vous n'aurez qu'à le servir. Nous ne les forçons jamais à finir leurs assiettes, mais elles savent qu'elles n'ont pas de dessert si elles ne mangent pas leurs légumes. Emma sera heureuse de vous expliquer leur rituel de coucher – c'est elle la cheffe, ici. Elles vous demanderont de leur lire plus de mille histoires. On essaie de s'en tenir à trois. Quoi d'autre ? Oh… la nuit, les chats ne doivent pas entrer dans la chambre des filles. N'hésitez pas à appeler ou envoyer un SMS si vous avez la moindre question.

C'est à ce moment-là que Tiffany voit James descendre l'escalier d'un pas tranquille, fourrant les pans d'une chemise Oxford sous la ceinture d'un pantalon à pinces bleu marine. Rouge et propre, barbe de trois jours, cheveux en bataille, rides de rire marquées, il est vraiment plus grand que dans le souvenir de Tiffany. Il la dévaste. Remarquant à peine les fillettes qui le suivent, Tiffany offre à James un sourire normal comme si elle était une élève normale, comme si elle était une joyeuse baby-sitter anonyme, comme si ses nerfs ne venaient pas de se mettre à chanter l'opéra pour ce père dans l'escalier. Son corps réagit vis-à-vis de James exactement comme il réagit vis-à-vis de cette maison – toute cette splendeur précisément calibrée pour combler ses désirs les plus intimes, toute cette splendeur qu'elle ne possédera jamais.

— Bon courage, dit James à Tiffany.

La neutralité avec laquelle il lui délivre cette amabilité annule tous les autres indices. Tiffany comprend, avec une force qui manque de la mettre à terre, qu'elle a tout mal interprété. Elle est délirante, idiote, jetable, grotesque. Humiliée.

— Je vous aime, dit James. Je vous aime tellement.

Ses filles s'accrochent à lui, le supplient de rester. Seule Meg parvient à les arracher à ses jambes.

— Soyez gentilles, mes amours, dit-elle en les embrassant sur la tête. Vous êtes toutes les deux si gentilles.

Après avoir assuré à Tiffany encore plusieurs fois qu'elle pouvait les appeler quand elle voulait, les parents s'en vont.

Lorsque les filles – âgées de cinq et huit ans – relèvent les yeux vers Tiffany, elles lui rappellent un couple d'aras Macao qu'elle a vus au zoo, un jour. Au début, elles la fixent avec suspicion, puis avec fascination, puis avec délice. Dans leurs pyjamas de la NASA assortis, elles ne ressemblent ni à leur père, ni à leur mère, mais sont des copies l'une de l'autre.

— J'ai une faim *de loup*, dit Emma, la plus âgée des deux. Tu aimes le tajine ?

Les nourrir s'avère étonnamment difficile. Elles n'arrêtent pas de quitter la table en bondissant pour s'en aller courir en rond dans tout le rez-de-chaussée en piaillant comme des savants fous. Elles font des bruits d'animaux bizarres et refusent de se servir de leurs fourchettes. Rosie, la plus jeune, a un cheveu sur la langue. Elles crient "ATTENTION !" et jettent les coussins du canapé par terre. Tiffany admire l'étrangeté inaltérée des enfants en général, et de celles-ci en particulier, mais elle est déjà épuisée, et cela fait à peine une heure qu'elle est là. Après le dîner, les enfants emmènent Tiffany à l'étage et hurlent à propos du dentifrice à la fraise.

— On aurait pu avoir chacune notre chambre, dit Emma. Mais on partage, parce qu'*elle* n'aime pas dormir toute seule.

Elle pointe Rosie du doigt ; Rosie louche dans le miroir.

— Et ça vous plaît, de partager votre chambre ? demande Tiffany.

— Oui, répond Emma. *Moi*, c'est me réveiller seule que j'aime pas.

Rosie passe en revue une pile de livres pendant que sa sœur explique pourquoi ils ont tant de brosses à dents.

— Notre papa en achète constamment, dit Emma. Il croit toujours qu'on en manque. Il dit toujours : "La bonne nouvelle, c'est que j'ai pensé à acheter des brosses à dents !"

Sous le lavabo, il y en a environ deux douzaines, encore dans leurs emballages.

Changeant de ton, d'un air sérieux, Emma montre du doigt un flacon d'analgésique.

— Tu sais, quand l'étiquette montre le contenu "en taille réelle", murmure-t-elle à Tiffany, ça me fiche vraiment la trouille.

Tiffany voit exactement ce qu'elle veut dire.

Assise dans un rocking-chair en velours élimé, elle fait la lecture à Rosie et Emma. De tous les meubles éblouissants, ce rocking-chair est le préféré de Tiffany. Usé, bleu, incongru et presque laid, il lui semble familier. Dans cette maison, c'est la seule chose qu'elle n'a pas peur de casser.

L'habitat de James exhibe un genre de richesse que Tiffany n'a encore jamais vu à Vacca Vale et qu'elle associe aux capitaux étrangers. La richesse que Tiffany a déjà vue s'assure que tout soit sans histoire et neuf, alors que la richesse de James s'assure que tout soit étagé et vieux. Elle contient de l'art et de l'histoire. Elle possède Tiffany. Son ancien dégoût vis-à-vis de la fortune la rendait jadis fière, mais elle voit aujourd'hui que, pendant tout ce temps, une forme d'élitisme bancal était en train de grandir en elle. Elle trouve profondément dérangeants les effets ensorceleurs qu'un bien immobilier peut avoir sur son corps, et elle ne parvient pas à réconcilier ça avec ses idéologies bourgeonnantes sur la propriété privée. Qui a permis à cette fille de la protection de l'enfance de s'intéresser au mobilier artisanal ? D'apprécier comme une putain d'aristocrate les tapis faits à la main ? Pour qui se prend-elle ?

Tels sont les contours de ses pensées tandis qu'elle lit aux filles une comptine illustrée sur les ravages du capitalisme. Rosie se pelotonne contre Tiffany sur le rocking-chair en velours pendant qu'Emma fait des anges de neige sur le tapis en peau de mouton – "Anges de laine !" – en répétant doucement les mots à mesure que Tiffany les lit. Le papier peint de leur chambre la fait ressembler à une forêt. Des fées confectionnées en tissu, paillettes et cure-pipes nichent dans un enchevêtrement de lumières au plafond. Tiffany n'a même jamais rêvé d'une enfance si joliment paysagée tandis qu'elle grandissait dans le système, léguée de maison en maison comme un héritage maudit. Avec des cadenas sur les réfrigérateurs.

— Quand nous on s'endort, *elles*, elles se *réveillent*, murmure Rosie en lui montrant les fées.

— Oui, et elles règlent le thermostat, ajoute Emma. Elles le baissent pour qu'il fasse plus froid.

Avant d'aller au lit, les enfants demandent à Tiffany de couper les étiquettes de leurs pyjamas, prétendant qu'elles les démangent et les empêchent de dormir. Tiffany identifie cette demande comme une façon inventive de gagner du temps, mais leur sensibilité, pense-t-elle, indique que ce sont des génies. Elle coupe les étiquettes, mais elle les garde pour les consignes de lavage parce qu'elle présume que c'est ce que font les gens riches. Dans sa vie à elle, Tiffany n'a jamais lu aucune consigne de lavage, et s'y est donc encore moins conformée. Après avoir lu le dernier livre de la soirée – une comptine illustrée sur la déforestation –, elle éteint la lumière dans la chambre des filles, descend l'escalier, et se retrouve debout dans la cuisine.

C'est le genre de silence retentissant qui suit un concert. Elle pose les étiquettes des pyjamas dans un saladier en céramique, puis laisse errer un regard rêveur sur un cellier rempli de vinaigres exotiques. Elle en prend une photo avec son téléphone bon marché. L'efface immédiatement.

Elle veut être ses filles et elle veut être sa femme et elle veut être lui.

Il me montre sa vie, se dit soudain Tiffany, pour que je m'abstienne de la massacrer.

En taille réelle.

Quand James raccompagne Tiffany chez elle, il est clair que la soirée les a exorcisés l'un de l'autre, exactement comme James l'avait espéré. Tout ce qu'il fallait qu'ils fassent, c'était sortir de leur monde intime et faux pour s'engager dans le monde public et vrai. La chose qui les possédait – appelons-la Ondine – ne pouvait respirer que de l'air imaginaire, dans le théâtre de Ste Philomena. L'oxygène la tue, les témoins la tuent, et à présent, hourra ! elle est morte.

Devant la maison sur le boulevard Arcadia, James met la voiture au point mort et paye trop Tiffany.

— Qu'est-ce que tu veux que je fasse ? demande James à Tiffany, sa bouche contre son cou. Qu'est-ce que tu attends de moi ?

Les questions 19 à 21 concernent la photo ci-dessous datant de la fin du XIXe siècle, prise par le journaliste Jacob Riis. Avec laquelle des propositions suivantes les partisans d'individus semblables à ceux que l'on voit sur la photo auraient-ils vraisemblablement été le plus d'accord ? *Tout le monde exagère. Les gens sont juste friands de ragots ; il n'y a pas eu le moindre scandale depuis que Mme Lansberry s'est fait arrêter pour conduite en état d'ivresse. Je pense qu'il a juste pitié d'elle.* (A) La décision de la Cour Suprême dans l'affaire *Plessy contre Ferguson* était justifiée. (B) Libéré de toute régulation étatique, le capitalisme améliorerait les conditions sociales. *En parlant de scandales, vous savez que Kayla a fait une ptérodactyle à trois gars de l'équipe de lacrosse ? Oh mon Dieu, vous ne savez pas ce que c'est ? C'est trois gars, une fille. Les gars sont côte à côte, en ligne. Elle taille une pipe à celui du milieu, puis elle fait une branlette aux deux autres. Du coup, on dirait qu'elle essaie de s'envoler.* (C) Richesse et pauvreté sont toutes deux des produits de la sélection naturelle. (D) Les États devraient agir pour éliminer les pires abus de la société industrielle. *Mais pourquoi est-ce que Tiffany reste après tout le monde ? Ma mère pense qu'on devrait en parler à M. Rayo.* "L'histoire de l'humanité est une histoire de blessures et d'usurpations répétées infligées par l'homme à la femme, dans le but direct d'établir sur elle une tyrannie absolue. Pour le prouver, soumettons les faits à un public candide. Il ne lui a jamais permis d'exercer son inaliénable droit de vote. Il l'a forcée à se soumettre à des lois à l'élaboration desquelles elle n'a pas pu participer." *Peut-être qu'elle se considère trop bien pour les garçons de son âge.* Convention de Seneca Falls, Déclaration de Sentiments et Résolutions, 1848. *Elle n'est même pas sur les réseaux sociaux. Tout le monde a tout le temps pitié d'elle, mais je crois que c'est une vraie snobinarde.* Duquel des groupes suivants de nombreux partisans de la déclaration de 1848 se désolidarisèrent-ils dans les années 1870 ? (A) Les Darwinistes Sociaux. (B) Les partisans de la sécession du Sud et des droits des États. (C) Les partisans du Quinzième Amendement. (D) Les isolationnistes. *Je ne l'ai jamais vue parler avec un autre élève, sauf quand elle était, genre, en train de disséquer un fœtus de porc. Les gens essaient d'être gentils avec elle, mais elle se croit meilleure que nous tous.* Dans quel sens circule, s'il existe, le courant généré dans le circuit électrique représenté en Figure 3 ? *À l'évidence, elle n'a aucune limite.* (A) Dans le sens des aiguilles d'une montre. (B) Dans le sens inverse des aiguilles d'une montre. (C) Ni l'un ni l'autre, parce qu'aucun courant n'est généré dans ce circuit. Justifiez votre réponse. *Il ne ferait jamais rien de bizarre. C'est quelqu'un de bien. Si vous semblez perdu, c'est le genre de prof qui vous prend sous son aile.* Choisissez et identifiez clairement deux œuvres d'art représentant la figure masculine qui soutiennent ou remettent en question les attitudes vis-à-vis des hommes dans leurs contextes culturels. *Je ne sais pas. Je n'ai jamais vu quelqu'un se fourrer si profondément sous l'aile de quelqu'un d'autre.* Une chaîne alimentaire arctique inclut les organismes suivants : orque, ours polaire, phoque annelé, morue polaire, krill, diatomée. NB : les illustrations ne sont pas à l'échelle. *Je sais que tout le monde trouve que c'est un apollon, mais il est juste sexy pour un prof. Si tu le croisais dans la rue, tu ne te retournerais pas.* Expliquez ce qu'indique la direction des flèches sur le diagramme, outre le fait qu'elles montrent quels organismes consomment quels autres organismes. *Parle pour toi. Je rêve que je couche avec lui chaque fois que j'ovule. Tu crois que je plaisante ? Je suis hyper sérieuse. C'est un* homme, *tu vois ? Et tu l'as déjà vu jouer du piano ? Putain.* Titus Pullo attaque et se fait attaquer. *Tu trouves qu'elle est belle ? J'en sais vraiment rien. Elle me fout les jetons, mais j'ai l'impression qu'on pourrait se servir d'elle pour vendre quelque chose. Elle est frappante.* Traduire le passage suivant : *Il paraît qu'elle est en famille d'accueil parce que sa mère était accro aux opioïdes et que son père est en prison. À l'oxycodone, ouais. Il paraît qu'on a dû lui attribuer un avocat à la naissance parce que sa mère était défoncée et que son père était aux abonnés absents. Tu imagines ? Avoir besoin d'un avocat tout de suite à ta naissance ?* Midiocri spatio relicto… *Non, sa mère est morte, là.* Maria a été choisie pour le rôle principal dans la pièce. Elle est à la fois angoissée et enthousiasmée par cette chance. *T'as vu comme elle s'est embrouillée dans sa tirade quand il lui a touché le bras ?* Partie A : Expliquez comment chacun des concepts suivants peut l'aider à bien jouer dans la pièce. ✶Mémoire contextuelle ✶Acétylcholine ✶Sens kinesthésique ✶Attention sélective. *Elle est pas censée être un génie ou quelque chose comme ça ? Elle est première de la classe, non ? Et il paraît* *qu'elle a fait un score parfait au PSAT*[*]*. Pourquoi les gens intelligents font-ils toujours des choses aussi stupides ? Elle le met vraiment en danger. Il a une femme et deux filles – je les ai rencontrées à la vente aux enchères, c'est la famille la plus mignonne du monde.* Partie B : Expliquez comment chacun des concepts suivants peut nuire à son jeu dans la pièce. ✶Interférence proactive ✶Loi de l'excitation de Yerkes-Dodson ✶Locus de contrôle externe. *T'as vu comme elle le regarde ? C'est dégoûtant. Si elle avait vraiment des sentiments pour lui, elle lui ficherait la paix. Il a tout à perdre.* Vous aurez six minutes pour lire le sujet de l'essai, la source numéro 1 et la source numéro 2. Sujet de l'essai[**] : *Tu crois qu'ils vont baiser pour de vrai ?* Évaluez (d^2y)/(dx^2) à l'endroit de la courbe où X=1 et Y=1. *Lui, il ne le ferait jamais, mais elle, je suis sûre qu'elle fait tout ce qu'elle peut pour.* Résoudre pour X en fonction de Y. *Elle n'a personne. Elle n'a rien à perdre.*

— Je pourrais avoir un verre d'eau ? murmure Tiffany à James dans ses draps à trois cents dollars.

Ça se passe comme ça : ils s'éloignent l'un de l'autre pendant tout le mois de février. Puis, en mars, James lui envoie ce SMS : *Viens chez moi.* Quelques minutes plus tard, Tiffany répond : *Viens me chercher.*

* Preliminary Scholastic Aptitude Test : ce test d'aptitude scolaire passé en fin de lycée est un élément très important dans le processus de sélection pour l'entrée à l'université.

** Cet énoncé est entièrement en français dans le texte.

Elle dit à Stella et à Wayne qu'elle va chez un ami, ce qui n'est pas faux. Elle y passera peut-être la nuit, dit-elle. Ils sont tellement ravis qu'elle leur parle d'un ami qu'ils ne posent pas de questions. Tiffany se douche très soigneusement, poussant le rasoir contre sa peau jusqu'à ce qu'elle sente le contact de son tibia. Shampoing au chèvrefeuille et après-shampoing chic de Stella. Cheveux mouillés, natte sur le côté, pas de maquillage, vêtements souples. Cœur qui bat vite. Sang chaud. C'est le premier dimanche des vacances de printemps, et la neige fondue, dehors, est cruelle.

Dans la voiture, Tiffany et James se comportent de façon frénétiquement normale.

Lorsqu'ils entrent chez James par la porte latérale, la conscience que Tiffany a d'être en train de s'embarquer dans un Événement Majeur de la Vie lui fait l'effet d'un shoot de caféine ; son corps tremble, ses sens s'aiguisent et toutes les couleurs sont saturées. Elle se sent plus en vie qu'elle ne l'avait jamais cru possible, et elle comprend qu'elle est enfin sortie d'une simple imitation de la vie pour accéder au niveau supérieur. À présent, elle se trouve pour la première fois à l'intérieur de sa vraie vie. Dans la cuisine, James semble nerveux, se passe les mains dans son épaisse chevelure et renverse du vin en le servant. Il lui donne un verre de pinot noir, d'égal à égale. Il boit le sien très vite, puis il s'en ressert un. D'une manière ou d'une autre, sans le dire explicitement, il fait comprendre que ses filles, sa femme et ses beaux-parents sont en vacances à Key West. La rage avec laquelle Tiffany a envie de bien aimer le vin lui fait l'aimer pour de vrai, mais lorsqu'elle en demande un autre, James dit : "Peut-être pas." Ils errent dans la maison comme s'ils étaient chez Ikea, s'asseyant sur diverses pièces de mobilier, parlant de l'enfance, imaginant des vies alternatives jusqu'à ce qu'ils atterrissent dans la salle de musique.

— Joue du piano, lui ordonne Tiffany en voyant le Bösendorfer.

— Qu'est-ce que tu veux que je joue ?

— *Gaspard de la nuit.*

Il obéit sans discuter, heureux de pouvoir occuper ses mains.

En l'écoutant, Tiffany ne pleure pas. Ne le complimente pas. Ne caresse pas les chats. Ce sont autant d'exploits ardus, mais elle les accomplit. Lorsqu'il a terminé, il a le visage rouge ; elle se calme en se servant un autre verre de vin – il ne l'en empêche pas – et en posant des tas de questions sur le piano. Il explique qu'il a une finition ébène poli. Qu'il est en épicéa autrichien de haute altitude massif, avec un sommier en érable et hêtre rouge et un couvercle plaqué noyer. Cadre en fonte traditionnel. Cordes filées à la main, à bouclettes simples.

Ce piano était un cadeau de mariage de la part de la famille de sa femme, produit de leur fortune impérissable, et personne ne l'a associé à James aussi intimement que Tiffany le fait ce soir-là. Jadis très attirante, la fortune de sa femme le révulse aujourd'hui comme un miroir de foire déformant. Il le fait se sentir difforme, nauséeux, malnutri. Il se sent de plus en plus comme un touriste dans cette maison. Mais aux yeux de Tiffany, tout ça lui appartient.

— Chevalets façonnés à la main, dit James.

Tiffany se tient à quelques centimètres de lui, sa main délicate planant au-dessus d'un accord de si mineur. Elle examine l'anatomie offerte du Bösendorfer. D'un geste prudent, comme si elle caressait un oiseau carnivore, il lui touche le poignet.

— Touches en épicéa, marmonne-t-il.

Il sent qu'elle retient sa respiration, il voit son corps entier qui réagit.

— Tu es belle, dit-il, les choquant tous les deux.

Le visage de Tiffany vire au rose. Un crépuscule soudain.

— Va te faire foutre, dit-elle en lui frappant violemment le bras et en reculant.

Moment de silence. James se demande s'il a tout fracassé.

— Tu annihiles ma solitude, finit-elle par chuchoter, les yeux sur le piano. Tu me fais me sentir réelle.

Tiffany et James achèvent de se dévêtir émotionnellement sous le regard du Bösendorfer. Puis ils montent dans la chambre et enlèvent leurs vêtements.

Lorsque l'aube point, Tiffany cesse de faire semblant de dormir. Elle s'assied dans le lit et défait sa natte, en regardant le dos de James monter et redescendre au rythme de sa respiration. Ses cheveux sont encore mouillés de la douche qu'elle a prise chez Stella et Wayne, encore chargés de l'odeur de chèvrefeuille du shampoing, et ça la rend perplexe – c'est une femme différente qui a pris cette douche. Tiffany va à la salle de bains en marchant sur la pointe des pieds et fait pipi aussi silencieusement que possible, humiliée par la réalité de son corps. À son retour, James s'est réveillé et semble plus vieux d'une décennie à la lueur de son téléphone.

— Salut, dit-il d'un ton froid. On ferait mieux de s'habiller.

Il lui jette ses vêtements et elle se dépêche de s'habiller, sentant que quelque chose de très important a mal tourné. Ils descendent l'escalier et entrent dans la sublime cuisine, fouillant leurs cerveaux respectifs en quête d'une conversation suffisamment puissante pour dissiper la honte. Il leur prépare un expresso chacun en se servant d'une machine bruyante et compliquée, mais semble ensuite le regretter. Alors qu'ils en sirotent la mousse dans des tasses en céramique, ils parlent du temps, de leurs variétés de porridge préférées, des histoires personnelles des chats de James. L'un est noir, l'autre blanc, tous deux à poils longs, tous deux agités. Par leurs yeux étrécis, et avec un langage corporel accusateur, ils observent Tiffany comme s'ils savaient exactement ce qu'elle a fait. Quand James leur donne de la pâtée au lapin, Tiffany se demande à voix haute pourquoi leurs interactions sont si invariablement gâchées par l'odeur de la nourriture pour animaux. Il ne rit pas, ne semble même pas l'entendre du tout.

Elle sourit.

— Ça veut dire quoi, à ton avis ?

— Probablement rien, répond-il d'un ton sec, les yeux rivés sur son téléphone. Il y a parfois des choses qui ne veulent rien dire.

Une heure avant le début de son cours de préparation au test ACT*, James la dépose à un café d'une grande chaîne près du lycée.

— On s'appelle, dit-il à l'adresse du pare-brise.

Il ne l'a pas regardée dans les yeux depuis hier soir.

— Ouais, répond-elle, et un sanglot se forme dans sa gorge.

* American College Test. : test d'entrée à l'université.

Lorsque Tiffany vomit son scone dans une cuvette des toilettes de Ste Philomena, ce qui l'ennuie le plus, c'est le gâchis d'argent.

Le soir qui suit la Nuit, James lui envoie un SMS.

Je veux juste te redire tout le respect que j'ai pour toi. Sache que mon comportement a toujours été guidé par le souci de ton bien-être.

Tiffany sent son pouls battre dans ses yeux tandis qu'elle fixe l'écran. Encore cette attitude formelle éprouvante. Elle essaie de se sentir outrée, comme elle est censée le faire, mais au lieu de ça elle se met à pleurer. Ce serait un soulagement aveuglant que de le croire. Elle répond : *On peut se parler ?*

Et puis rien. Absolument rien. Chaque jour après la Nuit, Tiffany fixe son téléphone, rafraîchit sa messagerie, encore et encore, ne reçoit rien, n'en parle à personne, cherche le visage de James sur Google puis zoome dessus jusqu'à ce qu'elle ne puisse plus reconnaître qui c'est. Elle écoute sa stupide musique avec les stupides écouteurs qu'il lui a donnés. Chaque écoute offre à Tiffany une conscience claire du narcissisme de James. Et en plus, il est ridicule. *Cliché*. Ridicule ! Dans son lit, Tiffany mange un bocal entier de cornichons, fixe l'écran de son ordinateur portable, appuie sur pause, perd les pédales. Pendant quarante-quatre heures, elle ne dort pas, puis dort quatorze heures d'affilée. Il ne lui a jamais prêté son exemplaire de *Gaspard de la nuit*, et elle sait maintenant qu'il ne le lui prêtera jamais. Elle ne sort de la maison que pour aller travailler au restaurant. Tandis qu'elle traverse à vélo les friches industrielles de

Vacca Vale, elle n'arrête pas de se dire que ce décor est celui de l'au-delà. Cette année, Vacca Vale a été classée première de l'incroyablement cruel "Top Ten des Villes Mourantes" publié par *Newsweek*. Ça n'a surpris personne. À l'Ampersand, Tiffany est méchante à l'égard des clients et oublie souvent purement et simplement de parler. Elle a toujours vécu le désir qu'elle éprouve pour James comme une maladie mentale, mais c'est la première fois qu'elle le vit comme une crise. Au boulot, elle prend trop de pauses pipi. À chaque fois, elle fouille son téléphone de fond en comble.

Au bout de quatre jours sans le moindre contact, elle se met à former avec la bouche, en silence, les mots *VA TE FAIRE FOUTRE VA TE FAIRE FOUTRE VA TE FAIRE FOUTRE CONNARD* quand elle consulte ses appareils électroniques vides de message. Parfois, elle se le dit à elle-même. Manger, dormir et respirer deviennent des tâches non naturelles. Dents qui claquent, couleur qui disparaît de sa vision, température qui chute, vent froid rouge qui lui déchire le corps. Nausée qui l'oppresse, la faisant parfois vomir. Stella et Wayne en concluent, de manière attendrissante, qu'elle a la grippe. Ils se matérialisent avec des gobelets d'eau glacée, de soupe de tomate et de remèdes au goût de baies. Elle prend les remèdes, bien disposée à soigner ce qu'elle a, quoi que ce puisse être.

— Il aime être vu et ça se voit, dit Tiffany à sa dionée attrape-mouche le quatrième soir.

La plante n'a pas mangé depuis longtemps parce que la maison est trop propre. On est censé nourrir une de ses têtes une fois par mois, mais Tiffany oublie constamment de le faire. "Seulement des insectes vivants, lui avait dit la dame du magasin. Elle n'aime que les vivants."

Six jours après la Nuit, James mastique les plantes que sa femme a laissées dans le frigo sans presque sentir leur goût. Il se voit comme un brachiosaure, mâchant la canopée de la forêt, absurde et condamné, la peau couverte de rides, tandis que ses contemporains sont déjà tous éteints. Il a passé la semaine à laver chaque drap, chaque taie d'oreiller, chaque duvet, chaque couette, chaque plaid, ainsi que le tapis de bain, de la maison ; ça lui semblait trop meurtrier de laver exclusivement la couche dans laquelle il a sauté son élève. À présent, tandis qu'il mange, il écoute le ronronnement de la machine à laver et dresse une liste de choses à faire, sachant qu'il ne les fera pas. Après avoir fini son assiette, James annule sa séance de psychothérapie par SMS. La mort de sa mère avait fait naître en lui l'idée qu'une thérapie était indispensable à sa santé, ce qui l'avait poussé à se demander comment il avait pu survivre sans pendant tout ce temps. C'était comme découvrir les fruits à l'âge de trente ans. Il ne connaît personne d'autre à Vacca Vale qui fasse une thérapie.

L'après-midi, Meg l'appelle en FaceTime depuis la Floride.

— Il y a un ouragan qui va tout saccager la semaine prochaine, dit-elle d'une voix monocorde sous un soleil éclatant, en lui montrant la maison que ses parents louent. Donc on est arrivés juste à temps.

Ce soir-là, pendant que la baignoire se remplit, James fouille dans les placards jusqu'à ce qu'il trouve un flacon de lait pour le bain. Il l'a offert à Meg pour son anniversaire il y a deux ans de ça. Pendant bien trop longtemps, il avait parlementé au stand du marché fermier, à assommer le vendeur de questions outrageusement précises avant de finir par décider que Meg préférerait le parfum eucalyptus-épicéa plutôt que le camomille-rose. Là, le flacon est poussiéreux et il n'a pas été ouvert. *Restaure, énergise, requinque*, dit l'étiquette. Il verse un tiers de son contenu dans la baignoire et s'allonge dans l'eau fragrante jusqu'à ce qu'elle perde sa chaleur sous les assauts de l'horloge. Il ne se sent ni restauré, ni énergisé, ni requinqué.

Dans une des chambres d'amis, James dort sur le dos, les mains croisées sur son nombril comme un cadavre dans une veillée funèbre. En face du lit, Meg a accroché une reproduction de *La Licorne captive* qui lui donne envie de manger ses propres mains. Il se réveille avant l'aube dans un musée des objets magnifiques de sa femme et passe la journée à errer de pièce en pièce d'un pas traînant, étrangement incapable de sortir. Les chats se font discrets. Il évite le Couloir de la Famille Zorn, qui lui a toujours flanqué la trouille, et qui lui cause à présent des spasmes œsophagiens. Il ne croit pas aux fantômes, mais il y a longtemps qu'il a accepté leur présence dans cette maison. Ils l'habillent de couvertures froides et humides. Ils foutent le bordel dans le réseau électrique, le réseau mobile et le wifi. Ils le traitent de petit péquenaud. Ils savent ce qu'il a fait. Il essaie de faire une flambée, tisonne et réarrange les bûches, utilise tout le papier journal qu'il y a dans la maison, mais le bois refuse de prendre feu.

Le samedi, il ne mange rien d'autre qu'un sachet de fines tranches de gibier boucané qu'il a caché à Meg il y a des mois et il fixe la télé pendant de nombreuses minutes avant de penser à l'allumer. Il passe la soirée à écraser des glaçons entre ses molaires et à regarder sans la regarder une horloge digitale dont les chiffres trémulent. Il se sert un grand mug de gin au jus de pomme – la boisson favorite de son frère et lui lorsqu'ils étaient adolescents et qu'ils se saoulaient en secret dans la réserve à maïs désaffectée qu'il y avait sur le terrain de leurs parents, en parlant de physique quantique comme s'ils y comprenaient quelque chose. Là, il sirote son mug dans la chambre des filles, archivant mentalement leurs livres et leurs jouets comme s'il allait peut-être devoir fuir le pays au milieu de la nuit, et il s'endort sur le tapis en peau de mouton tandis qu'au loin gémit une alarme de voiture.

Si Tiffany croit qu'elle est la seule à avoir été blessée par ce qu'ils ont fait, elle est encore plus jeune qu'il ne le pensait.

Puis c'est dimanche – le septième jour après la Nuit. Les vacances de printemps sont finies. Demain, Tiffany et James doivent retourner au lycée.

Pour se préparer à la poisseuse brutalité psychologique que le lundi ne manquera pas de lui infliger, Tiffany s'est forcée à sortir de la maison sombre aux plafonds bas de Wayne et Stella pour aller dans le monde. Elle est plus légère d'au moins un kilo qu'elle ne l'était il y a une semaine ; elle se sent rapetisser. Elle s'arrête à la station-service et s'achète un granité bleu pour se redonner le moral. À présent, elle est dans la Valley, le seul endroit qu'elle ait jamais aimé, à inhaler le pollen et la poussière d'une forêt trop sauvage pour la ville où elle se trouve, à se teinter la langue en bleu et à tenter d'empêcher son cerveau de se congeler. C'est le premier jour vaguement doux après un hiver implacable, et c'est la prairie la plus publique de la Valley. On dirait que toute la ville s'y trouve. Fixée à une clôture, une bannière fait de la publicité pour les immeubles de standing qui bourgeonneront sur les collines et démoliront le parc cet été – c'est la Phase Une d'un programme de revitalisation urbaine qui donne à Tiffany l'envie de se dévitaliser. Le jour a le souffle sanguin et gris, fait fondre les dernières glaces, et l'odeur de pétrichor est si plaisante qu'elle en a presque les larmes aux yeux. Des dialogues de la pièce se mettent à flamber dans son cerveau en une boucle implacable ; elle est en train d'essayer de les refouler quand son téléphone sonne.

Elle sursaute. Suffoque. Il ne l'a encore jamais appelée.

— Allô ?

— Salut.

— Salut.

Leurs cœurs tambourinent sur des aires séparées. Ce n'était pas son idée à lui, et ce n'était pas son idée à elle, mais il en est là, dans un cliché qu'il déteste tout particulièrement, et elle en est là, dans un cliché qu'elle déteste tout particulièrement, et qu'est-ce qu'on peut y faire.

James est dans sa cuisine, tremblant après trois expressos, conscient qu'il n'a aucune raison d'être si tyranniquement éveillé à 4 h 14 de l'après-midi. Sa femme sera de retour dans quelques heures. Ils se sont disputés au téléphone un peu plus tôt – mais cette dispute n'avait rien à voir avec rien. C'était une dispute à propos du temps.

Dans la prairie, Tiffany tremble dans sa tenue de coton blanc, consciente d'être vêtue de façon appropriée pour son rôle d'ingénue sacrifiable.

Ni elle ni lui ne se sent capable d'un quelconque changement, ce mois-ci.

Il attend qu'elle parle, comme si c'était elle qui l'avait appelé. Enfin, il lui demande :

— Quoi de neuf ?

— Bien.

— Comment ça va ?

— Rien. (Elle rougit.) Je veux dire…

— Ouais. (Il sourit. Elle l'entend. Ça la blesse.) Je sais.

As-tu parlé de moi en thérapie ? a envie de demander Tiffany. Dans un cas comme dans l'autre, elle se sentirait offensée. Au lieu de ça, elle mâchonne la paille de son Chug Big et fixe un arbre rose pour prouver que le bien est, effectivement, ce qu'il y a de neuf. James est un enfant mais différent, tous deux sont des enfants mais différents, alors ils se taisent sous le crachotement des parasites. Tiffany a envie de sortir de son corps. James a envie de rester enraciné dans le sien. C'est la raison pour laquelle des tas de gens baisent – y a rien à voir ici – Tiffany a envie de hurler.

Sous l'arbre, une jeune femme remonte le revers de son jean et rit dans son téléphone. Tiffany l'étudie comme une anthropologue. Contrairement à Tiffany, cette femme qui rit est réelle. La personne avec laquelle elle parle, qui qu'elle soit, lui répond comme elle le souhaite, et Tiffany l'envie. Elle se demande s'il y a un mot pour dire le contraire du solipsisme, et se demande si un tel mot pourrait correctement décrire son trouble psychologique. C'est dimanche, mais elle a l'impression que c'est mercredi. C'est le printemps, mais elle a l'impression que c'est l'automne. Il fait doux, mais Tiffany frissonne. Elle se sent ivre.

Tiffany pensait qu'elle avait juste envie d'entendre la voix de James jusqu'à ce qu'il lui dise salut comme il devait le faire, et maintenant elle se ravise – maintenant elle ne veut entendre sa voix que si elle peut accueillir son nom comme elle l'a fait cette Nuit-là.

— J'aurais dû t'appeler plus tôt, dit James.

— Tu ne me dois rien.

Mais ni lui ni elle ne pense ce qu'ils disent.

Jusqu'à James, Tiffany avait vécu une petite vie dans des pièces sombres, et elle espérait s'agrandir, mais ce brillant espace vide la met mal à l'aise. Dans l'herbe, elle voit un détritus et s'y identifie. Tiffany n'est pas faite pour une grande vie – elle ne fait pas la taille requise. Elle a dix-sept ans ; elle a l'impression d'en avoir soixante-dix. Elle a dix-sept ans ; elle a l'impression d'en avoir sept.

— Je suis quand même désolé, dit-il.

— Pour quoi ?

— Eh bien. (Il soupire.) Pour à peu près tout ça.

Il essaie de faire ce qui est juste, mais au lieu de ça, il l'atomise.

Voici ce qu'ils voulaient – c'est ce qu'ils veulent toujours : Tiffany voulait préserver la tristesse de James comme une espèce menacée parce qu'elle croyait que ça les rendait tous deux plus intéressants. James voulait préserver sa jeunesse dans celle de Tiffany. Il a quarante-deux ans, mais il n'a jamais dépassé quinze. Il ne voulait pas qu'elle l'interroge, mais il avait besoin qu'elle lui pose des questions. Ils n'étaient pas certains d'avoir envie de *baiser*, en soi, mais ils voulaient savoir ce qui allait arriver ensuite. Il a quarante-deux ans et il est terrifié. Elle n'avait pas besoin d'un temps grammatical qui aille loin dans le futur, mais elle avait besoin qu'il fasse jaillir le plaisir de sa voix à elle juste une seule fois. Après qu'il l'avait fait, elle ne savait plus ce qu'elle voulait. Ce qu'elle avait jamais voulu.

— Écoute, dit-il au téléphone avant de rejeter la suite.

Voyant combien la Valley est ouverte et vaste, les yeux de Tiffany s'embuent. Non loin d'elle, quelqu'un débouche une bouteille de vin. Un homme très humain s'approche de la femme très humaine qui se trouve sous l'arbre rose. Leur chair paraît douce et remplie d'organes. Il tient une barre de fer.

— Excusez-moi, dit-il en montrant les branches. Il faut que je récupère ça.

La femme lève les yeux, irritée, puis s'éloigne dans l'herbe.

— Désolée, dit-elle au téléphone. C'était un drone. Je t'écoute.

L'homme très humain lance violemment la barre de fer dans l'arbre, encore et encore, faisant tomber des branches et des fleurs. Un chien aboie, des enfants crient, quelqu'un joue de l'harmonica, et Tiffany sirote son granité jusqu'à ce qu'elle ait aspiré tout le bleu de la glace.

— NOUS VIVONS AVEC L'ENNEMI ! braille un enfant en jetant une branche sur son frère.

— Bon sang, dit James d'une voix agacée. T'es où ?

— Au parc. Je lisais.

Elle a bien pris un livre, mais elle ne le lisait pas, elle ne faisait qu'en forcer l'encre à produire un peu de sens.

— C'est un assez bon livre, dit-elle. Il serait brillant si ce n'était pas l'équivalent littéraire d'un selfie torse nu pris dans le miroir, tu vois, genre, si l'auteur ne faisait jouer ses muscles que quand il a besoin de soulever quelque chose de lourd. Mais j'imagine que personne n'échappe à la dépossession primale des pressions psychosexuelles. Pas même les génies.

Elle rougit. L'unique idée qu'elle voulait faire passer, c'était que James n'était pas sa seule histoire, mais voilà qu'elle vient de révéler exactement ce qu'elle s'était juré de cacher. Ça se passe toujours comme ça avec lui.

— Tu devrais sans doute regarder plus la télé, dit James.

Ça s'est déjà produit, et ça se reproduira, mais quand ça leur est arrivé – quand ça lui est arrivé à elle – il y a eu des écarts par rapport à la formule. Par exemple : Tiffany a semblé prendre davantage de plaisir que James dans l'acte sexuel lui-même. Sur son lit sept soirs plus tôt, Tiffany et James ont tenté de guider leurs hanches vers quelque chose, mais elle bougeait comme une enfant, et il ne bougeait quasiment pas, alors ils ont inventé quelque chose. Le temps que ça se produise, ils avaient tous les deux compris que baiser n'était pas pertinent, mais ils étaient déterminés à aller jusqu'au bout. Ce fut poli, puis terrifiant, puis euphorique, puis terminé. Avant cette expérience, tous ceux qui touchaient Tiffany s'en délectaient précisément parce qu'elle ne s'en délectait pas. L'idée de se masturber ne lui était jamais venue. Elle n'aurait pas su faire ; son intelligence se limitait à l'immatériel. Mais cette nuit-là, à la lueur d'une bougie parfumée au tabac, James – apparemment plus attentif à son plaisir à elle qu'il ne l'était au sien – lui a fait découvrir des sensations qu'elle avait jusqu'alors considérées inatteignables. Elle pensait que l'extase sexuelle était un luxe réservé aux autres, comme le ski. À présent, elle pleurait cette croyance.

Il a tiré sa robe au-dessus de sa tête, dégrafé son soutien-gorge et fait courir ses mains sur sa peau comme si celle-ci lui fournissait des instructions en grande urgence. Elle l'a regardé enlever sa chemise, sa ceinture, son pantalon. Corps imparfait parfait parce que c'était le sien. Elle a vu, pressant contre le coton bleu marine de son caleçon, une érection qui lui appartenait à lui mais qui était pour elle, pour elle et à cause d'elle, et la stupéfaction que ça suscita en elle fit s'ouvrir tout son corps comme une fleur, chaude, tempétueuse, alchimisée. Il paraissait déshabillé, mais ne paraissait pas nu, jusqu'à ce qu'il enlève ses lunettes et les pose, précautionneusement, sur la table de nuit. Affronter pour la première fois son visage nu et menacé était comme voir un tigre au zoo, dompté donc condamné, et ça a déclenché en elle une violente onde de pitié, ça lui a donné envie de détourner le regard mais en même temps de lui sauver la vie. Elle a fermé les yeux, senti sa chaleur, senti son sexe pressé contre sa jambe, senti les poils courts de sa barbe contre son cou, ses seins, ses cuisses. Et il a mis sa bouche entre ses jambes, et elle a senti quelque chose de complètement nouveau, l'activation d'un système sensoriel qu'elle ignorait avoir. La chambre tout entière a vacillé, s'est inondée, a chanté.

— Qu'est-ce que tu veux ? lui a-t-il demandé après l'avoir amenée à la lisière d'elle-même.

— Toi.

— Dis-le.

— Je te veux.

— Tu veux que je fasse quoi ?

— Tout.

Quand avait-il allumé cette bougie ? Plus tard, quand Tiffany avait passé en revue tous les détails de la nuit comme une détective dans une affaire de meurtre, ça lui avait paru important ; ça trahissait la préméditation, donc la gravité du crime, donc la sévérité de la sentence. Elle ne prenait pas la pilule et il n'avait pas de préservatif, mais ni elle ni lui n'y a vraiment pensé. Sur le dos, dans son lit, tout ce qu'elle a ressenti était de l'extase en fusion. Quand James était entré en Tiffany, la raison avait fui bien loin d'elle. De manière improbable, elle avait atteint l'orgasme presque tout de suite. Elle ne savait pas si c'était censé être gênant – elle n'avait jamais eu d'orgasme, jusqu'à ce moment-là, n'avait jamais fait l'amour *de façon volontaire*, jusqu'à ce moment-là –, mais ce microclimat de luminosité bannissait toute honte. Elle n'oublierait jamais la fierté qu'elle a vue sur le visage de James, comme si son plaisir était la plus belle réussite de toute sa vie. L'orgasme, a-t-elle découvert, vous possédait et vous exorcisait de vous-même tout à la fois. Tandis que la chimie la faisait monter d'un royaume dans le suivant – à cause d'une stimulation accrue du gyrus angulaire droit, a-t-elle appris plus tard, zone du cerveau associée à la conscience spatio-visuelle, à la mémoire, à la lecture, et aux expériences de sortie de corps –, Tiffany se sentait comme une mystique. James a pris son temps.

Après, avec son caleçon, il a essuyé toute trace de lui sur sa poitrine à elle. Entrelacé et presque doux, il lui a caressé les cheveux, le cou, la clavicule. Il a suivi le contour de ses seins et lui a dit qu'elle était brillante, céleste, importante. Appuyant sa tête sur son poing pour lui faire face, il s'est mis à parler.

— C'était ta première fois ? a-t-il demandé.

Elle a hésité, puis elle a secoué la tête.

— Non.

— Bon. Tant mieux.

Il s'est tu un instant, le regard fixé sur sa clavicule.

— Écoute, Tiffany. Je veux que tu saches que je te respecte terriblement.

Il lui a touché le cou comme si elle était fragile et précieuse. Un iPhone à l'écran fissuré. Elle ne savait pas ce qui était le plus inquiétant : sa sincérité ou sa solennité.

— Tout ça… dit-il en faisant un geste vague entre son torse à lui et ses cuisses à elle, a été motivé par ça.

Un étrange éclat de rire s'agitait dans sa gorge. Elle le ravala.

— Merci, répondit-elle.

— Tu devrais faire pipi, dit-il.

— Pardon ?

— Ça évite les infections urinaires après l'amour. Personne ne t'a jamais appris ça ?

C'est là qu'elle s'est autorisée à rire.

— Non. (Il a souri.) Vraiment… je ne veux pas te causer de souffrance. D'aucune sorte. Fais-moi confiance.

— D'accord. (Elle a rougi.) Mais attends, où sont mes… ?

— Hmm ?

— J'ai perdu mes…

— Tes quoi ?

Elle savait que, de manière générale, il était préférable d'éviter de baiser avec des gens en la présence desquels vous n'étiez pas capable de prononcer les mots *sous-vêtements*.

— Mes…

— Tes sous-vêtements ?

Soulagée qu'il n'ait pas employé le mot *culotte*, elle a poussé un soupir et elle s'est efforcée de ne pas s'embraser subitement.

— Oui.

Il a farfouillé dans le lit et les lui a donnés. Ce n'était pas possible de les enfiler de façon sexy, mais elle a essayé. Puis elle est allée discrètement à la salle de bains, a ouvert le robinet et fait pipi. Elle n'a pas allumé la lumière, elle ne voulait pas voir le réel, ne pouvait pas supporter la vue des savons, des rasoirs, du matériel de coiffure d'une autre femme. La femme légitime.

Après, il a pris sa place dans la salle de bains, qu'il a utilisée sans honte discernable. Il en est revenu avec un caleçon propre, l'air sérieux sous la lumière de la lune.

— Je sais que c'est… enfin, pardon, je ne devrais même pas te demander ça, mais… on ne parle de ça à personne, d'accord ? On garde ça entre nous ? (Silence fugace.) Ça serait mauvais pour nous deux.

Ce n'était pas une demande.

— Oups, dit Tiffany d'un air absolument sérieux. Je viens de le live-tweeter.

Il n'a pas ri.

D'une voix plus basse, elle a ajouté :

— À qui voudrais-tu que je le dise ?

Dans une étude, la stimulation du gyrus angulaire droit a fait sentir à une femme un fantôme dans son dos. Dans une autre étude, ça a fait croire au sujet qu'il était au plafond. Tiffany ressentait tout ça.

Ce dont Tiffany se souvient le mieux de cette nuit-là, c'est de son nom à elle dans sa bouche à lui lorsqu'il était en elle.

À présent, dans la Valley, certains sentiments bouillonnent et crachent dans sa poitrine. Ce que j'aime le plus chez toi, a-t-elle envie de dire, c'est ton piano. N'étions-nous pas bien à l'abri jusqu'à ce que tu fasses intervenir ton précieux, luisant Bösendorfer ? Oui, j'avais envie de toucher ta barbe de trois jours, de boire ton café et de porter tes lunettes. Oui, j'avais envie de ton esprit et de tes mots et de ton visage et de ta tristesse et de ta sensibilité et de ta puissance et de ton talent et de ton âge et de ton imagination et de tes cheveux et de ta musique, mais au bout du compte – au bout du compte – j'avais envie de baiser ton piano.

Au téléphone, dans la Valley, elle dit :

— Il fait doux aujourd'hui.

— C'est sûr.

— T'es en colère ?

Petit silence.

— Pourquoi serais-je en colère ?

Elle ne sait pas quoi répondre, et c'est là qu'il le dit : son nom.

Mais, pour finir, ce n'est pas ça qu'elle veut. Là, dans la voix de James, son nom n'est pas accueilli : il est diagnostiqué. Des larmes lui montent aux yeux, mais elle se sent détachée d'elles, comme elle se sent détachée du mouvement de ses genoux quand le pédiatre tape dessus pour tester ses réflexes. Elle a encore un pédiatre, et de s'en souvenir la fait pleurer plus fort. Soudain, Tiffany se souvient que James a des enfants – c'est une donnée qui la bouleverse toujours. Comment un père comme lui a-t-il pu envahir une enfant comme elle ? Comme ça ? Un père sans lunettes et sans préservatif ? Elle l'imagine debout devant la fenêtre de sa cuisine, en train de boire un soda à la fleur de sureau. Elle l'imagine nu, sans le vouloir. Elle regarde le parc autour d'elle, sidérée de constater que personne n'entend le bruit qu'il y a dans son corps.

— Qu'est-ce que tu attends de moi ? demande-t-il d'un ton las.

Il veut qu'elle le remercie de l'avoir appelée.

— Arrête de me demander ça.

— Qu'est-ce que tu veux dire ?

— Tu me demandes toujours ça. S'il te plaît, arrête…

— Toi aussi, tu en avais envie. (C'est une accusation. Puis, d'une voix douce :) N'est-ce pas ?

— J'avais envie de quoi ? réplique-t-elle d'un ton sec.

Il soupire.

— Comment veux-tu qu'on le sache, *toi et moi* ?

— Quel âge as-tu ? demande Tiffany d'un ton impérieux.

La colère a pris le contrôle de ses mots, et elle veut qu'il l'entende.

— Sérieusement ? répond-il.

— Quarante ans ?

Petit silence.

— Quarante-deux.

Il ne lui demande pas quel âge elle a.

— Eh bien moi, j'en ai dix-sept.

Elle a envie de l'arrêter, de le manipuler comme une chiropractrice pour faire sortir sa honte, et de l'épouser, et de lui casser la gueule. Elle veut se propulser dans l'espace intersidéral. *Notre nuit était aussi illégale que nous le ressentions.* Sauf que non. Pas dans l'Indiana, où l'âge du consentement est fixé à seize ans. Elle a vérifié.

— Dix-sept.

Lorsqu'il se remet à parler, sa voix est douce.

— Tu devrais en attendre plus des gens.

— Tu devrais en attendre plus de toi-même.

Tiffany ne voit plus l'utilité de tout ça, ni de quoi que ce soit d'autre. Elle met fin à l'appel.

Enfin, l'homme très humain déloge son drone de l'arbre et s'en va, laissant un carnage de pétales derrière lui.

À mesure que le temps passe, Tiffany en vient à remplacer dans sa tête le mot Nuit par ceux de Passe Critique, parce qu'elle sait que, dans un sens ou dans un autre, ils avaient déjà baisé avant de le faire avec leurs corps. Maintenant, quand la Passe Critique réapparaît dans son esprit, les faits sont emmêlés et réorganisés ; certains ont disparu, d'autres sont déformés, comme si un petit chiot s'en était emparé avant eux, et nombre d'entre eux semblent avoir été avalés tout entiers, créant des boucles et des nœuds de questions à l'intérieur de ses tripes. Qu'ont-ils choisi ? Qu'a-t-il été choisi pour eux ? Qui a déshabillé qui ? Était-ce *vraiment* du pinot noir ? Il l'a pénétrée, il l'a excitée, mais que s'est-il passé dans l'intervalle ? Est-ce qu'il lui a donné du thé ou du café le lendemain matin ? Est-ce que c'est Stella qui est venue la chercher à la sortie de son cours de préparation au test ACT, ou est-ce que c'est Wayne ? Y avait-il quoi que ce soit de sauvable dans tout ça ? Y avait-il quoi que ce soit d'intéressant dans tout ça ? Est-ce que James et sa femme ont divorcé ? Elle voulait, et il voulait, mais que voulaient-ils exactement ?

Tiffany lit et relit *La Terre vaine*, qu'elle comprend de mieux en mieux à chaque nouvelle lecture, bien qu'elle ne voie pas du tout de quoi ça parle. *Voici Belladonna*, écrit T.S. Eliot, *la Dame des Récifs, la dame des passes critiques**. Tiffany n'est pas une dame des passes critiques – tout le monde croit qu'elle l'est, mais elle ne l'est pas. C'est sa seule Passe Critique.

* La traduction que nous citons ici est celle de Pierre Leyris. Ici comme plus haut, l'expression "passes critiques" traduit le mot anglais "situations".

Après le désastre, Tiffany prend plus d'heures à l'Ampersand. Elle change légalement son prénom pour prendre celui de Blandine, d'après une martyre adolescente qui souffrit stoïquement les tortures infligées en public par les Romains. Blandine persuade ses parents d'accueil qu'elle a besoin de prendre du temps pour elle. Elle trouve un livre sur les femmes mystiques à la bibliothèque et le lit en une nuit en buvant le Yukon Jack de Wayne. Elle emprunte deux autres livres et en commande un troisième auprès d'une bibliothèque partenaire. Les mystiques étaient géniales, maladives et tordues, souvent hilarantes, toujours seules.

Hildegarde est la mystique préférée de Blandine parce qu'elle est à peu près cent personnes dans un seul et même corps. Hildegarde de Bingen : prophétesse, compositrice, botaniste, abbesse, théologienne, docteur, prédicatrice, philosophe, écrivaine, sainte. Docteur de l'Église. Un authentique génie universel. Elle n'a demandé la permission à personne pour être toutes ces choses, pour être tout ; elle l'a juste fait. Elle passait son temps à écrire des lettres à des membres masculins du clergé, pour leur demander de se ressaisir. Leur problème, c'était qu'ils ne *faisaient pas sonner la trompette de la justice divine*. Elle a écrit des recettes. Dixième enfant d'une fratrie de dix, elle est née dans une famille allemande noble qui l'a donnée en dîme à l'Église, ce qui était à l'époque une pratique tristement courante. Hildegarde est née chétive, comme toutes les mystiques, et a eu des visions depuis qu'elle était petite, mais elle n'en a jamais parlé à personne avant l'âge de quarante ans. Dans ses écrits, elle adopte une irritante humilité de genre, se dépeignant comme une idiote savante, une petite bonne femme de rien du tout. Au début, ça agaçait Blandine, mais à la réflexion, elle a compris que c'était un choix brillant : c'était la seule façon pour elle de s'assurer que ses supérieurs exclusivement masculins l'autorisent à assumer une telle autorité spirituelle, à sermonner les prêtres, à publier ses livres. Des *rois* la consultaient.

Blandine aussi est née chétive. Un jour, elle a demandé à son assistante sociale de lui expliquer la chose : elle est née avec le syndrome de sevrage néonatal. Sur le score de Finnegan, elle avait dix. Sa mère biologique était défoncée au moment de l'accouchement, et Blandine a connu les symptômes du manque dès sa venue au monde.

— On t'a soignée pendant trois mois, lui avait expliqué l'assistante sociale. Au fil du temps, tes symptômes se sont atténués. Mais ta famille d'accueil a pris grand soin de toi. Tu te souviens d'eux ? Les Miller ? Ils t'adoraient vraiment.

Plus tard, Blandine a fait des recherches : les bébés nés avec le syndrome de sevrage néonatal avaient besoin d'un traitement pharmacologique. Un dosage contrôlé de morphine. Ils ont de la fièvre et ils frissonnent. Il faut réduire la lumière et le bruit, tenir beaucoup – presque tout le temps – le bébé dans ses bras.

À présent, tandis qu'elle étudie un livre rempli de l'écriture chaotique et lumineuse d'Hildegarde, Blandine essaie de se rappeler si elle a jamais eu des visions quand elle était enfant. Lentement, des images lui reviennent : mondes de barbe à papa et de lumière, de mères et de géométrie, de triangles mauves et de petites chèvres qui sautent. Des voix qui lui disaient qu'elle serait libre, un jour. Que quelqu'un la tiendrait dans ses bras.

Elle a bien eu des visions. N'est-ce pas le cas de tout le monde ?

Trois semaines s'écoulent ainsi. Wayne et Stella acceptent Blandine parce que les services sociaux leur ont dit que Tiffany avait subi des traumas répétés et qu'elle s'en sortait beaucoup moins bien qu'elle ne le semblait. Les services sociaux ont également dit à Stella et Wayne que Tiffany était imprévisible et potentiellement dangereuse. Blandine s'inscrit à un "Atelier d'Indépendance" qui facilitera sa sortie hors du système de protection de l'enfance et son accession à l'indépendance, ce que Wayne et Stella encouragent. Ni elle ni lui ne sont allés à l'université, et ils trouvent raisonnable la réticence qu'elle éprouve à y aller. Ils disent à Ste Philomena que Tiffany – *qui se fait maintenant appeler Blandine, au fait* – va prendre des vacances.

— Pour sa santé, dit Stella au téléphone. Votre lycée a tué cette fille à force de la faire travailler.

L'Atelier d'Indépendance a lieu au lycée de Vacca Vale High, et il est mené par un homme irrationnellement joyeux du nom de Micah, un type formé pour encadrer les jeunes. Il est littéralement enduit de Dieu. Il aime sa femme, ses enfants, ses chiens, son barbecue, sa piscine hors-sol. Il est chanteur dans un groupe de rock chrétien. D'après ce que Blandine peut voir, la pire chose qui lui soit jamais arrivée est l'alcoolisme de son grand-père, qui s'est sevré bien avant sa naissance. Chaque fois qu'un élève répond correctement à une question, Micah distribue des Smarties.

— Des Smarties pour un *smarty*[*] !

Il sourit, et toute la classe le regarde d'un air noir. Malgré elle, Blandine éprouve de l'affection pour cet homme. Ou

* De "smart", qui signifie "futé, intelligent".

peut-être de la pitié. Son optimisme est gênant, c'est vrai, mais elle constate qu'elle ne peut s'empêcher de le soutenir. Le stage inclut le visionnage d'innombrables vidéos des années 1990 sur comment tenir un compte bancaire et comment triompher en distordant la vérité lors des entretiens d'embauche. Pendant les pauses, les filles dealent de la beuh dans les toilettes. Pour déconner, l'une d'elles frime en montrant les couteaux qu'elle a dans son blouson. En cours, faisant semblant de prendre des notes, Blandine rédige des conseils psychologiques déjantés sous la plume d'Hildegarde de Bingen. Dans le brouillard psychologique de cet été-là, elle voit qu'elle n'est que partiellement réelle, partiellement en vie. Impropre au contact humain. Elle voit que ça a toujours été le cas.

À l'atelier, elle est assise derrière un garçon du nom de Todd qui fait de magnifiques bandes dessinées de la main gauche avec un feutre fin. Elle adore le regarder créer des mondes complets avec rien d'autre que de l'encre, du papier et de la pensée. Lorsqu'un joli garçon appelé Malik arrête Blandine après les cours pour lui demander si elle veut vivre avec lui et deux autres garçons dans un appartement à quatre chambres près de la rivière, Blandine dit oui. Plus tard, elle se demandera ce qui l'a poussée à accepter cette offre si rapidement : son intérêt pour sa vie, ou son indifférence à son égard ? Il faut bien qu'elle habite quelque part, se raisonne-t-elle, et les garçons ne lui font pas peur. Les hommes ne lui font pas peur. Personne ne lui fait peur. Personne ne peut entrer en vous par effraction si vous sortez d'abord de vous-même par effraction. En l'an 177 de notre ère, pas une seule bête affamée ne toucha Blandine de Lyon dans cette arène.

— Cool.

Malik sourit. Il ressemble à un acteur. Pas à un acteur en particulier : à tous les acteurs.

— Si on a cet appart, on y emménagera le 1er août. Je crois que notre candidature passera mieux maintenant qu'il y a une fille.

Le loyer qu'il a trouvé est bon marché.

Blandine bannit l'auto-apitoiement, mais elle tolère la rage. Lorsqu'elle fait l'inventaire, elle reconnaît que de nombreux aspects de sa Passe Critique étaient rageants : au bout du compte, elle ne comptait pour rien aux yeux de la personne qui comptait le plus pour elle ; elle s'est volontairement engagée dans un jeu de pouvoir qui a très vite foiré ; elle s'est autorisée à participer à la destruction d'une famille, même s'ils ne se sont pas séparés ; son comportement était sûrement anti-féministe, même si elle n'a pas encore tiré au clair tous les détails de cet aspect-là ; elle a invité un seul être humain à la voir, et sitôt qu'il l'a vue, il s'est enfui ; elle n'est jamais retournée au lycée, même si sa conseillère d'orientation pour l'université a essayé de l'inscrire à des stages de préparation aux examens de sélection et de lui faire écrire des lettres de candidature, et même si apprendre était sa drogue favorite. Presque tous les enseignants de Ste Philomena l'ont contactée, l'accablant de descriptions de sa valeur, la suppliant de revenir. James ne l'a pas du tout contactée. *Si tu ne reviens pas, ce n'est pas seulement mon cœur que tu briseras, c'est ton avenir*, écrit son prof d'anglais, qu'elle adore. Blandine efface le message. Elle déteste le mélo.

Elle préfère la colère du principal, bien perceptible dans son e-mail :

Vous vous figurez peut-être que le choix que vous avez à faire est strictement personnel, mademoiselle Watkins, mais il ne l'est pas. Votre venue à Ste Philomena était le résultat de la générosité de notre communauté, et votre vécu ici jusqu'à présent a résulté de la générosité de nos enseignants. Votre départ serait une trahison vis-à-vis de cette générosité collective. Votre mérite vous a valu l'obtention de la bourse Thomas d'Aquin avant votre inscription, votre talent et votre travail vous ont permis de vous épanouir une fois chez nous, et vous devez à votre propre formidable potentiel de rester avec nous alors qu'il ne vous reste qu'un an à faire, mais vous n'êtes pas la seule personne à être impliquée dans ce choix. L'année où vous avez obtenu la bourse Thomas d'Aquin, Ste Philomena a reçu 748 candidatures. Ce sont 747 élèves – à peu près la population de notre école – qui auraient pu bénéficier des ressources précieuses que notre comité a choisi d'investir en vous.

Au moment de prendre votre décision, je vous prie de bien considérer les responsabilités qui sont les vôtres à l'égard de la communauté de Ste Philomena. Pensez aux donateurs qui ont subventionné votre éducation jusqu'ici. Pensez à tous les élèves qui auraient pu tirer le meilleur parti de la bourse Thomas d'Aquin s'ils l'avaient obtenue. Pensez à vos professeurs, qui ont inlassablement plaidé votre cause, qui ont consacré de nombreuses heures avant et après les cours pour vous faire progresser, et qui vous ont préparée à envoyer votre candidature dans les meilleures universités du monde. Pensez au précédent que vous établirez pour le reste de votre vie si vous mettez maintenant un terme à vos études. Cette décision peut soit consolider un schéma de résilience soit inaugurer un schéma de défaite. Nous – donateurs, soutiens, administrateurs, élèves, prêtres,

> nonnes et enseignants – vous avons consacré nos biens et nos services parce que vous étiez et demeurez une des élèves les plus prometteuses à avoir jamais intégré cette belle institution. Il ne vous reste qu'une année de travail à passer, et tout le personnel vous soutient. Ce sera un présent pour nous tous si vous restez, et une trahison pour nous tous si vous partez. Ne nous trahissez pas, mademoiselle Watkins.

Et ça aussi, c'était rageant.

Mais l'aspect le plus rageant de tous est la banalité de la Passe Critique. Blandine se trouve dorénavant affligée du savoir qu'un des événements les plus importants de sa vie n'était rien de plus qu'une solution à une vieille équation. L'Internet lui en martèle des preuves : un acteur couche avec sa baby-sitter ; le président des Jeux Équestres Mondiaux a sauté au moins seize participantes ; une stagiaire de plus taille une pipe de plus à un président de plus ; un professeur de philosophie demande en mariage une étudiante née alors qu'il avait cinquante ans. Une nation exhibe ses armes nucléaires à l'intention d'une autre. L'essentiel de la dette mondiale appartient à un seul type. Les pays riches bouleversent le climat des pays pauvres. Dans un documentaire animalier, un chimpanzé de faible rang accède au pouvoir en semant la dévastation dans sa communauté pendant une semaine, jusqu'à ce que les autres mâles commencent à lui montrer qu'ils se soumettent en l'épouillant. Dans la Valley, Blandine entend trois préadolescentes dire à une quatrième préadolescente qu'elle sent la vieille chaussette. Le programme de revitalisation commencera sa rénovation des usines de Zorn Automobile cet été, et la démolition de la Valley commencera juste après. Au zoo de Vacca Vale, l'ours polaire mâle mange un de ses oursons sous les yeux de la mère, trop déprimée pour s'interposer. Au moment où Blandine s'est sentie la plus vivante, elle n'était qu'une variable.

La rage la fait sortir d'elle-même à grandes pelletées, comme si elle la prospectait en quête de quelque chose à brûler.

Un soir de juillet, Blandine est assise sur un tronc d'arbre dans la Valley et tient une traduction d'une lettre qu'Hildegarde de Bingen a écrite à Richardis – son amie et collègue nonne – il y a près de neuf cents ans. Une averse, tombée un peu plus tôt, fait respirer les bois, et un parfum de boue embaume l'air. Partout sur la planète, des millions de gens réussissent à ne pas penser à James Yager. Comment font-ils ? Il est apparu dans sa conscience à elle chaque jour, chaque heure, depuis la Nuit, et Blandine se réjouit de ne pas avoir eu de nouvelles de lui, ou c'est du moins ce qu'elle se dit parce qu'elle ne peut pas faire confiance aux réactions que déclenche en elle son attention – jusqu'à présent, elles ont toujours été involontaires. Des messages s'élaborent dans sa tête, entre ses mains, mais elle ne les envoie jamais. Elle sait que ne pas contacter James est la bonne chose à faire, mais, bon sang, ça lui fait le même effet qu'une envie d'éternuer avortée.

Hildegarde a écrit cette lettre au début du XIIe siècle, peu après que Richardis a été mutée hors du couvent d'Hildegarde pour être nommée abbesse du monastère de Bassum. Hildegarde, si opposée aux attaches séculières, aimait ardemment Richardis et s'est battue pour empêcher qu'elle ne s'en aille. Elle a écrit à l'archevêque une lettre dans laquelle elle a pris la voix de Dieu – à la première personne ! – pour condamner cette décision. Voyant que ça n'avait pas marché, elle a écrit à Richardis elle-même. Blandine lit cette lettre, puis contemple le cahier ouvert posé sur ses genoux, qui est une relique de Ste Philomena, un outil originellement acheté pour faire passer Blandine d'une école à la suivante, et dont les feuilles étaient naguère couvertes de notes de physique. Elle en a arraché les pages scolaires et a rempli les lignes restantes de brouillons de lettres à James qu'elle n'enverra jamais.

Mon chagrin croît, a écrit Hildegarde. *Ce chagrin oblitère les immenses confiance et consolation que m'apportait un autre être humain.*

S'il y avait quoi que ce soit d'amoral dans notre affaire, a écrit Blandine, ce n'était pas que tu étais professeur et que j'étais élève, ni que tu étais metteur en scène et que j'étais actrice, ni que tu étais marié et que j'étais une enfant, ni que tu étais riche et que j'étais pauvre, ni que tu étais père et que j'étais orpheline, ni que tu avais quarante-deux ans et que j'en avais dix-sept. C'était le fait que ça allait toujours avoir infiniment plus d'importance pour moi que pour toi, et que tu le savais depuis le début, putain.

Ce qui signifie qu'un être humain doit s'élever à la hauteur de la vie sans être obscurci par l'amour ou par la faiblesse de la foi, que l'humeur aérienne de la terre ne peut accueillir que pendant une brève période de temps.

Depuis le début, tu as toujours eu de l'importance. Moi non.

Un homme ne devrait pas servir une personne de haut rang qui le trahit comme une fleur qui se fane ; mais j'ai brisé cette règle en aimant un certain être humain noble.

Ma vie entière m'a appris à ne pas faire d'investissement dont les bénéfices dépendent du bon vouloir des autres. Pendant dix-sept ans, il m'a été impossible de désapprendre cette leçon, et puis, en l'espace de quelques mois, il m'a été impossible de l'apprendre.

Hélas pour moi, mère, et hélas pour moi, fille. Pourquoi m'as-tu abandonnée comme une orpheline ?

Tu es une métaphore. J'ignore ce que tu représentes, mais tu n'es pas juste toi. Et tu n'es pas non plus un *père*, si c'est ta conclusion. Je ne fonctionne pas sur une causalité si simple.

Je t'ai aimée pour ton port noble, ta sagesse, ta pureté, ton âme et toute ta vie ! À tel point que de nombreuses personnes disaient : "Qu'est-ce que tu fais ?"

Qu'est-ce que nous faisions, James ? Qu'est-ce que tu faisais ?

Blandine reçoit l'e-mail un soir à la fin du mois de juillet, longtemps après avoir abandonné le lycée. La semaine prochaine, elle déménagera de chez Stella et Wayne pour emménager dans la Résidence à Loyers Modérés La Lapinière. *Tu peux prendre la + grande chambre*, lui a écrit Malik par SMS ce matin-là. *Psk t'es une fille.* Puis il a envoyé un émoji clin d'œil. À présent, elle est assise devant un ordinateur poisseux à la Bibliothèque Publique de Vacca Vale. Confuse, elle se penche plus près de l'écran : l'expéditrice est Zoe Collins, une élève de Ste Philomena – elle était en dernière année quand Blandine est arrivée. Pendant l'année où elles étaient toutes les deux au lycée, Zoe a eu le premier rôle dans tous les spectacles. Après qu'elle a eu son diplôme,

Ste Philomena s'est souvent vanté à son sujet – elle a obtenu une bourse pour aller étudier le piano dans un prestigieux institut de musique. Deux fois par semaine, en allant à son cours d'Histoire Mondiale, Blandine passait devant une photo de Zoe dans le couloir, tout sourire, dents scintillantes sous la légende : NOS EXCELLENTS ANCIENS ÉLÈVES. Blandine n'a encore jamais parlé avec Zoe. Alors que l'effroi pulse dans son ventre comme un tambour de guerre, une part animale d'elle-même connaît le contenu du message avant de l'avoir lu.

Pas de sujet.

Alors toi aussi, il t'a eue ?

TROISIÈME PARTIE

CE N'ÉTAIT PAS L'IDÉE DE TODD

APRÈS l'incident du poisson en février, Blandine a évité l'appartement, comme si elle avait senti que quelque chose avait changé. Je me disais que le poisson était un truc ponctuel, qui ne se reproduirait pas, mais je savais, au fond de mon corps, que notre rituel montait en puissance depuis que nous avions emménagé dans le Clapier. Je savais que nous tuerions encore quelque chose.

Quand ça s'est reproduit, Malik était en train de gratter des accords sur une guitare merdique, et Blandine était sortie. C'était la nuit, en mars, et on était tous un peu ivres. Malik était assis sur le futon, et Todd était assis par terre, à regarder la télé d'un air furieux. C'était un mercredi soir, comme ça semblait toujours l'être en ce temps-là. Le chauffage était trop fort dans le Clapier, et nous ne pouvions pas le régler, alors la fenêtre était ouverte, bien qu'il y eût beaucoup de vent. Tandis que Malik composait une chanson, je lançais une boule d'élastiques dans une corbeille à papier dont nous avions coupé le fond et que nous avions clouée au-dessus de la porte. Il nous avait garanti que quand il aurait fini, il posterait sa chanson sur une de ses nombreuses chaînes. S'ensuivraient gloire, sexe et richesse.

— Qu'est-ce que tu penses de ça, Todd ?

Malik s'est raclé la gorge et s'est mis à chanter, plaquant et replaquant les trois mêmes accords dans des ordres différents. Et vous savez quoi ? Ce fils de pute a une très jolie voix. Elle fait penser au cidre et à l'enfance de quelqu'un d'autre.

— *Tes yeux sont comme l'océan, ouais, ton âme comme un oiseau. Tu veux qu'on rentre chez nous ? Si oui tu n'as qu'à dire un mot. Chez nous, chez nous, chez nous, notre chez-nous est le même chez-nous, chez-nous, chez-nous, alors si tu te sens sans personne, personne, personne, je te prêterai mon téléphone.*

— Quel océan ? ai-je demandé. Quel putain d'océan, Malik ?

— On ne t'a pas sonné, Jack, dit Todd sèchement.

— Non, vraiment. Je suis curieux. T'as déjà touché un océan ? Ou même un lac ?

Malik m'a ignoré et est passé au couplet suivant.

— *T'as pas de téléphone, et je trouve ça sacrément grand, et tes cheveux sont comme un lever de lune, ouais, tes cheveux sont comme de l'or blanc. Blandine, baby, blondie, t'es déjantée, ouais déjantée, mais bon Dieu tu sens la rose, des filles comme toi y en a pas d'autres.* (Malik s'est arrêté de gratter sa guitare et a souri à Todd.) C'est tout ce que j'ai pour le moment. C'est encore en chantier, tu sais. Y a des accrocs. Mais t'en penses quoi ?

Il y avait quelque chose de profondément mauvais dans ce rythme.

— D'abord, ai-je dit, pourquoi est-ce qu'elle devrait avoir besoin d'emprunter ton téléphone si vous rentrez tous les deux vers le même chez-vous, chez-vous, chez-vous ?

Todd s'est tiré l'oreille pour réfléchir consciencieusement. Pour la première fois en presque une décennie, Todd a détourné le regard de la télévision. Il vénère Malik à un point tel que ça fait peine à voir.

— Bon, d'accord, je dois le dire, ma remarque principale, c'est que "téléphone" et "grand", ça ne rime vraiment pas. Le coup de l'or blanc, c'est sympa. Mais je ne trouve pas qu'elle sente la rose. Elle sent *vraiment* la rose ?

Malik a haussé les épaules.

— Comment veux-tu que je le sache ?

— Elle sent la rose, ai-je reconnu. Comme un enterrement.

Puis il y a eu une pub pour je ne sais quelle campagne délirante de l'office du tourisme de Vacca Vale.

On a tous regardé cette pub en silence jusqu'à la fin.

— Foutues conneries, a commenté Malik.

— Vacca Vale : Bienvenue Chez Vous, dit Todd d'un ton plein de mépris, mais il me semblait un peu ému. C'est quoi, ce putain de slogan merdique ?

— Faudrait mieux dire : Vacca Vale : Touchez pas à la Rouille, a dit Malik.

— Vacca Vale : Pardon Monsieur, Vous Êtes Perdu ? ai-je ajouté.

— Vacca Vale : On Nettoiera Demain, a dit Todd.

On a ri. L'ambiance s'est réchauffée. On ne savait pas qui on voulait impressionner.

— Vacca Vale, a dit Malik en rigolant, Dans le Temps, On y Faisait des Voitures !

— Vacca Vale : Où il y a Plus d'Églises que d'Habitants.

— Vacca Vale : Où il y a Plus de Lapins que d'Églises.

— Vacca Vale : Où le Sol est Empoisonné.

— Vacca Vale : Au Moins, Vous Pouvez Toujours y Baiser.

— Je n'ai reconnu aucun des endroits qu'ils ont montrés, a dit Todd. On a *vraiment* un marché fermier ? Et ce jardin, je vous jure, il existe pas.

Un bruit furtif derrière la cuisinière. On s'est retournés. Y a plus de rongeurs dans les murs du Clapier que dans tous les égouts de Vacca Vale. On s'y habitue, on éprouve presque de la compassion pour eux. Mais ça faisait des mois qu'une souris faisait du bazar dans notre cuisine, et même si je ne l'avais jamais vue, j'en avais marre de savoir qu'elle était là.

— Le piège l'aura, a dit Todd. Faut juste attendre.

— J'y ai mis du beurre de cacahuètes et tout et tout, ai-je dit. Elles adorent le beurre de cacahuètes.

— Je te le dis : cette génération de souris est *avancée*, a dit Malik.

J'ai loupé un tir, et la boule d'élastiques a roulé vers lui dans le salon. Il l'a ramassée et, de l'autre bout de l'appartement, il a mis un panier du premier coup. Agacé, j'ai récupéré la boule mais je n'ai pas fait d'autre tir. J'ai juste bu ma bière.

— Chaque fois, elles se montrent plus intelligentes que nous, a poursuivi Malik. Je connais un type au boulot qui a posé un piège et l'a laissé pendant des mois, et tu sais ce qui s'est passé ? Un matin, il se réveille, il va dans la cuisine sur la pointe des pieds, sans faire de bruit, et qu'est-ce qu'il voit ? Deux souris qui mangent le fromage du piège, de l'extérieur, avec leurs petites mains. Sans se faire écrabouiller, genre. Je te jure. Il a tapé dans ses mains, et elles ont même pas détalé, elles en avaient rien à foutre. Il dit qu'elles ont mangé un pain entier. C'est incroyable, non ?

— Ce qui est incroyable, c'est que tu trouves que c'est une bonne histoire.

— Va te faire foutre, Jack.

Malik s'est levé, a posé sa guitare, et s'est dirigé d'un pas raide vers la cuisine.

— Qu'est-ce qu'elle fabrique ? Tu crois qu'elle est dans la cuisinière ?

— Fous-lui la paix, a dit Todd. Je veux pas la voir.

— Moi oui, a dit Malik. Je veux lui serrer la main, putain. Si ça se trouve, c'est même pas une souris.

— Que veux-tu que ce soit d'autre ? ai-je demandé.

— J'en sais rien. Un petit lapin. Un lutin. Un fantôme.

— Le fantôme de Woodrow Huxley Zorn III, a dit Todd. J'aurais deux mots à lui dire.

Je me suis levé et j'ai rejoint Malik à la cuisine. La cuisine est toujours très propre parce que Todd la nettoie tous les soirs comme un malade. Il est très maniaque sur la place de chaque chose. Des fois, Malik en bouge une juste pour l'emmerder, et après on regarde Todd faire les cent pas dans la cuisine jusqu'à ce qu'il trouve ce qui cloche. En général, tandis qu'il remet la chose en question à sa place, il accuse Blandine. Ce soir-là, le comptoir était parfaitement vide en dehors d'un bocal de brindilles et de trèfle blanc. Blandine laissait toujours traîner ce genre de conneries un peu partout. Je m'étonnais que Todd ne l'ait pas déjà mis à la poubelle.

Malik s'est agenouillé et a regardé dans le petit espace entre le mur et la cuisinière.

— Tu la vois ? a demandé Todd d'un ton nerveux.

— Nan… c'est tout… je veux dire, je vois ses crottes partout, mais…

Un éclair gris sur le comptoir. J'ai pivoté vers lui.

— Elle est là ! Todd, regarde !

J'ai lancé la boule d'élastiques vers la souris, mais elle s'est carapatée hors de vue, et la boule a rebondi contre le mur.

Todd a sauté sur le canapé, les yeux écarquillés.

— Où ça ?

— Là ! Près de la télé !

— Où ?

— Elle se cache derrière le placard, là. Ne la quitte pas des yeux !

Malik a enlevé sa basket.

— Todd ! Attrape !

Il a lancé la chaussure à l'autre bout la pièce, où elle a violemment frappé Todd au ventre, laissant une traînée marron sur son T-shirt blanc.

— Ah, merde, Malik !

— Ramasse la chaussure, mec ! a ordonné Malik.

— Je veux pas toucher ta chaussure répugnante !

— Ramasse-la !

— *Pourquoi ?*

— Pour tuer la souris !

— J'ai pas envie de…

— *Ramasse-la !*

Todd a un peu cafouillé puis s'est penché pour ramasser la chaussure sur le sol. Elle avait l'air massive dans ses mains pâles et minuscules.

— Balance-la sur cette salope dès que tu la vois, a crié Malik.

— Mais…

— Fais-le !

— Je…

— *Fais-le !*

— Mais c'est pas…

— Fais pas ta putain de gonzesse, Todd !

Lorsque la souris a filé du meuble à télé vers le canapé, Todd a bondi comme un chat et a abattu la chaussure sur le corps de la petite bête d'un seul mouvement fluide. Puis encore, et encore. Et il a continué à frapper comme ça, de plus en plus fort, jusqu'à ce qu'on ne voie plus qu'un petit tas de chair sanguinolente sur le sol. J'ai plissé les yeux. Y avait le plus petit pied que j'avais jamais vu dans une masse rouge – il gigotait.

Silence.

— Putain, frère, a dit enfin Malik. Je savais que t'avais ça en toi, quelque part.

Todd a reniflé et il nous a regardés comme si c'était lui qui s'était fait tabasser, les mains tremblantes. Il a laissé tomber la chaussure sur le sol, s'est relevé et a reculé de quelques pas, détournant le regard du sang. Derrière lui, un reality-show sur des phénomènes paranormaux dans la campagne irlandaise crépitait sur l'écran de la télé. Le visage de Todd était blanc et humide.

— C'est juste… commença-t-il d'une voix faible. C'est un bébé.

Malik a pris une bière dans le frigo, l'a ouverte, et est allé vers Todd. Lui a donné une tape dans le dos.

— Je suis fier de toi, fiston, a dit Malik. (Il a placé la bière entre les mains tremblantes de Todd.) Tu l'as fait pour Blandine.

Il est juste de dire qu'à partir de ce moment-là, les choses ont un peu déraillé.

HOMONYME

D'APRÈS Internet, c'était en l'an 177 de notre ère, à Lyon, en France, sous le règne de Marc Aurèle. Blandine – non-Romaine et esclave – fut arrêtée et jetée en prison avec le chrétien qui l'avait achetée. Ils torturèrent Blandine jusqu'à ce que sa résistance épuise ses bourreaux, qui la ligotèrent alors à un poteau dans un amphithéâtre et lâchèrent sur elle une meute de bêtes affamées. Mais les bêtes refusèrent de toucher Blandine, refusèrent même de s'approcher d'elle, pendant des jours. Énervés par son indestructibilité, et gênés devant leurs fans, les bourreaux emmenèrent Blandine hors de l'amphithéâtre, la flagellèrent, et la firent à moitié rôtir sur un grill. Ils enveloppèrent son corps calciné dans un filet, qu'ils jetèrent ensuite à un taureau, qui l'empala avec ses cornes. Mais elle refusait de mourir. "Je suis une chrétienne, et nous n'avons rien fait de mal", est-elle censée avoir répété encore et encore pendant son interrogatoire.

Elle était mystifiante. Elle était invincible. Elle avait quinze ans.

Au bout d'environ une semaine de tentatives ratées, ses bourreaux adoptèrent une méthode minimaliste et la poignardèrent avec une dague. Elle finit par mourir.

Éprise de l'idée d'un tel destin, fascinée par une personne ayant vécu près de deux mille ans avant elle, une jeune femme naguère connue sous le nom de Tiffany Jean Watkins choisit de se faire appeler Blandine en un effort pour transcender la pénible corporéité dans laquelle elle était née et pour atteindre l'intouchabilité. Blandine de Lyon, sainte patronne des servantes, des victimes de torture et des personnes injustement accusées de cannibalisme. Tiffany/Blandine trouva un récit du martyre sur Internet en police de caractères Papyrus, l'imprima à la bibliothèque et le scotcha au-dessus de son lit.

Six mois après que Tiffany/Blandine eut déposé son dossier juridique, son certificat de naissance et deux cent dix dollars, elle découvrit que le prénom Blandine signifie "doux" en latin, tandis que Tiffany signifie "manifestation de Dieu" en grec.

PEARL

Le matin du mercredi 17 juillet, quinze heures avant qu'elle ne sorte de son corps, Blandine marche de La Lapinière à la Valley. Elle n'a pas dormi de la nuit. Maintenant, c'est l'aube, la ville s'éveille tout autour d'elle, et tandis qu'elle marche, Blandine se souvient d'un article qu'elle a lu récemment au sujet d'une femme prénommée Pearl. Pearl avait les organes abdominaux inversés par rapport à l'anatomie humaine normale, mais elle avait le cœur au bon endroit. *Situs inversus* avec lévocardie : ce diagnostic, Pearl ne l'a jamais reçu. Cette donnée singulière n'a été découverte que lorsqu'un groupe d'étudiants en médecine ont ouvert le corps de Pearl pour étudier sa cavité cardiovasculaire. Après avoir peiné pour trouver un gros vaisseau, ils ont remonté le mystère au fil de sa conception biologique jusqu'à ce qu'il leur révèle sa cause.

Un bébé sur 22 000 naît avec ce problème. Parmi eux, un sur cinquante millions survit jusqu'à devenir adulte. Après avoir vécu une vie relativement saine, Pearl est morte à l'âge de quatre-vingt-dix-neuf ans. De causes naturelles, d'après l'article. Elle avait une boutique d'animaux de compagnie.

Elle avait trois enfants adultes et cinq petits-enfants. Un portrait d'elle datant des années 1950 montre un visage symétrique, des joues roses, des cheveux auburn bouclés formant comme un nuage autour de sa tête, un sourire pudique, une broche en émeraude à motif botanique épinglée sur son col. Tout dans son apparence niait la vérité de son corps, un corps qui gardait le spectacle, la gêne et l'impossibilité de son existence secrets aux yeux de tout le monde. Y compris de son habitante.

Pour arriver à l'entrée de la Valley, Blandine traverse le secteur sud du centre-ville de Vacca Vale, passant devant des rangées de magasins en faillite et de maisons condamnées. Les établissements encore ouverts incluent un bar pour amateurs de sport, un fast-food de grande chaîne, un salon de bronzage, un magasin de seconde main, un magasin d'alcool, une église décatie et une boutique de cigarettes électroniques. Elle passe devant un commerce à la devanture plaquée de fer blanc avec des terrains vagues de part et d'autre et du contreplaqué cloué sur ses vitrines. Une porte rouillée. De la vigne vierge qui reprend possession des fondations en brique. LIL DADDY'S FASHIONS & ACCESSORIES, dit son enseigne. Peinte à la main, en lettres délicates, avec des roses. Plus loin dans la rue, une autre boutique solitaire au revêtement jaune beurre s'affaisse sur elle-même. Pas de vitrines, aucune entrée visible. Derrière elle, un petit parking est vide en dehors d'une poussette. POUR UN LIT, APPELEZ ———— À TOUTE HEURE, dit un panneau fixé sur la devanture, mais une couche de peinture jaune recouvre le numéro de téléphone. Au carrefour, des lettres noires amovibles s'accrochent à un grand panneau d'affichage comme des humains pourraient s'accrocher à une falaise. De nombreuses lettres manquent à la phrase d'origine. Là, on peut lire :

S. TAAE O P R
N @ ALL C S
T.

De l'autre côté du carrefour, Blandine passe devant l'église catholique Ste Hedwige. Merveille gothique construite en brique et pierre au tout début du XIXe siècle par cinquante familles originaires de Pologne et d'Allemagne. Copiées d'une basilique française, deux flèches flanquent une rosace. Des croix dorées se dressent en haut de chaque pointe de l'église, et les vitraux baroques sont sertis de moulures blanches. Dans l'ensemble, cette église ressemble à une impressionnante structure en pain d'épice. Au-dessus du vitrail se tient une statue de Ste Hedwige, première femme ayant régné sur la Pologne, les bras ouverts. Sur sa porte pend une feuille de papier d'imprimante avec un message écrit en police Papyrus : BIENVENUE AUX RÉFUGIÉS, AUX PRISONNIERS, AUX PROSTITUÉES ET AUX PROSCRITS. BIENVENUE AUX MALADES, AUX HANDICAPÉS, AUX SANS-ABRI. TOMATES FRAÎCHES. BONS LITS. PAIN PAIN PAIN CETTE SEMAINE.

Des oiseaux pépient rageusement dans leur habitat métallique. Quelques travailleurs matinaux roulent dans les rues, l'air endormi. Il est trop tôt pour l'odeur des voitures, alors Blandine remercie l'atmosphère pour sa splendeur non polluée, inhalant le parfum d'herbe estivale et d'averse récente. Un ciel lavande s'allume, pointant l'avenir d'un geste fatigué. Tandis qu'elle marche dans la brise tiède du matin, Blandine fantasme au sujet de quelqu'un qui lui enverrait par e-mail l'article à propos de Pearl. Cette personne dirait : *Ça m'a fait penser à toi.* Dans son fantasme, cette personne connaît Blandine mieux qu'elle ne se connaît elle-même, et son message s'insinue sous sa peau comme un poème, clamant sa vérité avant de révéler son sens. Ce n'est pas un fantasme normal, elle en est bien consciente. Mais qui pourrait encore dire que le "normal", c'est bien ? Qui pourrait encore dire quoi que ce soit à ce sujet ?

Blandine soupçonne que si des étudiants en médecine ouvraient son corps d'un coup de scalpel, ils y trouveraient, nichée à l'intérieur, une miniature de Vacca Vale. Pas le moindre organe. Un réseau de voies express, vaines tentatives de l'être humain pour asseoir son empire, un lieu pillé qui existe en dépit de l'état de non-existence qu'il affiche.

Scindant son corps en deux, il y aurait la Vacca Vale River, qui sinue et sinue jusqu'à sortir de sa tête pour se déverser dans le lac Michigan. Elle fait trois cent quarante kilomètres de long. Cause des inondations plus importantes chaque année. À Vacca Vale, de nombreux ponts enjambent la rivière comme autant de points de couture assurant l'unité du tissu de la ville, offrant un élément égalisateur : peu importe qui vous êtes, quelle fortune vous avez, et où vous vivez, vous êtes près de la rivière. De manière improbable – de manière phénoménale – des militants pour la préservation des poissons locaux ont installé une échelle à saumons dans cette rivière, près du tribunal. Ces militants comptent et identifient les poissons qui l'empruntent chaque année, et tiennent le registre de l'étiolement de leur population. Ils publient leurs chiffres dans la *Gazette de Vacca Vale* chaque automne.

Le long de la rivière, vers le nord du centre-ville se trouve un quartier de maisons historiques. Vastes bâtisses perchées sur des pelouses pentues vert pâle en divers états de magnificence ou de délabrement, construites par l'argent de Zorn au début du XXe siècle. Quelques-unes sont aujourd'hui des musées. L'une d'entre elles est un bed and breakfast. L'une appartient – ou du moins, appartenait naguère – au professeur de théâtre du lycée de Blandine, un homme auquel elle s'efforce de ne pas penser. Pendant un temps, il fut tout pour elle. Lorsque éviter de penser à lui échoue, elle se pince la cuisse jusqu'à ce que ses ongles laissent des parenthèses rouges sur sa peau.

À l'ouest de ces maisons s'éparpillent quelques commerces lugubres : le cinéma de Vacca Vale, un centre commercial, le Wooden Lady Motel, et le Musée Zorn. Le centre-ville, construit à l'intérieur d'un anneau, s'ancre sur une série de bâtiments municipaux qui s'effritent aujourd'hui comme des gâteaux. En face du tribunal se dresse l'Ampersand, où Blandine a travaillé comme serveuse pendant deux ans. Au bout de la rue où se trouve le foyer d'accueil pour femmes en difficulté se dresse un complexe de bâtiments en brique érigé en 1919 pour loger les ouvriers sous-payés de l'usine. Certains n'étaient que de passage et vivaient seuls. Certains partageaient leur appartement avec d'autres employés. D'autres vivaient là avec leur famille. Ces appartements sont caractérisés par une pénurie de fenêtres et de placards, de petites pièces, une plomberie de mauvaise qualité, des réseaux électriques et un chauffage central modernisés. Un tiers de ce complexe a été aménagé pour donner naissance à la Résidence à Loyers Modérés La Lapinière, et Blandine connaît donc bien ce bâtiment.

Au nord de ces maisons historiques s'étendent des terres d'agriculture intensive, d'ouest en est, des deux côtés de la Vacca Vale River. Des champs de maïs et de soja, d'une vastitude effrayante et inconcevable. L'été, ils se changent en un assaut de vert chimique, et s'étirent sur des hectares et des hectares comme autant d'odes sectaires à la géométrie. Un vernis de santé cachant et scellant désespérément un avenir de poussière. De sécheresse. De terre sans vie qu'aucune machine, qu'aucun produit chimique, qu'aucune entreprise ni aucune personne ne peut défibriller. Cet avenir est déjà en train de se concrétiser, de sorte qu'à présent, quand la terre est incapable de produire quoi que ce soit d'autre, elle produit de la banlieue. Les promoteurs se sont rués sur l'occasion, promettant la sécurité, des bassins de rétention artificiels, des lotissements à accès protégé. Une indigestion de beige. Deux méga-églises concurrentes. Les banlieusards peuvent désormais acheter leurs vêtements dans un centre commercial clos, acheter leur nourriture dans un supermarché qui sent le curcuma importé et la peinture fraîche. Des cerfs continuent à débouler dans les jardins, titubant, perdus et affamés. Ils boivent aux gicleurs des systèmes d'arrosage.

Protégé d'un semblable destin brutal depuis cent ans, Chastity Valley, le meilleur secteur de Vacca Vale, vit au sud-est du centre-ville. S'étendant sur plus de deux cents hectares, la Valley dessine une flèche pointant vers l'est. Construite pendant la grippe de 1918, c'était la tentative de Vacca Vale pour offrir un espace de loisir sain à une ville prospère en temps de pandémie. Couverte d'une végétation luxuriante, la Valley méandre entre des prés publics manucurés et des taillis de nature sauvage. À sa lisière ouest, il y a un petit lac, aujourd'hui étouffé par une invasion d'algues.

Un club nautique s'y dresse, où la marcheuse vagabonde trouve un chemin qui lui fait traverser le terrain de parade, longer l'espace des barbecues, passer devant le bosquet de lilas commémoratif, pour l'emmener au-delà des terrains de foot et de base-ball envahis d'herbes hautes, puis traverser un petit enclos serein avec une fontaine ovale en son centre, passer devant un sinistre manège jusqu'à, enfin, la déposer dans le pré le plus grand du parc : la Valley elle-même. Évidemment, ce n'est pas du tout une vallée, parce qu'elle n'est flanquée d'aucune montagne, mais le concepteur du parc pensait que les plus jolis mots de la nature devaient appartenir à tous les habitants de toutes les régions. Le Midwest, pensait-il, n'est pas condamné à être aussi plat que sa topographie. Dans le grand pré, la promeneuse rencontrera des pique-niques et des bébés, des Frisbees et des disputes, du vin et des rires. Et, de plus en plus, des drones. Et, de plus en plus, sa propre rage meurtrière à l'égard de ces drones.

Si elle s'éloigne du chemin et passe par la forêt pour rejoindre une poche située au sud, elle arrivera à Lover's Hollow*, sanctuaire pentu envahi de végétation et caché par la forêt. Du début des années 1960 à la fin des années 1980, les gens s'échappaient nuitamment à Lover's Hollow pour s'y livrer à des ébats sexuels socialement condamnés, plaisirs dont ils ne pouvaient jouir nulle part ailleurs. Le fait qu'un lieu appelé Lover's Hollow existe au sein d'un lieu appelé Chastity Valley donnait à Blandine un peu d'espoir dans la résilience des hommes face à la brutalité des hommes. Elle a eu beau chercher, elle n'a jamais pu découvrir pourquoi les gens ont arrêté de se retrouver à Lover's Hollow à la fin des

* "Vallon de l'Amant".

années 1980. Leur secret était-il éventé ? La police est-elle venue ? Était-ce à cause de la crise du SIDA ? Les hommes se faisaient-ils attaquer ? Sa connaissance de l'histoire force Blandine à l'admettre : oui, oui, oui, et sans doute oui. Aujourd'hui, des cordes interdisent l'accès à Lover's Hollow suite à des dégâts causés par l'inondation de l'an dernier. Comme à la moitié du parc. La ville a promis de réparer ces dégâts, liant ses promesses au programme de revitalisation. Vers la lisière orientale du parc, une plantation de pins écrit le mot *ZORN* quand on la voit du ciel.

Enfin, au sud-ouest du centre-ville, dans un lointain recoin du corps de Blandine, les étudiants en médecine trouveraient toute une zone d'usines désaffectées. À Vacca Vale, elles hantent le ciel et les oiseaux de leurs souvenirs d'une époque censément meilleure, revivant encore et encore leur histoire comme un père ivre et triste qui fut un jour la star de l'équipe de football du lycée.

Jadis plus grande usine de production de voitures des États-Unis, Zorn Automobiles a vu le jour en 1852 sous les traits d'un modeste chariot, né des mains rudes et burinées par le vent de Woodrow Huxley Zorn III. À l'âge de vingt-quatre ans, il construisit ce chariot pour transporter sa famille de Pennsylvanie en Indiana. Là, ils devaient retrouver son frère Cecil dans une ferme. Le chariot voyagea dans les frimas du mois de novembre, survivant à des kilomètres et des kilomètres de boue et de pluie, et aux toutes premières neiges de la saison. Lorsque Woodrow, sa femme, ses trois enfants et leur cheval arrivèrent à Vacca Vale, les gens s'arrêtèrent pour admirer leur chariot. Il était beau, aérodynamique, robuste. D'un genre qu'ils n'avaient jamais vu avant. Impressionnés, les habitants commencèrent à demander à Woodrow de leur en fabriquer. Il avait besoin d'argent, alors il accepta.

Utilisant la grange de son frère comme atelier, Woodrow accumula les outils et travailla seul. Assailli par l'autocritique, la timidité, des accès de dépression et la conviction religieuse que la confiance en soi était une forme d'orgueil impie, Woodrow répondit aux commandes mécaniquement, améliorant son modèle à chaque nouveau chariot construit, repoussant les éloges d'un haussement d'épaule quand il en recevait. Lorsqu'il accepta enfin de reconnaître qu'il n'était pas juste compétent, mais authentiquement brillant, dans un métier à la fois dur et nécessaire, Zorn Automobiles connut une seconde naissance. L'entreprise en connaîtra une troisième et dernière lorsque Cecil – homme d'affaires profondément volubile et cordial – déclara : "Ensemble, nous pourrions faire quelque chose de grand. Quelque chose capable de durer."

Au fil des décennies, les chariots devinrent des buggies, puis des calèches. En 1904, Zorn construisit sa première automobile. À l'origine, c'était un modèle électrique, mais, notant une tendance du marché, Cecil poussa Woodrow à concevoir plutôt un modèle à essence. En 1920, Zorn fabriqua son dernier chariot, et l'appela : le Dernier Chariot. Famille métallique de gagnants, les Zorn participèrent à toutes les courses d'endurance, qu'ils remportèrent pour la plupart. En 1922, une automobile Zorn roula pendant soixante-dix-neuf heures et cinquante-cinq minutes, de New York à San Francisco, gagnant la première place. Les voitures Zorn étaient connues pour leur allure époustouflante et originale ; elles étaient plus jolies et plus solides que la plupart des maisons que Blandine verra à Vacca Vale des décennies plus tard. La Duplex Phaeton de 1926, rouge et chatoyante comme la richesse. Le Camion de Pompiers de Vacca Vale de 1929, sièges en cuir à l'avant, pas de toit, estampage d'or. Sauveteurs de luxe. Le Roadster de 1931, le pick-up VD de 1947. Les Zorn n'étaient pas de simples voitures : c'étaient des sculptures. Même les présidents les aimaient. Ulysses S. Grant possédait une Brewster Landau. Harrison possédait sept Zorn, mais sa préférée était sa Brougham. McKinley avait une Phaeton. Une Zorn Barouche noire conduisit Lincoln au théâtre où il fut assassiné. La Peg jaune de 1909 transportait les membres et employés du Congrès dans le quartier du Capitol. Jaune, trapue, folle. Futuriste. Ces voitures étaient souvent sans toit, et pour une bonne raison. Zorn était sans limites.

Blandine se souvient d'une sortie scolaire au Musée Zorn quand elle était en primaire, où elle avait été instinctivement fascinée par un modèle étrange de 1922 : extérieur guimauve, jantes blanches, vitraux, intérieur en velours rouge et véritable lustre suspendu au panneau entre les fenêtres. Ce modèle l'avait stupéfaite par sa beauté futile. Ce n'est qu'après avoir regardé à l'intérieur et vu une couronne de fleurs en papier sur un petit cercueil qu'elle avait compris qu'il s'agissait d'un corbillard pour enfants.

Pendant des décennies, Zorn Automobiles fut un miracle, un battement de cœur, un empire. Cecil Zorn pensait qu'ils dominaient le monde parce que c'était ce que Dieu voulait. Woodrow n'était pas d'accord. Le succès de son entreprise le dérangeait, et à mesure que sa gloire et sa fortune croissaient, il devenait de plus en plus irascible. Des défauts de fabrication mineurs le jetaient dans une colère folle, et il devint si obsédé par la perfection de ses modèles qu'il installa un lit dans une des usines et y dormit tous les jours de la semaine pour superviser chaque instant de la production. Sa femme et ses enfants apprirent à prédire ses colères et à les éviter, ce qui était facile dans un manoir comptant de si nombreuses pièces, perché, donnant sur la rivière, surtout quand Woodrow n'était pas là.

En 1907, alors que Woodrow avait accepté l'imminence de sa mort d'un cancer de l'estomac, il légua l'entreprise à son fils aîné, Vincent. À cette époque, Vincent était peintre et vivait à Paris. Il ne voulait rien avoir à faire avec Zorn Automobiles, mais après de nombreuses lettres désespérées de sa mère, il revint consciencieusement dans l'Indiana, en convainquant Delphine, son épouse parisienne, de l'accompagner. Une fois rentrés, ils organisèrent des soirées somptueuses dans la demeure de la famille Zorn, négligeant l'entreprise mais prenant ses profits. C'est Edward, le plus jeune fils de Cecil, qui maintint l'entreprise à flot pendant tout le début du XXe siècle. Edward Zorn se consacra tout entier au rêve américain d'auto-détermination, d'indépendance et d'auto-réalisation. Son père avait à moitié raison : Zorn Automobiles était une entreprise formidable. En 1943, Claude, le fils de Vincent, en reprit les commandes et la fit couler avec une grande application. Comme elle était américaine et qu'elle était un rêve, l'entreprise Zorn Automobiles ne pouvait pas durer éternellement. Pour finir, Zorn Automobiles se déclara en faillite. Zorn Automobiles avait été des chariots, des buggies, des calèches, des automobiles, et puis, après environ cent ans de suprématie, plus rien du tout. La plupart des membres de la famille Zorn encore en vie étaient éparpillés un peu partout sur la planète.

Peu après la fermeture des usines, un rapport anonyme arriva sur le bureau du département de la Santé et des Services sociaux de l'Indiana : une fuite dans un réservoir de stockage d'une usine Zorn avait déversé des milliers de litres de benzène dans le réseau d'évacuation des eaux usées de Vacca Vale, contaminant les nappes phréatiques. Dix-septième produit chimique le plus fabriqué aux États-Unis, le benzène est un composé organique volatil qui s'évapore très vite dans l'atmosphère. C'est un liquide clair et inflammable à l'odeur sucrée. Chez les humains, le benzène attaque le système nerveux central et le système immunitaire. Avant même que le rapport parvienne au DSSSI, le benzène s'était déjà répandu sous forme de gaz dans l'atmosphère de Vacca Vale, polluant les maisons, les lieux de travail, les écoles, les églises. Inconscients du danger, les habitants respirèrent ces vapeurs pendant des mois avant que des responsables de la santé publique ne fassent enfin des tests. Au début, les symptômes étaient légers : maux de tête, yeux irrités, fatigue, vision floue, confusion, tremblements, nausée. Lorsque la nouvelle tomba enfin, Zorn offrit des nuits d'hôtel et des cartes cadeaux aux résidents forcés d'évacuer leurs maisons. L'entreprise fit l'objet d'innombrables procès. Mais les vrais châtiments n'apparurent qu'une fois qu'il était trop tard pour les prévenir : anémie, fausses couches, malformations congénitales, stérilité, dysplasie de la moelle osseuse. Lymphomes. Leucémies. Zorn signa de gros chèques aux familles fracassées, mais aucun chèque ne pouvait ramener qui que ce soit à la vie. Au total, Zorn ne versa qu'une fraction de ses profits annuels.

À partir de 1963, Zorn – le superhéros des générations précédentes – devint le croquemitaine de Vacca Vale. Zorn avait volé Noël. Zorn était la raison pour laquelle les parents s'assommaient à l'alcool. Zorn était la raison pour laquelle vous voyiez votre père pleurer. Zorn était la raison pour laquelle vous n'aviez pas de père. La raison pour laquelle il avait fait une overdose, ou il vendait de la drogue. La raison pour laquelle il était en prison. La raison pour laquelle il s'était tiré une balle dans la tête. Même s'il y avait des tas de questions en suspens – quand, qui, combien, comment nettoyer, que payer –, personne ne doutait de la responsabilité de Zorn dans cet empoisonnement. Quand les responsables de la santé publique eurent fini leur enquête, leur conclusion ne surprit absolument personne. L'entreprise Zorn Automobiles avait abandonné toute la région, mis l'économie en faillite, détruit des emplois, volé retraites et assurances comme on arrache des nappes sous des services en porcelaine sophistiqués. Puis, comme si les dégâts psychologiques et économiques n'étaient pas suffisants, Zorn causa des mutations génétiques chez les gens que l'entreprise laissait derrière elle – c'est comme cela que les habitants l'ont vu.

L'histoire s'enracina dans la légende de la ville. Les professeurs de collège faisaient des cours sur l'empoisonnement au benzène. Les habitants étaient soulagés de trouver un réceptacle à leur colère. Même les enfants nés normaux après la fermeture de Zorn avaient besoin de quelqu'un à accuser pour leurs ciels perpétuellement couverts, les seringues dans les ruelles, les cambriolages. Tout le monde avait besoin d'un ennemi.

Des graffitis éclaboussent à présent les murs des usines. Un jour, Blandine a acheté un appareil jetable pour photographier l'alarmant pandémonium d'expression qu'elle voyait là. VA ENCULER TON PARAPLUIE. QUARTIER SUD

EN FORCE. LE MAIRE BARRINGTON EST UN FASCISTE. ÉPOUSE-MOI, JESSIE. @BAXTER_MILLIARDAIRE : ROI DES DJ. LES SOCIALISTES EN PRISON !!! Quelqu'un a peint par-dessus BLACK LIVES MATTER* pour écrire BLUE LIVES MATTER**. Quelqu'un d'autre a bombé ces deux slogans pour écrire ALL LIVES MATTER***. Un autre encore a dessiné une flèche pointant vers ce chaos de messages et a graffité une terre qui pleure. Une mitraillette. Des ailes d'ange. Un faucon portant un drapeau américain comme une cape. Une feuille de marijuana qui sourit. LÉGALISEZ LE BONHEUR, dit la feuille. VA BOSSER, a répondu quelqu'un. Une affiche montrant un fœtus entre deux pains à burger. OBAMA BURGER dit la légende. Le pape avec une bulle de texte antisémite. Beaucoup de bites. Beaucoup de cœurs. Beaucoup d'initiales. Des messages et symboles exprimant une xénophobie aux multiples atours. Un symbole de la paix. Un lapin rouge portant une couronne, au regard noir de despote, de trois mètres de haut, tenant par la peau du cou un plus petit lapin blanc.

Pris tous ensemble, les graffitis sur les usines Zorn ressemblent beaucoup à Internet.

Regardez-moi, dit tout le monde quand personne ne regarde.

En centre-ville, alors qu'elle approche de l'entrée de la Valley, Blandine passe devant une ruelle encombrée de poubelles contre lesquelles s'appuie une grande enseigne bleue. BIENVENUE À VACCA VALE, INDIANA, CARREFOUR DE L'AMÉRIQUE. La ville lui parle. N'arrête pas de lui parler.

* "Les vies noires comptent."
** "Les vies bleues [c'est-à-dire les vies des policiers] comptent."
*** "Toutes les vies comptent."

Tandis qu'elle marche, elle entend les défuntes usines Zorn, même si elle ne les voit pas. Elle les entend toujours. Un bourdonnement – froid, humide, dissonant. En 1967, un groupe d'hommes a tenté d'incendier l'usine dans laquelle ils travaillaient jadis, mais elle était trop humide à l'intérieur pour prendre feu. Les voix de l'usine sont plus puissantes la nuit, en février, et après une semaine d'insomnie. Les usines polluent l'air avec leur histoire, exactement comme elles le polluaient jadis avec leur fumée chimique noire. Le prix de la surabondance.

Reliques, ruines, fantômes : les usines Zorn insistent sur elles-mêmes. Les écoutant en ce moment même, Blandine se rend compte qu'elles sont loin de se douter qu'elles sont sur le point de se faire éviscérer pour être transformées en une mauvaise imitation de la Silicon Valley. Une forme d'étrangeté effrayante remplacée par une autre. Open space, murs blancs, tables de ping-pong, des IPAs dans le frigo du bureau. Rose millenial. Figuiers lyres. Salle de gym et cafétéria d'entreprise, maison loin de la maison pour que les travailleurs ne quittent jamais leur travail. Sofas en cuir, coussins artisanaux, grand choix de façons différentes de faire du café. Bientôt, ces usines ressembleront à Instagram. Inconscientes de ce projet, les usines grognent, menaçantes. Rouillées et piégées dans leur pouvoir défunt, elles marchent vers l'est jusqu'à ce qu'elles disparaissent dans le scintillement sanctifié de la Valley.

Blandine n'a pas besoin que des étudiants en médecine ouvrent son corps pour savoir que sa ville vit dedans. Elle n'a pas besoin que quelqu'un lui envoie l'article sur Pearl pour savoir qu'elle et Pearl sont liées. Elle n'a pas besoin que quelqu'un d'autre entende les usines pour savoir qu'elles lui parlent à elle, qu'elles parlent à tout le monde.

Nous vous envahirons de tout notre néant, disent les usines, parce que c'est tout ce qu'il nous reste.

Blandine s'arrête devant une boutique blanche décatie. Elle passe devant tous les jours, mais elle n'a toujours pas découvert ce qu'elle vend ni si elle est ouverte. Stores cassés, intérieur sombre. Plissant les yeux, elle regarde à travers la vitrine sale et voit des chaises renversées, des tas de papiers, des éviers éventrés, des trognons de pomme. Un piano droit, édenté. Un panneau appuyé contre la vitrine, tourné vers le trottoir.

NOUS VENDONS MAINTENANT DE LA LUMIÈRE, dit-il.

LA VÉRITÉ POURRIE

MOSES Robert Blitz n'assiste pas aux obsèques de sa mère le matin du mercredi 17 juillet, mais il se trouve tout de même dans une église. Il ne peut prendre sa chambre au motel qu'à partir de dix heures, et il n'était que neuf heures quand il est arrivé à Vacca Vale, de sorte qu'il roule au hasard dans la ville, en quête d'un lieu à visiter. Vacca Vale lui fait penser à la vie après la mort. Il a envisagé de visiter le Musée Zorn, mais il est fermé – il n'ouvre que deux jours par semaine. Alors quand il a vu l'église catholique Ste Hedwige, l'élégance déplacée de son style néo-gothique, Moses a garé sa voiture de location, en laissant ses bagages dans le coffre.

Le soleil brille comme un néon médical cherchant à exposer la moisissure. Il est la moisissure. Vacca Vale, dans l'Indiana, est insupportablement chaude et humide, et il n'a pas emporté les bons vêtements. Ste Hedwige se dresse en face de son motel, à un carrefour situé à trois mille kilomètres des cendres de sa mère, et la force qui l'a attiré à l'intérieur est la même que celle qui l'a poussé à prendre un petit déjeuner de fast-food à l'aéroport de Chicago ce matin.

Il veut la paix. Il veut s'éloigner d'elle. Il veut que l'Amérique démantèle ce problème parce que c'est l'Amérique qui l'a construit. La distance physique a cessé d'avoir un impact sur Moses à peu près à l'époque où Internet est né, et bien qu'il en soit conscient, il est tout de même troublé lorsqu'il fait face à l'autel, si loin de Los Angeles, et qu'il ne voit qu'Elsie Jane McLoughlin Blitz. Il la voit dans le costume de la Faucheuse qu'elle portait à Halloween, il y a cinquante ans de ça – la seule soirée d'Halloween qu'elle ait jamais passée avec lui. Il y en avait – il y en a toujours, soupçonne-t-il – une photo, frauduleusement encadrée dans sa demeure, comme si le fait d'être mère définissait toute son histoire.

Sur les portes de l'église, une affiche sur papier d'imprimante hurle un message de sagesse chrétienne radicale que Moses se sent trop cynique et trop en sueur pour lire. À l'intérieur, des fonts baptismaux gargouillent et de hauts vitraux emplissent l'église de couleur. Une bannière rédigée dans une police de caractères bon enfant célèbre le 170e anniversaire de Ste Hedwige. Il ne voit aucune ventilation d'air conditionné, mais le bâtiment est frais – grâce à une isolation très efficace, ou à des forces surnaturelles, conclut Moses. Il se signe à l'eau bénite, en étant soulagé de voir qu'il ne se passe rien, pour essayer d'effacer sa mère du pare-brise de sa psychologie, tandis que ses pensées ont toutes la forme de posts sur les réseaux sociaux. Il a cinquante-trois ans.

Quand il en avait onze, Moses a été baptisé, a fait sa première communion et sa confirmation, mais tout cela s'est produit en grande hâte, après qu'Elsie avait failli mourir d'une overdose. Le printemps suivant son accident, elle s'est accrochée au catholicisme – la religion de ses parents et de son enfance – comme à l'objet flottant le plus proche tandis qu'elle perdait pied, y initiant Moses comme on souscrit une assurance. Moses ne s'y est pas opposé. Il a passé son enfance dans un état de confusion, avide de systèmes organisateurs tels que les maths, la science et la religion.

Contre son gré, il se souvient de Jamie, dernière personne qu'il ait aimée. Ou plus ou moins aimée. Ou du moins *essayé* d'aimer. Jamie, avec ses cristaux et ses cartes de tarot, ses huiles essentielles et ses podcasts, ses applis d'astrologie et sa sauge. Cheveux noirs anguleux taillés à hauteur du menton. Visage délicat, pommettes théâtrales, peau douce. Éruptions d'eczéma au creux des genoux. Parfum de cyprès. Sa jeunesse était à la fois un atout et une gêne. "Mon mâle, l'appelait-elle, mon mâle Bélier égocentrique." Vers la fin, elle faisait souvent des commentaires comme : "Je suis vraiment idiote ! Les Béliers et les Balances sont des opposés primaux dans le zodiaque – comment pourrais-je attendre de toi que tu respectes mes limites sexuelles ?" Pendant leur relation, il trouvait ridicule sa dévotion à l'égard du surnaturel, mais à présent il voit qu'elle n'était pas différente de la sienne.

S'enfonçant plus loin à l'intérieur de l'église, il inspire aussi longuement qu'il peut. Il sent les mariages, les baptêmes, les obsèques. L'encens et les bouquets de fleurs. Les débuts et les fins. Il a envie de bacon. L'architecture est gothique bon marché, avec tapis rouge, plafond bleu pâle, bancs de bois sombre, vitraux, et un tabernacle qui attise la nostalgie de Moses pour les monarchies. Un orgue domine les lieux tel un videur de boîte de nuit, et il ressent, comme souvent, la démangeaison de la surveillance. Il se gratte la peau.

Il fait le tour de l'église en en longeant les bords, étudiant les stations de la croix, qui sont authentiquement atroces

– pires qu'un film d'horreur. Tous les personnages ont l'air d'être polonais. Il lui vient à l'esprit que des *enfants* sont confrontés régulièrement à ces images. Il s'approche de la sixième station : *Véronique essuie le visage de Jésus.* C'est une mosaïque d'une femme qui tient un selfie du messie tout en s'émerveillant devant l'homme qui saigne. Celle-ci le détend. Véronique regarde Jésus comme s'il était un rebondissement dévastateur dans l'épisode final de sa série préférée. Moses la trouve sexy – il trouve toujours sexy les marques d'attention totale. Moses s'assied sur un banc, sort son téléphone et fait des recherches en ligne sur cette église pour repousser une invasion de solitude.

Sa recherche l'amène sur un site web entièrement rédigé au futur, un registre des paroissiens de Ste Hedwige au fil des décennies. *Kasper Wiśniewski naîtra en 1843. Il émigrera de Pologne à Vacca Vale, dans l'Indiana, à l'âge de dix-sept ans.* Le texte de ce site web est écrit sur un fond montrant un cimetière de bande dessinée. Au-dessus, il y a une photo de Kasper, heureux et jeune, s'entraînant pour la guerre. *En 1865, il épousera Magda Mazur en l'église Ste. Hedwige. Magda est la fille de Filip Mazur, paysan accompli.* Il n'y a pas de photo de Magda, et pas de définition de ce qu'est l'accomplissement paysan. *Ils auront treize enfants, dont cinq mourront avant d'atteindre l'âge adulte. Kasper mourra de la fièvre jaune en 1901, et Magda mourra d'un cancer de l'estomac en 1926. On se souviendra de lui avec affection pour ses farces et son rire, et on se souviendra d'elle comme d'une lectrice avide, trop solennelle pour sa beauté. M. et Mme Wiśniewski seront enterrés au Cimetière de l'Immaculée Conception, en des endroits connus de Dieu seul.*

L'usage de ce futur prophétique déroute Moses. Regardant l'autel, il a une vision de Magda et Kasper unis en un baiser de mariage chaste mais enthousiaste. Il veut en savoir plus sur Magda. Il l'imagine dans une cour en terre battue, entourée par une clôture et une douzaine d'enfants braillards, fumant une cigarette, son regard noir rivé sur un roman policier. Il voit le plus jeune des garçons la tirer par la jupe en disant, *Mama, Mama, regarde ça, regarde ce que je sais faire, Mama, regarde-moi.* Il la voit refuser de le voir, réservant son attention splendide et solennelle au faux monde de papier qu'elle tient entre les mains. Il la voit déguisée en Faucheuse.

Il est très naturel pour Moses de se soucier des gens qu'il rencontre sur Internet, et il lui est presque impossible de se soucier des gens qu'il rencontre dans la prétendue réalité.

Un cri d'oiseau arrache brutalement Moses à son écran. Trois minuscules cris lui font suite. Il regarde autour de lui, perplexe.

— C'est sûrement les faucons, dit un homme. Pour le petit déjeuner.

Moses se lève du banc d'un mouvement brusque. À quelques mètres de là se tient un vieux prêtre, vêtu d'un pantalon noir et d'une chemise noire au col d'un blanc luisant. La plupart des prêtres lui fichent la chair de poule, mais celui-ci irradie quelque chose comme… comme la *sainteté*, admet-il à lui-même. Moses ne croit pas à la sainteté, mais elle est là, aussi visible qu'un bronzage. Le prêtre a l'air d'être septuagénaire. Il a un visage conçu pour Noël, une toute petite stature, et des lunettes sans monture.

— Pardon ? dit Moses.

— Un faucon pèlerin femelle a fait son nid ici, au printemps, dit le prêtre, et on n'a pas eu le cœur de la déloger, alors on cohabite, si l'on peut dire. En fait, on a installé une webcam. Vous pouvez les observer en ligne quand vous voulez. Il y a trois petits. Je les ai appelés Ruby, Radish et Rhino. (Il sourit.) Je ne sais pas, ça me rend heureux, c'est tout. Hier, pendant la communion, elle a plongé en piqué. La mère. Pour voler une hostie ! Heureusement, elle n'était pas encore consacrée. Ça a effrayé certains des paroissiens, mais…

Il attend que Moses parle. Moses ne lui fait pas cette grâce.

— Ils sont au bord de l'extinction, les faucons pèlerins, ajoute le prêtre. Alors on fait tout ce qu'on peut pour les protéger.

Cette phrase dissout doucement un mur à l'intérieur de Moses.

— Ah.

— Enfin. Je sais que ça peut faire peur. Un faucon !

Après un silence, Moses demande :

— Comment l'appelez-vous ?

— Qui ça ?

— La mère. Vous lui avez donné un nom ?

— Ah, oui. Dorothy II.

— Qui est Dorothy I ?

— Ma mère. (Le prêtre rougit.) Ma mère humaine.

Moses serre les dents et opine.

— Je l'aimais vraiment beaucoup, marmonne le prêtre.

Il regarde ses chaussures, puis fait un pas en avant.

— Pardon, dit-il, mais je ne crois pas que nous nous connaissions. Je suis le père Tim.

— John, dit Moses en serrant la main tiède du prêtre. Enchanté.

— Bienvenue à Ste Hedwige, John. Vous êtes nouveau dans la paroisse ?

Moses hésite.

— Oui.

— Qu'est-ce qui vous amène ici ?

Moses commence à suer.

— Vous êtes venu vous confesser ? lui demande le père Tim, désireux de l'aider.

— Me confesser ?

Moses n'y avait pas pensé ; jusqu'à ce jour, il ne s'est confessé qu'une seule fois.

— Oui.

— Parfait. C'est juste là, quand vous serez prêt. Prenez votre temps.

Le père Tim sourit de nouveau, puis disparaît dans un confessionnal archaïque situé de l'autre côté de l'église. Un éclair dans la charpente attire l'œil de Moses : elle est là, Dorothy II, pattes jaunes et bec assorti, en train de déposer des choses que Moses ne veut pas voir dans la bouche de ses petits. Elle a le torse moucheté, le bec crochu, et elle est belle, mais hagarde, comme si elle travaillait de nuit sur l'autoroute. Il aimerait qu'elle ait un époux et une nounou, qu'elle ait le droit à des congés payés, que quelqu'un lui fasse un massage. Elle voit Moses, se fige dans ses mouvements et lui lance un regard noir, sa dérangeante sagesse animale lui confirmant que c'est lui l'intrus ici. Pas elle.

Moses regarde l'heure sans s'attarder sur son écran rempli de messages de compassion creux. Les fans doivent être désormais tous massés sur le parvis de l'église où ont lieu les obsèques – ces inconnus qui croient qu'ils la connaissent, qu'ils l'aiment. Ils doivent inonder les rues, ces endeuillés vides, en brandissant les relations spectaculairement fabriquées qu'ils ont eues avec Elsie Blitz, starlette américaine adorée, comme autant de tickets d'entrée à la grande fête foraine, pour essayer d'apercevoir le corps, bien qu'elle ait été incinérée. Elsie aurait d'abord adoré cette attention, puis elle l'aurait haïe. Adoration et haine : les seules énergies qu'elle savait prodiguer et accepter. "Avant, je pensais que toutes les relations étaient imaginaires, a-t-elle dit à Moses depuis son matelas à neuf mille dollars. (Ses cheveux, sa peau et ses draps étaient de trois nuances de neige. Elle avait quatre-vingt-six ans.) Mais maintenant que je me meurs, je vois les conséquences. Je vois que les gens existent hors de mon esprit, qu'ils prennent des décisions, qu'ils cabossent des objets. Je te vois – mon Moses, mon petit ange adoré. Tu vois ce que je veux dire ? Je vois comme je t'ai saccagé."

Au début, il y avait une mère et un bébé. Mais la mère n'était pas très mère et le bébé était trop bébé. Il avait besoin de tout ; c'était un ça plein de colère. Le bébé mourrait sans elle, et la mère n'aimait pas le regarder. Elle aussi, elle avait besoin de tout.

Le problème de la mère était qu'elle ne se retournait jamais quand elle entendait *Maman ?* dans un lieu public. Elle était d'abord et uniquement une actrice. Quand elle avait quatre ans, ses cheveux écarlates et ses parents cupides lui avaient fait gagner le gros lot à la loterie professionnelle, et elle avait travaillé depuis ses cinq ans, baptisée dans les eaux binaires de la vénération et du dégoût.

Tu es parfaite. Tu fais tout mal. Chut. Parle plus fort. Tu es intelligente. Tu es une jolie petite idiote. Montre-nous comment tu danses. Tiens-toi tranquille. Chante-nous quelque chose. Tais-toi. Imite. Sois originale. Tu es exactement comme elle, et elle, et elle. Éblouis-nous. N'attire pas l'attention. Tout le monde te regarde. Tu n'es pas le centre de l'univers. Tu es parfaite. Mais qu'est-ce qui cloche chez toi ?

Elle était la réserve de sucre du pays dans les âcres années qui ont suivi la Seconde Guerre mondiale. Une ère de pères traumatisés, de prospérité économique et de manque mondial de prise en charge de la santé mentale. Comme son boulot ne lui permit jamais d'être une enfant, sa psychologie ne lui permit jamais de vieillir. Il n'était pas recommandé pour une enfant d'avoir un enfant, mais, puérile comme elle l'était, elle aimait désobéir.

Dans ses années d'adolescence puis durant sa vingtaine, l'actrice se construisit une forteresse de verre et de miroirs, où elle organisa des fêtes fantasques. De vilaines choses arrivèrent à la jeune actrice, comme c'est souvent le cas : rejet, viol, anorexie, addiction. Mise sur la touche par un homme marié plus âgé qu'elle, son premier amour, comme le metteur en scène l'en avait avertie. Perruques horribles ! Mais surtout, la violence était infligée par l'attention, qui était le mauvais genre de lumière – une radiation qui la brûlait, qui lui donna un mélanome de l'esprit. Elle apprit à serrer fort et rassembler les choses qu'elle aimait, apprit que le plaisir était le nutriment intraveineux qui pouvait la maintenir en vie. C'était très théâtral de dire les choses comme ça, elle le savait, mais en même temps, elle était théâtrale. Et alors ? pouvait-elle dire à l'armée de mauvaises nuits qui sonnait à sa porte. J'ai encore toutes ces sacrées bonnes nuits. Elle inventa une religion de plaisir et s'y dédia intégralement.

Elle était menue ; tous ses amis étaient énormes. Elle aimait l'alcool et les drogues ; elle aimait voyager entre les différents royaumes de la conscience sans passer par les contrôles de sécurité ni faire tamponner son passeport. Elle aimait la force ; elle aimait le fait que, si vous étiez assez fort, vous pouviez faire n'importe quoi à n'importe qui. Elle aimait les avocats très mûrs. Elle n'aimait pas l'océan et accusait les gens de se vanter quand ils disaient l'adorer. Parfois, elle s'asseyait face au Pacifique et essayait de ressentir quelque chose, mais son cœur était trop enclavé. Trop *midwestern*. Tout ce qu'elle ressentait, quand elle regardait l'océan, c'était la présence de l'absence de fascination. Elle en avait trop peur pour y nager.

Sa mère était irlandaise ; l'actrice aimait écouter des gigues irlandaises, des Irlandais lisant des livres, des prières irlandaises. Elle aimait demander à tout le monde de s'habiller en bleu à ses soirées. Elle aimait faire pousser des orangers dans le jardin, elle aimait voir d'autres personnes qu'elle en cueillir les fruits. Chèvrefeuille, lilas, chlore, orages, pin, savon en barre, cheveux non lavés, allumettes, l'encens de la messe de minuit, cigarettes, feux de camp, essence, fourrure : elle aimait ces odeurs. Lorsqu'elle le disait à des gens, ils mentaient et lui disaient qu'elle était unique. Elle aimait bien quand les gens mentaient pour lui faire plaisir. Elle aimait les complots de vengeance et les difformités physiques. Elle adorait Whiskey I, le schnauzer minuscule qui jouait son chien dans *Meet the Neighbors*. Elle aimait bien Whiskey II, son remplaçant, mais pas autant. Elle aimait la mousse – sous toutes ses formes. Elle aimait qu'on la prenne en photo, qu'on dessine son portrait, que le médecin ausculte son corps. Elle détestait qu'on la décrive.

Contre toute attente, l'actrice atteignit l'âge adulte. Comme son enfance avait été une renonciation à l'enfance, elle traita l'âge adulte comme un assaut contre l'âge adulte, ce qui veut dire qu'elle abdiqua la plupart des responsabilités qui vont avec le fait de vivre dans un corps et dans un monde. Les élections. Les impôts. Les dentistes. Le déjeuner. Ces choses la terrorisaient chaque fois qu'on la forçait à les subir selon des règles qui n'étaient pas les siennes.

Elle disait ses prières quotidiennes. Elle aimait les compartiments privés dans les trains, les hommes quinquagénaires, l'iconoclasme. Elle aimait les pattes de pigeons difformes ; elle aimait les pointer du doigt à ses compagnons ; elle aimait lire des explications sur ce phénomène ; elle aimait le fait que, où que vous alliez dans le monde, vous pouviez être sûr d'y voir des pattes de pigeons difformes. Elle aimait les créatures en voie de disparition. La viande fumée. Laisser les lumières allumées dans sa maison, conduire sans la capote même quand il faisait froid, regarder des films d'après guerre dans lesquels rien, absolument rien, ne se passait jamais mal. Crier quand il n'y avait personne : dans sa salle de bal bleue, sous l'eau dans sa piscine, face aux montagnes sur sa terrasse. Elle aimait les goûts puissants : expresso, bourbon, sauce piquante, raifort, moutarde, wasabi. Elle laissait toujours le thé infuser trop longtemps. Son plat préféré était le corned beef aux choux de sa mère, et un de ses plus grands regrets était de ne pas en avoir noté la recette avant la mort de celle-ci. Elle aimait jeter de son frigo tous les aliments périmés et décevants ; elle aimait la radieuse absence de culpabilité qu'elle éprouvait alors.

Elle aimait les voitures Zorn, aimait garer les quatre qu'elle possédait côte à côte dans le garage, qu'elle aimait appeler son écurie. Elle aimait les faucons de métal perchés sur les calandres, leurs yeux plissés, leurs ailes grand ouvertes. Elle aimait regarder un certain Dominic laver et polir les corps métalliques parfaits de ses Zorn, elle aimait sentir l'éponge glisser sur sa propre peau tandis qu'elle le regardait faire. Côté allure, sa favorite entre toutes était le Coupé Présidentiel jaune de 1932. Pour le modernisme : la Duplex Phaeton rouge de 1924. Pour la vitesse : la Torpedo Hawk émeraude de 1959. Mais pour la conduite, elle préférait sa Commander Stardust Zorn de 1951. Une décapotable au nez fuselé, avec une carrosserie ponton, un extérieur couleur crème, un moteur V-8 et un visage qui ressemblait à un missile. Garniture cuir couleur whiskey. Ornements de bronze. Volant orange. Si la liberté avait une odeur, Elsie la trouvait à l'intérieur de ses Zorn. Trois de ses meilleurs orgasmes eurent pour cadre la Commander Stardust décapotable. Des orgasmes à haut voltage qui la ramenèrent à la vie alors qu'elle s'enterrait dans le désespoir. Lorsqu'elle conduisait la décapotable, elle sentait que la voiture la comprenait, elle sentait que leurs corps n'étaient que les deux moitiés d'une même machine.

Arrivée à l'âge de trente ans, elle s'était construit une vie autour de ses préférences ; avec prescience, elle avait investi dans les *likes* longtemps avant qu'Internet ne le fasse. Les *likes* qu'elle possédait et les *likes* qu'elle recevait. Elle se fichait de savoir qui elle cassait ou ce qu'elle cassait en tendant le bras pour attraper le plaisir sur l'étagère du haut.

Dans la religion de l'actrice, la grossesse était une hérésie.

Comme toutes les personnes avec lesquelles l'actrice avait fait l'amour, le père du bébé était vaste et fugace. Il était un petit peu royal ; ils décidèrent de garder la chose secrète. Elsie aimait garder les secrets d'hommes puissants – ça rendait le patriarcat plus inclusif, plus palpable, plus drôle. L'actrice était fabuleusement douée pour se créer de la compagnie, mais elle ne savait pas du tout comment l'entretenir, et n'en voyait pas l'intérêt. Elle avait déjà avorté une fois. N'avait aucun scrupule à le refaire. Elle fit le test le soir de sa fête annuelle du *Blitz of July*, à Malibu, dans sa maison moderne du milieu du siècle, où il y avait abondance de verre et pénurie d'intimité. Elle était déjà ivre. Si les minutes sont sur un chiffre pair, se dit-elle, je garderai ce bébé. Elle consulta sa montre pendentif.

Immédiatement, le fœtus s'avéra être un parasite plein de ressources, sans égal dans le monde naturel. L'animal qui vivait à l'intérieur de l'actrice n'éprouvait aucun intérêt pour ses préférences et nourrissait une vendetta contre son plaisir. Il la libéra de ses menstrues pendant neuf mois, mais à leur place, il lui infligea un nouveau programme d'enfer anatomique. Pièce par pièce, il démolit son corps pour le reconstruire à sa façon. Cela semblait être sa mission que d'exposer, encore et encore, l'essence barbare de la corporéité féminine. L'actrice s'attendait à ce que la grossesse lui fasse prendre du poids, la vide de son énergie et lui durcisse les seins. Elle s'attendait aux nausées matinales et aux envies étranges. Elle s'attendait aux fuites. Elle pouvait vivre avec ces taxes, mais elle était mal préparée à vivre avec le reste. Personne – ni ses amis, ni sa mère, ni les médecins, ni les livres, ni la télévision – ne l'avait prévenue au sujet du reste.

Un jour, elle cessa d'être une soprano. Sa peau se tendit. Ses os lui faisaient l'effet d'être… *lâches*. Son cerveau réagissait avec retard et bégayait comme s'il avait vieilli de plusieurs décennies en quelques semaines. C'était comme si elle avait attrapé un virus en colonie de vacances : elle passait son temps à éternuer, à avoir des démangeaisons, à avoir des bouffées de chaleur, à oublier des choses, à suer. Elle ne pouvait plus danser. Elle développa une mauvaise haleine contre laquelle elle ne pouvait rien faire. Tous les tuyaux de sa plomberie interne dysfonctionnaient. Les veines de ses seins se mirent à ressembler aux veines des pis de vaches. La grossesse saccagea sa peau, écarta son os pelvien, lui fit pousser des poils sur la poitrine, fit doubler son volume sanguin, fit enfler ses articulations, lui donna de l'acné, un mélasma, des migraines, des nausées et des prophéties. Elle assombrit son nombril. Son vagin *devint bleu.*

Pendant neuf mois, le temps ralentit. Puis il s'accéléra d'un coup. Soudain, les médecins dirent qu'il lui fallait une césarienne. "Les césariennes, c'est pour les mauviettes !" leur hurla-t-elle, puis elle gloussa. À moins que cela n'ait eu lieu que dans son esprit – elle n'aurait su le dire. À ce moment-là, elle était la douleur incarnée. Dans la chambre d'hôpital, les contractions étaient la Vérité Pourrie, et il n'y avait rien au-delà de la Vérité Pourrie, rien non plus avant elle. "Oh, faites-la moi", dit l'actrice. Sa mère était à côté d'elle, vêtue d'un survêtement de sport jaune, les mains crispées sur un rosaire. C'était comme un exorcisme. "Faites-moi la plus chic des césariennes que vous ayez en stock !"

Après, ses cheveux se mirent à boucler et il fallut changer la correction de ses lunettes. Il – le bébé – voulait qu'elle – la mère – l'actrice – la *mère* – voie et soit vue comme lui appartenant. Il voulait la saccager aux yeux de tout le monde. C'était ce qu'un charmant courtisan lui avait dit quand elle avait vingt ans : "Je veux te saccager aux yeux de tout le monde."

À son retour de l'hôpital, Elsie entreposa le bébé dans l'unique pièce sans soleil de sa demeure et demanda aux nounous de ne pas l'exposer au langage, pour le moment. Elle ne voulait pas avoir à affronter les répercussions du langage. Elle avait besoin de rassembler ses esprits, de savoir où elle en était, quelles étaient ses préférences. Elle avait besoin de commander de nouvelles lentilles de contact. Et il y avait la question de l'alimentation. "Vous savez ce qu'on dit", dit une des nounous, qui était trop jeune – c'était une aspirante actrice vêtue de tulle, à la peau parfaite et aux chaussures vraiment, vraiment très sales. Elle sourit. "Donner le sein, y a pas mieux." Elsie renvoya cette nounou, garda celles qui étaient sexagénaires, mais décida de donner le sein au bébé. Elle n'aimait regarder le bébé que dans sa chambre, dans l'obscurité, où elle ne pouvait rien voir d'autre qu'une idée. Dans le monde des abstractions, c'était une idée délicieuse.

— J'ai peur de ne pas être quelqu'un de très bien, dit Moses en fronçant les sourcils à l'adresse de l'écran du confessionnal.

— En général, on commence par dire "Bénissez-moi mon père, car j'ai péché".

— Oh. (Moses frissonne.) Mais je ne suis pas certain d'avoir péché, en fait.

— On va y venir dans un moment.

— Alors je dis quoi ?

— Ah, sautons ce passage. Contentons-nous de faire le signe de croix. Au nom du Père, du Fils, du Saint Esprit. Amen.

Moses ne se souvient plus de l'ordre – front, épaules, poitrine ?

— D'accord, John. À quand remonte votre dernière confession ?

— Euh, à environ quarante-cinq ans ?

— D'accord. Je vous écoute.

— Je crois que je suis quelqu'un de mauvais.

— Mais vous ne pensez pas avoir péché ?

— Eh bien, je pense que c'est plus une question d'identité qu'une question de comportement.

— Qu'est-ce qui vous fait dire ça ?

— Vous n'avez le droit d'en parler à personne, pas vrai ? C'est comme en psychothérapie ?

— Effectivement, ça reste entre vous et Dieu. Je ne suis que l'interprète.

— Qu'est-ce qui me dit que vous ne parlerez pas ?

— Si je le faisais, je me ferais excommunier.

— Non.

— Si.

— Mais si un criminel vous dit qu'il s'apprête à tuer quelqu'un ? demande Moses.

— Tout ce qu'on peut faire, c'est convaincre cette personne de se détourner du péché et de se tourner vers Dieu.

— Ce n'est pas mon cas, au fait. Je ne m'apprête pas à tuer quelqu'un.

— Heureux de l'entendre.

— Mais ça me semble être une mauvaise politique, dit Moses. Le secret absolu, quand une vie est en jeu.

— Ce n'est pas moi qui fais les règles.

— Bon. (Par où commencer ?) Je ne m'appelle pas John.

L'enfant-star-devenue-militante-de-la-protection-des-paresseux-nains Elsie Blitz baptisa le seul enfant qu'elle amena à terme Moses Robert Blitz parce qu'elle avait rencontré l'urbaniste Robert Moses* à un dîner et qu'elle l'avait

* 1888-1981. Artisan de la rénovation de New York entre 1930 et 1970, c'est une des figures les plus controversées de l'histoire de l'urbanisme aux États-Unis.

trouvé ensorcelant. Robert Moses – ensorcelant ! Pour Moses Robert Blitz, ce seul fait suffisait à prouver que sa mère était dérangée. Elsie savait que si elle appelait son fils unique Robert Moses, les tabloïds supposeraient que c'était lui le père. Alors elle inversa les prénoms.

— Mais je ne vous dirai pas mon vrai nom, dit Moses.

— Voulez-vous me dire ce qui vous pousse à le cacher ?

Moses cherche ses mots.

— Je ne suis pas libre de vous le dire.

— Très bien, dit le père Tim. Dites-moi ce qui vous préoccupe.

— Je suis en train de louper les obsèques de ma mère en ce moment même.

Silence.

— Je veux dire, elles ont lieu *en ce moment même*, poursuit Moses d'une voix rapide, et je n'y suis pas, à l'évidence, et je suis content de ne pas y être. Je n'éprouve pas le moindre regret. Pas de culpabilité. Du tout. En fait, je n'éprouve absolument rien à l'égard de ces obsèques.

— Vraiment ?

— C'était une narcissique accro aux opioïdes qui n'aurait jamais dû avoir d'enfant, dit Moses. Elle m'a négligé comme elle a négligé tout le monde autour d'elle. Je veux dire, quand elle vous regardait, tout ce qu'elle voyait, c'était elle-même. Tout le monde l'aimait, mais j'étais le seul à la connaître. Si vous l'aviez connue, vous l'auriez détestée. (Son cœur bat fort.) Elle est actrice.

— Les obsèques ont-elles lieu à Vacca Vale ?

— Non. À Malibu.

— Alors qu'est-ce qui vous amène ici ?

— Parfois, j'enduis mon corps entier de liquide de bâtons lumineux cassés et j'entre par effraction au domicile de mes ennemis, lâche Moses d'une seule traite.

Le père Tim reste de nouveau silencieux quelques instants, comme un GPS qui recalcule l'itinéraire après un mauvais virage.

— D'accord. Combien de fois avez-vous fait cela ?

— Jusqu'ici, deux.

— Et que faites-vous une fois que vous êtes dans la maison ?

— Je me contente de gigoter dans le noir, plus ou moins. Je ne porte pas de vêtements. Juste un caleçon.

— Et vous… et après, vous vous en allez, et puis c'est tout ? demande le père Tim.

— Vous croyez que je vole, ou que je viole, ou quelque chose comme ça ?

— Ce n'est pas ce que je pensais.

— Vous croyez que je les *assassine*, ou je ne sais quoi ?

— Je ne me permettrais pas de présupposer que vous êtes un meurtrier, même si la question du meurtre a déjà été évoquée deux fois.

— Je ne suis pas un *psychopathe*. J'aime juste foutre la trouille aux gens. Une fois que c'est fait, je m'en vais. Je sors par la grande porte et je rentre chez moi. Je ne touche à rien ni à personne.

Le père Tim réfléchit un instant.

— Et est-ce que vos… cibles… Comment cela les affectent-elles ? Vous le savez ?

— L'une d'elles a cru que c'était un cauchemar, je pense. Un genre de paralysie du sommeil. Une autre était en plein trip psychédélique, à ce moment-là. Donc, bon. Ça n'a pas eu l'effet escompté. Pas encore.

— Quel est l'effet escompté ?

Voyant que Moses ne répond pas, le prêtre réessaie :

— Comment choisissez-vous ces gens ? demande le père Tim. Ceux que vous ciblez.

— La première me harcelait quand j'étais petit. J'ai découvert qu'elle vivait toujours à West Hollywood, alors je… j'ai juste… (Moses ne termine pas sa phrase.) Quand j'étais petit, je bégayais.

— Ah ?

— Un bégaiement sévère.

— Quand vous en êtes-vous débarrassé ?

— J'en ai souffert jusqu'à ce que j'arrive à l'université, répond Moses. Et ça revient encore parfois, quand je suis stressé ou je ne sais quoi.

— Et cette personne se moquait de votre bégaiement ?

— Oui. On était dans le même internat. Elle se moquait aussi de mon poids. Les autres élèves le faisaient aussi, bien sûr, mais c'était elle la meneuse. Elle faisait ces petits dessins, elle m'appelait Moses la Lune. Dans ses dessins, j'étais une sorte de planète locale hantant perpétuellement l'école par mon obésité et par mon bégaiement. Elle me dessinait dans le ciel, avec les élèves en bas, et les élèves me fuyaient en courant.

— Ça a dû être très douloureux.

En général, Moses déteste quand les gens disent ça, ou quelque chose comme ça, mais dans la bouche du père Tim cela ressemble moins à une sortie de la douleur susmentionnée qu'à une entrée en elle.

— Et la deuxième personne ? demande le père Tim. Qu'est-ce qui vous a fait la choisir ?

— Oh. C'était mon colocataire, à l'université. Une année, je l'ai emmené avec moi pour les vacances de printemps – ma mère avait cette maison, sur Pumpkin Key* – et il a plus ou moins… couché avec elle. Ma mère. Il a pris des photos. Il a rendu ça public, et vendu les détails et tout le tralala à un tabloïd. Ses gens ont dû racheter l'histoire pour l'étouffer.

Le prêtre reste silencieux.

— Vous est-il déjà arrivé d'avoir envie de punir quelqu'un mais de vous retenir ?

— Oui.

— Que s'est-il passé ?

— Eh bien, j'ai eu envie de faire ça à mon ex-petite amie. Jamie. Elle travaillait dans les effets spéciaux. Elle avait vingt-cinq ans – je suppose que j'aurais dû me méfier. Elle m'a trompé avec un abruti de start-upper. C'est peut-être un pléonasme. *Abruti de start-upper.*

— Et pourquoi vous êtes-vous retenu ?

Moses réfléchit.

— Elle me connaissait trop bien. Elle aurait pu comprendre le truc. Elle était plutôt maligne, pour une tarée de l'astrologie. Et il se serait passé quoi, ensuite, hein ?

— Elle aurait pu comprendre quel truc, exactement ? demande le père Tim.

— Qui était responsable.

— Vous pensez qu'elle aurait fait le lien entre l'incident et vous ?

— Je sais qu'elle l'aurait fait. Elle avait ce genre d'intelligence.

* Petite île privée de l'archipel des Keys, en Floride.

— Parlez-moi plus de votre mère, dit le père Tim.

Moses remarque un sourire étrange sur son propre visage – un sourire qu'il ne peut contrôler. Il est soulagé de savoir que le père Tim ne peut pas le voir. C'est du moins ce qu'il se dit.

Lorsque Moses se souvient de sa mère, il voit un montage d'extraits de fêtes du 4 Juillet. C'était la fête favorite d'Elsie – elle a dû être très reconnaissante de mourir peu après ce jour. Chaque année, elle organisait une fête qui coûtait l'équivalent du revenu annuel américain moyen. Les Meilleurs et les Plus Brillants y faisaient toujours une apparition, tout comme une quantité hallucinante de maires de petites villes. Quand Moses était petit, on l'envoyait ailleurs pendant ces fêtes. Quand il était pré-adolescent, il s'enfermait dans sa chambre. Quand il était adolescent, il observait. Dans sa vingtaine, il se torchait à l'alcool et aux drogues. Dans sa trentaine, son but était le sexe. Dans sa quarantaine et dans sa cinquantaine, il se contentait de rester chez lui.

Moses peinait à expliquer l'obsession de sa mère pour l'armée, qui façonnait l'essentiel de sa personnalité, de ses opinions politique et de ses goûts en matière d'architecture. Son obsession était par ailleurs compliquée par le fait qu'elle se définissait comme socialiste. Elle se trouva blacklistée à peu près au moment où son lupus se mit à faire des siennes et où son addiction aux opioïdes commença, époque à laquelle elle avait de toute façon accumulé de nombreuses raisons pour se retirer d'Hollywood.

Au départ, elle exposait sa collection d'armes exotiques et de taxidermie sur les murs de sa demeure seulement à l'occasion de cette fête, mais au fil du temps elle avait décidé de les laisser en tant qu'ornements permanents. L'idée lui en était venue dans un château écossais où elle avait jadis tourné un film d'époque sur les secrets de famille. "Ça fait passer le message selon lequel on ne doit pas t'envahir", avait-elle expliqué un jour à Moses.

Le *Blitz of July*, comme l'appelait Elsie, était un événement scénarisé mais néanmoins sauvage, caractérisé par des jeux, des victoires, de l'abondance, de la surpopulation, des paillettes et de la viande rouge. Il y eut même, deux fois, des combats de coqs. Elle faisait installer des brumisateurs et des ventilateurs par des professionnels partout sur son domaine, de manière à ce que toutes les peaux luisent et tous les cheveux volètent ; les invités qui avaient déjà tendance à jouer les poseurs se trouvaient réellement hypnotisés par ces conditions et bavaient devant cette amélioration de leur propre allure. Il y avait toujours un trampoline, un toboggan de chocolat, quelqu'un qui faisait des nuages. Un montreur d'animaux aquatiques. Chaque année, Elsie importait des orchestres originaires du monde entier – sa seule exigence était qu'ils ne soient pas américains. Il n'y a rien de plus patriotique, pensait-elle, que d'importer le talent d'un autre pays. Personne n'écoutait la musique, mais tout le monde l'adorait. Les invités se donnaient beaucoup de mal pour rendre leur pouvoir visible et leurs efforts invisibles. Moses pense à sa mère et voit des célébrités vêtues de maillots de bain modèles uniques papillonner partout comme des tas de détritus dans les rues de Manhattan. Avec la meilleure peau, les meilleures dents et les meilleurs cheveux que l'argent pouvait acheter, les invités parlaient de justice, spéculaient sur la vie sexuelle de ceux qui étaient encore plus puissants qu'eux et pestaient contre l'automatisation comme si elle allait s'attaquer à *leurs* boulots. Les serviteurs étaient omniprésents, mais Moses ne les voyait jamais.

Aussi loin qu'il s'en souvienne, Moses a fait un rêve récurrent dans lequel il errait dans une fête de Blitz of July où tout le décor lui semblait distordu, comme s'il le voyait à travers une lentille très bombée, où la musique était en mode silence et où les cheveux étaient unanimement blonds. Dans ce rêve, il possédait des informations au sujet d'une menace imminente – un assassin rôdait parmi eux, la maison était encerclée de guérilleros ennemis, des terroristes attendaient sur le toit, un drone s'apprêtait à larguer une bombe –, mais quand il essayait de prévenir les invités, il se rendait compte qu'il était sans voix. Il criait, et aucun son ne sortait.

— Eh bien, celui-ci ne pose aucune énigme psychologique, lui dit sa thérapeute.

— Mon vrai nom est Moses, reconnaît-il d'une voix pressée.

— Intéressant, dit le père Tim.

— Pardon ?

— Dans la Bible, commence le père Tim, mais Moses éternue à six reprises, comme s'il était allergique à cette référence.

Moses est de ces gens qui font beaucoup de bruit en éternuant.

— À vos souhaits, dit le père Tim. (Il attend que Moses se remette.) Ça va ?

— Oui. Pardon. Continuez.

— Donc dans la Bible, la mère de Moïse* dépose le bébé Moïse dans un panier étanche pour le protéger du pharaon, qui a ordonné que tous les bébés garçons soient jetés dans le Nil. Il avait peur qu'un garçon le renverse un jour. Elle l'a tout de même jeté dans le Nil, mais elle l'a mis…

— Je sais, je sais, dit Moses d'un ton impatient. Tout le monde sait. Et alors ?

— Alors la mère de Moïse l'a abandonné pour le protéger, dit le père Tim. De quoi pensez-vous que votre mère essayait de vous protéger, en vous abandonnant ?

Moses n'a pas envie de creuser cette allégorie.

— Ce n'est pas à *ce Moïse-là* que je dois mon nom, dit-il. Je n'ai rien à voir avec lui. Je dois mon nom à un urbaniste. Un urbaniste monstrueux. Un raciste ! Parking après parking. Des voies express partout. Il voulait en construire une à travers Washington Square Park !

— De la célébrité ? suggère le père Tim.

— Quoi ?

— Votre mère essayait-elle de vous protéger des crocs la célébrité ?

Les crocs de la célébrité – c'est qui, ce guignol ?

— Non. En fait, elle m'a poussé vers le show-business. Elle n'arrêtait pas de m'inscrire à des auditions, de me trouver des jobs de scénariste, de producteur. Elle disait que je n'arriverais jamais à rien par moi-même, et que j'avais de la chance de l'avoir. (Moses se gratte le cou.) Ça se passe comme ça, normalement, une confession ?

— Toutes les confessions sont différentes.

* En anglais, *Moses*.

Moses ne se souvient pas vraiment de sa dernière confession, seulement des circonstances qui l'y ont amené – il avait treize ans, il était en vacances à Rome avec deux de ses amis de l'internat et leurs nounous, et une des nounous avait insisté.

— On va attendre dehors, dit l'autre nounou.

— Non, dit la première d'un ton grave. Nous devons tous nous confesser.

Moses et ses amis en conclurent qu'elle venait de commettre un crime. Le lendemain, on apprit aux nouvelles que la dent d'une reine défunte depuis longtemps avait été volée dans le manoir qu'ils avaient visité. Cette nounou avait une coupe garçonne qui changeait de couleur tous les mois et une garde-robe constituée de combinaisons blanches. C'était une sorte de peintre, sans famille ni communauté, qui se promenait toujours avec des manifestes français, intelligente et visiblement épuisée par la condition humaine, bien qu'elle n'eût pas encore trente ans. Le genre de personne capable d'un tel acte.

Elle ne revint pas en Amérique avec eux ; au lieu de ça, elle prit un train pour Ancône.

— Petite souris ! lui hurlèrent-ils lorsqu'ils se séparèrent. Voleuse ! Sorcière ! Salope ! Connasse !

Elle ne se retourna pas.

Des mois plus tard, l'ami de Moses lui expliqua ce qui s'était vraiment passé : il était entré par effraction dans la salle de bains de la chambre d'hôtel pendant que sa nounou prenait sa douche, puis il avait ouvert le rideau et lui avait offert son érection. Elle l'avait physiquement mis dehors à coups de pied.

— Elle m'a fait un bleu, tu te rends compte ? Maltraitance d'enfant ! Ma mère ne l'a pas payée pour ce mois-là.

Mais avant de quitter son travail, la nounou avait ordonné au garçon de raconter à un prêtre ce qu'il avait fait. Le forcer à se confesser fut sa dernière action en tant qu'adulte responsable de son bien-être. Il n'était pas catholique. Elle non plus. Moses avait passé un séjour formidable à Rome.

Le confesseur romain demanda à l'ami de Moses de faire un an de travaux d'intérêt général, si possible dans un foyer d'accueil pour femmes en détresse. Voilà pourquoi Moses aime la religion : elle sait traiter les incidents de ce genre – elle les résume, elle les interprète, elle propose un plan d'action.

— De quoi votre mère vous protégeait-elle, en vous abandonnant ? répète le père Tim.

Moses lève les yeux au ciel.

— La mère de cet *autre* Moïse l'a mis dans un panier étanche. La mienne m'a pour ainsi dire posé sur le dos d'un crocodile et m'a demandé de lui donner un pourboire.

— Je ne minimise pas le mal qu'elle vous a fait, dit le père Tim. J'essaie juste de la comprendre. Je pense que c'est le meilleur point de départ, quelle que soit la cruauté de la personne.

— Ah bon sang, *vous* alors. Foutus habitants de l'Indiana.

— Pardon ?

— Pourquoi présumez-vous qu'elle me protégeait de quelque chose ? Peut-être qu'elle ne pensait pas du tout à moi, vous y avez songé, à ça ? Les gens sont égoïstes. Parfois, il n'y a rien d'autre à dire. Quand ils *paraissent* cruels, c'est parce qu'ils *sont* cruels.

Soudain, Moses a l'impression d'être relié à une pompe à vélo qui le remplit de colère. Les narcissiques de l'espèce qui vit dans le Midwest, se dit Moses, doivent être beaucoup plus petits et plus dociles que ceux de l'espèce qui vit à Hollywood – comme ces tout petits renards près de l'équateur. Mais comment le père Tim peut-il savoir ça ?

— Mais comment pourriez-vous savoir ça ? demande Moses d'une voix pressante. Vous vivez dans cette ville perdue, où vos tueurs en série vous tiennent probablement la porte pour vous laisser passer. Ils vous demandent probablement comment vous aimeriez qu'ils vous trucident avant de le faire. Vous n'avez pas la moindre idée de comment elle était.

Pendant quelques instants, Moses se sent soulagé. Puis il se sent honteux.

— Peut-être, suggère le père Tim, que votre mère vous a abandonné pour vous protéger de vous-même ?

Moses Robert Blitz avait douze ans, il venait de découvrir l'érection et l'humiliation, et on était le 5 juillet. Il était environ cinq heures du matin, et il s'était réveillé en sueur, tellement déshydraté qu'il avait l'impression d'être rempli de sable. Le problème était qu'il n'y avait pas de gobelet à l'étage et qu'il détestait boire aux robinets des salles de bains – ça lui paraissait sale. Il alluma et éteignit sa lampe plusieurs fois avant de se décider à aller chercher un verre à la cuisine. Son rêve avait pris le format d'un bêtisier – il devait répéter la même scène encore et encore, en faisant de nouvelles erreurs chaque fois, suscitant des éclats de rire chez les personnes qui se trouvaient autour de lui.

Cela dérouta donc Moses lorsqu'il entendit de vrais rires en descendant l'escalier. Il se figea. Identifia au moins cinq voix différentes. Les divers types de rire de sa mère convergeaient tous vers lui : le rire tendu, le rire qui sonnait comme l'hiver, le rire qui voulait dire qu'elle s'ennuyait.

Avec prudence, il se pencha au-dessus de la balustrade pour observer la scène qui se déroulait en bas : Elsie et quatre de ses amis – deux femmes et deux hommes, souvent les derniers à partir de la Blitz of July – se tenaient étendus en diverses poses autour de la cheminée. Ils étaient tous vêtus de bleu. Il y avait deux canapés, deux causeuses et quatre fauteuils dans cette pièce, mais ils préféraient le tapis à poils longs. Des verres et des bouteilles scintillaient autour d'eux comme des navires en mer. C'était la pièce préférée de sa mère, avec son vasistas et ses murs blancs, ses six mètres de hauteur sous plafond et ses animaux empaillés – uniquement des oiseaux, suspendus au plafond comme s'ils avaient été figés en plein vol au cours d'une migration multi-espèces. D'un exode. Moses voyait à leurs yeux qu'Elsie et ses amis étaient ivres ou défoncés ou les deux. Le jazz hurlait et les flammes des bougies vacillaient. Quelqu'un était en train de formuler une opinion compliquée qui se termina par le mot *terriens*.

— Mais à la fin, il se fait poignarder.

— Qu'est-ce qu'il faut *faire* quand quelqu'un se fait poignarder ? Je me suis toujours demandé.

— Oh ! Oh, moi je sais !

— Modère ton enthousiasme.

— Non, dans *Roses are Red*, mon fiancé s'est fait poignarder et j'ai dû…

— Vas-y, je t'en prie, éclaire-nous de ta sagesse de feuilleton. Je suis sûre qu'elle est médicalement correcte.

— Mais oui ! Ils ont consulté un expert ! Il faut la garroter. La plaie. Puis appuyer dessus. Je crois qu'on est censé élever la plaie au-dessus du cœur, mais ça ne se fait plus trop. Ce n'est pas aussi important que la pression qu'on applique. On est censé allonger la victime, ceci dit, et on peut surélever ses jambes. Je crois que ça a à voir avec, je sais pas, la circulation ?

— Voilà des infos très utiles, Marianne. Merci.

— Bonjour, Moses.

Moses lâcha un hoquet de surprise. Un des hommes l'avait remarqué, et maintenant tout le monde le fixait à l'exception de sa mère. Sous les feux de l'attention, il se sentait comme une espèce de monstre émergeant des marais pour aller dévorer des hippopotames. C'étaient *eux*, les intrus, se rappela-t-il en essayant de rassembler le courage de parler. Lui, il vivait dans cette maison ; eux, non. Mais il savait que la confiance avait autant de chances de descendre en lui que Dieu en personne. Pour rassembler une chose comme ça, vous devez l'avoir en vous, ou bien elle doit au moins répondre à votre appel.

— Quel adorable pyjama.

— T'as une sale mine, Junior. Tu viens de nager ?

— Non, j'ai une idée, on va tous lui donner des conseils – l'alcool me rend sage, et Paul est un aficionado de…

— Putain, Marianne, ta gueule. Fais donc tes propres enfants.

— T'as faim, mon grand ? demanda un homme que Moses reconnut comme étant un Grand Réalisateur.

— Les corps… commença Marianne d'une voix prophétique, regardant son verre les yeux plissés, mais elle s'arrêta là.

— On a des snacks, ici, dit le réalisateur. Du prosciutto.

— Mais pas trop pour le *grasso*, dit un homme vêtu d'un costume bleu électrique.

Cet homme apparaissait chez eux chaque année, et Moses n'avait aucune idée de qui il était. Moses, cependant, le haïssait avec une intensité qui ne correspondait pas à leurs interactions. Ce devait être une réaction à un message que seul son subconscient pouvait capter. Avec mélancolie, Moses pensa à la migration des crabes de l'île Christmas, dont on lui avait parlé à l'école, et qui était elle aussi un événement annuel, en se disant qu'il préférerait de loin assister à cet événement-là qu'au Blitz of July. Il se représentait les crabes femelles, rouges et robustes, marchant en masse dans les ténèbres pour atteindre une plage que l'eau recouvre à marée haute. Il avait appris que chaque femelle crabe porte cent mille œufs qu'elle doit pondre dans la mer – une entreprise périlleuse étant donné qu'elle ne sait pas nager. Dès que les œufs touchent l'eau, ils éclosent, et la femelle les laisse se débrouiller tout seuls. Peut-on appeler mère une telle créature ? Moses craignait que, s'il assistait un jour à la migration des crabes sur l'île Christmas, il marche sur l'un d'eux.

— D'accord, Elsie ? poursuivit l'homme détestable au costume bleu. Ça n'est pas sain de nourrir autant ton enfant. C'est de la maltraitance. Tu es une mauvaise mère, chérie. Mais c'est ce qui te rend intéressante !

Moses regardait sa mère, qui ne le regardait pas. Ses cheveux auburn étaient coiffés en un chignon complexe. Sa peau luisait de sueur, d'huile, de soleil, de maquillage. Le reste de sa personne luisait de saphirs. Elle s'était changée pour enfiler un pyjama de soie indigo, mais elle avait gardé ses bijoux.

— Vous savez qu'ils ont retiré le Plus Gros Chat Domestique du *Livre Guinness des records* parce que cela encourageait la maltraitance animale ? contribua Marianne, qui était la plus jeune et la plus belle des cinq.

— Elsie, ton fils a faim, dit le réalisateur. Fais quelque chose. On le terrifie.

— On te taquine, Moses, c'est tout, dit Sabine, qui était une créatrice de costumes parisienne quadragénaire et une des plus proches amies d'Elsie. Tu le sais. Tu sais qu'on ne fait que s'amuser un peu parce qu'on est tous très fatigués – très fatigués de nous-mêmes.

— C'est vrai, dit Marianne en souriant. Tu es comme un filleul pour nous, Moses.

— Elsie, dit le réalisateur. Nourris-le avant qu'on lui inflige des dégâts psychologiques irrémédiables.

— Je n-n-n-n'ai p-p-pas faim.

Moses connut une brève exultation après l'expulsion de cette phrase. Puis il fut assailli de honte. Les adultes se turent un moment, et il remarqua quelque chose d'aqueux à leur sujet, quelque chose de soluble, comme s'ils formaient la substance d'un rêve.

— N'aie pas honte d'avoir faim ! cria Sabine, qui était sujette à l'interprétation mélodramatique de scènes ordinaires. (Elle portait un boa en plumes autour du cou ; il frétillait quand elle parlait. Moses pouvait suivre toutes ses exhalations.) Si nos garçons éprouvent de la honte à cause de leur faim, quel genre d'hommes seront-ils !

— Évidemment que tu as faim, mon grand, dit le réalisateur, dont la main était posée sur la cheville d'Elsie. (Il vint à l'esprit de Moses, en des abstractions préadolescentes, que cet homme et sa mère couchaient ensemble.) Allez, viens. On ne va pas te mordre.

— Il est en pleine croissance, dit Sabine. Elsie, nourris ton garçon en pleine croissance.

— Trop de croissance, dit l'homme qui l'avait traité de *grasso*, en riant et en cherchant l'approbation dans le regard d'Elsie.

Elle tournait le dos à Moses, qui ne put donc pas voir si elle la lui donna.

— Moses, je veux m'excuser en notre nom à tous, dit Marianne en lui souriant.

Elle était si belle que Moses peinait à déterminer le degré de sincérité avec laquelle elle avait dit cela, sa beauté corrigeant toutes les autres données.

— Tu es chez toi, et nous sommes impolis.

— Où est Harriet ? demanda le réalisateur, et Moses se sentit trahi.

Pourquoi le réalisateur connaissait-il le nom de sa nounou ?

— Elle a pris son week-end, finit par dire Elsie.

Sans même voir son visage, Moses savait qu'elle avait le regard perdu dans un grand verre de liquide ambré.

— Elle nous abandonne pendant notre période la plus chargée de l'année pour aller à je ne sais quelles obsèques. Elle est au Kansas. Ou au Wyoming. Je ne sais plus. Dans un endroit tout plat.

— J-j-j'ai… juste… s-s-s-soif, dit Moses, figé dans son escalier.

— Il a soif, dit Marianne. Vous avez entendu ? Donnons-lui de l'eau, nom de Dieu.

Elle se leva et se tourna vers la cuisine, mais le réalisateur l'attrapa par la main.

— Marianne, tu te comportes avec gentillesse uniquement parce que tu n'as pas de personnalité. C'est ça, ton problème, dit-il. Et ce n'est pas ta faute – c'est la faute de la société. Personne ne t'a jamais *demandé* de te forger une personnalité parce que tu as toujours eu l'air si céleste. Qui peut t'en vouloir de n'être rien d'autre que gentille ? Qui parmi nous aurait fait le dur boulot nécessaire pour se forger une personnalité si on n'y avait pas été *forcés* ? (Son verbe était précis, mais son débit était pâteux, sa langue lourde d'alcool.) Mais tu devrais admettre que la gentillesse n'a rien de vertueux, Marianne, surtout la gentillesse que n'accompagne aucune personnalité.

— À la vôtre, dit l'autre homme.

D'un geste sec, Marianne libéra sa main de son emprise, le repoussa, puis se dirigea vers la cuisine d'un pas martial. Moses se sentit désolé pour elle, même si, à douze ans, il savait déjà qu'il ne pouvait pas se fier aux sentiments qu'inspirait la beauté. Il sentit des larmes monter et fit tout ce qu'il put pour construire un barrage.

— Elsie, il faut que tu fasses quelque chose, dit Sabine. Regarde, ton enfant est blessé. On a blessé ton enfant.

— Mon enfant ? dit Elsie.

Elle se retourna et regarda Moses pour la première fois, le visage clos comme une boutique après la fermeture.

— Je n'ai jamais vu ce garçon.

— Elle est devenue accro à cause de son lupus – toutes ces opérations, et les médecins qui n'arrêtaient pas de lui prescrire de la morphine. C'était avant qu'ils aient leurs restrictions, vous savez. Ce n'est pas sa faute, mais elle a attendu qu'il soit presque trop tard pour aller chercher de l'aide. Elle avait un milliard de gens autour d'elle ; elle savait exactement où aller; elle avait l'argent; elle avait le temps. Je veux dire, elle a fini par aller en désintox, mais elle aurait pu se faire aider beaucoup plus tôt.

— L'addiction modifie le cerveau. Elle…

— Le fait d'être mère aussi, à ce qu'il paraît.

Moses ne sait pas du tout depuis combien de temps il est dans ce confessionnal; il pense que ça doit faire quelque part entre dix et quarante minutes.

— Il y a de la place pour votre colère, même si vous ne lui en voulez pas pour son addiction, dit le père Tim d'une voix douce.

— Mais au lieu de chercher de l'aide, poursuit Moses, elle a demandé de plus en plus de morphine. La vilaine vérité, c'est qu'elle adorait être accro, qu'elle adorait être une victime, qu'elle adorait se sentir oppressée, qu'elle adorait perdre le contrôle. Elle adorait toutes les excuses pour partir en vrille. Elle voulait… s'en aller.

— Comment ça?

— S'en aller de là. De *ça*. D'elle-même.

— Vous pensez qu'elle voulait mourir?

— Non, pas exactement – la mort, c'était trop ennuyeux pour elle. Elle voulait le contraire de la mort. Contraire qui finit par ressembler beaucoup à la mort, pour moi, mais elle pensait avoir atteint une sorte de nirvana.

— De nombreuses personnes pourraient vous dire que la mort est une étape pré-requise pour accéder au nirvana.

— Je leur dirais que la décence humaine de base en est une autre.

— Que pensez-vous que votre mère essayait de fuir? demande le père Tim. La même chose que celle dont elle voulait vous protéger?

— Il y a aussi des fibres multicolores qui jaillissent de mes pores, déclare Moses.

Il voit bien que cette conversation est complètement décousue, mais il ne sait plus en avoir de cohérentes.

À présent, le père Tim ne se laisse plus décontenancer, et il enchaîne immédiatement.

— Quelle sensation ça fait ?

— Vous savez vraiment rebondir.

— Oui, réplique-t-il en toussant. C'est ce qu'on m'a dit.

— On dirait de l'herbe, dit Moses. De l'herbe en plastique qui pousse hors de votre peau. Imaginez-vous ça.

— Je me l'imagine.

Silence.

— À votre avis, qu'est-ce qui les fait pousser ? dit le père Tim. Ces fibres ?

— Je ne révèle ma théorie qu'aux gens qui éprouvent ça aussi, dit Moses.

— Parce que vous pensez qu'on ne vous croira pas ?

— Parce que je *sais* qu'on ne me croira pas. C'est impossible. Les gens n'en ont pas la capacité.

— Testez-moi.

— Avez-vous des fibres multicolores qui jaillissent de *vos* pores ?

— Non.

— Alors je ne vous dis pas ma théorie.

— Parfait. (Le père Tim soupire.) Revenons-en à votre mère. Pourquoi croyez-vous qu'elle…

— Écoutez, j'ai déjà une psychothérapeute, un psychiatre, un coach et Internet. Je n'ai pas besoin qu'un prêtre de Trou-du-cul-ville, Indiana, m'analyse, ou analyse ma mère, ou je ne sais quoi. Pour être honnête, je n'avais aucunement l'intention de me confesser aujourd'hui. Je ne suis pas convaincu d'avoir fait quoi que ce soit de mal.

— Moi non plus, réplique le père Tim. Mais vous avez commencé cette confession en disant que vous pensiez être quelqu'un de mauvais. J'essaie juste de vous aider à vous voir vous-même.

— Vous voulez confirmer que je suis quelqu'un de mauvais.

— Au contraire, j'aimerais vous montrer que vous êtes bon.

— Vous ne me connaissez pas. Vous ne savez pas si je suis bon ou mauvais.

— Vous êtes bon.

Moses ricane, puis fait un pacte avec lui-même : si le père Tim lui dit qu'il a été créé à l'image de Dieu, il quitte l'église immédiatement.

— L'Église nous enseigne que nous naissons avec le péché originel, dit le père Tim. La tentation de nous comporter de manière égoïste est une chose avec laquelle nous devons vivre toute notre vie. Mais en grandissant, nous apprenons aussi à surmonter nos tentations. C'est ce qui distingue les êtres humains des autres animaux, à ce qu'il me semble. Si vous n'aviez pas d'autre choix que d'obéir à chaque pulsion, on n'appellerait pas ça un "péché" – on dirait juste que c'est un instinct. On ne dit pas qu'un dauphin est un *pécheur* s'il commet un infanticide.

— Les *dauphins* en commettent ?

— Ça s'est vu.

— Eh bien peut-être qu'on *devrait* le…

— Un dauphin, ça ne peut pas faire de choix. Vous, en revanche, vous êtes libre.

— Ce n'est pas parce que je ne commets pas d'infanticide que je suis *bon*. Ou libre.

— Je n'ai pas dit que vous étiez bon, dit le père Tim.

— Vous venez de le dire !

— Ah oui ?

— Oui !

— Bien. (Le père Tim soupire.) Désolé. Je ne le pensais pas. Vous avez raison. Je ne vous connais pas du tout. Je n'ai pas encore pris mon café. Il m'arrive fréquemment d'affirmer des choses de manière irresponsable quand je n'ai pas encore pris mon café.

Moses est surpris par sa déception – et ce qu'elle révèle.

— Honnêtement, ajoute le père Tim, je crois que c'est peut-être mon dernier jour.

— Pardon ?

— Dans la prêtrise.

Moses sent que les rôles d'écoutant et de parleur sont en train de s'échanger ; il sent cela comme un courant qui tourne.

— Bon…

— Il y a quelque chose de pourri au cœur de l'Église catholique, murmure le père Tim, et je pensais pouvoir faire évoluer les choses de l'intérieur, mais au lieu de ça, tout ce que je sens, c'est l'infection. Je commence à sentir cette odeur de pourri sur moi-même. Surtout quand je suis seul. Ce col commence à m'étouffer. À *m'étouffer* physiquement. Je me sens froid, humide, parti, et Dieu refuse de me parler. Dieu ne me parle jamais. Durant toutes mes années de prière, Dieu ne m'a jamais rappelé une seule fois.

Un faible cri d'oiseau se fait entendre en haut. Moses écoute tellement attentivement qu'il ne voit pas ce qui se trouve en face de lui.

— J'ai envie de voyager, poursuit le père Tim. J'ai envie de retomber amoureux. J'ai envie de rencontrer quelqu'un qui souffre et de parler avec lui en tant que moi-même, pas en tant que représentant d'un patron que je n'ai jamais rencontré. Si ce patron est aussi fort qu'on le dit, et qu'il a vu toutes les données, il doit être franchement déçu de la façon dont on dirige son entreprise. Il devrait y avoir des femmes prêtres. Les prêtres devraient pouvoir se marier s'ils le souhaitent, avoir des enfants s'ils le souhaitent. Les gens de tous genres et de toutes sexualités devraient être accueillis exactement tels qu'ils sont. Toute maltraitance devrait être condamnée. La contraception devrait être encouragée. C'est vrai, quoi, la dernière chose dont notre planète en feu a besoin juste maintenant, c'est d'un boom démographique aux appétits industriels. Ce sont là des choses faciles, des choses évidentes, implacablement justes et bonnes, et j'en suis pourtant venu à croire qu'elles ne verront jamais le jour au sein de cette institution en voie de déliquescence. J'en ai assez de suivre les ordres, de jouer le jeu comme un mouton, d'attendre que les règles changent toutes seules. Ça va être un enfer pour me libérer de ce col. Mais c'est la vie, pas vrai ?

Moses met un moment à se rendre compte qu'il opine de la tête.

— Oui, murmure-t-il d'une voix rauque. Oui.

— Enfin, bref, si je suis surpris de vous avoir dit que vous étiez bon, ce n'est pas parce que je pense que vous soyez mauvais. Ce serait absurde que de décrire une personne tout entière comme bonne ou mauvaise. Vous n'êtes qu'une succession de comportements désordonnés et contradictoires, comme tout le monde. Ces comportements peuvent devenir des habitudes, ou des instincts, et certains valent mieux que d'autres. Mais tant que vous êtes en vie, le jury est absent.

Moses se gratte doucement les mollets.

— Qu'est-ce qu'elle avait de si formidable, Dorothy I ?

Au bout du compte, il y avait une femme et un homme. Mais l'homme était trop fils et la femme trop peu mère. Elle mourrait sans lui. Elle avait besoin de tout, et le fils n'aimait pas la regarder. Lui aussi, il avait besoin de tout.

Elle passa son dernier 4 Juillet au lit dans sa demeure de Malibu. Moses n'avait pas parlé à sa mère depuis un an, mais Clare, l'assistante acharnée, l'avait eu à l'usure. Voyant que les appels téléphoniques, les e-mails, les lettres et les vidéos morbides envoyées par SMS ne fonctionnaient pas, Clare l'avait retrouvé sur les réseaux sociaux et y avait fait passer ses messages en force ; voyant que ça non plus, ça ne fonctionnait pas, elle était allée le voir chez lui près de Griffith Park et l'avait menacé de casser des assiettes jusqu'à ce qu'il accepte de rendre visite à sa mère sur son lit de mort.

Lorsqu'il arriva à la demeure d'Elsie, les infirmières étaient en pause-déjeuner et se réchauffaient au micro-ondes des plats en verre pleins de nourriture, laissant dans leur sillage des arômes délicieux, parlant entre elles en espagnol. L'atmosphère générale de la maison était moins funèbre, plus joyeuse, que ce à quoi Moses s'attendait. Pièces étincelantes sous le soleil de Los Angeles, aspirateur passé de frais sur les tapis. Fleurs fraîches dans les vases. Son personnel présent et débordant de vie. Clare mena Moses à l'étage, à la chambre de sa mère, sans dire le moindre mot. Ses cheveux sentaient la menthe.

Tout au long de sa vie, Elsie avait semblé – à la voir, à l'entendre – bien plus en forme qu'elle ne l'était. C'était une apparence créée par le Botox et tous les autres produits chimiques exhausteurs de beauté connus de l'espèce humaine, par la chirurgie esthétique, par une vie d'exercices onéreux, un chef cuisinier personnel, trente ans de loisir, un compte en banque autoalimenté et des gènes surnaturels. Les ennemis de cette apparence – l'abus de drogues, l'insomnie, les ravages du soleil, la maladie mentale – n'étaient pas de taille contre ses défenseurs. Par un mélange de volonté et de science, elle avait mis sa jeunesse sous cloche.

Mais là, enfin, la mort s'était annoncée en Elsie Jane McLoughlin Blitz. Dans sa chambre, Moses détourna le regard.

— Va-t'en, Clare, dit Elsie comme si elle parlait à un labrador. Va dans le jardin. Allez. Ne reviens que quand il sera parti.

— D'accord.

Clare tendit la main pour enfoncer une paille dans un smoothie posé sur la table de nuit d'Elsie.

— Clare.

Elle se dépêcha de partir.

— Oui, oui, je m'en vais. Je ne suis plus là.

Au-dessus de l'énorme lit d'Elsie, il y avait un tableau à l'huile du XVIIIe siècle représentant un massacre. Le mur en face du lit était chargé d'animaux empaillés : un faisan entier, une perdrix choukar, un serpent à sonnette, les têtes d'un bison, d'un buffle, d'un renne, d'un mouflon. Une chauve-souris vampire. Un castor, à l'air violenté.

Sa chambre était trop chaude, presque brumeuse. Moses n'avait pas mis le pied dans cette maison depuis des années.

— Ne touche à rien, grogna Elsie. Des germes très ordinaires pourraient me tuer. Ce qui est comique. On survit à l'impensable pendant quatre-vingt-six ans, et on finit par mourir de quelque chose de microscopique. D'un rhume. Sache que je souffre horriblement.

Il se gratta la peau.

— Arrête de te gratter. Pour l'amour de Dieu… *arrête.* Tu sais que ça me dégoûte. (Elle se tut et ferma les yeux, comme si elle se conseillait elle-même.) Mais j'aime bien tes chaussettes.

Il les examina, heureux d'avoir une excuse pour le faire. Elles étaient jaune fluo.

— J'ai rêvé que c'était *toi*, le croquemitaine, tu imagines ? dit Elsie. Dans mon rêve, on ne parlait que de ça, aux infos. Édition spéciale : on a enfin arrêté le monstre qui terrorise les enfants et les faibles d'esprit depuis la nuit des temps – et son nom est Moses Robert Blitz ! Dans mon rêve, ils ne parlaient même pas *de moi.* C'est incroyable, non ? C'est ça qui m'a paru le plus dérangeant. Ils ne mentionnaient pas la chose la plus intéressante à ton sujet ! (Elle gloussa jusqu'à s'en faire tousser.) Je plaisante, mon chéri. Oh, détends-toi. Tu es tellement sensible.

— C'est formidable, Maman. Merci. Tu me rends si *heureux* d'avoir fait la route jusqu'ici. Elle m'a forcé à venir – ta domestique. Elle m'a dit que *tu* me suppliais de venir te voir. Elle m'a dit que c'était la seule chose que tu voulais.

Elsie s'éclaircit la gorge.

— Bon.

— Tu as une putain de façon hilarante de me le montrer.

Il lui lança un regard, puis détourna les yeux, incapable de voir ce qu'il avait vu. Elle était chauve, bleuâtre, pesait quarante kilos – irrévocablement mortelle. Mais alors même qu'il la regardait, il la voyait à travers une trame informatique, une matrice de pixels et de lignes de scanner qui la rendait irréelle. Il s'agrippa à l'objet le plus proche – un portemanteau sur pied plein de chapeaux hauts de forme – pour éviter de tomber.

— Ne *touche* à rien ! cria Elsie. (Il semblait impossible que son corps frêle puisse produire un son si aigu et bruyant.) Mais tu veux bien sûr tuer ta propre mère. Tu en rêves.

Moses se rappela le conseil que sa thérapeute lui avait donné avant cette visite : "Vous n'avez pas à tolérer sa maltraitance, avait-elle dit. Plus maintenant. Si c'en est trop pour vous, vous pouvez partir, et vous devriez le faire."

— Je vais partir, annonce Moses d'un ton morne.

— Non ! cria Elsie.

Pour la première fois de sa vie, Moses entraperçut quelque chose comme de la peur chez sa mère.

— J'ai exactement cinq requêtes, murmura-t-elle.

— Je n'ai nullement l'obligation de rester ici, que tu souffres horriblement ou non. Tu n'es jamais restée quand je souffrais horriblement.

Moses, dont l'attention était fixée sur le castor, confondit le silence subséquent d'Elsie pour de la pénitence, jusqu'à ce qu'il entende le bruit de succion. Il lui jeta un nouveau regard : elle se penchait au-dessus du lit, vêtue d'un peignoir saphir, tous ses os apparents, et essayait de boire à la paille. Mais elle perdit l'équilibre et fit tomber le gobelet par terre. Éclaboussure de vert pulpeux sur le tapis blanc.

— Merde, marmonna-t-elle.

— Je peux aller chercher Clare, articula Moses entre ses dents serrées.

Incapable d'atténuer sa réaction physiologique à cette preuve des souffrances de sa mère, luttant pour ne pas pleurer des larmes de colère, il réorienta son attention vers la chauve-souris. L'animal avait la bouche ouverte, exposant quatre minuscules crocs sous un nez couleur noyer. Il semblait ridicule, son air menaçant quand il était en vie réduit à une blague dans la mort.

— Non, dit Elsie.

— Fort bien. Fais-moi tes requêtes. Mais j'ai une réunion bientôt, alors…

Elsie eut un hoquet de mépris. Il entendait sa mère se réinstaller dans le lit, ses mouvements lents et difficiles, le froissement des draps, sa respiration laborieuse.

— Veux-tu que je demande à Clare de te monter un autre smoothie ?

— Non, répliqua-t-elle. De toute façon, je vais le vomir.

Il ferma les yeux.

— Quelle est ta première requête ?

— Je veux qu'on m'applaudisse à mes obsèques.

Évidemment qu'elle voulait ça.

— Dis-le à Clare. Tu sais que ce n'est pas moi qui les organise.

Elsie l'ignora.

— Deuxième requête : je veux que la réception soit conçue sur le modèle d'une de ces fêtes des moissons du folklore européen. Je veux des lance-flammes. Des arbres de mai. Des troncs d'arbres décorés. Je veux des orchestres qui jouent des petites gigues, et de la bière, et des saucisses, et des jeunes filles en blanc, et des gaillards costauds aux joues rougeaudes. Des fées. De la sorcellerie. Un jugement religieux. Des pommes d'amour. De la danse, des demandes en mariage et des guirlandes de pâquerettes. Des évanouissements. Des rayons de soleil. De la libido – beaucoup de libido. Fondamentalement, je veux que quand tout sera fini, tout le monde se sente très satisfait et très poisseux.

— C'est dégoûtant.

— C'est ce que je veux.

— Parfait. J'en informerai Clare.

— Ma troisième requête est que tu prennes de temps en temps des nouvelles des paresseux nains.

— Que je *prenne de leurs nouvelles* ?

— Que tu voies comment ils vont, c'est tout.

— Maman.

— J'ai fait le don d'une part considérable de ma fortune pour leur préservation, mais il se pourrait que ça ne suffise pas. L'argent ne suffit pas toujours, tu sais. Je me sentirais mieux si je savais que quelqu'un s'occupe d'eux.

— Tu en as vraiment quelque chose à foutre ? demanda Moses d'un air sceptique.

— Bien sûr que oui ! s'exclama Elsie.

— Excuse-moi d'avoir pensé que c'était une comédie.

La voix d'Elsie se fit plus grave et ses mots tombèrent avec lenteur.

— Il n'y a presque rien au monde dont je me soucie plus.

— Parfait, dit Moses, pressé de s'en aller de la maison. Je prendrai des nouvelles des putains de paresseux. Requête suivante ?

Malgré lui, il ressentait un changement d'énergie palpable en provenance du lit de sa mère, une altération improuvable mais réelle, et lorsqu'elle parla de nouveau, son ton était nimbé de décennies de tristesse. Un accès de vertige le fit trébucher.

— Moses, murmura Elsie. Venge-toi de moi et de la mère que j'ai été. Ne me pardonne pas – c'est ça, ma quatrième requête. S'il te plaît, ne me pardonne jamais, jamais, jamais. Mes crimes sont ma seule compagnie, dans cette chambre. Clare et mes crimes. Ça fait longtemps que j'y réfléchis très sérieusement et il est évident à mes yeux que je ne mérite aucune clémence, même après ma mort. Même après ta mort. Je n'ai jamais été capable… je ne sais pas pourquoi je n'en ai jamais été capable… mais je ne l'étais pas, c'est tout… je *ne pouvais pas*. Même aujourd'hui, j'essaie, et ça ne me vient pas. Être une mère, ça ne me vient pas, voilà tout. Je te regarde, Moses. (Sa voix chevrota.) Mon amour. Mon unique. Moses, s'il te plaît.

Moses se gratta le cou, puis arrêta lorsqu'il se souvint que ce tic énervait sa mère, puis recommença, lorsqu'il se souvint que sa mère l'énervait lui, puis arrêta, parce qu'elle était en train de mourir. La manipulation : elle en avait un doctorat ; elle pouvait vous enfermer dans le local de la piscine pendant dix heures et faire en sorte que ce soit *vous* qui en éprouviez de la culpabilité ; elle avait réussi à faire absolument tout mal pendant cinq décennies et à vous faire tout de même pleurer sur son lit de mort.

— Et la cinquième requête ?

— Regarde-moi, lui ordonna Elsie.

— Je te regarde, Maman.

Enfin, il la regardait. Pour le restant de ses jours, il considérerait cela comme la chose la plus difficile qu'il avait jamais faite. Lorsque ses yeux trouvèrent ceux de sa mère, le visage plein de cratères de celle-ci s'entailla d'un sourire, l'entaillant lui dans le même mouvement. Les fenêtres orientées à l'ouest baignaient ses traits d'une teinte orange étrange. Cette image-là n'avait pas de pixels.

— Je te regarde, Maman. Quelle est ta cinquième requête ?

— C'était ça.

— Dorothy I ? demande le père Tim. Ma mère ?

— Oui. Vous avez dit que vous l'aimiez beaucoup.

— Ah, oui, je l'ai dit.

— Pourquoi ?

Après avoir éclos dans la mer éclairée par la lune, les crabes passent un mois dans l'eau et y grandissent. La plupart des années, quasiment aucun d'entre eux ne survit à cette période. Une fois ou deux par décennie, cependant, une grande population de crabes émerge de la mer sans avoir été dévorée. Pendant neuf jours, ils traversent l'île pour gagner la forêt où leurs parents vivent, bravant de nouveaux dangers, dont, notamment, les fourmis folles jaunes. Moses ne découvrira jamais quelles conditions favorisent cette abondance de vie, ni quel genre d'accueil ces rejetons reçoivent quand ils arrivent, ni comment ils font pour savoir où aller. Mais ces crabes survivent, parfois, envers et contre tout.

Le père Tim reste silencieux un long moment.

— Hé, dit-il enfin. Ce ne serait pas votre mère qui jouait le rôle de Susie Evans dans ce vieux feuilleton ?

CATALOGUE DE CITATIONS D'HILDEGARDE, ÉCRITES DANS UN CAHIER SUR LA TABLE DE NUIT DE BLANDINE, QUE JACK LIT LE MERCREDI MATIN, EN TRAÇANT DE SON ONGLE LE MOT *RIEN* SUR SA PEAU

MAIS Dieu arrosa quelques êtres humains pour que l'humanité ne se ridiculise pas complètement.

Le Paradis est un endroit agréable, foisonnant de la verdure fraîche des fleurs et des herbes et des délices de toutes les épices, rempli de parfums exquis, orné de la joie des élus.

La terre qui fait vivre l'humanité ne doit pas être blessée. Elle ne doit pas être détruite !

L'horreur assaillit la noire membrane d'un impact massif de sons et d'orages et de pierres tranchantes petites et grandes.

Le mot représente le corps, mais la symphonie représente l'esprit.

Buvez de la bière pour être en bonne santé !

Même dans un monde en plein naufrage, restez braves et forts.

Humanité, regarde-toi bien. À l'intérieur, tu as le paradis et la terre, et toute la création. Tu es un monde – tout est caché en toi.

Le Verbe est vie, existence, esprit, toute verdure verdoyante, toute créativité. Ce Verbe se manifeste dans chaque créature.

La lumière vivante dit : les chemins des écritures mènent droit aux hautes montagnes, où les fleurs poussent auprès des onéreuses herbes aromatiques, où souffle un vent plaisant, faisant ressortir leur puissante fragrance ; où les roses et les lys révèlent leurs visages brillants.

Les personnes saintes attirent à elles tout ce qui est terrestre.

Je te détruirai radicalement, ô mort, car je t'arracherai ceux à travers qui tu penses pouvoir vivre, de sorte qu'on te traitera de cadavre inutile !

L'âme n'est pas dans le corps ; le corps est dans l'âme.

Car elle est terrible envers la terreur de l'éclair vengeur, et douce envers la bonté du soleil éclatant ; et sa terreur comme sa bonté sont incompréhensibles pour les humains.

Mais elle est avec chacun et en chacun, et si beau est son secret que nul ne peut savoir la douceur avec laquelle elle fait vivre les gens, et les épargne avec une pitié insondable.

Je suis Hildegarde. Je sais ce qu'il en coûte de se taire et je sais ce qu'il en coûte de parler.

Mais comme Lucifer, dans sa perverse volonté, souhaitait s'élever au néant, tout ce qu'il souhaitait créer était en fait rien, et il chut, et ne pouvait se tenir debout, car il n'avait pas de sol sous lui.

CHIENS DE RACE

ENVIRON six heures et demie avant que Blandine Watkins sorte de son corps, elle se trouve en compagnie de son colocataire Jack dans le loft du promoteur immobilier local Maxwell Pinky. Deux samoyèdes pure race halètent à la porte. La climatisation les soulage tous de l'humidité de l'après-midi. Pinky la laisse allumée pour ses chiens, explique Jack d'un air incrédule.

Il n'y a pas de climatisation au Clapier. Seulement la moitié des habitants ont des climatiseurs de fenêtre, et les résidents de l'appartement C4 – Blandine et ses colocataires – ne comptent pas parmi eux.

— Je ne sais pas, Blandine. Il m'a dit de ne toucher à rien. Je crois qu'il a des caméras et tout et tout. Je ne peux pas perdre ce boulot. Je n'arrête pas de me faire virer de ces jobs de merde et je…

— Ne t'inquiète pas, dit-elle en le regardant. J'adore l'architecture, c'est tout.

Blandine se familiarise avec le loft pour préparer la Phase Deux de son plan de sabotage, qu'elle appelle l'Antiprogramme dans l'intimité de son esprit. Jack ignore tout de son projet, mais il perçoit quelque chose de criminel en elle tandis qu'elle passe silencieusement de pièce en pièce.

Cela fait dix minutes qu'ils sont dans le loft et elle n'a pas touché les chiens.

— C'est un appart plutôt sympa, hein ?

Jack est fébrile ; il n'arrête pas de mettre ses mains dans ses poches et de les en sortir ; il triture nerveusement les laisses.

— Je me demande combien il coûte.

— Je crois que certains sont à louer, et d'autres sont à vendre.

— Je parie que c'est plus de deux mille par mois, dit Blandine.

— Deux mille !

— J'en sais rien.

Avec un mélange de déception et de soulagement, Jack remarque qu'à l'extérieur de l'appartement C4, Blandine n'est qu'un peu plus jolie que la moyenne des filles. Il note son teint cireux et ses membres noueux, son corps de fillette, ses cheveux blancs tout raides, aux racines sombres, son manque de fesses. Et pourtant, elle a quelque chose d'hypnotique. Elle irradie une forme de puissance qu'il associe aux fantômes, aux extraterrestres, à la magie, aux miracles. Il voit ses défauts, se sent un peu dégoûté et ne parvient cependant pas à expulser l'enchantement de son propre corps. Il lui vient à l'esprit qu'il se pourrait qu'il apprécie sa personnalité.

— Qui voudrait payer autant pour vivre à *Vacca Vale* ? demande-t-il.

— Quelqu'un qui veut posséder Vacca Vale.

C'est une usine automobile rénovée, un des programmes de luxe de Pinky ; elle se trouve en centre-ville, sur les rives de la rivière polluée, à dix petites minutes de marche du Clapier. Encore inhabité, ce bâtiment a des allures de décor de télévision, mais Pinky ne doute pas que, quand les talents de la high-tech emménageront à Vacca Vale, ces grands appartements se vendront très vite. Il veut que des urbains des côtes se sentent chez eux dans ce complexe. Cinq mètres de hauteur sous plafond, sols en béton lasuré d'une teinte de jade, grandes fenêtres. La lumière s'y déverse de toutes parts, malgré le nuage permanent qui pèse sur Vacca Vale. Température parfaite, électroménager neuf, douches avec trop de réglages. Climatisation, sécurité et musique contrôlées par smartphone. Sauna et salle de gym au sous-sol, barbecues et sofas sur le toit. Le soleil transforme les cheveux de Blandine en une aura autour de son crâne. Jack fixe son attention sur les ecchymoses qui ennuagent ses jambes.

Mordillant l'intérieur de ses joues, tête rejetée en arrière, Blandine étudie les poutres de bois du plafond. Il y a trop de citrons dans cet appartement – sur le comptoir de la cuisine, dans le saladier en céramique sur la grande table, dans un bocal de verre dans la bibliothèque. Elle ne pensait pas qu'il fût possible de haïr Maxwell Pinky plus qu'elle ne le haïssait déjà, mais cette profusion de citrons a un effet sur elle. Blandine sait déjà où Jack garde la clé de ce loft. La Phase Deux sera tellement plus facile que la Phase Un, et cette pensée l'enivre. Certes, il sera compliqué de trouver un moment où les lieux seront vides. Elle aura besoin d'au moins sept minutes pour pendre la poupée vaudou grandeur nature vêtue d'un costume blanc à une des poutres de la chambre de Pinky. Elle a prévu de remplir cette poupée de boue, de feuilles d'arbres et d'os d'animaux de la Valley, ce qui la rendra lourde.

— Tu dis qu'il y a des caméras ? demande Blandine.

— Ouais, c'est ce qu'il m'a expliqué le premier jour. J'imagine qu'il pensait que j'allais lui voler des trucs. Je ne lui ai même pas dit qu'avant, j'étais dans le système de protection de l'enfance, parce qu'il avait déjà toutes ces, je sais pas, idées sur moi, tu vois ? Rien qu'en me regardant. Je ne peux pas te raconter ce qu'il a fait ou dit exactement, mais j'ai eu le sentiment qu'il *s'attendait* à ce que je sois un genre de mauvais garçon, et ça m'a vraiment foutu en rogne, mais il fallait que j'aie ce job, vu que je me suis fait virer de la quincaillerie, et… je t'en ai parlé, de ça ? Ah, ouais, ils m'ont viré parce que je suis venu bosser défoncé trop souvent. Mais ce qui est bien avec le fait de promener les chiens, c'est que tu peux être défoncé quand tu veux. Les risques sont vraiment faibles. Et j'imagine que c'est compréhensible de la part de Pinky qu'il ait des caméras, vu le nombre de gens qui entrent ici – la femme de ménage, moi, son assistant, des mecs qui livrent des courses et des conneries comme ça. J'imagine qu'il est *forcé* de se méfier des gens, vu sa richesse. Les riches ne sont jamais seuls, c'est une chose que j'ai apprise. Il y a une vieille dame qui passe constamment pour nettoyer les baignoires, aspirer les rideaux, ce genre de trucs. Peut-être qu'il la saute, en plus. Peut-être que c'est sa mère. J'en sais rien. Il est toujours entouré de femmes comme ça qu'ont environ vingt ans de plus que lui. Ça me dépasse un peu. Mais quoi qu'il en soit, il a besoin de sécurité, avec tous ces gens qui entrent et qui sortent. Sans parler de ce truc tordu, là, qu'a eu lieu au dîner. Je crois qu'il a, genre, renforcé la sécurité depuis ce soir-là. Le vigile dans le hall, là, avant, y en avait pas.

Embourbé jusqu'au menton dans son propre babil, Jack cherche une sorte d'échelle, la trouve, se hisse hors de sa boue.

— T'es au courant, de ça ?

— Mais *où* ?

— Où quoi ?

— *Où* sont les caméras ?

Jack l'observe. Sentant sa méfiance, elle pivote sur elle-même, fait une petite pirouette, lui lance un rire de séduction.

— J'aime la technologie, c'est tout. (Elle sourit.) On n'a jamais vécu dans un endroit si futuriste. Je veux dire, moi non. Et *toi* ?

— Bien sûr que non.

— Et je ne suis pas au courant, pour le dîner. Quel dîner ?

— T'es pas au courant ? Ils n'ont parlé que de ça, aux infos.

— J'arrive pas à les suivre.

— On n'a parlé que de ça sur les réseaux sociaux, aussi.

— Je ne suis pas sur les réseaux sociaux.

— Ah oui, c'est vrai. (Il lève les yeux au ciel.) T'es trop bien pour tout ça.

Elle fait non de la tête.

— Pas du tout. Au contraire, je suis trop faible pour les réseaux sociaux. Je veux dire, tout le monde l'est, mais moi, je suis particulièrement sensible à leurs fausses récompenses, tu vois ? Ils sont conçus pour qu'on y devienne accro, pour se repaître de nos angoisses et s'en servir pour nous faire rester. Ils exploitent la solitude de tout le monde et nous promettent de la communauté, de l'approbation, de l'amitié. Honnêtement, sur ce plan, les réseaux sociaux ressemblent beaucoup à l'Église de Scientologie. Ou à QAnon. Ou à Charles Manson. Et puis en plus de ça – en plus de se servir de la solitude des gens –, ils persuadent tous leurs utilisateurs qu'ils sont de petites célébrités, les forçant à livrer quelques échantillons étincelants et artificiels de leurs meilleurs moments de vie, exigeant d'eux une performance sociale non-stop qui a peu de rapport avec leur vie intérieure, intensifiant leur narcissisme, multipliant leurs complexes, rétrécissant leur vision du monde. Tout en les transformant en biens de consommation, moissonnant leurs données, les vendant à des entreprises toxiques pour que ces entreprises puissent leur fourguer encore plus de merdes qui promettent de les rendre plus beaux, plus intelligents, plus productifs, plus riches, plus aimés. Et au milieu de tout ça, tu dois te comporter comme si tu étais stupéfait de l'incroyable chance que tu as. Tout le monde dit des trucs comme : "Les mots me manquent pour exprimer combien je suis chanceuse d'avoir rencontré cet incroyable groupe de gens, bla, bla, bla." Ça me donne envie de vomir. Tout le monde *influence*, tout le monde est *sous influence*, tout le monde a les yeux rivés sur son propre putain de profil, en quête de signes prouvant qu'on est aimable. Et puis, quand tu es bien gentil et bien distrait par la lourde tâche qui consiste à pointer tous tes échecs et à les comparer aux triomphes des autres gens, c'est là que les prédateurs algorithmiques du capitalisme tardif peuvent te tomber dessus, t'inciter à participer à des formes consuméristes et financièrement irresponsables de soi-disant développement personnel, qui n'est en fait que de l'égoïsme sophistiqué. Soins du visage ! Pédicures ! Smoothies livrés par lots à votre porte ! Et, genre, là, je te parle juste de la surface. Des trucs qui t'oxydent, toi, personnellement. Mais ces mille petits anéantissements s'ajoutent les uns aux autres, tu vois ? Les dégâts généraux qui en résultent sont encore plus terrifiants. Le piratage informatique, les robots politiquement toxiques, les chambres d'écho de l'opinion, la diffusion de la peur, l'érosion de la vérité, etc. Et ne me lance pas sur la destruction de la parole publique. Je veux dire, c'est juste mon opinion. Chacun a le droit d'avoir la sienne, évidemment. Mais personnellement, je n'ai pas besoin de réseaux sociaux. Certainement pas. (Blandine fait craquer son cou.) Je suis assez corrompue comme ça.

Silence.

— Euh, dit Jack.

Il a les yeux écarquillés. Il écoutait attentivement.

— Je veux juste… je veux juste une vie qui ressemble plus à la vie, dit Blandine. Pas toi ?

Les samoyèdes couinent de concert, ils ont hâte d'aller se promener. Jack les regarde d'un air reconnaissant, comme s'ils avaient lancé un signal qu'il attendait depuis longtemps, et qui l'autorise désormais à quitter la scène.

— Il faut qu'on y aille, dit-il. Ils ont vraiment besoin de sortir. Il faut qu'ils pissent, tout ça.

— Juste un instant.

— D'accord. Mais… (Il l'étudie d'un air peiné mais stoïque, comme si on lui faisait une injection de vaccin contre la grippe.) D'accord.

— Alors, c'est quoi, cette histoire de dîner ?

— Oh, c'était pas une si grosse affaire que ça. Je crois que c'était juste une farce.

— Qu'est-ce qui s'est passé ?

— Y avait ce dîner réunissant tous les politiciens et les grands pontes de la rénovation. Et quelqu'un les a, genre, attaqués.

— Attaqués ?

— Pas vraiment *attaqués*. Je ne sais pas ; ils n'arrêtent pas d'employer ce mot aux infos, mais c'était plus comme une blague qui fait peur.

— Qu'est-ce qui s'est passé ?

— Au milieu du dîner, y a toutes ces merdes de sorcellerie qui sont tombées du plafond, sur les assiettes.

— Des merdes de sorcellerie ?

— Des trucs du genre poupées vaudou, du sang, des os, des merdes comme ça.

— Du *vrai* sang ?

— J'en sais rien. Peut-être. Je crois, oui.

Blandine se tait, et quelque chose dans la vacance de son expression donne des frissons à Jack. Puis l'instant passe, vif comme un papillon de nuit, et elle éclate de rire. Jack, qui n'a vu Blandine rire que trois fois – dont une quand il lui a offert un poisson mort – rit avec elle sans le vouloir.

— Tu as raison, dit-elle. C'est plutôt drôle.

— Ouais. (Il glousse, un peu perdu.) J'imagine.

Le rire de Blandine s'estompe tandis qu'elle arpente le loft, scrutant le plafond et les bibliothèques. Les murs sont encombrés de photos noir et blanc de Pinky en compagnie de politiciens sans intérêt et de célébrités de seconde zone.

— Il est tellement sympa, cet appart, dit-elle.

— Blandine, il faut vraiment qu'on…

— Chanceux de chiens. Ils ont des meilleures vies que nous.

Jack soupire.

— Il les aime vraiment beaucoup.

Blandine considère Maxwell Pinky, promoteur de Vacca Vale et candidat aux élections municipales, comme le plus répugnant des Destructeurs de la Valley, parce qu'il est le seul à être *originaire* de Vacca Vale. Elle le voit comme un traître. Son histoire est mystérieuse et personne ne sait qui sont ses parents. Des rumeurs laissent penser que l'argent de son investissement initial lui est venu d'un sombre procès familial. Pour Blandine, Maxwell Pinky n'a pas tant l'air d'avoir perdu ses parents que d'être fondamentalement sans parent. C'est comme s'il avait émergé de la vase de la Vacca Vale River en monstre des marais vêtu d'un costume tape-à-l'œil prêt à piller sa propre maison pour manger. Pour se gaver. Sur une table dans l'entrée se trouve un petit aquarium rond, sans eau mais rempli de badges politiques. Elle se rappelle avoir lu que Pinky avait créé le premier parc pour chiens de Vacca Vale – comme si cela pouvait compenser le fait de raser au bulldozer un lieu aussi unique que la Valley. Au-dessus de la cuisine, une grande banderole dit : ÉLISEZ MAXWELL PINKY AU CONSEIL MUNICIPAL DE VACCA VALE. "IL CONNAÎT LE QUARTIER !"

La citation n'est pas signée.

Blandine sent une horde de violence la traverser au grand galop, pour foncer sur le propriétaire de ce logement stupéfiant. Elle se voit pêcher un badge dans l'aquarium, ouvrir son épingle, et s'en servir pour lacérer le dos de Pinky. En dessinant un arbre.

— Tu le vois souvent ? demande Blandine à Jack.

— Pinky ?

— Ouais.

— Non, en général, je vois son assistant.

— C'est qui, son assistant ?

— Un mec qui s'appelle Paul.

— Quel âge il a ?

— Je sais pas, genre étudiant ?

— Tu connais son nom de famille ?

— Vana quelque chose ? Vanacore ? Un truc comme ça ?

Blandine note mentalement qu'elle doit contacter Paul Vanaquelquechose. C'est comme ça qu'elle obtiendra le programme de ses allées et venues.

— Pourquoi ? demande Jack.

— Je suis juste curieuse à son sujet. Pas toi ?

— Au sujet de Paul ? demande Jack. Il n'est pas très intéressant.

— Non, je veux dire au sujet de Pinky. Il a trente-cinq ans, et il colonise purement et simplement notre ville.

— Bah, j'en sais rien, dit Jack. Je crois que ça a déjà eu lieu il y a longtemps.

— Mais tu ne trouves pas ça problématique ? Ce que Pinky nous fait ?

Plissant les yeux, Blandine regarde l'autre bout du loft, la chambre de Pinky, en pensant à la poupée qu'elle y placera, une poupée faite entièrement avec des matériaux de la Valley, avec du faux sang dans sa bouche, pendue à une corde. Peut-être qu'elle couvrira le sol de brindilles et d'ossements. La chambre est entièrement blanche : le tapis sur le sol, les murs, le lit, les étagères, même les *objets* sur les étagères – bibelots blancs, lampes blanches, et livres disposés de façon à montrer leurs pages, pas leur dos. Peut-être qu'elle jettera de la boue sur son tout-blanc terrifiant. Ou peut-être qu'elle tentera une approche différente, quelque chose de nouveau, quelque chose que Jack ne pourrait jamais lui attribuer. Elle pourrait installer sa propre caméra et simplement collecter de quoi le faire chanter.

— Écoute, dit Jack, je sais ce que tu veux que je dise. Tu veux que tout le monde déteste le programme de la Valley autant que toi. Mais moi, je ne le déteste pas. Beaucoup de gens sont enthousiastes à son sujet, et je crois que t'es un peu trop critique et que tu manques de vision à long terme. C'est vrai, quoi, beaucoup de gens pensent que ça va faire du bien à notre économie, que ça créera des emplois, tout ça. Et même si je ne l'ai rencontré que deux ou trois fois, Pinky ne m'a pas l'air si mauvais. D'après ce qu'on m'a dit, il a grandi dans la pauvreté, il sait ce que c'est que de ne pas avoir ce dont on a besoin, et maintenant il veut aider Vacca Vale à se sortir du caniveau. Alors c'est sûr, il en profite pour faire des bénéfices. Et alors ? Si, au bout du compte, ça aide les gens ? Il faut qu'on se sorte du caniveau.

Blandine se tourne vers Jack. Elle reste un moment silencieuse, l'observant avec intérêt.

— Et puis, ajoute-t-il, tu as tort de dire que les réseaux sociaux sont le mal incarné. Il s'y passe de belles choses, aussi. Je suis des tas de militants, des comptes comme ça. Ils m'apprennent plein de trucs, genre des façons de parler des choses, de nouvelles façons de penser, des pétitions à signer. Tout ça. Pense à tous les mouvements de protestation, à tous les gens qui mènent ce genre de mouvements partout sur la planète. Y a plein de trucs qu'auraient jamais eu lieu sans les réseaux sociaux.

Elle sent que son visage s'empourpre, et détourne le regard.

— Quoi ? demande Jack. Quoi ?

— Rien, dit-elle. C'est juste que… ça te va bien.

Il se racle la gorge.

— Quoi ?

— D'exprimer une opinion qui contredit celle que tu as en face de toi. C'est… (Elle se perd, rougit encore plus.) C'est cool.

— Ce compliment est très condescendant, dit Jack.

Mais il semble ravi bien malgré lui. Il force son sourire à se changer en une étrange grimace renfrognée.

— Pourquoi tu ne t'en vas pas, alors ? Si tu détestes autant ce qui se passe ici ? Pourquoi tu ne vas pas vivre ailleurs ?

— Où, par exemple ? Sur Mars ?

Il hausse les épaules.

— À Chicago, à New York, à Portland. Où tu veux. Ce que je dis, c'est que tu détestes clairement vivre ici. Tu méprises les gens. Tu pourrais aller vivre quelque part auprès de gens chics avec des diplômes chics et des opinions chics. Tu n'es pas obligée de rester à Vacca Vale à te moquer de tout le monde.

C'est comme s'il lui avait jeté les citrons à la figure. Blandine recule, les yeux écarquillés, apeurée, blessée, choquée.

— Je ne me moque pas de tout le monde, dit-elle. Je ne méprise que les gens qui se trouvent au sommet.

Jack secoue la tête.

— Je ne pense pas que ce soit vrai, tu vois.

— Mais *si*, ça l'est. (Elle se mord la lèvre.) C'est… c'est vraiment vrai.

— Ah, bon sang. Ne pleure pas. S'il te plaît, ne pleure pas. Je voulais juste… pardon. Je ne voulais pas te blesser ni quoi que ce soit. J'essayais…

— Je ne partirai pas de Vacca Vale, le coupe Blandine d'une voix à présent coléreuse. Si j'avais voulu me tirer d'ici, je l'aurais déjà fait. Mais ce n'est pas ce que je *veux*, et je ne méprise *pas* les gens d'ici. Tu comprends ? Je ne partirai jamais, *jamais*, de Vacca Vale.

Il la regarde comme si elle venait de lui dire que la lune est en réalité une balle de golf, propulsée hors limites et coincée dans le ciel.

— Alors c'est de la folie, c'est tout, dit Jack.

— Quoi donc ?

— *Moi*, je partirais à la première occasion. Bon sang, qu'est-ce qui pourrait te faire vouloir rester ici ?

— Tu es sérieux ? Il y a une seconde, tu...

— Je disais que tu pouvais être un peu snob, c'est tout. Je n'ai jamais dit que Vacca Vale était un paradis ou je ne sais quoi. Si j'ai un jour la possibilité de partir, je la prends, putain.

— Ce n'est pas non plus comme si on était entourés de douves pleines de requins.

— Peut-être que je m'en irai un jour, mais ce n'est pas aussi simple pour moi que ça le serait pour toi.

— De quoi tu parles ?

— Allez, Blandine. On sait que tu es allée à St Philomena. On sait que tu as eu cette bourse.

Elle semble scandalisée.

— Comment...

— Tout est sur Internet, d'accord ? Ce n'est pas moi qui l'ai cherché. C'est Malik. Il a un faible pour toi. Il est même un peu obsédé par toi, mais ce n'est pas moi qui te l'ai dit. De toute façon, pas besoin d'une armée de détectives pour comprendre que tu avais des possibilités que le reste d'entre nous n'avions pas. On entend bien comment tu parles. On voit les livres que tu trimballes. On sait que tu vas à toutes ces réunions de quartier sur le programme de revitalisation. Tu... tu es... différente.

Elle lève les yeux au ciel.

— Non, je suis sérieux. Tu as eu une occasion de te trouver quelque chose loin de cet endroit, et tu ne l'as pas saisie. Et je me fiche bien de ce que tu peux dire à propos de ta loyauté indéfectible à l'égard de Vacca Vale – je n'y crois pas. Je pense que tu avais désespérément envie de te barrer d'ici, et que quelque chose a mal tourné. Il s'est passé quoi ? Pourquoi t'as arrêté le lycée ? Pourquoi tu te retrouves à vendre des putains de tartes pour gagner ta vie ? (Il se tait ; il a l'air grand.) Pourquoi ?

Le visage de Blandine s'échauffe. Dans le tiroir de sa table de nuit, elle garde un e-mail imprimé de sa conseillère d'orientation, Mme Wood. Deux ans plus tard, le papier est maintenant usé et fragile, plié d'innombrables fois aux trois mêmes endroits. Cet e-mail était bref et sans fioritures, mais il avait empli Tiffany d'une euphorie proche de l'ivresse la première fois qu'elle l'avait lu, triplant la quantité d'oxygène qu'elle pouvait respirer, poussant le plafond plusieurs étages plus haut. Elle avait reçu ce message à l'heure du déjeuner, dans la bibliothèque de St Philomena, par une orageuse journée d'octobre. C'était au début de son avant-dernière année, avant que sa vie ne s'effondre sous le poids de ses désirs les plus stupides. Tiffany avait immédiatement imprimé cet e-mail et l'avait rangé dans la poche de devant de son sac à dos en velours pour l'avoir toujours à portée de main.

Bien que ce message la propulse aujourd'hui dans un climat psychologique très différent, Blandine s'y plonge encore de temps à autre, lisant et relisant les avenirs que Mme Wood imaginait pour elle. Une liste des universités les plus élitistes du pays. Un questionnaire sérieux sur les projets que Tiffany pouvait avoir pour elle-même, comme s'ils étaient pertinents pour autrui, comme s'ils étaient réalisables. Les démarches qu'elle pouvait faire pour travailler de manière réaliste à se faire accepter dans ces mondes rutilants de choix, de mobilité, de beauté. Tiffany comprenait qu'elle était lamentablement mal informée – elle avait eu dix-sept ans à peine trois semaines plus tôt – mais même ainsi, tremblant sous la lumière des néons, écoutant le bruit de la pluie contre la fenêtre, elle savait que tous les diplômes dont parlait Mme Wood constituaient des passeports parmi les plus puissants au monde. Était-il possible que l'éducation puisse non seulement distraire Tiffany de la salle d'attente sans fenêtre qu'était sa vie, mais encore, réellement, l'en libérer ? “Il est clair qu'en y travaillant assidûment, avait écrit Mme Wood, vous pouvez présenter un dossier de candidature d'une solidité exceptionnelle. Je ne peux bien sûr jamais garantir le résultat des processus de sélection, mais il ne fait aucun doute pour moi que vous méritez tout l'intérêt de ces institutions. À tout le moins, vous avez gagné le droit d'avoir leur attention.”

Dans le loft inondé de soleil de Pinky, Blandine se sent horriblement visible, comme si elle était nue.

— L'université, ce n'est pas pour tout le monde, déclare-t-elle d'un ton sec.

— C'est vrai, dit Jack. C'est pour les gens comme toi.

— Ce n'est tout de même pas *toi* qui vas me faire un sermon sur l'éducation.

Jack ne se vexe pas.

— Quoi ? demande-t-il. Parce que, moi non plus, je ne suis pas allé à l'université ? Arrête, Blandine. Il ne s'agit pas de moi, là. Je suis assez intelligent pour comprendre que je ne suis pas intelligent. Mais toi, tu…

— Pas besoin d'être un génie pour aller à l'université. D'après ce que j'ai compris, c'est plus facile si on n'en est pas un.

— Peu importe. L'université, ce n'était pas pour moi, c'est clair. Mais…

— Tu parles comme si l'université était une sorte de sanctuaire. Mais c'est un système, aussi corrompu que tous les autres. Tu ne peux pas juste grimper sur une montagne de crédits universitaires pour sortir de ton passé et accéder à une vie meilleure. C'est impossible. Tu es piégé à l'intérieur de toi, peu importe combien de diplômes tu obtiens. L'université n'est qu'un niveau de plus dans le jeu qui nous opprime – qui nous opprime tous.

— Je ne te fais pas un sermon, dit Jack. (La tendresse qu'elle lit sur son visage désarçonne Blandine et fait scintiller la pièce de façon vertigineuse.) Et je ne te juge pas. J'essaie de comprendre *ce qui t'est arrivé*.

Dans le silence qui suit, se sentant nerveuse, Blandine repère une caméra fixée au-dessus d'un gros livre intitulé *Rust Belt : la résurrection*. Facilement atteignable avec une fronde.

— On ne peut pas quitter Vacca Vale, murmure-t-elle enfin, les yeux rivés sur l'aquarium plein de badges politiques. Nous sommes les seuls à pouvoir la sauver.

Jack ne dit rien, mais quand les yeux de Blandine se posent sur lui, il soutient son regard comme un défi. Il a compris quelque chose de crucial. Une sorte de sous-texte lui est devenu audible, et il l'a écouté. Les signes de ce changement saturent son expression, et Blandine le remarque. Le sent. Dans le loft, avec son T-shirt bleu ciel et sa casquette de base-ball jaune, sa coupe à la tondeuse et son bronzage d'été, Jack paraît robuste, convaincant, réel. Il luit de cette santé radieuse que Blandine associe aux Amish et à l'obéissance fatale qu'elle perçoit chez les militaires. Elle le regarde – le regarde vraiment – pour la première fois. Son nez éclaboussé de taches de rousseur par le soleil, l'asymétrie de son visage, ses pointes d'acné, ses dents brillantes et entassées de manière touchante. Ses muscles ont gagné en netteté depuis le printemps ; son torse est plus large, ses vêtements plus serrés. Bien que ses colocataires aient un an de plus que Blandine, ils lui font souvent l'effet d'appartenir à la génération d'en dessous. Mais en cet instant-là, sous la lumière de juillet, dans ce loft immaculé et dans le sillage bourdonnant de leur première véritable conversation, Jack a l'air d'avoir le même âge qu'elle.

Il lui vient à l'esprit qu'elle pourrait marcher vers lui, toucher sa chemise, et l'embrasser. Se dévêtir dans le temple de la fortune de quelqu'un d'autre. Que ferait-il ? Elle trouve soudain incroyable de se dire qu'ils partagent la même douche depuis un an. Tandis qu'ils se regardent, une onde de chaleur s'épanouit en elle et son pouls s'accélère, et elle se sent stupide. Avec une férocité qui a pris le contrôle de son corps tout entier, elle a envie de prendre sa main et de le guider vers la chambre à coucher, sous sa robe, pour pénétrer dans une sorte d'avenir, un avenir avec la main de Jack sur son genou à elle au cinéma, avec des pâtes qui cuisent dans l'eau bouillante, avec des réveils où ils se racontent leurs rêves. Elle a envie de faire la grasse matinée jusqu'à la fin de ses jours. De sombrer dans cette piscine de draps blancs et de lui dire de lui faire tout ce qu'il veut.

Les samoyèdes geignent à la porte.

— C'est bon, dit Jack. Il faut qu'ils sortent. Pour de vrai cette fois-ci.

Il gratte nerveusement ses cheveux ras, se dandine d'un pied sur l'autre, serre fort les laisses.

— T'es prête ?

Elle traverse la pièce et s'arrête à quelques centimètres de lui. Ses yeux sont à la hauteur de sa poitrine, elle sent sa chaleur corporelle. L'espace d'un instant, il semble choqué de sa proximité, mais ensuite son visage s'adoucit, comme s'il attendait ça depuis longtemps. La main de Blandine est en suspens dans l'air tout près de son torse, et elle peut presque sentir le coton usé de sa chemise. Doucement, il fait courir son doigt sur une éraflure qu'elle a à l'avant-bras. Elle sent sa caresse monter et descendre à l'intérieur de son corps, nageant comme un tout petit poisson. Ils ont tous les deux le souffle rapide, aiguillonné par une panique familière – une panique qui se manifeste la première fois que deux personnes tendent la main l'une vers l'autre. Le genre de panique qui dit : si tu t'approches encore, tu vas tout fracasser.

Se souvenant des caméras, Blandine s'agenouille brusquement et caresse les chiens agités. Leur robe est propre, blanche, d'une douceur peu réaliste. Quand elle leur gratte le cou, ils cessent de geindre. Des gouttes de bave visqueuses pendent de leurs bouches.

— OK.

Blandine se lève, effleure Jack en ouvrant la porte, et sort de l'appartement. Ce contact entre eux s'attarde sous sa peau, scintille partout en elle. Elle ne peut pas le regarder juste là, mais peut-être qu'elle trouvera le courage de frapper à la porte de sa chambre ce soir. Avoir un corps est peut-être agréable ; le plaisir lui est peut-être aussi accessible qu'il semble l'être à tout le monde ; peut-être est-ce un encouragement. Ou c'est peut-être juste la chaleur.

— Merci pour la visite, dit-elle. Maintenant, allons promener ces pauvres chiens.

L'INONDATION

En cet instant précis, la mère est une mère, elle se ronge les ongles dans la Résidence à Loyers Modérés La Lapinière, et elle évite les yeux de son bébé. Mais dix mois plus tôt, elle était Hope, serveuse de vingt-quatre ans allongée à côté de son mari dans un lit de motel. Ce motel s'appelait le Wooden Lady. C'était le soir. On était en septembre. Il y avait l'inondation. Tandis que la Vacca Vale River envahissait la ville, le couple faisait semblant d'être en vacances, faisait semblant qu'on ne lui avait pas ordonné d'évacuer le Clapier et qu'il l'avait quitté de son propre gré.

Ils étaient mariés depuis deux ans. Avant de rencontrer Anthony, Hope ignorait qu'elle était capable de se sentir heureuse plus d'une heure d'affilée. Elle pensait ne pas avoir le bon gène. Mais quand ils avaient pris cette chambre au motel, elle connaissait déjà intimement le genre de sentiments qu'elle reluquait jadis comme des bijoux sur le cou des autres gens. Sécurité, épanouissement, euphorie. Amour. Ces sentiments, avait-elle découvert, pouvaient durer au point de se changer en états.

Dehors, la pluie tombait à verse pour la troisième journée consécutive, travaillant plus qu'elle n'aurait dû. Tout le monde la qualifiait de "torrentielle", ce que Hope comprenait comme un euphémisme pour quelque chose de plus durablement dévastateur. Néanmoins, à côté d'Anthony, elle se sentait en paix. Hors de danger. Presque droguée. La chambre était bien chaude, confortable, à cinquante-neuf dollars la nuit. Elle savait que des gens s'étaient fait assassiner dans ce motel, mais elle s'y trouvait quand même bien. Elle se sentait chez elle dans tous les lieux humblement laids. C'était la seule esthétique qui parvenait à la retenir sans la rendre nerveuse ; elle n'avait pas à se soucier de ne pas la mériter.

Lorsqu'ils étaient arrivés au Wooden Lady quelques heures plus tôt pour prendre leur chambre, Anthony avait garé la voiture sur le parking marécageux pendant qu'Hope entrait. Il n'y avait personne à l'accueil. Un vase plein de serpents en caoutchoucs trônait dans le hall au sol couvert d'une moquette orange, et derrière le guichet, les étagères de figurines de lapins observaient Hope, l'air frénétique, comme s'ils attendaient d'elle qu'elle change leur vie. Qu'elle les tue ou les sauve. Mal à l'aise, Hope explora le rez-de-chaussée en quête de quelqu'un auprès de qui payer la chambre, ses cheveux et vêtements trempés de pluie. Elle déboula dans un local – sans fenêtre – réservé au personnel, où elle rencontra une cafetière vide, une ampoule électrique nue, un tableau chaotique accroché au mur, une odeur de moisi, et une rangée de casiers beiges. Sur la façade métallique de l'un d'eux, quelqu'un avait mis des autocollants Disney. Des personnages de dessins animés qui souriaient de manière ostentatoire et dont les contours étaient soulignés d'un liseré de crasse. Lorsqu'elle vit ces autocollants, une violente vague de tendresse monta en elle, émergeant sous la forme de quelques larmes qu'elle ne comprenait pas.

À présent douchée de frais et nimbée d'une senteur de savons merdiques – savons pour lesquels ils avaient dû payer un supplément –, Hope se sentait formidablement bien. Un shoot de bien-être la faisait vibrer intérieurement tandis qu'elle se pelotonnait contre la chaleur d'Anthony sous la couette blasonnée d'une tête de loup, ses cheveux propres mouillant la taie d'oreiller, la main d'Anthony massant inconsciemment sa cuisse, libérant des cascades de bonheur à l'intérieur de son corps. Fraîchement rasées et hydratées, ses jambes étaient soyeuses au contact des draps. Une sensation érotique de santé et de vitalité l'excitait, lui donnait envie de danser, la faisait sourire à Anthony, sourire à tout. Elle se sentait toujours perversement bien en temps de crise ; la crise justifiait la panique qui secouait la cage de son corps au moins une fois par mois. La faisait se sentir normale. En temps de crise, tout le monde se trouvait plongé dans la peur animale qu'elle fréquentait tout au long de l'année. Le seul avantage de son trouble anxieux généralisé était qu'il préparait Hope à affronter le Scénario du Pire ; elle n'était jamais surprise quand ce scénario se manifestait, parce que le Scénario du Pire était le lieu où elle passait le plus clair de son temps.

— Bon, dit Anthony en regardant son téléphone. On dirait que le Rizzo est toujours ouvert. Mais seulement pour la vente à emporter, ils ne font pas de livraisons.

— Comment tu comptes y aller ? Tu ne peux pas prendre la voiture.

Ils avaient enduré les dix kilomètres de trajet entre leur appartement et le Wooden Lady en serrant les dents et en poussant moult jurons. Exode automobile, lignes électriques et branches éparpillées par terre, lampadaires en rade, routes fermées, de l'eau jusqu'aux essieux. Pluie trop dense pour qu'on y voie quelque chose.

— C'est juste au bout de la rue, dit Anthony. J'irai à pied.

— Tu vas risquer ta vie pour une pizza ?

Anthony leva les yeux au ciel d'un air rieur.

— Personne n'est jamais mort d'une promenade sous la pluie, dit-il. J'ai un parapluie.

— Sérieusement, Anthony. C'est dangereux.

— Trop tard : j'ai déjà commandé.

— Et tu viens de prendre ta douche ! Tu vas encore te faire tremper.

— Quelle horreur. Écoute, je crois qu'une Hope en colère parce qu'affamée est le plus grand danger qui me menace actuellement.

— Très drôle.

— Tu vois ? On ne peut même plus plaisanter.

Elle lui mordit doucement le bras.

— Je pourrais te manger toi, sinon.

— Hmm, dit-il. C'est tentant. (Il l'embrassa lentement, puis il sortit du lit.) Je vais au Rizzo et tu ne peux pas m'en empêcher.

— Comment une Pizza a Tué mon Mari, dit Hope. Nouvelle enquête dans notre série de podcasts sur les faits divers authentiques.

— Femme, répliqua Anthony en prenant ses affaires. Je suis le soutien de famille et je subviendrai à *tes* besoins.

Il sourit. Elle observa ses cheveux denses, couleur de café noir. Ses yeux, comme deux foyers. Une ombre de barbe sur son menton, une dent de travers, des oreilles un peu grandes. Pantalon de jogging noir, sweat-shirt, blouson. Ses années d'entraînements de foot intensifs étaient toujours visibles sur son corps. Il était bien parti pour obtenir une bourse de sportif avant qu'il ne se blesse dans sa dernière année de lycée. Aujourd'hui, il passe l'essentiel de son temps sur des chantiers de construction. Sa peau avait encore son bronzage estival, un peu rougi par la chaleur de la chambre. Il était radieux.

— On pourra regarder *Meet the Neighbors* à ton retour ? demanda Hope. Si tu survis ?

— Pour toi, je ferais n'importe quoi.

— Ça m'apaise.

— Je sais. (Anthony sourit.) Promets-moi de ne pas t'inquiéter pour moi, d'accord ?

Il lui lança un signe de paix, puis il sortit, fermant la porte derrière lui.

Elle savait qu'il ne mourrait pas d'une sortie sous la pluie. Pour l'essentiel, l'inondation avait épargné le côté ouest de la ville, où ils se trouvaient actuellement, et il est vrai que le Rizzo était au coin de la rue. Hope sourit rêveusement, puis tourna son attention vers le poste de télévision, où des dents blanchies et des cheveux raides prononçaient des chiffres. Ça s'appelait les infos. Les chiffres se perdirent dans les taillis de ses pensées dès qu'ils y pénétrèrent, mais elle s'efforça tout de même de s'y accrocher.

À peine une semaine auparavant, Hope avait demandé à sa cousine Kara de lui donner un air de Française. Kara avait taillé trente centimètres de cheveux bruns de Hope, les ramenant à hauteur de menton, et lui avait fait une frange épaisse, avant d'ébouriffer la nouvelle coupe avec suffisamment de produits pour ouvrir un drugstore. Anthony adorait cette coiffure et la touchait chaque fois qu'il passait à côté d'elle. Évidemment, malgré cette coiffure fringante, Hope ne se sentait pas française. Elle se sentait comme ce qu'elle était : une jeune femme qui achetait ses pantalons à Costco et qui se réjouissait sincèrement à la perspective d'aller à la fête du comté chaque année.

Dans le lit du motel, Hope relut la conversation par SMS qu'elle avait eue avec sa mère et qui était exagérément bleue. Sa mère était récemment tombée amoureuse d'un technicien de chauffage, ventilation et climatisation, sur un site de rencontres catholique et était partie à Pensacola pour vivre dans son appartement impeccablement climatisé. Ces derniers temps, la mère de Hope semblait se balader très souvent dans un canoë à fond transparent. Avec son nouveau mari, ils avaient adopté un dragon barbu dont ils postaient souvent des photos sur Facebook. Ce reptile s'appelait Daisy. Daisy aimait manger des grillons et des bananes. Daisy n'accablait les gens qui l'entouraient d'aucun trop-plein de terreur existentielle. Daisy aimait faire des sorties sur le robot aspirateur.

Hope avait vingt-quatre ans et était jalouse d'un putain de dragon barbu.

Je voulais juste te dire que tout va bien ici, avait écrit Hope à sa mère une heure plus tôt. *Je suis au motel. Anthony vient de sortir nous chercher de la pizza. Je crois que nos affaires seront hors de danger dès qu'ils auront résolu ce problème d'égouts. Kara est chez Jenn et Matt. Tante Cathy est avec eux. Tout le monde est en sécurité.*

Pas de réponse.

La télévision s'adressait maintenant à Hope comme si elle avait quelque chose d'important à lui dire, à elle précisément.

— Les pluies torrentielles, disait Terry Hoff, la femme sans âge qui présentait les informations locales depuis aussi longtemps qu'Hope pouvait s'en souvenir, ont fait monter la Vacca Vale River jusqu'au niveau record de 4,20 m. Le record précédent, établi en 1982, était de 3,60 m. Selon les experts, cette crue millénale aurait déjà endommagé environ 750 entreprises, ainsi que plus de 2 000 foyers. La crue bi-millénale qui a frappé Vacca Vale il y a moins d'un an pousse certaines personnes à s'interroger sur le timing.

— Trop de chiffres, marmonna Hope.

Ça ne pouvait pas être à ça que les nombres servaient. C'était irresponsable de la part des profs de maths de donner des chiffres à leurs élèves sans leur expliquer comment les conceptualiser. *Cut* sur une salle pleine de journalistes. Une sorte de conférence de presse improvisée. Sur un podium, le maire Douglas Barrington, qui ressemblait exactement à tous les autres maires qu'Hope avait jamais vus : blanc, mâle, grand, en surpoids, cheveux gris, costume bleu, avec des airs de père. Quinquagénaire. On voyait qu'il mangeait beaucoup de viande rouge. Si c'était votre père, il serait là pour les grandes occasions, mais vous le verriez peu tout le reste du temps. Il vous apprendrait à faire du vélo, par exemple, mais il ne serait pas là quand vous perdriez une dent. Vous alliez perdre vingt dents, et il ne serait jamais là pour enlever les mouchoirs pleins de sang de votre bouche. Jamais.

Ça se voyait, c'est tout, se disait Hope.

— Monsieur le maire, commença un journaliste, au vu du timing étonnant de ces deux inondations, pensez-vous qu'elles ont été causées par le changement climatique ?

Barrington haussa les sourcils.

— Je ne dirais pas ça, non. Écoutez, Mère Nature a ses hauts et ses bas. Est-ce malheureux ? Bien sûr, et pas qu'un peu. Est-ce dû au prétendu réchauffement climatique ? Personne ne peut l'affirmer avec certitude. Ce que je sais, c'est que nous ferons tout ce qui est en notre pouvoir pour nous remettre de cette crise et faire en sorte qu'elle ne se reproduise pas.

Hope but une petite gorgée de la bière qu'elle et Anthony avaient sauvée de leur réfrigérateur désormais sans électricité. La canette était encore froide et humide, comme une truffe de chien. C'était un jeu à boire auquel elle jouait avec Anthony quand ils regardaient les infos locales. Boire à chaque fois que Barrington disait : *et pas qu'un peu.*

— Quelles mesures allez-vous prendre pour atténuer et prévenir les futures inondations, étant donné qu'elles risquent de se produire plus fréquemment à mesure que la planète se réchauffe ? demanda une journaliste aux yeux chaussés d'épaisses lunettes.

Hope la reconnut, mais elle mit un moment à comprendre pourquoi : elles étaient au lycée ensemble. Araceli. Elle était dans la classe de Hope. Intelligente, coriace. Pas sympa, mais gentille.

— Eh bien, répondit Barrington en adoptant une posture de rejet, je ne crois pas qu'il y ait nécessairement *plus de risques* que l'on connaisse des inondations de ce genre à l'avenir, mais voici ce que nous avons déjà entrepris. Nous sommes en train de mettre en place des barrières de protection et de rénover le réseau des égouts. Écoutez, la ville est construite sur les berges d'une rivière ; elle a été conçue pour supporter un certain niveau de crue – c'est un phénomène normal, un phénomène *naturel.* Et nous l'avions prévu. C'est la raison pour laquelle l'essentiel des dégâts a frappé Chastity Valley, et non les bâtiments. Nous avons des parcs dans les zones inondables, pas des commerces, et c'est parce que Vacca Vale a été conçue de manière intelligente. Donc je pense que, dans l'ensemble, nous devrions nous estimer heureux. Y a-t-il encore des choses à faire ? Oui, et pas qu'un peu. Cela pourrait-il être pire ? Oui, et pas qu'un peu.

Deux gorgées.

Terry Hoff revient à l'écran, l'air austère sous son blazer rouge et son bronzage perpétuel.

— Comme nous venons de l'entendre, Tom, il y a beaucoup de travail pour réparer les dégâts commis par cette inondation. Quelles sont les estimations des experts, en termes de coûts ?

Hope se demandait qui enseignait la Diction du Présentateur de Nouvelles en Amérique – sa théâtralité, son rythme de robot hypnotique – à tous les présentateurs du pays. Des humains d'un futur lointain trouvant ces images concluraient-ils à tort que c'était ainsi que tout le monde parlait ?

Cut sur un homme vêtu d'un poncho en plastique, aux lunettes éclaboussées de pluie, les yeux plissés, fixant désespérément l'objectif d'une caméra, son être tout entier fouetté par le vent. Il se trouvait devant un bâtiment municipal dans leur centre-ville déserté. Pourquoi avaient-ils forcé ce pauvre Tom à se tenir dehors par cette tempête, sous ce mauvais projecteur brillant ?

— Absolument, Terry, dit-il après un silence juste un peu trop long. J'ai parlé avec des experts locaux, et il semble bien que les coûts soient faramineux. La restauration de Chastity Valley, qui subit l'essentiel des dégâts, devrait coûter plus de deux millions de dollars. La note pour les dégâts infligés aux entreprises et aux habitations s'élève à cinq cent quatorze mille dollars. On estime que l'Agence fédérale des situations d'urgence devrait rembourser trois cent quarante mille dollars à la ville, mais comme vous le voyez, cette aide ne couvrira qu'une fraction du total. Le maire Barrington s'est toujours montré très critique à l'égard des programmes nationaux visant à combattre le changement climatique, arguant que ces mesures nuisent à l'économie. Mais on ne peut que s'interroger : quel est le coût de l'inaction ? Nous savons que…

Cut sur Terry, qui rit d'un air gêné. Elle ne riait que quand quelque chose se passait mal. À l'évidence, Tom s'était encore mis à improviser. Anthony adorait ça chez Tom, et Hope adorait ça chez Anthony.

— Merci, Tom.

Se reprenant, Terry enchaîna le reste des nouvelles avec une grande fluidité. La station d'épuration des eaux usées de Vacca Vale absorbait trois fois son débit habituel. Une route appartenant à l'État avait été détruite, mais Hope ne parvint pas à suivre les détails. Le terrain de golf n'avait subi aucun dégât. Son attention s'égara un moment – elle sirotait sa bière en pensant vaguement à la Bible. Lorsqu'elle se concentra de nouveau sur l'écran, un agriculteur était en train de se faire interviewer.

Au-delà des confins de la ville s'étendaient des terres agricoles industrielles, qui se transformaient petit à petit en banlieues. Comment les crues pouvaient-elles s'étendre jusqu'aux champs de maïs et de soja ? Plan large sur le territoire : des champs rasés de près et gorgés d'eau.

— J'ai essayé d'y aller à pied pour constater les dégâts, dit un fermier. Mais je me suis enfoncé dans la boue, jusqu'aux genoux. C'était comme si la terre avait voulu m'avaler tout entier.

Pendant qu'elle attendait Anthony, Hope regarda un épisode de *Meet the Neighbors*, feuilleton du milieu du XXe siècle sur une famille d'urbains marginaux qui emménage dans une ville de fermiers. L'essentiel de l'action suit le chien de la famille et la plus jeune des enfants, Susie Evans, spectaculairement jouée par Elsie Blitz. Visage rond, boucles auburn, taches de rousseur sur le nez. Elle n'avait que six ans au début du feuilleton, mais elle jouait avec la grâce et l'assurance d'une adulte. Elle savait chanter et faire des claquettes, rire et pleurer de façon convaincante. Whiskey, le tout petit schnauzer qui jouait son acolyte, faisait toujours preuve à son égard d'une affection sincère. Hope avait lu un jour que la semaine où Whiskey était mort, Elsie était trop bouleversée pour travailler, mais comme ils ne pouvaient pas interrompre le tournage, ils avaient modifié l'intrigue de l'épisode en question pour la rendre sinistre et lui donner ainsi une excuse pour pleurer. Puis ils avaient remplacé Whiskey par un chien identique, mais Hope voyait bien que le lien n'était plus le même.

Le feuilleton était resté à l'antenne plusieurs saisons, rassérénant des générations d'Américains. Pour Hope, c'était tranquillisant. Ça lui rappelait sa mère, et elle ne savait plus combien de fois elle avait vu et revu chaque saison. Hope cliqua çà et là sur l'écran de son ordinateur portable et trouva l'épisode auquel elle s'était arrêtée : "Le Capitaine Susie et les fuyards de la forêt." Le générique désuet défila, imbu de lui-même et théâtral, sur une musique orchestrale laudatrice. C'était un de ses épisodes favoris : lors d'un séjour de camping en famille, alors que ses parents lui ont dit à plusieurs reprises de ne pas s'éloigner, Susie Evans s'égare hors du chemin parce qu'elle pense avoir vu une fée. Après avoir erré longtemps dans la forêt, elle et Whiskey tombent sur une bande d'enfants qui se sont enfuis de divers foyers. Rapidement, elle devient leur leader charismatique. À la fin, Susie convainc tous les enfants de retourner chez leurs parents.

— Je ne suis jamais seule quand je suis avec toi, dit Susie à Whiskey, qui frétille de la queue pour dire qu'il est d'accord.

Debout dans la lumière grésillante du hall du Wooden Lady, Hope consulta son téléphone. Dans la chambre, le réseau mobile n'arrêtait pas de disparaître, et cela faisait presque une heure qu'Anthony était parti. Des barres revinrent s'afficher sur son écran, mais aucun message ni appel en absence n'apparut. Alors qu'elle allait et venait pour essayer de réprimer la panique qui prenait vie en tourbillonnant dans sa poitrine, un papillon de nuit se posa sur le papier peint vert à côté de la porte. Il était stupéfiant. Hope s'en approcha pour étudier ses ailes, blanches et luisantes comme de la neige, ornées de deux minuscules touffes de fourrure claire à l'endroit où elles rejoignaient le corps. Antenne beige. Yeux ronds et sombres comme du tapioca. Iridescents et hypnotiques.

Progressivement, Hope prit conscience de la présence d'un autre corps dans le hall. Poils hérissés, elle se tourna et vit une vieille dame en robe de chambre, qui la regardait.

— C'est ce que Dieu fait quand il veut repartir de zéro, dit la femme.

Sa tenue pâle et ses cheveux brumeux la faisaient ressembler au papillon, comme s'ils étaient chacun la manifestation de l'autre. Désorientée, Hope essaya d'adresser un sourire à la femme, mais, au lieu de ça, elle fronça les sourcils.

— Croyez-moi, l'heure du jugement approche, poursuivit la femme. Et quand elle sera là, mes affaires seront en ordre. Dis-moi, trésor : acceptes-tu Jésus Christ comme ton Seigneur et Sauveur personnel ?

Hope grinça des dents. Vous ne pouviez aller nulle part dans cette ville sans vous cogner à Dieu.

— Oui, dit-elle pour mettre un terme à la conversation. En pas qu'un peu.

— Bien, dit la femme. Dis-moi, tu n'aurais pas une cigarette, à tout hasard ?

— Non, répondit Hope. Désolée.

— Bah, tant mieux pour toi. Tu vivras éternellement.

Hope réussit à sourire.

— Je serai au bout du couloir, dit la femme en boitillant vers sa chambre. Si jamais tu trouves une cigarette, tu voudras bien me l'apporter, s'il te plaît ? J'ai dû laisser les miennes à la maison, et je commence à me sentir bizarre.

Elle devait avoir dans les quatre-vingts ans. Observant ses mouvements laborieux, l'esprit de Hope se tourna vers la femme avec compassion.

— Vous êtes seule ici ? demanda Hope.

La femme se retourna pour lui faire face.

— Oui.

— Vous êtes venue à cause de l'inondation ?

— Évidemment.

— Ça va aller, pour votre maison ?

La femme haussa les épaules.

— Parce que vous croyez qu'il y en a pour lesquelles ça ira ?

Enfin, Anthony revint avec un carton protégé de la pluie par un sac-poubelle. Miracle de sa présence, odeur bénie de la pizza.

— Pardon pour l'attente, dit-il en secouant le parapluie. Il y avait une queue comme tu n'imagines pas. Apparemment, tous les autres restaurants sont fermés, alors le Rizzo nourrit la ville entière.

Il était trempé de la tête aux pieds.

— Pourquoi n'as-tu pas répondu à mes messages ? demanda Hope. Je me suis vraiment fait du souci.

Anthony montra son sac de voyage, sur lequel gisait innocemment son téléphone.

— Je l'ai oublié en partant. Je t'avais dit de ne pas t'en faire !

Hope le fixa.

— C'était sympa, en fait. J'ai croisé Frank – tu te souviens de lui ? On était au lycée ensemble, il faisait partie de l'équipe. Milieu de terrain. Il avait un pied gauche d'enfer. Je ne savais pas que le Rizzo appartenait à sa famille, du côté de sa mère. C'est lui le gérant, maintenant. Il a quatre enfants !

La présence d'Anthony commençait à éteindre la peur qui se consumait à l'intérieur du corps de Hope, et le temps qu'il lui serve ses trois parts de pizza aux olives vertes – sa préférée à elle, pas à lui –, la paix était de nouveau revenue en elle, une paix si complète qu'elle lui faisait l'effet d'avoir été mitonnée par un dieu.

Après avoir mangé, ils s'allongèrent sur le dos. Dehors, la pluie tambourinait.

— Retourne-toi, dit-il.

— Pourquoi ?

— Je veux te faire un massage. Pour te dédommager des soucis que je t'ai causés.

— Tu n'es pas obligé.

— J'en ai envie.

Elle lui adressa un grand sourire, se redressa en position assise, l'embrassa. Il lui enleva son haut, faisant courir ses mains sur sa peau.

— Retourne-toi, chuchota-t-il.

Elle obéit et il massa longuement son dos nu de ses mains calleuses et puissantes. Puis Hope se retourna, l'esprit tout attisé. Sous l'éclairage de la lampe du motel, Anthony ressemblait à un tableau. Il y avait quelque chose de sinistre dans le fait de s'abreuver comme ça de sa beauté – quelque chose que Twitter et l'Église condamneraient –, mais Hope avait cessé de rationner son plaisir depuis des années, quand elle avait compris qu'elle n'en aurait peut-être pas beaucoup à éprouver avant de mourir. Elle regardait et regardait son mari. Ses cheveux noirs ébouriffés, sa mâchoire puissante et l'architecture de son corps, et aussi cette veine particulière qu'il avait sur le cou et qui ensorcelait mystérieusement le cerveau de Hope, éteignant les régions qui contrôlaient le langage, la logique, la respiration. Son caleçon datait du lycée, déchiré et couvert de dessins de poissons. Elle le toucha, se sentit jalouse de lui, jalouse de la proximité qu'il avait avec Anthony tout au long de la journée, même quand il était au travail. Elle déglutit. Petit à petit, elle se rendit compte qu'Anthony la regardait d'un air inquiet, les yeux luisants, le front plissé.

— Ça va ? demanda-t-il.

Il était si lumineux qu'elle avait l'impression qu'il pourrait la brûler.

— Je veux…

— Oui ?

— Je veux…

Puis il comprit. Sourire paisible.

— Montre-moi ce que tu veux, dit-il.

Tout le catholicisme qui lui restait fit rougir Hope, la rendit timide, la fit se sentir fantastiquement mauvaise. Depuis des années, elle se vidait de la religion carton après carton, sans trop vouloir regarder ce que chacun contenait. C'était comme ça qu'elle avait vidé la maison de son père après sa mort. Maintenant, au lieu de parler, elle se pencha en avant et baissa le caleçon d'Anthony, le prit dans sa bouche et commença à lui montrer ce qu'elle voulait en le lui offrant d'abord. Il passa ses mains dans sa nouvelle coiffure, lui tirant doucement les cheveux tandis qu'elle se cabrait. Il dit son nom comme une prière et elle le sentit devenir encore plus dur dans sa bouche.

— Putain, murmura-t-il. (Elle aimait la façon qu'il avait de perdre ses mots quand ils s'apprêtaient à faire l'amour.) Tu es si belle, marmonna-t-il en faisant courir ses mains sur sa peau, avant de les serrer de nouveau sur ses cheveux. J'adore cette putain de coiffure.

Au bout d'une ou deux minutes, il l'écarta en poussant ses épaules, le visage rose, et la guida sous les draps.

— Allonge-toi.

Elle s'allongea, son corps entier palpitant de lumière liquide. Il embrassa sa bouche, son cou, ses seins, et ses nerfs étaient en néon sous ses doigts. Il embrassa ses hanches, ses cuisses. Sa bouche était chaude, sa barbe rêche comme du papier de verre.

— Tu es une œuvre d'art.

Quand il disait des choses comme ça, sans qu'elle sache trop pourquoi, Hope avait toujours l'impression qu'il les pensait vraiment. Sa peau scintillait et bientôt tout son corps luisait comme ce plancton bioluminescent qu'elle avait vu sur Internet. Le choc divin de la langue d'Anthony sur son clito, deux doigts en elle.

— Tu as tellement bon goût, dit-il, que je pourrais te goûter jusqu'à la fin des temps.

L'action de ses mains et de sa bouche fit s'élever son corps au-dessus des draps comme si une vague s'était emparée d'elle, l'avait submergée, et bientôt, presque à court de mots, elle le suppliait de la baiser, et il finit par obtempérer, et lorsqu'il la pénétra, elle crut que le plaisir allait la briser en deux.

— Lentement, dit-elle dans un souffle. Sinon je vais jouir tout de suite.

Il la fit passer au-dessus de lui.

— Montre-moi comment tu veux que je te baise, dit-il.

Oui, s'entendit-elle répéter. Elle était alors un Oui personnifié. La lumière de la lampe ondulait sur le torse musclé d'Anthony, qui maintenait ses fesses à elle pendant qu'elle le baisait et qu'il avait les yeux rivés sur ses seins bondissants comme s'ils lui sauvaient la vie. Elle s'entendit psalmodier des mots qu'elle serait trop gênée de répéter, sentit un soulèvement à l'intérieur de son corps, dans la chambre entière, dans le monde entier, qui les hissait tous les deux l'un dans l'autre et hors d'eux-mêmes, et alors qu'elle se contorsionnait et se resserrait autour de lui, un éclair de sueur fleurit sur sa peau à lui. L'espace d'un instant, tout fut indigo. Les yeux d'Anthony roulèrent dans leurs orbites, sa bouche s'ouvrit, et il se cabra en avant au rythme d'une musique qu'eux seuls entendaient, la remplissant de lui tandis qu'ils vivaient l'un dans l'autre. Ensemble, brièvement, ils devinrent également les objets et les forces qui les entouraient : les meubles, les lignes électriques, la forêt, les usines, la rivière, la tempête.

Quelqu'un avait jadis dit à Hope qu'au Commencement tout provenait d'une seule chose. Allongés côte à côte, le foutre d'Anthony coulant le long de sa cuisse, ses tétons durs, sa chatte chaude et mouillée palpitant comme un cœur, à bout de souffle et droguée à la vénération, s'arrachant au formidable ouragan chimique qui tourbillonnait en elle, elle savait que cela finirait aussi comme ça – que toutes les choses n'en formeraient de nouveau plus qu'une.

Les yeux sombres d'Anthony fouillaient les siens tandis qu'ils respiraient ensemble. Ils savaient qu'il n'y avait rien de sensationnel ni d'innovant ni de dangereux dans la façon dont ils avaient fait l'amour, rien que l'on répliquerait dans un film, mais c'était la familiarité du sexe conjugal qui émouvait Hope. Pour elle, cela prouvait que l'ordinaire aussi pouvait vous transformer. Dans leur chambre de motel, elle et son mari s'étudiaient l'un l'autre avec stupéfaction, comme un duo d'inspecteurs qui auraient résolu une affaire insoluble.

Après avoir essayé de concevoir un enfant pendant treize mois, Hope et Anthony avaient cessé d'acheter des tests de grossesse, cessé de suivre attentivement ses cycles. Ils n'avaient pas les moyens de s'offrir des traitements pour stimuler la fertilité, alors ils évitaient de voir le médecin, craignant de recevoir des mauvaises nouvelles contre lesquelles ils ne pourraient rien faire. Ils étaient jeunes, s'assuraient-ils. Mais c'était également ça qui inquiétait Hope : si elle avait du mal à l'âge de vingt-quatre ans, quelles chances aurait-elle de tomber enceinte plus tard dans sa vie ? Elle voulait un bébé avec une clarté qu'elle n'avait connue qu'une fois auparavant, quand elle avait rencontré Anthony à un feu de camp dans la ferme de l'oncle de l'ami de Kara et qu'elle avait su, au bout de moins de dix minutes de conversation, qu'elle l'épouserait. Il avait maintenant vingt-six ans, et lui aussi, il voulait un bébé. Pendant un temps, le sexe était devenu tristement utilitariste, privé de spontanéité et d'invention, mais il avait repris vie quand ils avaient arrêté d'essayer de concevoir. N'étant plus un moyen pour une fin, le sexe était meilleur qu'il ne l'avait jamais été.

À l'extérieur du motel, à treize kilomètres du lit dans lequel Hope et Anthony reprenaient leur souffle, la Vacca Vale River avait pris possession de l'essentiel de Chastity Valley. Cette rivière était jadis l'endroit où les responsables politiques déversaient leurs déchets et les meurtriers, leurs cadavres. À présent, la rivière était partout. Vue d'en haut, la Valley était vidée de toute couleur et de toute forme, le ciel nocturne criblait la flore de pluie, arbres automnaux submergés par les ombres et par l'eau. Jeux pour enfants en forme de château miniature engloutis jusqu'au cou sous l'inondation. Terriers d'animaux effondrés. Écureuils, cerfs, hiboux, renards et tamias en fuite vers les terres plus élevées, en quête d'une végétation dense pouvant les protéger du vent. Contrairement aux créatures terrestres, les poissons filèrent vers le bas – vers le fond du petit lac à la lisière ouest de la Valley, lac qui était en train de s'unir à tout ce qui l'entourait. Bientôt, il devint impossible de dire où il commençait, où il finissait. Une famille de canards se pelotonnait en rang serré, traversant la forêt en nageant dans la nuit. Au centre de Vacca Vale, la rivière en crue embrassait le pont qui l'enjambait. Au sud du centre-ville, les habitations à loyers modérés se dressaient vaillamment dans l'eau qui s'amassait, maisons de plain-pied jetables hissant leurs toits le plus haut possible. L'eau envahit le sous-sol et le rez-de-chaussée de la Résidence à Loyers Modérés La Lapinière. Dans les quartiers pauvres, l'électricité et le pompage dysfonctionnaient. Panneaux stop, submergés. Drapeaux américains, noyés. Filets des panneaux de basket frôlant l'eau. Capots de voitures à peine visibles. Un camion descendant une rue résidentielle en flottant. L'eau était couleur de néant et c'était comme si le néant qui hantait Vacca Vale depuis toujours s'était matérialisé en une substance physique, capable de causer des dégâts quantifiables. La rivière était partout, contaminant la ville, clamant avec insistance que rien ne les distinguait réellement l'une de l'autre.

Dans la chambre 57 du Wooden Lady, une femme nommée Hope laissait son mari la serrer contre son corps chaud et réel. Au plus profond du sien, une transformation était en train de s'opérer. Dans quatre jours, un ovule fertilisé s'implanterait dans sa muqueuse utérine. Ce serait un garçon, et il naîtrait avec de grands yeux magnifiques. Dans le lit, Hope pleurait de manière agréable, comme elle le faisait souvent après l'amour quand il avait été bon. Anthony essuyait ses larmes de son visage en les embrassant, faisait courir ses doigts sur les motifs de lumière qui tombaient sur son corps, et lui disait que c'était beau de ressentir tant de choses. Les boîtes de pizza étaient empilées par terre à côté de la télévision. Dans l'ongle de pouce parfait de son mari, Hope aperçut fugacement quelque chose d'essentiel, une sorte de secret des dieux qui l'aiderait à survivre : aucune usine, aucune fenêtre condamnée, aucun jour nuageux, aucune boutique de jambon cuit au miel en faillite, aucun compte en banque vide, ni aucune urgence médicale ne pouvait les tuer définitivement. Rien de tout cela n'avait le pouvoir de les piéger en soi. La liberté, cela n'existait pas, Hope le savait, mais se sentir bien, cela existait, et c'était important, et c'était réel, et parfois ça vous venait gratuitement.

— Je t'aime, dit-il.

— Je t'aime, dit-elle.

Et ils se croyaient l'un l'autre.

SAUMURE D'OLIVES

MOSES a pris une chambre au Wooden Lady, lieu qui incite au crime sordide dès que vous y pénétrez. Il a choisi ce motel parce qu'il avait les pires critiques qu'il avait pu trouver sur Internet – *C'est comme si l'homicide était un lieu*, avait commenté l'internaute BabyFace444 – et qu'il voulait rester discret. Sur le guichet de l'accueil, un panneau dit : PREMIER MOTEL DE VACCA VALE ! Une distinction douteuse. Il s'appelait le Wooden Indian jusqu'à ce que, trois ans auparavant, un groupe d'étudiants fasse campagne pour que ses propriétaires changent ce nom. Moses l'a déduit de ce qu'il a vu sur Internet avant d'arriver.

Vers dix heures le mercredi matin, Moses s'approche du guichet de l'accueil, après une confession accidentelle à l'église de Ste Hedwige. Il remarque un collage de gros titres de la presse locale mentionnant le Wooden Lady encadré sur le mur.

L'ALIBI DU TUEUR DE MULBERRY SE RÉVÈLE FAUX, D'APRÈS LE TÉMOIGNAGE DU PERSONNEL DU WOODEN LADY. GINA LADOWSKI REPREND LE

WOODEN LADY, LA CRIMINALITÉ CHUTE DE TREIZE POUR CENT. LA PISCINE DU WOODEN LADY FERME DÉFINITIVEMENT APRÈS QU'ON Y A TROUVÉ DIX OPOSSUMS. "CE SONT LES PROSTITUÉES QUI NOUS ONT CHOISI, ET NON L'INVERSE" : LA PATRONNE DU WOODEN LADY PREND LA PAROLE AU SUJET DES ACCUSATIONS DE PROSTITUTION ORGANISÉE.

— Ce qui compte, c'est qu'on parle de vous, n'est-ce pas ? demande Moses avec un accent français.

Il porte un pull à col roulé noir, en dépit de la chaleur.

L'adolescent qui tient le guichet le fixe comme un croque-mort. Des figurines de lapins encombrent la surface de l'armoire à dossiers qui se trouve derrière lui. Un vase plein de serpents trône au centre du hall, semblable à un monument.

— Pourquoi ces serpents ? demande Moses.

Le concierge tourne son attention vers un jeu sur son téléphone.

— Pour les enfants, répond-il.

— Je m'appelle Pierre, dit Moses. Pierre BuFont. B, U, F, O, N, T. Je voudrais une chambre simple.

Le garçon se tourne vers son ordinateur antique et tape d'un air agacé. Il s'arrête pour prendre une luxueuse gorgée de milk-shake, puis marmonne à Moses quelque chose qui ressemble à : *Nous n'avons plus d'échos*.

Moses demande au garçon de se répéter.

— Nous n'avons plus de chambres non-fumeur.

— Ça me va, rétorque Moses en tant que Pierre. Je suis fumeur.

— Soixante-deux dollars et cinquante-trois cents.

Moses paie en liquide.

Une fois que le plan est lancé, il y va à fond. Il dépose ses bagages dans la chambre 57 – un cube obscur dans lequel, sans qu'il en sache rien, un bébé fut conçu dix mois auparavant. Malgré son papier peint vert, son odeur de fumée et son ambiance générale de mort, cette chambre est étonnamment douillette. Elle rappelle à Moses les catacombes de Paris. Après avoir posé ses affaires, il quitte le motel et traverse un carrefour à deux fois deux voies pour se rendre au magasin d'alcool, qui diffuse de la musique New Age dans ses enceintes et un documentaire sur les gorilles sur ses écrans de télé. Dans un chatoiement de flûtes et de synthétiseurs, il achète du vermouth, du gin, des olives et un paquet de cigarettes, sans jamais se départir de son accent. Si la caissière s'intéresse à sa performance en tant que Français, ou à sa consommation ostentatoire – il a choisi les marques les plus chères –, elle le garde pour elle.

Lorsqu'il retourne dans sa chambre, il trouve une capuche rose dans la penderie. Juste la capuche, arrachée à son corps. Il n'y a pas de savon dans la salle de bains, pas de petit déjeuner le matin. Une serviette humide. Moses adore ça – adore tout ça. Il est sorti de son interaction avec le père Tim avec la gueule de bois, des démangeaisons, le souffle court, la sensation d'être poursuivi. Il boit quelques gorgées de gin, ôte ses vêtements, puis s'installe dans le lit. Immédiatement, il sombre dans une sieste légère et riche en sueur.

À son réveil, il voit clairement qu'il a fait un rêve érotique, mais il ne s'en rappelle pas les détails. Alors qu'il se dandine vers la salle de bains pour prendre une douche, des fragments lui reviennent. Une classe d'art plastique le peignait tandis qu'il posait nu. Tous les regards étaient sur lui. Il sèche son corps avec une serviette qu'il a apportée de chez lui, frottant sa peau agressivement, puis se vêt d'une tenue identique à celle qu'il portait ce matin. À présent, pour tuer le temps – expression qu'il a toujours aimée –, il se prépare un martini extra-dirty. Il le sert vite, aspergeant de vermouth le poste de télévision paranormal, qui n'arrête pas de s'allumer et de s'éteindre sans son intervention. Dieu merci, le son est coupé.

Il est plus de cinq heures de l'après-midi. Il y a un paquet de cigarettes sur sa table de chevet. Il s'en allume une et la fume cinématiquement, appréciant activement l'absence d'art sur les murs. Sur la couette, un loup hurle à l'adresse d'une lune jaune calée entre des pins. Dans ce motel, Moses *se sent* français, malgré cet édredon – il sent le nihilisme et la passion lutter l'un contre l'autre comme des grands cerfs pour la conquête du territoire de son cerveau.

Il s'étire sur le lit et sirote son verre, essentiellement rempli de saumure d'olives. Le climatiseur de sa chambre est plus un geste qu'une réalité – il crache de l'air à température ambiante, bien qu'il soit réglé à son niveau le plus froid. Moses sue mais se sent réfrigéré. Il boit jusqu'à ce que le martini s'empare de lui, le réchauffe, gomme la matinée, rince les polluants hors de son corps. À l'école primaire, Moses adorait gommer – c'était, à son sens, ce qui se rapprochait le plus du voyage temporel. À la récréation, il s'accroupissait sur le gazon synthétique avec un cahier, écrivait des choses horribles sur des gens qu'il connaissait – dont lui-même – puis gommait ses notes jusqu'à ce que le papier soit fin et chaud. Des lambeaux de gomme s'accrochaient à son polo d'uniforme, comme autant de preuves. Les preuves ne l'avaient jamais dérangé.

Moses ouvre son ordinateur portable, se délecte de l'explosion de lumière que lui offre l'écran, et se connecte à la boîte mail associée à son blog sur la santé mentale. Ce blog est dédié à un sous-groupe de gens qui souffrent des mêmes fibres multicolores envahissantes et irritantes que lui. Le sous-groupe qu'il dirige, cependant, ne s'identifie pas à la communauté des Morgellons. À dire la vérité, Moses trouve que les Morgellons n'ont vraiment rien de commun avec lui, mais il maintient une attitude respectueuse à leur égard dans ses écrits. Alors que la communauté des Morgellons consacre l'essentiel de son énergie à essayer de faire valider médicalement sa condition, les troupes *de Moses* savent qu'elles sont plus avancées que la population humaine dermo-typique et qu'elles ne peuvent donc pas attendre de la communauté médicale, qui est dominée par les non-évolués, qu'elle sache identifier une telle condition. C'est comme s'attendre à ce qu'un humain moyen reconnaisse le Fils de Dieu – la plupart en seraient incapables ! La plupart ne l'ont pas reconnu ! Et les troupes de Moses ne tentent pas non plus de soigner leur condition, car ils croient que c'est leur devoir d'en souffrir. L'huile de noix de coco, la cannelle, le savon noir – ces remèdes sont acceptables tant qu'on les utilise pour apaiser et non éradiquer les symptômes. Si les symptômes "guérissent", le patient doit immédiatement cesser d'utiliser le produit en question et faire tout ce qui est en son pouvoir pour ranimer la démangeaison.

Le sous-groupe de Moses appelle sa condition le Prix à payer, ainsi nommée parce que les symptômes trahissent un matériel génétique que seuls possèdent les hypersensibles

– les génies, les artistes et les prophètes. Les gens qui souffrent du Prix à payer acceptent les fibres comme une conséquence de leur supériorité. Le Prix à payer est élevé, c'est vrai, mais comme Moses l'a écrit dans la section "Qui sommes-nous ?" de son blog :

> Il est de notre devoir de subir cet inconfort aliénant, et, vers la fin de nos missions prédestinées, de subir une douleur sans égal. Nos vies ne seront pas douces. Notre condition nous isolera de nos familles et de nos amis. Elle rendra les structures temporaires du bonheur ridicules, ou inatteignables, ou les deux. C'est notre Prix à payer, et nous l'acceptons parce que nous savons que notre condition permet également à la conscience affectée d'atteindre le nirvana. Comme le disait ma grand-mère : *ton don est ta croix.*

Certains des fidèles de Moses pensent que tout le monde subit le Prix à payer, mais que seuls les hypersensibles le *ressentent*. C'est un sous-groupe du sous-groupe – la plupart pensent que le Prix à payer ne se manifeste que chez la minorité élue. La nature avancée de leur évolution ne justifie pas l'auto-apitoiement ou l'auto-indulgence ; bien au contraire, ils pensent qu'elle exige une humilité monacale et une robuste éthique du travail. Elle ne justifie non plus aucune animosité à l'égard des membres inférieurs de l'espèce. Elle exige la non-violence la plus pure. Ils ont reçu le don d'une extravagante capacité à ressentir, d'une voie d'accès à l'empathie imaginative, et il est de leur devoir céleste de faire usage de cette capacité, de ne jamais l'étouffer ou l'ignorer. Telle est leur philosophie de vie. Moses a entendu des véganes développer des arguments semblables au sujet de l'obligation que les humains ont à l'égard des animaux non-humains – si vous êtes doué de conscience, vous devez vous en servir pour limiter les dégâts que vous infligez au monde –, attitude que Moses trouve sympathique mais fondamentalement absurde. C'est assez épuisant comme ça, pense-t-il, que de puiser en soi ce qu'il faut de compassion pour les animaux non mangeables de cette planète.

Moses se rappelle ce qu'il s'apprête à faire à Joan Kowalski et se gratte frénétiquement le crâne. Personne n'est parfait. Pas même les prophètes. Certainement pas les génies.

Moses accepte les messages des gens affligés par le Prix à payer, ou de ceux qui croient être affligés par lui, et leur offre ses conseils. Il gère ce blog anonymement, sous le nom de Dr Malachi. Un nouveau message brille furieusement dans sa boîte de réception. Sujet : *Cluedo*. Il clique. Une délicieuse patine de sueur commence à soulager momentanément son Prix à payer, presque aussi bien que ne le fait le liquide luminescent. Il mange trois olives et se sert un autre verre.

CLUEDO

CHER docteur Malachi,

Je sais que votre spécialité est "Le Prix à payer" mais personne d'autre n'accepte de me répondre, alors j'espère que vous consentirez à faire bénéficier mon cas étrange de votre expertise psychiatrique.

D'abord, permettez-moi de dire que, bien que je sois un homme, je ne me considère ni comme le produit, ni comme une victime, ni comme coupable d'une quelconque "masculinité toxique", et que je ne nourris aucun désir d'être un macho. J'ai été élevé par un père qui me faisait des câlins et qui m'encourageait à dessiner. Il pleurait devant moi et c'était toujours lui qui faisait à manger. Ma mère était une intellectuelle qui voyageait souvent sans nous, et quand elle revenait, nous voyions bien qu'elle avait vécu des semaines de révélation personnelle, dont nous ne saurions jamais rien, et je trouvais cela enthousiasmant. Ma petite sœur est ma meilleure amie.

Dans ma vie sexuelle, j'ai toujours attendu que la femme fasse le premier pas, et je ne poursuis pas tant qu'elle n'a pas déclaré explicitement qu'elle veut que nous poursuivions. Je place les orgasmes de ma femme au-dessus des miens, et je préfère les scènes de film érotiques à la pornographie, à cause des considérations éthiques que soulève cette industrie. Je préfère quand la femme est dessus. Ma femme est un génie héroïque qui ne porte pas de maquillage et ne se teint pas les cheveux, et je m'en remets à elle pour presque toutes les décisions de notre vie. Quand le mauvais comportement sexuel d'une femme de pouvoir est révélé aux informations, j'éprouve une tristesse si intense qu'elle me fait m'endormir. Je ne supporte pas la vue du sang, ni celle de la souffrance d'autrui, et je dois fermer les yeux pendant les scènes violentes. Je suis un aspirant végane. J'ai participé à plus de manifestations féministes que ma femme, même si, bien sûr, ce n'est pas un concours, et tant que j'y suis, permettez-moi de vous dire que je n'ai pas du tout l'esprit de compétition. Je n'ai jamais, jamais, fantasmé à l'idée de faire du mal à quelqu'un. Jusqu'à ce jour, j'ai toujours joui d'un bon degré de santé mentale. Les scènes d'accouplement dans les documentaires animaliers me dépriment terriblement.

Je ne connais pas de cas de maladie mentale dans ma famille, à l'exception d'un oncle qui était bipolaire et qui a fini par se tirer une balle dans la tête, mais lui et moi n'avions vraiment rien en commun. Mon quarantième anniversaire approche, et il est vrai que j'éprouve quelque crainte à l'idée de vieillir, et que ma sœur a été mutée cet hiver, ce qui a été dur. Mes parents sont tous les deux vivants et en bonne santé, et Papa est en rémission depuis un an. Le travail m'a toujours pris beaucoup de temps, et je ne peux pas œuvrer autant que je le souhaiterais à mon progrès personnel (j'avais espéré parler couramment le mandarin à l'âge que j'ai, et j'ai trente-neuf essais non lus téléchargés dans ma tablette !), mais j'aime mon travail et je crois que notre entreprise exerce une mission qui en vaut la peine. Je suis programmeur informatique et j'ai récemment été augmenté. J'ai une femme spectaculaire et un groupe d'amis proches, qui n'ont pour la plupart pas d'enfants, ce qui nous fait nous sentir mieux. Jusqu'à ce que tout parte en vrille, les jeudis soir, j'explorais le monde de la bière artisanale en compagnie de deux amis de mon travail. Ils sont plus jeunes – tous les collègues de mon âge ont des enfants – et ils me rappellent l'homme que j'étais il y a dix ans. La dernière bière que j'ai goûtée était une IPA islandaise fumée au fumier de mouton. Pas si mal ! J'ai aussi joué dans une équipe de foot mixte avec ma femme, et j'adorais voir l'amour de ma vie faire des étincelles sur le terrain. Je sais que mon corps ne se meut plus comme il se mouvait jadis, et aujourd'hui même des petites quantités d'exercice physique me donnent des gueules de bois musculaires, mais il est important de rester actif – ça m'aide à m'accrocher à ce qu'il me reste de jeunesse. Ha-ha.

Maintenant que j'ai établi ma normalité, laissez-moi établir mon anormalité :

Ces derniers temps, je souffre de trois symptômes que vous pourrez, je l'espère, m'aider à décoder. J'ai le sentiment qu'ils sont liés entre eux, même s'ils ne le sont peut-être pas, et le dernier des trois est de loin le plus urgent. Il se peut très bien que je ne souffre que d'une carence en vitamines. Les deux premiers symptômes me font l'effet d'être des indices susceptibles de m'aider à comprendre le troisième, mais je ne sais vraiment plus quoi penser. Je me sens à la fois hors de mon esprit et piégé à l'intérieur de ma tête, et ça me pétrifie. S'il vous plaît, aidez-moi.

Les symptômes, par ordre d'apparence :

1. J'ai aujourd'hui tellement peur de me faire électrocuter par une poignée métallique que je suis prêt à prendre toute mesure, aussi drastique soit-elle, pour éviter de devoir en toucher une. J'ai récemment loupé les vingt premières minutes d'une réunion parce que je n'ai pas pu me résoudre à ouvrir la porte de notre immeuble et que personne d'autre n'est venu. Ça a commencé cet hiver par une très légère aversion, mais à présent, si je suis forcé de toucher une poignée métallique, je me mets à hyperventiler. La dernière fois que j'ai eu un choc électrique, c'était en mars, et j'ai senti le choc – comme des fantômes du choc, qui me choquaient de manière répétée – pendant toute une semaine. Encore et encore. Et le choc en lui-même n'était même pas violent. Mais ses répliques, si l'on peut dire, étaient si éprouvantes que je n'arrivais plus à me concentrer au travail. J'ai commencé à avoir de puissants maux de tête. Même ces maux de tête me semblaient électriques.

2. Peu de temps après l'apparition de cette peur des chocs d'électricité statique, j'ai commencé à éprouver l'envie de taguer mon nom sur des surfaces. Murs de garages, cabines de toilettes, coques de téléphones, bancs dans les parcs, portes d'églises, livres de bibliothèque, ordinateurs portables, menus de restaurants, le voilier d'un ami, l'intérieur et l'extérieur de ma propre voiture. Et même, un jour, la chaussure de foot d'un membre de mon équipe. Ce désir est bruyant et physique, presque comme l'envie d'éternuer. Parfois, quand ce désir devient trop intense, je dois le canaliser dans le sexe pour éviter qu'il me submerge totalement. Je suis profondément opposé à la dégradation des biens publics. Je n'ai aucun passé dans le graffiti et je ne me suis

jamais intéressé aux tags, mais il m'arrive de me réveiller comme d'un rêve dans le rayon des bombes de peinture d'un magasin de bricolage, et bien que j'essaie de réprimer tous mes fantasmes de tags, je sais désormais à quoi mes tags ressembleraient. Tout ce que je vous en dirai, c'est qu'ils seraient jaunes.

Je n'ai cédé qu'une seule fois à ce désir, près des terrains de tennis du quartier. Je ne vous en livrerai pas les détails, parce qu'ils permettent de m'identifier. Cela me fait très honte. S'il vous plaît, conseillez-moi.

Le dernier est le pire, alors soyez patient avec moi si je trébuche dans mes explications. J'ai la nausée et je tremble en tapant ces mots.

3. Ça a commencé à la soirée d'anniversaire des quarante ans de Beth il y a deux mois. (Beth est le nom que je donnerai à ma femme. Tous les noms ont été modifiés pour des raisons qui vous apparaîtront clairement. Dans la vraie vie, ma femme n'est au courant que de mon symptôme numéro 1 – et même lui, je l'ai minoré.) Beth et moi sommes mariés depuis dix ans maintenant, en couple depuis treize, et j'ai décidé de lui organiser une fête surprise pour la première fois de sa vie. Elle ne souffrait d'aucune des craintes que certaines personnes (dont moi !) nourrissent vis-à-vis du fait de "franchir le seuil", ou je ne sais quoi. Et notre absence d'enfants ne la rend jamais triste. Elle a toujours trouvé que ce serait immoral de fabriquer un enfant qui allait devoir faire face à l'apocalypse environnementale. Et je suis on ne peut plus d'accord avec elle sur ce point. Certes, j'aimerais parfois avoir quelqu'un à qui apprendre à jouer aux échecs, et je me surprends à sourire à des bébés inconnus, mais je suis d'accord avec

Beth – dans le climat actuel, obéir au primitif instinct de reproduction serait faire preuve d'égoïsme.

À tous égards, Beth est un être humain extraordinaire et une partenaire très compréhensive/patiente/positive. Elle sent la lavande et m'envoie des articles scientifiques intéressants par SMS à l'heure du déjeuner. Ou, du moins, elle m'en envoyait, avant que tout parte en couille. Alors j'ai eu envie de faire quelque chose de gentil pour son quarantième anniversaire.

J'ai invité quelques-uns de ses amis du travail – elle travaille dans une petite association de défense de l'environnement – et comme je voulais qu'elle passe une excellente journée, j'ai invité Valentina, sa copine de master. Beth est proche de Valentina, et protectrice à son égard, parce que Valentina aurait soi-disant subi une sorte de traumatisme d'enfance au sujet duquel Beth refuse de m'en dire plus. Je suis sceptique à propos de ce "traumatisme" – c'est bien dans le genre de Valentina que de chercher à susciter la compassion à coups de mensonge.

Pour moi, Valentina est au mieux agaçante, au pire, sociopathe. Elle est bruyante et malpolie, elle boit toujours trop et elle démolit souvent les gens pour s'amuser. Je la soupçonne aussi d'être une menteuse pathologique. Elle n'est jamais sortie qu'avec des milliardaires hautains et aucune de ses relations n'a duré plus qu'un mois. Elle a une mystérieuse réserve d'argent qui finance son style de vie hédoniste – elle voyage, accumule les diplômes de premier cycle, tient un blog culinaire et se prétend photographe. Elle a l'air d'être un peu connue sur les réseaux sociaux, même si personne ne sait pourquoi. La seule conversation plaisante que j'aie jamais eue avec Valentina était à propos de la programmation informatique, parce qu'elle a fait un stage intensif de programmation à Mexico pour s'amuser. Je reconnais que c'est une sorte de génie, et bien que je la méprise fondamentalement, je reconnais aussi qu'elle a un genre de charisme terrifiant.

À la fête de Thanksgiving de cette année avec nos amis sans enfants, Valentina s'est enivrée et nous a raconté une série d'histoires compliquées à propos de la ferme d'élevage de renards de sa famille en Espagne. Comme j'ai beaucoup espionné Valentina sur Internet, il se trouve que je sais qu'elle est d'origine italienne et polonaise mais que sa famille vit en Nouvelle-Angleterre depuis des générations, et que je suis à peu près sûr que son vrai nom est Valerie.

Tout en fascinant et horrifiant les convives avec ses histoires de renards, elle a réussi je ne sais comment à convaincre notre hôte, Jandro, que son mari, Ron, le trompait avec quelqu'un de présent parmi nous. Ron était parti acheter de l'alcool. Valentina a intercalé toutes les "preuves" entre des anecdotes épouvantables sur la fourrure de renard. La plupart de ces "preuves" se résumaient à l'attitude nerveuse que Ron avait eue toute la soirée. Valentina se penchait contre Jandro pour murmurer à son oreille pendant que les gens s'étouffaient ou riaient de quelque chose qu'elle venait de dire. Comme je suis toujours très attentif vis-à-vis de Valentina, j'écoutais et observais ces échanges d'assez près pour les saisir, mais je ne pense pas que personne d'autre les ait entendus. Je reconnais que, pendant un moment, j'ai moi-même été convaincu que Ron était infidèle.

Mais je connais bien Ron, et il ne trahirait tout simplement jamais personne, pas même quelqu'un qu'il n'aimerait pas, et encore moins Jandro, à qui il est entièrement dévoué.

Ils ont toujours été monogames ; Ron est catégoriquement contre l'infidélité. Je crois que Ron avait exagéré sa capacité à cuire correctement une dinde et qu'il se sentait simplement gêné de l'avoir vraiment ratée.

Mais quand Valentina se mêle d'une chose, les faits perdent leur pouvoir. À la fin de la soirée, Jandro et Ron se hurlaient l'un sur l'autre, manquant de tomber du balcon de la sortie de secours, et Jandro pleurait et Ron était décontenancé et Valentina – je le jure devant Dieu – les regardait par la fenêtre *avec un sourire satisfait*. Elle a pris une cigarette dans son sac à main et a quitté l'appartement. À son retour, elle semblait différente. Il m'a fallu une seconde pour me rendre compte qu'elle s'était entièrement remaquillée, la peau poudreuse, les lèvres cerise noire. Jandro et Ron étaient toujours dehors ; le reste des invités et moi étions nerveusement en train de faire le ménage.

— Il faut que j'y aille, déclara Valentina avec une moue artificielle. Je vais boire un verre avec un authentique Carnegie, croyez-le ou non. *Ciao ciao*.

Quand j'ai raconté à Beth les choses auxquelles j'avais assisté, elle a tout balayé d'un revers de la main.

— Tu as sans doute mal entendu, a-t-elle dit. Je ne vois pas comment tu aurais pu savoir ce qu'elle chuchotait depuis l'autre bout de la pièce.

Puis elle m'a sermonné sur le cliché de la Femme Aveuglément Mauvaise Qui Utilise Son Corps pour Détruire les Braves Gars, en me citant la Genèse et tout un tas de films.

— Tu réduis Valentina à un stéréotype fabriqué par les hommes.

— Mais elle n'utilisait pas son corps, ai-je dit. Et Iago n'était pas une femme.

— Comment ?

Je m'étais soudain souvenu de l'intrigue d'*Othello* – j'avais écrit une dissertation de fin d'année sur cette pièce au lycée.

— Iago. Shakespeare. Personne ne comprend les raisons qui le poussent à faire les crasses qu'il fait à Desdémone et Othello. Et lui non plus, il n'utilise pas son corps.

— Tu compares sérieusement Valentina à un méchant de Shakespeare ?

— C'est toi qui as commencé avec les références littéraires.

— Iago avait un mobile. Il était raciste. Ou il voulait sauter Othello. Ou les deux.

— Eh bien peut-être que Valentina a un mobile elle aussi. Peut-être qu'elle est raciste.

— Je t'en prie.

— Ou homophobe.

— Arrête.

— Peut-être qu'elle veut sauter Jandro !

— J'hallucine.

— Ou peut-être que son mobile, c'est juste qu'elle *se délecte de démolir la vie des gens*.

Beth reste silencieuse, puis dit :

— Tu cherches des raisons de la haïr, et tu essaies de me pousser, moi aussi, à la haïr. S'il y a quelqu'un ici qui se comporte comme Iago, c'est toi.

— Tu me traites de raciste ?

— Tu sais que ce n'est pas ce que je dis.

— Raciste à l'égard d'une femme blanche originaire de Boston ?

— Elle vient de Madrid.

— Elle n'est même pas *espagnole* ! ai-je crié.

Notre chauffeur s'est garé devant notre immeuble et nous a adressé un regard terrifié. J'ai serré les poings.

— Désolé, ai-je dit. Désolé.

Nous étions tous les deux épuisés et pompettes. J'ai décidé de laisser tomber le sujet et de me repentir. Valentina avait déjà détruit assez de couples pour la soirée. Beth est partie devant moi et est entrée dans l'immeuble.

Tout ça pour dire que vous comprendrez sûrement pourquoi je n'avais pas envie d'inviter Valentina à la fête d'anniversaire de Beth.

Mais je l'ai quand même invitée parce que j'aime Beth, et que Beth manque malheureusement de discernement dans ses affinités sociales. Soit ça, soit elle a un penchant pour les personnes mystérieusement détraquées.

Le dîner s'est bien passé. Rouleaux de printemps maison. Tofu au basilic et aux épices. Tarte à la crème nappée de caramel au sucre roux. Champagne. Tous les plats préférés de Beth, faits de mes propres mains. Elle portait une robe émeraude sexy et à un moment elle m'a emmené dans la salle de bains pour me faire une pipe de remerciement rapide, alors je sais qu'elle a apprécié mes efforts. À la fin du dessert, j'étais ivre. À un moment, pendant que je débarrassais la table, quelqu'un a proposé qu'on fasse une partie de Cluedo. Ça faisait des années que je n'avais pas joué à ce jeu, mais j'étais à peu près sûr qu'on en avait un. Je suis allé voir dans mon bureau. La poignée de la porte du bureau est en cristal, alors je savais que je ne risquais rien. La pièce était sombre et encombrée. Tandis que je tâtonnais à la recherche de l'interrupteur, quelqu'un s'est furtivement faufilé derrière moi et a fermé la porte. A mis sa main lisse et froide sur ma bouche. C'était une femme. Je sentais chacune de ses bagues.

Je l'ai repoussée.

— Qu'est-ce que tu fais ? ai-je demandé.

Valentina a mis sa main sur ma poitrine.

— Ton cœur bat vite, a-t-elle dit.

— Parce que tu m'as fait peur, putain.

Ce n'était qu'à moitié vrai. La présence de Valentina me dérange toujours, mais je n'ai pas vraiment *eu peur*. Je devais inconsciemment m'attendre à la trouver là.

Ici, il est important de souligner que si certaines personnes trouvent Valentina sexy, je ne l'ai moi-même jamais trouvée attirante – son allure décharnée et aviaire me révulse tout autant que sa personnalité.

— Qu'est-ce que tu fais là ? ai-je demandé.

— Je suis juste venue chercher mon baume à lèvres. Détends-toi, a-t-elle dit. (Je l'entendais sourire.) Pourquoi t'es si nerveux ? Tu caches quelque chose ici ?

J'avais oublié que j'avais empilé les manteaux et les sacs des invités sur le bureau. Elle avait encore la main sur ma poitrine, ou c'était du moins l'impression que j'avais, alors j'ai fait un pas en arrière et j'ai heurté la porte.

— Tu ne peux pas juste rôder comme ça dans le noir chez quelqu'un et poser tes mains sur eux et t'attendre à ce qu'ils… à ce qu'ils soient… ça fout les boules, putain, tu comprends ça ?

— C'est bon, c'est bon, mon Dieu. (Elle a ri.) Je pensais que ce serait drôle. Drôle. Jouer au Cluedo, ça me rend toujours nerveuse, aussi.

— Je ne…

— Quand j'étais petite, mes cousins plus âgés se sont pris de passion pour le Cluedo – à un moment, on a arrêté d'utiliser le plateau de jeu. On avait cette vieille maison à

Ludlow, dans le Vermont, ou toute ma grande famille passait l'été. On était une quarantaine. Avec mes cousins, le soir, on jouait au jeu grandeur nature. Le jeu a évolué, avec des règles, des personnages et des accessoires différents, et on avait même des costumes. Moi, il fallait toujours que je sois M. Caddavre. La victime…

— Excuse-moi.

J'ai tendu le bras et l'ai frôlée pour allumer la lumière. Une fois la pièce éclairée, j'ai vu qu'elle me faisait face, le dos vers la porte, qu'elle tenait le jeu dans ses mains et qu'elle avait un tube de baume à lèvres dans la poche de son chemisier.

— Je l'ai trouvé bien avant toi.

Elle a souri, puis elle est sortie du bureau et a rejoint les autres dans le salon. Je les ai entendus rire.

Je suis resté un moment dans le bureau – j'avais la chair de poule. Valentina portait trop de noir sur ses yeux ; ils semblaient encore flotter dans la pièce sans le reste de sa personne. Comme le sourire du chat du Cheshire.

La suite de la soirée est maintenant floue pour moi. Valentina ne m'a presque plus regardé. C'est notre ami John qui a gagné. Le professeur Violet. Avec le tuyau de plomb. Dans la salle de billard. Peu importe.

Ce qui importe, c'est ce qui s'est passé ensuite.

Vers deux heures du matin, tout le monde est parti, et je suis retourné dans le bureau chercher le cadeau d'anniversaire que j'avais concocté pour Beth : quarante lettres personnelles de quarante des personnes les plus chères à son cœur – parents, anciens enseignants de quand elle était petite, anciens professeurs de fac, deux de ses romanciers préférés, un sénateur, un militant écologiste, un comédien.

Ce n'est pas pour me tresser des lauriers, mais cela faisait dix mois que je collectais ces lettres, et ce cadeau était spectaculaire, putain. Il aurait été parfait si je n'avais pas trouvé un vieux tuyau de plomb à côté des lettres. Il faisait la taille de mon avant-bras.

— Chérie ? ai-je crié à Beth.

— Hmm ?

Elle se brossait les dents.

— Il est à toi, ce tuyau de plomb ?

— Hein ?

— Est-ce qu'on a un tuyau de plomb ?

Elle a craché.

— Un tuyau de plomb ?

— Ouais.

— Je ne comprends pas.

J'ai apporté le tuyau de plomb dans la salle de bains et je le lui ai montré. Elle a haussé un sourcil.

— C'est mon cadeau d'anniversaire ?

— Non ! Mon Dieu, non ! Je me demandais juste si tu savais d'où ça sortait.

Elle a secoué la tête.

— Aucune idée.

J'ai rapporté le tuyau dans le bureau et je l'ai remis où je l'avais trouvé, mais ça me turlupinait trop. Je l'ai regardé un long moment. Je me suis bien sûr dit que c'était Valentina qui se foutait de moi, mais la blague avait beau être ridicule, je ne supportais pas d'être dans le même appartement que cet objet. Alors j'ai descendu quatre étages, je suis sorti de l'immeuble, et je l'ai jeté à la poubelle. Le temps que je remonte, à bout de souffle à cause des escaliers, Beth s'était couchée et s'appliquait d'un air triste de la lotion sur les jambes.

— J'ai passé une soirée vraiment merveilleuse, a-t-elle dit, boudeuse.

J'ai attendu la suite, mais elle s'est contentée de regarder ses orteils.

— Ça me fait plaisir de l'entendre, dis-je prudemment. Qu'est-ce qu'il y a ?

Elle a levé les yeux.

— Rien.

— Quoi ? Dis-moi.

— C'est juste. (Elle a fermé les yeux.) Non, rien.

— Beth. Tu es une très mauvaise actrice. S'il te plaît, dis-moi pourquoi t'es triste.

— Ne va pas croire que je ne te suis pas reconnaissante pour cette fête, a-t-elle commencé en prenant bien son temps entre chaque mot. Parce que je le suis. J'ai vraiment adoré. Et le repas. Les gens. Tout était parfait. Merci.

J'ai attendu.

— Mais… ?

Elle a grimacé, puis elle a fini par me répondre.

— J'espérais que tu m'offrirais un cadeau. Un cadeau du genre concret. Mais je sais que c'est matérialiste, stupide, ingrat, horrible et, mon Dieu – je suis pathétique. (Elle a tressailli.) S'il te plaît, oublie tout ce que j'ai dit. La fête est plus que je ne pouvais en demander. Je suis insupportable.

Je me suis frappé le front. Le tuyau m'avait distrait de mon cadeau d'anniversaire ! Les cadeaux sont son langage d'amour numéro 1 !

— Beth, quel idiot je suis !

J'ai couru jusqu'au bureau, pris les lettres, et les lui ai offertes au lit.

Elle était folle de joie. Elle les adorait. Elle m'adorait. Elle a pleuré, elle a dit qu'elle n'avait jamais reçu de cadeau aussi émouvant que ça en dehors de mon amour. Et ainsi de suite.

La première chose dont je me souvienne ensuite, c'est que je me suis réveillé en sursaut, avec des sueurs froides à cause d'un cauchemar dans lequel j'avais tué Beth avec le tuyau dans une salle de bal dans le Vermont. Traumatisme crânien par instrument contondant.

La logique de cause à effets d'une action ne m'était jamais apparue si clairement. J'en ai tremblé toute une semaine. Ça a été le début de mon Enfer.

J'avais espéré que le tuyau que j'avais trouvé était une sorte d'hallucination. Mais quelques semaines plus tard, j'ai trouvé un bout de corde dans le tiroir de mon bureau. Au début du mois de mai, dans le buffet des alcools, j'ai trouvé un chandelier que je n'avais jamais vu. Puis : un revolver en jouet dans ma table de nuit. Un poignard en plastique plongé entre deux serviettes propres dans le placard à linge. Une clé anglaise que je ne connaissais pas dans une de mes chaussures. Fort heureusement, c'est moi qui ai trouvé tous ces objets.

Au cas où vous ne le sauriez pas, ce sont les armes possibles au jeu du Cluedo : chandelier, revolver, corde, clé anglaise, poignard, tuyau de plomb.

Je n'en ai pas parlé à Beth parce que je ne voulais pas lui faire peur. J'ai arrêté d'aller aux matchs de foot. J'ai arrêté de boire des verres avec les gars après le travail. J'ai dit à tout le monde que j'étais stressé. J'ai essayé de maintenir une vie sexuelle normale avec Beth, mais c'était impossible. J'étais si terrifié à l'idée de lui faire mal que je ne bandais plus. Le stress, ai-je répété. Je suis tellement, tellement stressé. Évidemment, elle, elle était égale à elle-même : gentille, patiente, tolérante. Elle a essayé de me masser, mais je l'ai repoussée en m'ébrouant, et je lui ai dit que ma peau me faisait mal. C'était vrai.

À la fin du mois de mai, je croyais sincèrement que Valentina était peut-être en train de fomenter la mort de Beth, ou la mienne, et je voulais aller voir la police. Même si c'était une blague, Valentina était allée beaucoup trop loin et elle avait fait preuve d'un comportement indéniablement sociopathe. Pas vrai ? Après avoir trouvé le poignard dans le placard à linge, je me suis promis d'appeler la police dès le lendemain matin.

Mais cette nuit-là, une découverte obsédante a tout changé, et c'est la partie la plus tordue de cette histoire de fous ou de cette putain de farce : en consultant mes débits de carte bancaire sur Internet, j'ai vu plusieurs achats que je ne m'expliquais pas. En fouillant dans le détail des transactions, j'ai retrouvé la trace de tous ces objets – les armes du Cluedo – apparemment achetés par moi, dans trois magasins différents, au mois de mars.

Je me dis que Valentina m'avait fait un coup à la Iago exactement comme elle avait fait un coup à la Iago à Jandro. Je me suis dit de ne pas paniquer. À l'évidence, elle avait pris ma carte, fait ces achats, puis caché les objets un peu partout dans mon appartement pendant la fête d'anniversaire. Mais cette explication ne tenait pas vraiment la route : je n'avais jamais cessé d'utiliser ma carte. On ne me l'avait jamais volée. Beth avait-elle pu acheter ces objets, dans le but de s'en servir comme des genres d'accessoires de fête ? Mais non… elle n'avait pas reconnu le tuyau. Valentina avait-elle donc piraté mon compte ? Elle avait pu prendre des photos de ma carte de crédit pendant qu'elle était dans le bureau. C'était possible.

Mais l'horreur indicible de l'ultime possibilité m'a empêché d'enquêter sur cette fraude de manière officielle, et elle m'a aussi empêché de contacter Valentina. Il fallait que je comprenne ce qui m'arrivait. Je me souvenais de toutes les fois où j'avais repris conscience dans les rayons d'une quincaillerie. Je me souvenais de mes peurs irrationnelles de plus en plus sévères, et de mes compulsions. Étais-je en train de devenir fou ? Avais-je une tumeur au cerveau ?

C'est pendant cette période d'incendie cérébral que j'ai tagué le ciment près des courts de tennis.

Pendant ce temps, les cauchemars s'aggravaient. Ils devenaient atroces et précis. Ils le sont toujours. Dans ces cauchemars, je ne tire jamais aucun plaisir du fait de tuer Beth – je suis horrifié, j'ai envie de vomir, je me hurle à moi-même d'arrêter –, mais je ne peux pas m'empêcher de le faire. Comme si j'étais possédé.

J'en suis venu au point où j'avais tellement peur de faire un cauchemar que je n'en dormais plus. Ce mois-ci, les cauchemars sont passés au niveau supérieur en se changeant en visions, s'emparant de moi alors que j'étais éveillé. (Le mot qui désigne un rêve effrayant est cauchemar, mais quel est le mot pour un fantasme terrifiant ? Fantasmar ?) Je me suis mis à travailler toute la nuit dans la cuisine. Le stress, le stress, le stress, prétendais-je. Les gens ne doutent jamais du stress. Vous seriez surpris de voir quel degré d'anormalité dans le comportement les gens sont prêts à tolérer si vous leur dites que vous êtes stressé. J'ai exagéré la pression et les urgences au travail. J'ai commencé à m'agripper à mes passants de ceinture et à m'asseoir sur mes mains dès que je le pouvais. J'évitais la télévision, les journaux, les personnes âgées, les femmes, les enfants et les animaux. Évidemment, Beth et moi avons totalement arrêté de faire l'amour. Le simple fait d'être près d'elle m'était douloureux – j'étais toujours terrifié à l'idée que je risquais de la blesser. Elle a commencé à se faire beaucoup de souci pour moi et elle n'arrêtait pas de dire qu'il fallait que je démissionne si le travail me rendait fou comme ça, mais à la vérité, mon travail était ma dernière source de répit.

La semaine dernière, j'ai eu tellement peur de faire du mal à Beth qu'un après-midi, alors qu'elle était sortie faire des courses, j'ai jeté tous nos couteaux. Mais ça ne suffisait pas. Je me suis mis en devoir de jeter tout ce qui pouvait servir d'arme. Le briquet. Son marteau. Les poêles en fonte. Les verres. Les fils des appareils électroniques. Les ciseaux. Les coupe-ongles. Les produits d'entretien. L'argenterie. La ventouse pour déboucher les tuyaux. Les ceintures. Les rasoirs. Les serre-livres en agate.

Après avoir préventivement jeté tout ça dans les poubelles quatre étages plus bas, j'ai commencé à avoir des visions dans lesquelles je tuais Beth à mains nues – je l'étranglais, je l'étouffais, je la frappais – et j'étais tellement horrifié que je crois que je me serais réellement coupé les mains si je n'avais pas jeté toutes les lames que nous possédions – et quand Beth est rentrée pour constater qu'une part considérable de nos biens avait disparu et me trouver moi, en train de sangloter et d'hyperventiler sur le tapis, de frapper le mur avec mes mains, elle a paniqué. J'étais en sueur, en grand manque de sommeil, très agité – je ressemblais sans aucun doute à l'homme dangereux que j'étais.

— Est-ce que tu te drogues ? a-t-elle demandé en posant ses sacs de courses sur le paillasson.

Il était évident que je la terrifiais – elle ne voulait pas quitter le paillasson. Elle ne voulait même pas fermer la porte d'entrée.

— Qu'est-ce qui se passe, putain ?

Je ne savais pas quoi faire, alors j'ai menti. Je lui ai dit que j'avais une liaison. Je lui ai dit que je ne voulais rien avoir à faire avec elle, et qu'il ne fallait pas qu'elle essaie de me trouver ou de me contacter. Je lui ai dit qu'elle me dégoûtait. Je lui ai dit que j'avais fait mes valises et que je m'en allais. J'en ai vraiment fait des tonnes. *Elle s'appelle Diana !* ai-je hurlé. Je ne sais pas pourquoi j'ai dit ça. Ma copine au collège s'appelait Diana, et je la vénérais – elle gagnait sans arrêt des championnats de maths, de flûte, de je ne sais quoi – mais après que je lui avais tenu la main à la patinoire, elle avait appelé sur la ligne fixe de ma famille pour rompre avec moi. Les choses allaient trop vite entre nous, avait-elle expliqué.

Je me suis enfui de l'appartement avec rien d'autre que mon portefeuille, les vêtements que je portais et mes appareils électroniques.

J'écris cela depuis un motel. J'ai payé en liquide. Je ne suis pas allé au travail cette semaine. Je veux me faire interner dans un hôpital psychiatrique, mais j'ai peur qu'on me condamne. J'ai peur que tout soit vrai. J'ai peur d'avoir définitivement perdu la tête, et hier soir, je me suis convaincu moi-même que j'avais inventé Valentina. J'ai dû aller sur ses réseaux sociaux pour me prouver qu'elle était réelle. J'ai laissé les onglets ouverts et je n'ai pas arrêté d'y retourner pour vérifier.

Dès mon arrivée au motel, je suis devenu encore plus inquiet. Je me suis rendu compte que j'avais laissé Beth toute seule – et si elle était réellement menacée par Valentina ? Et si c'était le plan de Valentina depuis le début ? Se débarrasser de moi pour pouvoir faire du mal à Beth ? Alors j'ai immédiatement appelé les flics avec le téléphone du motel et je leur ai livré un tuyau anonyme. Je leur ai dit que j'avais des raisons de penser que Beth était en danger, que quelqu'un pourrait tenter de lui faire du mal. Je leur ai donné le nom de Valentina, ainsi qu'une description permettant de l'identifier. Je leur ai donné l'adresse de notre appartement, et j'ai raccroché.

J'avais tellement d'appels en absence – de Beth, de mes parents, de ma sœur, de mes amis, de mon patron – que j'ai dû éteindre mon téléphone. J'ai donné un faux nom au motel, et je leur ai dit de ne prendre aucun appel pour ma chambre. Cela fait des jours que je n'ai rien mangé, à part quelques paquets de chips pris au distributeur. J'ai peur de faire du mal à quelqu'un. Je n'ai pas peur de me faire du mal à moi – ce serait un soulagement si j'arrivais à trouver le courage qu'il faut pour ça. La bonne nouvelle, c'est que la porte du motel a une poignée métallique, de sorte qu'il m'est presque impossible de sortir de ma chambre. Dans ma tête, je bombe mes tags sur toutes les surfaces que je vois. J'ai des éclairs dans le cerveau ; ils n'arrêtent pas de frapper. Je ne sais pas ce que je suis. S'il vous plaît, aidez-moi.

Signé,
M. Caddavre

P.-S. : Je souffre aussi constamment d'affreuses démangeaisons et je crois que j'ai peut-être une variété de ce que vous et vos fidèles décrivez sur le blog, mais en même temps je suis absolument certain de n'être ni avancé ni prophétique ni rien de tout ça, alors peut-être qu'il suffirait que je change de marque de lessive ??? S'il vous plaît, conseillez-moi.

SURTOUT DES LAPINS

Après ça, ça a surtout été des lapins. Vous savez bien qu'il y en a partout dans cette ville. On ne le faisait que quand Blandine était sortie, et on les jetait à la poubelle, dehors, quand on avait fini. Si je devais dire combien… ah, je n'en sais rien. Peut-être cinq ? Treize ? J'essaie de ne pas y penser. Ça me fait vraiment mal d'y penser. Je ne suis pas un gars violent. Je ne me suis jamais battu avec personne, je n'ai jamais fait de mal à aucun animal domestique. Vous devez comprendre. Je n'étais pas moi-même. Aucun de nous ne l'était. Quand nous étions en train de procéder à un sacrifice, c'était comme si j'étais – comme si nous étions – possédés. Comme dans un film d'horreur. C'était plaisant de maîtriser comme ça une chose vivante, mais c'était aussi comme conduire une voiture sans freins dans un rêve. Comme si nous ne maîtrisions rien du tout. Je ne sais pas. Ça me fait vraiment mal d'en parler. Les lapins, vous croyez que ce sont des créatures silencieuses, jusqu'à ce que vous essayiez d'en tuer un. Là, ils hurlent comme la mort en personne. Vous n'avez jamais rien entendu d'aussi affreux qu'un lapin en train de mourir. Une fois que ce genre de son pénètre en vous, il n'en ressort plus jamais. Comment ? Oh, on utilisait différentes choses. Des couteaux, de l'eau, nos mains. Je ne sais pas. Je vous en supplie, agent Stevens. Je vous en supplie, ne me forcez pas à vous raconter ça.

LE CERCLE EN EXPANSION

Moses tremble sur sa couette ; il a la tête qui tourne et il est très inquiet. Il se gratte les bras, s'allume une autre cigarette. Ses stores sont baissés, et la fumée fait de la chambre un rêve brumeux, élague la nuit de ses conséquences. Normalement, il n'a aucun mal à répondre aux messages qu'il reçoit. Normalement, une sorte de force surnaturelle s'empare de lui et lui dicte la réponse. Il est l'humble vaisseau de la vérité. Mais il y a quelque chose dans ce message – quelque chose comme un reflet auquel vous ne vous attendez pas – qui fait se dresser ses cheveux sur sa nuque.

M. Caddavre l'a écrit d'un motel.

M. Caddavre a payé en liquide.

M. Caddavre a donné un faux nom.

Moses imagine l'homme ici, au Wooden Lady, dans la chambre d'en face. Il imagine l'homme tremblant derrière la porte, terrifié par la poignée métallique, vivant des fruits d'un distributeur. Le fait d'imaginer cet homme juste là – à quelques mètres de lui – incite Moses à avoir envie de lui répondre.

Mais une puissante raison d'ignorer M. Caddavre lui vient à l'esprit : M. Caddavre ne souffre pas du Prix à payer. Moses ne peut pas aider cet homme ! Moses n'a ni la formation, ni l'information ! Moses n'a jamais étudié ni la psychologie, ni la psychiatrie, ni la médecine, ni le coaching personnel, ni la sociologie, ni l'anthropologie, ni la théorie critique des races, ni les études autochtones, ni les études féministes ! Quelles qualifications a-t-il pour tenir un blog de santé mentale ?

En deux clics, il efface le message de M. Caddavre. Puis il sort du lit, marche jusqu'à son sac et touche les bâtons lumineux.

La trille de son téléphone lui fait pousser un petit cri étouffé. En farfouillant, il trouve son appareil dans la salle de bains et le fixe en plissant les yeux d'un air apeuré.

Il attend la cinquième sonnerie pour décrocher.

— Jamie, dit-il.

— Moses ? (Sa voix est d'une clarté effrayante, comme si elle se trouvait là, juste à côté de lui.) Moses, répète-t-elle. Waouh. Je… Désolée. Je voulais juste… pour être honnête, je ne pensais pas que tu décrocherais. Alors je suis juste, euh. Un peu confuse. Waouh. (Elle lâche un rire nerveux.) Salut.

— Pourquoi as-tu appelé si tu pensais que je ne répondrais pas ?

— Je… je voulais juste te dire que je suis désolée.

— Désolée ?

— Pour le décès de ta mère. Je veux dire, je sais que tes relations avec elle n'étaient pas des plus simples, tout ça, mais…

Il se l'imagine : combinaison kaki, pieds nus. Cheveux sombres coupés court, peau nappée de crème solaire, nez élégant qui se ride légèrement tandis qu'elle plisse les yeux sous le soleil de Los Angeles. Elle doit appeler de son jardin à Silver Lake, sous le grenadier, avec le chat Pip. Elle doit porter d'inventifs bijoux en or et être en train de boire sa troisième tasse de café, et la lumière est sûrement éclatante, dehors, mais elle ne porte sans doute pas de lunettes de soleil parce qu'elle égare constamment les siennes.

— Mais parfois, ce sont ces deuils-là qui sont le plus douloureux, tu sais ? Quand quelqu'un meurt alors qu'on a encore des problèmes à régler. Enfin, du moins, c'est ce que j'ai vécu moi. Avec mon père. Tu as, genre, tous ces problèmes en suspens – une vie entière de conflits qui remontent à la surface et qui te regardent, et tu as passé une si grande part de ta vie à espérer pouvoir les résoudre, mais tu te rends compte maintenant que ça ne pourra sans doute jamais…

— Tu es toujours avec lui ? demande Moses.

Long silence.

— Quoi ?

— Lui.

— Kevin ?

— Ne fais pas l'idiote.

Moses se force à retourner vers le lit et à s'y asseoir.

— Oui, répond Jamie. Je suis toujours avec lui.

Moses boit une grosse gorgée de saumure d'olives dans le bocal, puis se gratte l'avant-bras sur une rainure du cadre de lit métallique.

— C'est vraiment très étrange que tu m'aies appelé, dit-il d'une voix enjouée. J'étais justement en train de penser à toi, en fait.

— Ah ?

Jamie n'a pas l'air convaincue.

— Je me rappelais cette expérience de pensée philosophique que tu résumais toujours pour les gens dans les soirées. Tu te souviens de ça, Jamie ? De comment tu pouvais t'acharner à étaler ta science d'étudiante de premier cycle à propos de tout quand je t'emmenais dans un endroit intimidant ? De comment tu pouvais te montrer insupportablement *jeune* ? Je veux dire, j'aurais dû m'y attendre. Tu as, quoi ? Vingt-cinq ans ? Tes années d'université ne sont pas loin. Je comprends ça. Vraiment. Crois-moi, ton âge, c'était ce que je préférais chez toi ! Mais je pensais que tu finirais un jour par comprendre que tu ennuyais les gens. Je pensais que tu comprendrais que les gens étaient gênés pour toi, que le fait de citer les professeurs minables de ton université paumée n'impressionnait personne. On *voyait* les efforts que tu faisais pour prouver que tu étais Intelligente et Différente. Tu voulais que tout le monde le sache, pas vrai ? Tu voulais prouver que tu n'étais pas comme les *autres* idiotes de petites femmes trophées, avec leurs mèches blondes et leurs faux seins et leurs mignons petits boulots dans le show-business. Boulots que leurs petits amis plus accomplis leur obtenaient toujours. Tu n'étais pas comme ces autres filles, avec leurs bronzages acharnés et leurs comptes Instagram obsessionnels et leurs faux enthousiasmes pour la fellation, ces filles qui exhibaient fièrement leurs abdos à la moindre occasion – non. *Toi*, tu étais Jamie, ancienne étudiante en philosophie.

— Moses, je…

— Et donc, quand tu commençais à te sentir décorative et redondante dans une soirée, tu évoquais tes putains de cours, avec cette agaçante certitude que la théorie a quelque chose à voir avec la vie réelle. Tu te sens encore comme ça ?

Chaque fois que je t'entendais parler avec cette voix – ta voix de séminaire –, je m'efforçais d'intervenir, j'essayais de déclencher un avortement conversationnel, tu vois. Mais je dois reconnaître…

Il pose la saumure d'olives et prend une grosse gorgée de gin. Jamie a peut-être mis son micro en mode silencieux, mais elle ne lui a toujours pas raccroché au nez. Il va continuer à parler jusqu'à ce qu'elle le fasse.

— Il y avait cette expérience de pensée à propos de laquelle tu n'arrêtais pas de déblatérer, putain. Tu t'en souviens ? C'est ça qui m'a fait penser à toi, juste là. J'essayais de me souvenir comment ça fonctionnait. Un truc à propos d'un cercle en expansion ?

Une minute passe avant qu'il entende la voix de Jamie, désincarnée, fluette.

— L'Enfant qui se Noie et le Cercle en Expansion, dit-elle. Peter Singer.

— C'est ça ! Peter Singer ! Je me demandais – vu que tu es si *intelligente*, que tu es une *étudiante* si brillante, ça t'ennuierait de me rafraîchir un peu la mémoire ?

— Quoi ?

Elle renifle. Elle pleure.

— Raconte-la moi, c'est tout, dit Moses. Comme tu le faisais dans les soirées. Tu t'en souviens, n'est-ce pas ? Je sais que tu t'en souviens. Je te revois la mentionner pendant que tu bavardais avec Quentin.

— Je ne… Je ne…

— Bah, allez, Jamie. Tu me dois bien ça, pas vrai ? Après tout ce que tu m'as fait ? Après tout ce que j'ai fait pour toi ?

Il sait que s'il parvient à la faire se sentir suffisamment petite, il pourra lui faire faire n'importe quoi.

N'importe quoi, sauf rester avec lui.

Elle prend son temps. Lorsqu'elle se remet à parler, elle semble complètement changée. Elle n'est plus la fillette en larmes qu'il se figurait quelques moments auparavant ; elle est robotique. Neutre. Sans intonation.

— Singer présente cette expérience de pensée à ses étudiants, commence Jamie. L'idée est que si vous passiez à côté d'un enfant qui se noie dans une mare peu profonde, vous l'aideriez, sans hésiter, même si vous deviez saccager vos vêtements. Tout le monde est d'accord sur ce point. Mais il demande ensuite à ses étudiants : "Cela ferait-il une différence si l'enfant était loin de vous, dans un autre pays, peut-être, mais également en danger de mort, et que vous pouviez tout pareillement le sauver, à peu de frais, et sans courir le moindre danger ?" Les étudiants répondent toujours non. Mais c'est là qu'ils commencent à poser des questions, à faire part de leurs doutes. Comment pouvez-vous être sûr que votre argent arrive au bon endroit ? Ce genre de doutes. Singer dit que ses étudiants ne remettent jamais en question "l'éthique sous-jacente de l'idée selon laquelle nous devrions sauver la vie de personnes inconnues quand nous pouvons le faire à relativement peu de frais pour nous-mêmes". C'est ce qui le frappe le plus, dit-il.

— Bravo Jamie ! Tu as les félicitations du jury. Tu as mémorisé les citations et tout et tout ! Je parie que Quentin a été totalement fasciné quand tu lui as raconté ça.

Jamie prend son temps pour répondre. Lorsqu'elle le fait, il est évident qu'elle est redevenue la personne qu'elle était au début, timide et pleurnicharde.

— Qu'est-ce qui t'a fait penser à ça précisément ?

— Bah, tu sais. Je suppose que j'essayais juste de comprendre ce bon vieux monde ! On pourrait souvent se croire dans un asile de fous, pas vrai ? Je veux dire, y a *tant de vies* qui ont besoin d'être sauvées. Trop ! Et l'ignoble vérité, c'est que même si nous reconnaissons que ce serait *merveilleux* de les sauver toutes, nous ne pouvons pas le faire. C'est tout simplement impossible. La vie n'est pas une expérience de pensée. Il me semble évident que ce bon Peter se fourrait le doigt dans l'œil jusqu'au coude. Je parie qu'il se sentait éminemment *éthique* et *bon*, à publier toutes ces pensées. Quel panache !

Bruits de fond à l'autre bout du fil. Une voix, de plus en plus inquiète. Frictions sur le micro. Quand quelqu'un parle de nouveau à Moses, ce n'est pas Jamie.

— Laissez Jamie tranquille, enfoiré de psychopathe. Vous m'entendez ? Foutez-lui la paix, putain. La prochaine fois que j'apprends que vous lui avez parlé, on demandera une injonction d'éloignement.

Moses rit sauvagement.

— Oh, Kevin ! J'espérais bien qu'on pourrait se voir un jour. En fait, c'est elle qui m'a appelé. Moi, j'ai juste décroché.

— Ce n'est pas Kevin. C'est Ruth.

— *Ruth ?*

— Sa putain de sœur.

— Je vous en prie, Ruth, demandez donc cette injonction d'éloignement – je n'arrive pas à me débarrasser d'elle. Rappelez à Jamie que j'ai tout un arsenal de photos compromettantes que je n'hésiterai pas à publier. J'ai aussi un blog avec des centaines de milliers d'abonnés. Permettez-moi de vous féliciter pour votre…

Mais la ligne se coupe avant que Moses ait le temps de finir.

Il n'a pas des centaines de milliers d'abonnés.

Il ne sait pas exactement combien de temps il reste assis comme ça, à fixer le plafond, avant que la télévision ne s'allume toute seule. Cette fois, avec le son.

Piano et violons mélodramatiques. Moses se lève du lit et tend le bras pour éteindre le poste, mais il se fige en entendant la voix d'un acteur célèbre, aujourd'hui septuagénaire – un acteur qui parle de choses comme la sécurité, la paternité, le poulet au barbecue, le travail du bois, les feux de camp et la pêche. John Clarke a joué des rôles innocents et patriotiques, des rôles qui incarnent les vertus les plus nobles de leur nation : un cow-boy et un astronaute, un papa bricoleur dans une sitcom, un général de la Seconde Guerre mondiale, le père Noël dans une trilogie, le maire d'une petite ville, un policier d'une petite ville, un grand flic de grande ville, un entraîneur de football marginal, un aigle de dessin animé. Il est marié depuis quarante ans. Il a pris sa retraite d'Hollywood pour être grand-père à plein temps. Moses l'a rencontré en vrai, un jour. Quand il était enfant.

— C'est une histoire américaine, dit John Clarke. Et vous en êtes le personnage principal.

Dans la publicité, un jeune couple séduisant court dans l'histoire de Vacca Vale, Indiana ; leurs vêtements changent, les décors changent, jusqu'à ce qu'après avoir survécu aux difficultés de l'ère post-industrielle ils pénètrent dans une somptueuse clairière, où ils visitent un marché fermier, puis s'élèvent jusqu'à leur appartement moderne parfait au milieu des arbres. Par la baie vitrée, ils admirent le cercle d'industries étincelantes et de forêt verdoyante qui les entoure. En voix off, l'acteur dit des choses sentimentales mais étrangement émouvantes à propos du fait de se sentir chez soi. Puis, flûte de champagne en main, le couple trinque et regarde la caméra.

— C'est une histoire américaine, répète la voix. Et vous en êtes le personnage principal. Vacca Vale : Bienvenue chez vous.

Moses fixe l'écran bouche bée. Il trouve la télécommande et essaie d'éteindre le poste, mais il ne répond pas. D'un geste colérique, il arrache le cordon de la prise et reste debout dans sa chambre, le souffle court.

Il avait prévu de surprendre Joan Kowalski à deux heures du matin, mais il ne pourra pas attendre si longtemps. Il a besoin de sortir.

De sortir d'où ? demande la voix du père Tim.

Moses baisse le regard sur son avant-bras gauche : ses ongles y ont creusé une petite zone à nu et à sang. L'omniscience, Moses s'en rend compte, n'est pas un don. C'est une torture. Les gens sont dangereux parce qu'ils sont contagieux. Ils vous infectent avec ou sans votre consentement ; ils vous attirent sur des chemins que vous n'auriez pas choisis ; ils vous commandent. Vous rencontrez un prêtre et quelques faucons, et vous les entendez maintenant aussi clairement que le bruit de la circulation devant votre motel. Si vous souffrez du Prix à payer, vous n'avez pas le luxe de vous déplacer dans le monde sans une membrane qui vous enveloppe, une barricade qui vous protège des éléments. Vous devez être prudent – si vous vous heurtez à quelqu'un, vous devez être prêt à résider indéfiniment à l'intérieur de sa psychologie, et c'est le fardeau de toute une vie. Vous êtes pathologiquement poreux, vous habitez chaque émotion que vous voyez, et vous êtes peut-être un prophète, mais si vous l'êtes, vous êtes en retard, parce qu'aucune prophétie ne vous est encore venue, de sorte que vous ne faites qu'errer dans le désert dans votre robe de bure en vous grattant et en hurlant comme un dément. Vous choisissez la mauvaise vingtenaire à baiser, et maintenant vous êtes forcé de vous confronter à cette grande capacité de violence que vous avez quand on vous provoque. Jusqu'à la fin de vos jours, vous devrez vivre en sachant cela. Tout ça parce que vous ressentez trop de choses ! Vous recevez un e-mail d'un inconnu, un inconnu parfait, et à présent il vous possède comme un démon. À présent, vous êtes fondamentalement lui.

Moses décide de partir à neuf heures pour aller chez Joan. Qu'ils l'attrapent s'ils le peuvent. En attendant, il récupère son téléphone. Il faut qu'il sorte de cette chambre immédiatement. Mais alors qu'il s'apprête à partir, il vacille. La poignée de porte est métallique, et il a peur de la toucher. Tandis qu'il jette un regard circulaire sur la chambre, son ordinateur portable attire son attention comme un robinet qu'il aurait oublié de fermer.

— Dis Siri, lance Moses. Raconte-moi une blague.

— Pourquoi Napoléon n'a-t-il jamais déménagé ? obtempère-t-elle tout de suite.

Elle est son sauveur et sa servante. Elle sait tout sur lui, mais ça ne leur fait aucun bien, ni à l'un ni à l'autre. C'est le problème avec l'amour.

— Parce qu'il avait un bon appart.

— Je ne comprends pas, dit Moses.

Mais il lui semble qu'il se pourrait qu'il comprenne. Il cherche la blague dans Google et tombe sur un long fil de discussion entre les internautes mama_premier_degré et FruitDeViande12. Il en apprend un peu sur Napoléon. Il apprend également que FruitDeViande12 a vécu, à Bordeaux, une de ces années d'études à l'étranger qui vous changent votre vie, mais Moses est trop agité à cause de l'alcool et trop en colère contre Dieu – ou quelque chose comme Dieu – pour en lire plus.

— Dis Siri, lance-t-il. Tu as des sentiments ?

— Je ressens parfois l'envie de faire la roue.

Cela déprime fabuleusement Moses, lui emplissant l'esprit de ciment liquide.

— Tu n'as pas de corps, réplique-t-il. Chérie.

Le soir fait cette chose qu'il fait parfois quand Moses boit, animant tout ce qu'il contient, donnant à ce contenu des battements de cœur et des désirs et de la fourrure, chargeant tous ses objets d'une importance insupportable. Moses est au bord de la transcendance, il la sent monter en lui comme un orgasme. Ou peut-être que ce ne sera pas la transcendance ; peut-être que ce sera une crise d'angoisse. Tout dans sa chambre de motel paraît émeraude, brillant et volatil. Ce n'est pas un bon appart. Cherchant désespérément quelqu'un de réel, de chair et d'os, à qui penser, Moses ressuscite le message de M. Caddavre dans la poubelle et plonge son regard dans l'écran blanc scintillant. Ça lui rappelle la vie après la mort. Un lieu où il est déjà allé.

— Dis Siri, lance Moses. Qui commande ?

— Une seconde, répond-elle.

Il attend et attend, mais Siri ne revient pas.

RESPECTEZ LES DÉFUNTS

DANS les livres d'or qu'elle a passés en revue jusqu'à maintenant, Joan Kowalski a autorisé les internautes à prendre des petites libertés vis-à-vis de l'étiquette du deuil. Elle a toléré une dose d'irrévérence, surtout quand c'était bon enfant. Internet a envie d'être absurde, se dit-elle. Il faut le laisser faire.

Aujourd'hui, cependant, les mots d'Anne Shropshire ne cessent de claquer dans sa tête. *Nous avons de l'estime pour vous. Mais ça ne suffit pas. Vous devez en avoir pour vous-même.*

C'est difficile d'avoir de l'estime pour soi-même !

Quoi qu'il en soit, Joan essaie. Elle n'arrive pas à se voir comme un ange gardien, à proprement parler, mais elle parvient à s'imaginer comme une sorte de cyber-chevalier, armée d'une cotte de mails et du langage HTML, sauvant les gens les uns des autres. Cette fois, quand Joan se représente les endeuillés, elle voit sa mère avec un pull à col roulé écume de mer et une permanente fraîche, le regard plongé dans une boîte d'anchois fumés. Cette image l'aide à se sentir un peu plus protectrice à l'égard des morts et de leurs proches. Elle accroche son traîneau à cette émotion et attend qu'il démarre, mais il ne démarre pas.

Le mercredi 17 juillet, elle est sans pitié au travail. Elle efface quatre-vingt-un commentaires – son record personnel. Si on l'interrogeait sur la question, elle dirait que l'inconscient collectif américain se révèle dans des remarques méchantes au sujet des défunts. Au cours de sa seule dernière heure, elle efface les messages suivants :

> dsl de faire ça ici mais g 19 ans, jviens juste d'écrire mon 1er album, j'adorerais le faire découvrir aux gens, j'en suis très fier, vous le serez aussi, allez sur corey JAMAMBA point com svp et merci twitter @coreyjamamba instagram jamambaramba donnez-moi de l'amour jvous en donnerai en retour !!!!!!!!!
>
> honnêtement ce type était mon prof de sciences humaines au collège. on le détestait. il était méchant avec tout le monde. surtout les élèves de couleur. un jour il a tiré les cheveux de mon amie. elle les portait au naturel pour la première fois. il a dit genre "ils te fouillent cette tignasse, à la sécurité de l'aéroport ?" c'est pas moi qui pleurerait ce sale raciste. je suis blanc au fait.
>
> le meilleur coup de ma vie, vous imaginez pas
>
> Vous êtes puissant. Vous êtes résilient. Vous êtes téméraire. Alors pourquoi votre déodorant ne l'est-il pas ? Découvrez Bloo : l'union de la science et de l'éthique. Enfin un déodorant aussi puissant que vous. Obtenez la performance que vous méritez grâce à ses ingrédients de qualité. Le Déodorant Bloo est sans

aluminium, sans paraben, sans sulfates. Non testé sur les animaux. Fabriqué aux USA. Recevez votre premier stick GRATUIT avec le code BlooPourVous sur BlooDeodorant.com. *True Bloo for the True You!*

“Ne fais ni emprunt ni prêt / Car le prêt te fait perdre et argent et ami / Et l’emprunt rogne les économies.” Que ça te serve de leçon, Sharon.

euh. “crise cardiaque ?” à mon avis ça ressemble plus à un meurtre. ça serait bien un coup de sa femme.

Les “Ukrainiens” / “Américains” / “Russes” – ils sont “tous des ENNEMIS du PEUPLE” (Profit) et nous nous regardons nous changer en moutons et aider LES PUISSANTS en direct à la télévision… bientôt… bientôt… On Perdra La Liberté. nous sommes des entasseurs compulsifs puissance 10. Quiconque résiste est un cocu – Confessez-vous !

Mon père vient d’être diagnostiqué de la même maladie funeste que celle qui a tué John. Ma famille essaie de payer les factures. J’ai 2 boulots, mon partenaire en a 3. Ma mère a 76 ans, et elle a dû quitter sa retraite pour retourner travailler dans le supermarché où elle a travaillé toute sa vie. Mais on n’arrive toujours pas à payer tous les frais médicaux. S’il vous plaît essayez de faire un don sur notre FundGo. FundGo.com/HaroldVaGuérir.

on sait tous ce que ça signifie quand ils omettent de mentionner la cause de la mort. Femme disparue, cadavre, lac, aucun signe de traumatisme externe ? cet “accident” s’appelle un S-U-I-C-I-D-E. vous croyez que ça aidera de pas en parler ? je comprends que les familles veuillent pas mettre ces sombres histoires personnelles sur la place publique, mais les gens méritent de savoir la vérité. surtout ceux qui ont déjà perdu un être aimé mort par suicide. comme moi.

stupide Internet ! l'au-delà n'a pas Internet… à moins… qu'Internet SOIT l'au-delà ?????

je ne suis qu'un libertaire qui aime les pieds qui cherche du bon temps 675-394-2849

obama est musulman

Écoutez-moi. Sérieusement, les gens, écoutez-moi. Il n'y a rien après cette vie, ok ? Alors ne vivez pas comme si vous aviez un Acte III. Il n'y a pas de scène surprise après le générique de fin. Ça vaut aussi pour tous ceux que vous aimez. Je ne peux pas révéler d'où je sais ça, j'ai dû signer un accord de confidentialité, vous devez me faire confiance. Ce sont vos seules minutes. Qu'allez-vous en faire ?

JE M'ENNUYAIS, C'EST TOUT

Il est environ six heures et demie le soir du mercredi 17 juillet. Blandine Watkins est assise dans sa chambre et songe à aller se promener dans la Valley. Ça a été un jour inhabituel. Ce matin, elle est allée travailler à l'Ampersand, pour remplacer un collègue qui avait la gueule de bois, ce qui n'était pas inhabituel, mais elle est ensuite allée promener des chiens en compagnie de Jack, et ça, c'était inhabituel. Les sentiments qui se sont installés en elle n'ont pas encore été évacués. Elle est toujours plaisamment secouée par la conversation dans le loft de Pinky, et le fantôme de la main de Jack s'attarde toujours sur sa peau. Ses membres se meuvent lentement, rêveusement, comme si l'air était fait de crème fouettée. Les chemins de Jack et Blandine se sont séparés quand Jack a dû aller chercher un labradoodle dans le luxueux quartier historique le long de la rivière – quartier que Blandine évite. Elle s'est dirigée vers la dernière réunion publique dans le sous-sol d'une église, où elle est restée assise très calmement, n'a rien dit et a ressenti beaucoup de choses.

Passer du temps ensemble leur paraissait étrange à tous les quatre, mais elle perçoit une sorte de vague obligation morale de le faire plus souvent. Todd est assis sur le canapé dans la pièce d'à-côté, en train de regarder le tout dernier épisode de *Tough Love*, qui se passe dans une usine Foxconn de Shenzhen, en Chine. Elle l'entend à travers le mur de sa chambre.

Pour faire barrage au son de ce programme affreux, Blandine met son casque, qui diffuse l'*O eterne Deus* d'Hildegarde de Bingen. C'est excellent, bien sûr. Assise par terre, Blandine s'épile les jambes avec une pince. Ce casque lui a été offert par son prof de théâtre à Ste Philomena. Elle s'était juré de ne plus l'utiliser, mais elle n'a pas réussi à s'y tenir – il est trop bien. Elle monte le volume. Elle s'épile à la pince parce que la traction exercée sur chaque follicule cause une douleur plaisante. La musique est imprévisible, mélancolique, céleste. Un chœur de voix féminines qui monte et qui descend, encore et encore. De la manière la plus enchanteresse, cette musique semble avoir été écrite par quelqu'un qui n'aurait jamais entendu de musique avant.

La pince à épiler jette un sort qui hypnotise la volonté de Blandine, et elle y est accro. La capacité qu'a la pince d'enlever les choses à la racine. Son pouvoir purgatif. Elle le déteste. Il l'habite. Elle se promet que chaque poil de jambe arraché sera le dernier – qu'elle laissera tomber cette pince, qu'elle sortira, qu'elle ira se confronter au monde. Au lieu de s'épiler les jambes par une belle soirée de mercredi, elle pourrait lire un livre, ou aller courir, ou travailler son latin pour pouvoir lire les écrits d'Hildegarde dans le texte, ou essayer de trouver une définition précise du postmodernisme, ou faire des recherches sur les caractéristiques particulières du droit fiduciaire, ou s'intéresser à la mécanique quantique – aller voir ce qui se passe dehors. Elle pourrait réfléchir à sa position vis-à-vis de l'université. Si elle arrive à une conclusion qui réfute ses actuels credo de vie, elle pourrait bachoter pour le GED*, puis pour le SAT** puis envoyer des dossiers de candidature à des universités. Elle pourrait utiliser un mot comme *immarcescible* dans une conversation. Elle pourrait essayer d'entrer en contact avec le Divin. Elle pourrait écrire une lettre au maire Barrington pour protester contre le programme scandaleux qui est sur le point de saccager sa Valley. Elle pourrait écrire un billet d'opinion et le proposer à la *Gazette*. Elle pourrait appeler Paul Vanaquelquechose et fomenter un plan pour s'introduire par effraction dans le loft de Pinky. Commencer à fabriquer son effigie vaudou.

Elle lève les yeux de sa pince pour admirer l'image imprimée au-dessus de son lit.

Après s'être perdue dans cette image pendant plusieurs minutes, Blandine se frappe la cuisse, s'arrachant à une douleur auto-infligée en s'en causant une autre – seule méthode qu'elle connaisse pour réorienter son activité. Elle enlève son casque, fourre *Femmes mystiques : anthologie* dans son sac en velours et se prépare à sortir de l'appartement. Si elle n'a pas l'intention de contacter le Divin, autant qu'elle aille dehors.

Dans le salon poisseux, Todd est face à la télévision, corps affalé dans la chaleur.

* General Education Development : nom d'un ensemble de tests visant à certifier que le candidat ou la candidate possède bien le niveau attendu en fin de lycée.

** Stanford Achievement Test : autre test visant à évaluer le niveau des élèves, qui peuvent le passer chaque année au cours de leur scolarité, de la maternelle à la fin du lycée.

Blandine regarde l'écran un moment.

— Ça t'embête si je me joins à toi une petite seconde ?

Surpris, Todd sursaute.

— Je ne savais même pas que tu étais là.

— Désolée.

— Désolée de quoi ?

— De t'avoir fait peur.

— Tu ne m'as pas fait peur. J'ignorais juste que tu étais là.

Blandine hausse les épaules.

— OK.

À titre d'expérience, elle s'assied sur le canapé. Todd adapte sa position en lui lançant des regards hostiles. Ils se tiennent assis sur les bords opposés, conscients de l'espace qu'il y a entre eux deux. Elle et Todd n'ont encore jamais fait ça. Le canapé, c'est son territoire à lui.

— Ça t'ennuie si je regarde une seconde ? demande-t-elle.

— On vit dans un pays libre, répond-il d'un ton maussade, sans se tourner vers elle.

— Vraiment ? demande-t-elle.

Il l'ignore. Ils regardent la télévision avec l'air raide et faux de jeunes comédiens dans un spectacle scolaire.

L'usine Foxconn fabrique des appareils pour les entreprises de haute technologie les plus puissantes du monde. Avant de prendre son service, chaque employé de l'usine doit officiellement promettre de ne pas se suicider. Le narrateur de *Tough Love* a un accent britannique, injectant dans ce programme américain une sophistication non méritée, menaçant ses sujets comme un anthropologue hautain et exploitant un complexe d'infériorité national. Il explique pourquoi les responsables de l'usine exigent désormais cette promesse. En 2010, il y a eu une épidémie : dix-huit tentatives de suicide, quatorze morts, une seule méthode. Ces employés ont tous sauté d'un immeuble Foxconn.

— Ces dernières années, explique le narrateur, il n'y a eu que douze suicides en tout, et les responsables de Foxconn jugent donc que ces promesses fonctionnent.

Des plans montrant des ouvriers de l'usine se succèdent à l'écran.

— Les employés se réveillent à six heures trente du matin, arrivent avant sept heures trente et s'en vont vers six heures trente le soir, poursuit le narrateur, pour des journées de travail de onze heures, moins les pauses. Il leur est interdit de parler. Il leur est interdit de se tenir debout. S'ils finissent leur travail en avance, ce qui se produit rarement, ils doivent rester assis et lire le manuel du salarié. À la fin de la semaine, on les force à signer des fausses cartes de pointage faisant état de moins d'heures qu'ils n'en ont travaillées.

À l'écran, un garçon américain de quinze ans est affalé contre un mur en béton sans fenêtres pendant sa pause de cinq heures. Il est sur le point de finir la première de trois semaines de travail de six jours et soixante-six heures. Même si l'Environnement Formateur de Caractère qui lui est assigné est un lieu de travail, un participant de *Tough Love* ne peut pas garder l'argent qu'il gagne pendant le tournage. Ça ne change rien pour ce garçon, qui recevra le salaire standard de 1,54 $ par heure, explique le narrateur.

— Les parents de Ryder sont anesthésistes.

Ryder porte une blouse frappée de carreaux pâles, un bonnet assorti et des gants en caoutchouc. Un masque facial à motif bleu est accroché derrière ses oreilles.

— Je n'aurais jamais dû voler Oma, dit-il d'une voix atone. (Son visage a la texture, la forme et la couleur exactes d'un abricot.) Je le regrette, c'est sûr.

Grande envolée de violons synthétiques. La caméra zoome lentement à mesure que sa voix et son expression s'effondrent pour atteindre la gravité et l'asymétrie de la tristesse authentique.

— Je m'ennuyais, c'est tout.

En arrière-plan, deux employés de l'usine émergent de hautes portes. Ils fixent l'objectif un bref instant. Un employé fait un timide signe de la paix avant que la caméra ne descende, et que la scène soit coupée pour laisser place à une publicité pour des somnifères.

Todd se masse les bras.

— T'as eu la chair de poule ? demande Blandine.

L'expression de Todd confirme qu'elle n'est pas la bienvenue et qu'elle a vu juste.

— Moi aussi, dit-elle. Chaque fois que des gens fixent l'objectif, je…

— Chut, dit Todd. Je regarde.

Dans la publicité, des papillons générés par ordinateur volètent autour de la tête d'une femme assoupie ; la scène est nimbée de la lumière pervenche du sommeil médicalement induit.

— Ce programme est super glauque, dit Blandine. Comment tu fais pour regarder ça toute la journée ?

— Je trouve ça drôle, réplique Todd. Ça passe le temps.

Sa réaction est si cynique qu'elle ne peut pas y réagir. Elle change le cours de leur conversation.

— T'as travaillé, aujourd'hui ?

— C'est mon jour de repos, répond Todd.

— Tu es toujours chez Buds and Spuds ?

Il dramatise son agacement et refuse de détourner les yeux de l'écran.

— Oui.

— Alors, tu grilles les burgers ? Tu t'occupes du drive ? Tu fais quoi ?

Todd hausse les épaules.

— Ça dépend.

— Ça dépend de quoi ?

— Ça *dépend*, c'est tout.

Blandine reste silencieuse un instant.

— T'as des projets pour ce soir ?

— Qu'est-ce que ça peut te faire ? dit-il d'un ton cassant.

— Je suis curieuse, c'est tout.

— J'essaie de regarder ça.

— C'est une publicité.

— Et alors ? J'aime bien ça.

Passe une publicité pour un burrito au poulet frit. Gouttes d'eau comme de la rosée sur la peau d'une tomate. Cornichons à la coupe ondulée. Viande privée de toute ressemblance avec son origine. IMAGE AGRANDIE POUR MONTRER LA TEXTURE, dit un bandeau en bas de l'écran.

— Je vous présente le burritowich, dit une voix masculine. Le monstre qui manquait à votre vie sans que vous le sachiez.

Blandine se lève du canapé-futon ; sa peau colle au faux cuir.

— On vit ensemble et on ne sait rien les uns des autres. Ça te fout pas les boules ?

— Non.

— Même pas un tout petit peu ?

— *Toi*, tu me fous les boules.

— Ah, c'est normal. Je suis une inconnue. Je pourrais être une meurtrière.

— Il se trouve qu'on vit dans le même appartement. C'est tout. Fin de l'histoire. T'étais super amie avec tous les membres de tes putains de familles d'accueil ?

— Laisse tomber.

Blandine prend ses affaires. Elle se tourne pour partir, mais s'arrête quand une publicité pour le programme immobilier de la Valley apparaît à l'écran. Elle a évité de les regarder, mais là, elle reste en place, hypnotisée par la symphonie, par la manipulation à gros budget qui commence déjà à faire son œuvre étrange sur son cerveau.

— Qu'est-ce qu'un chez-soi ? demande l'acteur du New Jersey jadis célèbre qui est devenu, pour des raisons que Blandine ne comprend pas, la voix du programme de revitalisation de Vacca Vale. Un chez-soi, c'est un endroit où vous n'avez pas à choisir entre la vie dans une grande ville et le confort d'une petite ville. Un chez-soi, c'est du bois dans la cheminée, des bottes de pluie dans l'entrée, une tasse de chocolat chaud, une soirée jeux entre amis. Un chez-soi, c'est un bébé qui fait ses premiers pas. C'est des grands éclats de rire. C'est une serveuse qui sait comment vous aimez votre café. Un chez-soi, c'est une tarte dans le four, un joueur de saxophone en centre-ville et des lucioles dans le jardin. Trois générations qui pêchent ensemble dans la rivière. Un chez-soi, ce n'est pas qu'un endroit. C'est un état d'esprit. Vacca Vale : Bienvenue chez vous.

À la fin de la publicité, Blandine regarde Todd. Des larmes luisent dans ses yeux.

— La vache, dit-elle. Sérieusement ?

Il détourne le visage.

— Le prends pas mal, hein, dit Blandine. Mais je suis authentiquement curieuse. Tu peux regarder des vrais gens se faire torturer par l'économie prédatrice avec, genre, une vraie indifférence de sociopathe. Mais cette publicité *touristique* te fait pleurer ?

— Tu veux pas juste fermer ta gueule, Blandine ?

Blandine plaque son livre sur sa poitrine. Après avoir serré les dents pendant une minute, elle choisit de ne pas répliquer parce que c'est ce genre de personne qu'elle a l'intention d'être, à partir de maintenant.

BIENVENUE CHEZ VOUS

ÉCOUTANT Blandine descendre l'escalier du Clapier, Todd ouvre son ordinateur portable et cherche les publicités pour Vacca Vale. Il y en a cinq. Il les regarde chacune encore et encore, pressant sa chemise contre ses yeux. Coton humide et salé. Récemment, une de ces publicités est passée pendant qu'il était avec Jack et Malik, et il a dû faire semblant de ne rien ressentir. Peut-être qu'eux aussi faisaient semblant de ne rien ressentir. Cette pensée le réconforte, le fait pleurer plus fort. Todd malaxe un sac de courses en plastique posé à côté de lui – c'est une texture qu'il associe aux fantômes. L'éclairage du salon s'est estompé pour n'être plus que le gris liminaire du crépuscule, et il sent qu'une tempête couve dehors, se prépare à faire une entrée théâtrale. Il mange ses derniers radis, savourant la brûlure dans sa bouche.

TA TANTE TAMMY

JOAN vit avec plusieurs plantes en plastique dans l'appartement C2 au rez-de-chaussée du Clapier. Elle aspire à posséder un jour des plantes vivantes, mais elle n'arrive pas à trouver la confiance nécessaire. Le soir du mercredi 17 juillet, elle rentre d'une journée pleine de problèmes pour retrouver chez elle le plus ancien et le plus épineux d'entre eux.

Comme la plupart des problèmes de Joan, celui-ci découle de deux pôles de bonne volonté conflictuels. Pour les fêtes, Joan reçoit des colis de sa tante la plus gentille et la plus solitaire. Cette tante a des fausses dents, une écriture manuscrite flamboyante et un penchant pour les animaux domestiques handicapés. Elle teint ses cheveux carmin et sent toujours le talc. C'est le parent préféré de Joan. Dans ses moments les plus honnêtes – après deux verres de rouge ou pendant les orages chauds –, Joan reconnaît qu'elle préfère cette tante à sa propre mère, qui avait si peur de mourir qu'elle en vivait à peine, et aussi à son propre père, qui s'est poussé vers une mort prématurée à force de trop manger.

Les colis de la tante de Joan contiennent habituellement des objets tels que des crucifix, du papier à lettres orné de chérubins, des remèdes homéopathiques, des étiquettes pour valises et des gadgets de cuisine aux fonctions déraisonnablement spécifiques. La tante Tammy inclut toujours une carte illustrée de personnages aux grands yeux qui célèbrent en souriant la fête américaine du moment, enrichie, sous le rabat, d'un truisme dactylographié. Sous la police de caractères rassurante, la tante griffonne des messages comme : *N'oublie pas que tu es aussi belle à l'intérieur qu'à l'extérieur, mon trésor ! Si fière de toi, quoi qu'il arrive, et ta Mère et ton Père sont si fiers de toi, eux aussi, au Paradis !!! Joyeuses Pâques !!!!!! Sors et RÉJOUIS-TOI. Loue* CHRIST *pour Son incroyable sacrifice de CORPS et d'ÂME. Je t'embrasse fort, Ta Tante Tammy.*

Joan envisage de pleurer chaque fois qu'elle reçoit un de ces colis, et elle le fait parfois, selon l'état de son équilibre hormonal. Mais lorsque les larmes se manifestent, c'est parce qu'elle veut qu'elles le fassent, qu'elles expriment sa sensibilité, et non parce qu'elle a besoin d'elles.

Pour chaque colis qu'elle déballe, Joan se promet d'écrire une lettre de remerciement à Tante Tammy – une lettre du genre écrite à la main, sur du papier épais, avec consultation d'un dictionnaire de synonymes –, mais chaque jour suivant, Joan "oublie". Elle "oublie" pendant tant de jours consécutifs que l'idée d'une lettre de remerciement se met à peser de plus en plus dans son esprit, et devient bientôt trop lourde pour qu'elle puisse la soulever. À la fin de la première semaine, une masse de gratitude et de honte s'est accumulée à l'intérieur de son corps et est devenue si dense qu'il lui faudrait, sans nul doute, une vie entière pour la décrire avec des mots. Cela ferait du mal aussi bien à la personne qui écrit qu'à la personne qui lit. Envoyer une lettre de remerciement maintenant, pense-t-elle au cours de la deuxième semaine, serait comme poster un récit manuscrit de mon indolence, de ma grossièreté. Je ne peux pas. Je ne peux pas.

Et à partir du moment où Joan a décidé que l'occasion d'exprimer sa reconnaissance a expiré, les cadeaux commencent à la rendre malade. Même quand ils sont cachés, leur présence emplit son appartement comme une odeur qui serait également une démangeaison. Comme une toxine. Joan cache les cadeaux dans les tiroirs, les enfouit sous des pulls trop chers pour qu'elle les donne mais pas assez confortables pour qu'elle les porte, les enveloppe dans des sacs en plastique, qu'elle fourre ensuite dans des sacs en papier, qu'elle range ensuite dans la penderie, derrière l'aspirateur. Mais ça ne sert à rien. Elle ne peut ni manger ni dormir ni prier ni regarder ses programmes à la télévision ni même réciter les capitales du pays. Elle arrache ses cuticules. Son asthme empire. À tout instant, elle sent qu'elle risque de pleurer – pas parce qu'elle le veut, pour exprimer sa sensibilité, mais parce qu'elle le doit, pour poursuivre sa journée.

Quand vient la fin du mois, sa culpabilité monte crescendo, l'odeur des cadeaux privés de remerciements devient trop putride et trop irritante pour qu'elle puisse encore la supporter, et Joan abdique. Elle rassemble les cadeaux en un raid express, les fourre dans un sac-poubelle, sort du Clapier et marche quelques centaines de mètres vers le sud pour aller voir Penny.

Penny est une femme d'âge indéterminé qui passe la plupart de ses journées à siffloter devant la supérette à l'angle des rues St. Francis et Oscar avec un Caddie plein de peluches Beanie Babies. Joan utilise secrètement – honteusement – ses interactions avec Penny pour calmer ses angoisses au sujet de la proximité du Clapier avec le foyer d'accueil pour femmes en détresse, où elle suppose que Penny réside. Penny accepte tous les dons en plus de la nourriture parce que, avait-elle un jour expliqué à Joan, "je ne souhaite de mal à personne ni à rien", et parce qu'elle croit que tous les matériaux souffrent quand ils sont destinés à la consommation.

Dans sa jeunesse, Penny voulait devenir danseuse. Dans sa vingtaine, elle rencontra un beau banquier sur Internet. Après avoir correspondu pendant six mois, elle et le banquier finirent par se programmer une rencontre en personne, à l'occasion de laquelle Penny découvrit qu'il était en fait un *ancien guichetier* de banque sénile et grabataire. Penny lui rendit visite tous les week-ends, malgré tout, pour le nourrir de compote de pommes et lui lire des romans policiers. "Je n'avais rien de mieux à faire, avait-elle dit à Joan. Et c'était vraiment lui sur sa photo de profil. Dans sa trentaine. Je trouvais ça assez couillu. De choisir une photo de qui tu étais jadis."

Penny donna cette information à Joan par petits bouts, sans que Joan l'y encourage. Les échanges entre Joan et Penny sont devenus si fréquents ces dernières années que Penny a pris l'habitude d'appeler Joan "Mama Frange", ce qui trouble Joan, mais ressemble aussi à de l'amitié.

— Haut les bras, haut les cœurs, Mama Frange ! s'exclame Penny le mercredi soir alors que Joan s'approche d'elle.

Le ciel cogne, l'asphalte palpite sous la chaleur. La rue sent le goudron chaud. Dans le ciel, un orage couve. Joan déglutit.

— Dans le temps, je suis sortie avec un type qui disait ça chaque fois qu'il passait devant un crucifix, dit Penny. *Haut les bras, haut les cœurs!* On ne remarque pas le nombre de crucifix qu'il y a dans ce monde tant qu'on n'a pas passé du temps avec un type comme ça. (Penny bâille.) Cette croix que tu m'as donnée la dernière fois m'a fait penser à lui.

Elle n'a pas toutes ses dents. Elle est assise contre le mur de la supérette, regarde Joan en plissant les yeux et son Caddie rouillé patiente à côté d'elle comme si c'était son acolyte. En plus des peluches Beanie Babies, Penny possède également des CD, des DVD, un téléphone filaire, un bipeur, une console de jeux vidéo que Joan ne reconnaît pas, des cartes routières, quelques gros claviers d'ordinateur et autres objets du passé récent. Penny a un jour dit à Joan que ces choses vaudront beaucoup d'argent, dans le futur. "Personne d'autre que moi n'aura pensé à les récupérer et à les protéger. On paiera de grosses sommes pour le passé, dans le futur. L'histoire me donne raison. T'as qu'à voir les platines de disque. Les machines à écrire. Les Nintendos."

Joan avait poliment acquiescé, mais leur ville tout entière était hantée par le passé récent, et elle ne pouvait pas s'imaginer que des gens seraient prêts à donner de l'argent pour ce genre de bric-à-brac obsolète.

Avant de rencontrer Penny, Joan n'avait jamais vu de cheveux ressemblant si parfaitement à de la paille, en texture et couleur. Le visage de Penny est brumeux et assez plat, comme Vacca Vale elle-même. Elle porte un survêtement qui n'est pas exactement de la couleur du raisin mais exactement de la couleur des aliments artificiellement aromatisés au raisin. Penny sifflote une chanson populaire. C'est une siffleuse très douée.

— C'est juste un petit ménage de printemps, dit Joan en tendant à Penny le sac de cadeaux du 4 Juillet – un taille-crayon patriotique, un trio de gommes ornées d'un pygargue à tête blanche et deux romans sur la guerre.

— On est en été, dit Penny en acceptant le sac avec un intérêt mitigé. Tu sais, je me demandais un truc. Toi – avec cette jupe, ces pulls et ces chemises avec tous les boutons que tu boutonnes. Et tes cheveux.

Joan attend la suite.

— Eh bien, je me demandais si tu étais mormone, c'est tout.

— Non.

— Amish ?

— Non.

— Juive ?

Joan porte une main à son crucifix, flattée de façon absurde.

— Non.

— T'es vierge, au moins ?

Elle rougit. Il y a eu Toby Hornby, avec ses vilaines dents qu'elle adorait, à l'université publique, mais ça n'avait que failli se faire, et Joan avait récité trois rosaires en pénitence. Et puis, alors qu'elle avait trente-cinq ans, il y avait eu l'incroyablement doux JP Hidalgo après la soirée de Noël de Rest in Peace. Elle a de vifs souvenirs de sa maison de style ranch. Silence absolu derrière la fenêtre fermée. Climatisation centralisée. Odeur de chiens. Joan avait décidé que c'était bon ; c'en était assez ; son attachement religieux à la virginité avant le mariage allait l'empêcher de recevoir toute demande, en cette ville, en ce temps, et sa solitude avait atteint son point de congélation. Avant la soirée de Noël, elle avait lu les articles les plus anodins qu'elle avait pu trouver sur Internet expliquant comment faire la chose. Elle avait pris une longue douche laborieuse et s'était même fait un petit sac d'affaires pour la nuit, se sentant extrêmement urbaine. Elle et JP Hidalgo, des ressources humaines, avaient flirté exactement quatre fois. Il était en plein divorce et nourrissait une passion grandissante pour le levain. À la soirée de Noël, Joan avait su qu'elle irait jusqu'au bout à l'instant même où il lui avait apporté un gobelet en plastique contenant du vin blanc.

Elle se souviendrait de toute cette nuit avec affection si JP Hidalgo n'avait pas été pris d'une soudaine et puissante crise de timidité alors qu'il s'apprêtait à la pénétrer. Il avait reculé, s'était excusé, avait renversé un verre d'eau sur sa moquette, s'était excusé de nouveau, et lui avait demandé de partir. Après ça, il l'avait évitée à Rest in Peace.

— On peut dire ça.

— Homo ?

Joan hausse les épaules.

— Sans doute un peu. Est-ce qu'on ne l'est pas tous, au moins un peu ?

— Mariée ?

— Non.

— Chrétienne ?

— Oui.

— Un travail ?

— Oui.

— Heureuse ?

Le cœur de Joan se serre.

— Évidemment.

— D'accord, dit Penny en s'adossant au mur et en fermant les yeux. J'étais juste curieuse. Je voulais briser la glace.

D'abord, la fille au lavomatique, et maintenant Penny. Pendant quarante ans, Joan avait réussi à exprimer une sorte de prédisposition génétique à l'invisibilité, et puis, en l'espace de quelques jours, deux inconnues lui avaient demandé de raconter sa vie, sans raison apparente. C'est dans des moments comme ça que Joan craint d'être un cobaye dans une expérience de psychologie complexe financée par le gouvernement fédéral. Brusquement, Joan comprend pourquoi tant de célébrités développent des addictions. Elle se sent comme une plante verte exigeante et condamnée, une plante qui a besoin de lumière en toute saison mais qu'une exposition directe au soleil fera mourir, une plante dont le sol a besoin d'être arrosé quotidiennement mais qui se noiera si elle reçoit trop d'eau, une plante qui n'accepte qu'un engrais vendu dans un magasin qui n'est ouvert que trois heures par jour, une plante qui s'épanouit sous des climats ni secs ni humides, une plante sujette à tous les parasites, toutes les maladies. Quel genre d'attention pourrait pousser Joan à se sentir chez elle ? Qui pourrait jamais travailler aussi dur pour la lui prodiguer ? Elle ne possédera jamais de plantes vertes.

— J'ai des taches de rousseur sur les paupières et nulle part ailleurs, dit Joan.

— Ah ouais ? Fais voir.

Joan se penche en avant et ferme les yeux.

— Joli, dit Penny d'un ton neutre. Mais es-tu heureuse ?

— Tu viens de me le demander.

— Mais tu avais l'air d'avoir peut-être besoin qu'on te le redemande.

— Et *toi*, es-tu heureuse ?

— Bon sang non ! Qui l'est ? Tu peux *te sentir* heureuse, mais ça ne peut pas durer éternellement. Je vais te dire une chose : si quelqu'un répond oui à cette question, c'est soit qu'il ne la comprend pas, soit qu'il a pris des drogues. Si je te le demande, c'est juste parce que c'est un bon début de conversation. Je n'ai pas été heureuse depuis le printemps 98.

— Que s'est-il passé au printemps 98 ?

Penny fait de grands yeux.

— Je te le dirai quand on aura tout un après-midi devant nous. Pour cette histoire, j'ai besoin d'un cocktail Long Island Ice Tea.

Ça a été une longue semaine pour Joan. L'échange d'hier avec Anne Shropshire résonne encore dans son esprit. La salade de pommes de terre qu'elle avait apportée pour le déjeuner avait passé sa date de consommation, et Joan ne s'en est rendu compte qu'après en avoir mangé la moitié. Trois collègues de son étage sont allés boire un verre après le travail et ne l'ont pas invitée. Et maintenant, cet interrogatoire de la part de Penny. Joan se tourne pour partir, inondée de soulagement et d'encore plus de culpabilité, pressée de s'acheter un bocal de cerises au marasquin et de les manger au lit. Elle ne se brossera pas les dents. Il se pourrait même qu'elle prie. Puis elle appliquera de la lotion sérénité-petitgrain-géranium-encens sur ses bras – qui sont, elle doit le reconnaître, d'assez jolis bras pour une femme de son âge et de sa lassitude –, écoutera des bruits de la nature soporifiques et s'endormira tôt pour échapper à sa somnolence du jeudi.

Au moins, le tram était plus silencieux aujourd'hui.

— Attends ! crie Penny.

Joan s'arrête mais ne se retourne pas.

— J'ai un mauvais sentiment, dit Penny. Je me sens mal quand je te vois, boutonnée jusqu'au cou, dans cette chemise.

Joan attend.

— Et puis, j'ai vu une voiture bizarre. Tu l'as vue ? Là-bas ?

Joan suit le doigt de Penny. Un véhicule blanc étincelant avec une étiquette de location sur le rétroviseur est garée près du Clapier.

— C'est quoi, le problème ? demande Joan.

— Ça fait une éternité qu'il est garé là.

— Comment sais-tu que c'est un homme ?

— C'est toujours un homme, même quand ça ne l'est pas.

— Qu'est-ce qu'elle a de bizarre ? C'est une voiture.

— On ne voit pas souvent ce genre de voiture dans le coin, si ?

— Je suis sûre que c'est juste un visiteur.

— Un *visiteur*.

— Pourquoi pas ? Les gens ont de la famille.

— J'ai vu un type dedans plus tôt. Il était juste assis, à regarder ton immeuble.

— Quel genre de type ?

— Quinquagénaire. Joufflu. Vide.

— Vide ?

— Tu sais bien. Pas de cris sur son visage, pas d'anniversaires, pas de poisson rouge, pas de blagues, pas de fuites. Difficile d'imaginer un homme comme ça savourant les choses simples, comme un rocking-chair. Ou un volcan. C'était un homme qui était… je ne sais pas. Il était *glaciaire*.

— *Glaciaire ?*

— Froid, froid, lointain. Condamné.

— Et tu as déduit ça de… ?

— Je l'ai juste regardé. (Penny hausse les épaules.) On peut voir un sacré paquet de choses quand on regarde.

— Alors tu penses que cet homme est une espèce de… quoi ?

— Tout ce que je sais est que tu ne peux pas faire confiance à un homme qui a le visage vide. Je sais de quoi je parle.

La frange de Joan s'humidifie de sueur alors qu'elle se tient debout sur le trottoir et que l'angoisse tambourine à la porte de sa soirée, la suppliant de la laisser entrer. Pas ce soir, décide-t-elle. Les orages d'été sont ceux qu'elle préfère. Les cerises au marasquin sont celles qu'elle préfère. Il se pourrait même qu'elle taille un peu sa frange, ce soir.

— Sois prudente, c'est tout, dit Penny. Ouvre l'œil. Je suis très intuitive.

— Merci. (Joan sourit.) C'est agréable d'avoir quelqu'un qui pense à vous. J'espère que tous ces trucs te plairont.

Elle traverse la rue vers son break couleur bronze, dont elle a hérité de ses parents – engin rouillé dysfonctionnant dont les essuie-glaces se mettent en marche chaque fois que vous tournez à gauche. L'an dernier, la portière est tombée alors qu'elle essayait de l'ouvrir, et elle a dû faire un emprunt pour payer la réparation. Ses parents négligeaient ce véhicule, et elle a fait comme eux ; dans leur foyer, l'entretien d'une voiture était considéré comme un flagrant gâchis d'argent, réservé aux gens disposant d'un revenu régulier. Les manifestations de cette négligence intergénérationnelle sont toujours imprévisibles, souvent drôles, jamais abordables.

Ce n'est qu'après avoir déverrouillé la portière avant de son break que Joan se rappelle qu'elle a brûlé tout son carburant. Elle a deux cents dollars sur son compte en banque et le loyer à payer à la fin du mois. Et après ça, elle a des dettes à rembourser. Ses économies ont diminué en même temps que celles de ses parents ; fille unique, Joan a payé pour les déambulateurs, les enfile-boutons, les poignées de lit, les antidérapants de douche, les appareils auditifs, les systèmes d'appel d'urgence, les interrupteurs à détection de mouvement, les reste-à-charge, les factures des urgences, les médicaments, les opérations et les aides-soignantes. Tous les objets ou services susceptibles de faciliter le passage de ce royaume au suivant. À la mort des parents de Joan, sa tante Tammy l'a souvent appelée pour lui dire quelle bonne fille elle était. Comme ses parents avaient de la chance d'avoir une fille si aimante. "J'aimerais avoir une fille comme toi", disait Tante Tammy. Au lieu de ça, elle avait un fils adulte qui volait souvent dans son portefeuille pour entretenir son addiction au jeu.

Malgré les félicitations de Tante Tammy, Joan ne se sent pas vertueuse de s'être occupée de ses parents ; la vertu suppose un choix. Joan a aidé ses parents à mourir pour la même raison que celle qui la pousse à poser des tapettes à souris dans sa cuisine et à jeter ses victimes dans la Valley : elle est seule pour le faire et elle trouve les alternatives insupportables.

Donc elle ne peut pas prendre sa voiture. Et alors ? Les narines dilatées, marchant d'un pas plein d'énergie, elle accepte la chose et décide d'aller au supermarché à pied. Peu importe la route à deux fois deux voies et l'absence de trottoirs. Peu importe sa douleur au tibia et les fusillades dans le quartier – dix par an, en moyenne. Peu importe l'imminence de l'orage et le fait qu'elle n'a pas de vêtements de pluie. Peu importe l'homme glaciaire dans la voiture blanche.

Ses membres fonctionnent, et elle trouve ça miraculeux quand elle y pense. En fait, il y a plein de choses qu'elle trouve miraculeuses. Elle se force à rassembler ses meilleurs souvenirs. Cette fois où, dans un bus de nuit, le chauffeur avait pris le micro pour évoquer, d'une voix de baryton de feu de camp, les vraies merveilles qu'étaient ses petits-enfants, et le fait qu'ils validaient sa vie comme du temps bien passé. Tandis qu'il berçait les passagers avec ses histoires, quelqu'un avait commencé à faire passer un Tupperware de tranches de pastèque et un homme ivre avait proposé de partager les mignonettes de whiskey qu'il avait dans son sac, et Joan avait ressenti une affection tellement débordante pour son espèce qu'elle avait craint d'être prête à se sacrifier pour la sauver.

Vilain orage d'été. Ciel vert, alerte tornades, vents violents. Joan était en ville, avait quitté son travail tôt et marchait d'un pas vif vers le parking où son break l'attendait. Sur le trottoir d'en face, une imposante sexagénaire s'était effondrée. Immédiatement, deux personnes s'étaient précipitées vers elle, s'occupant d'elle avec précaution, touchant ses épaules et son visage, lui parlant comme si c'était leur mère – une mère adorée – et Joan avait compris qu'il ne fallait pas se moquer de la tendresse humaine. C'était la dernière chose réelle.

Elle dînait seule par un soir de Pâques venteux dans l'unique restaurant chinois de la ville. Quand elle avait demandé l'addition, le serveur avait dit : "Il vient de commencer à pleuvoir. Vous pouvez attendre un peu ici, si vous voulez." Miraculeux. Joan se souvient de l'existence des chiens, des magasins d'artisanat, de la bibliothèque publique. De la crème qui forme des rubans dans le café. De l'odeur des lilas près de sa maison d'enfance. Du sucre brun sur une fraise d'été. De son père parvenant à se guérir de la tyrannie d'un alcoolisme multigénérationnel. Cette imparfaite mais authentique réappropriation de sa vie. De l'euphorie de la première chaleur après l'hiver, de la première inspiration facile après un rhume, du retour de l'appétit après une crise d'angoisse. Joan a beaucoup de choses dont elle peut être heureuse. Elle pense : je suis heureuse, vous êtes heureux, nous sommes heureux. Ces pensées – le fait qu'elle puisse se forcer à les avoir. Miraculeux.

— Est-ce que tu crois en la vie après la mort ? demande Joan à Penny en passant de nouveau devant elle.

— Bien sûr, répond Penny.

Joan tressaille.

— Moi aussi, j'y crois.

— Mais je vais te dire une chose dont je suis sûre : s'il y a des bons niveaux et des mauvais niveaux, tout le monde se fait trier au hasard. Comme on se fait trier dans la vraie vie.

— Qu'est-ce qui t'en rend si sûre ?

Penny hausse les épaules.

— Je suis très intuitive. Comme je te l'ai dit.

— Bon. J'ai décidé d'aller au supermarché à pied, et pas en voiture. C'est une très belle soirée pour marcher, non ? J'espère que tu pourras te protéger de l'orage.

— Bonne chance, Mama Frange.

Penny la salue, et Joan se tourne vers le supermarché. Comme elle est heureuse et qu'elle a envie de donner de la substance à son bonheur, Joan fredonne une chanson populaire, en se demandant comment elle a pu s'introduire dans sa tête.

ÊTRE HUMAIN !

Le mercredi 17 juillet après-midi, à 6 h 57 – cent soixante-six minutes avant de sortir de son corps – Blandine Watkins quitte le Clapier et se dirige vers la Valley, vêtue d'une robe légère et ample. Le soir est encore chaud et humide, et la propulse dans l'été. C'est le genre de temps qui précède un orage. La Valley se trouve à près d'un kilomètre et demi du Clapier ; Blandine met environ vingt minutes pour y aller à pied. Ces deux dernières années, elle utilisait un vélo Frankenstein qu'elle avait assemblé avec des pièces hétéroclites, mais quelqu'un l'a volé dans le parking à vélos de la Valley au mois de mars. Elle avait passé un temps injustifiable à regarder des tutoriels d'assemblage de vélo, genre dominé par des hommes pâles et enthousiastes. Elle a développé un attachement tendre à l'égard d'un de ces instructeurs : yeux bienveillants, tête rasée, collier de cordelette, montre à bracelet en caoutchouc, accent de l'Europe de l'Est. Tendance à parler à la première personne du pluriel. Encourageant comme un instituteur de maternelle. “Nous POUVONS le faire, même si nous sommes des débutants ! Je crois que nous devrions tous construire un vélo dans notre vie!" Se souvenant de la perte de son vélo, Blandine se réconforte en se rappelant de tous les moments d'ASMR* qu'elle a vécus avec bonheur en regardant les tutoriels de cet homme-là.

Ce soir, les rues sont plongées dans des nuances de beige inoffensif, et le soleil a quelque chose de moralement chétif, un peu comme quand quelqu'un lève les bras au ciel au milieu d'un débat en s'écriant *Je ne prends pas parti!* Comme si l'apolitisme était possible. Comme s'il était vertueux! Blandine s'efforce de trouver quelque chose de divin dans le soleil – Hildegarde de Bingen décrit Dieu comme la Lumière Vivante, une boule de feu étincelante, un homme luisant –, mais elle n'y parvient pas. Pour faire de la lèche à un certain abbé, Hildegarde lui a dit: *Vous êtes l'aigle qui regarde le soleil!* Blandine aimerait pouvoir servir ce compliment à quelqu'un dans un futur proche, mais personne ne lui vient à l'esprit.

Des lapins farfouillent entre les planches de la promenade en quête de trèfle. Ils jaugent Blandine à son passage. Ils ont l'air dur, comme s'ils étaient capables de vous casser les jambes, mais qu'ils ne le feront que si vous les traitez mal. Quelqu'un a dit un jour à Blandine que quand Zorn Automobiles régnait sur Vacca Vale, ce quartier – où se trouve maintenant La Lapinière – avait un pouls que l'on sentait depuis Chicago. Aujourd'hui, seuls quatre bâtiments, en plus du Clapier, survivent dans cette rue: une église chrétienne, un foyer chrétien d'accueil pour femmes en détresse, un lavomatique chrétien et une supérette à l'enseigne criblée d'impacts de balles. La plupart des jours, une femme avec

* Voir p. 31.

un Caddie plein de peluches Beanie Babies squatte devant ce magasin.

Le trottoir s'arrête et le quartier de Blandine s'ouvre en un éventail de galeries commerciales, friperies, fast-foods et stations-service. Vacca Vale est une ville conçue pour la voiture, pas pour les gens, mais Blandine espère qu'elle pourra la forcer à devenir un lieu où l'on peut se déplacer à pied en inventant et affirmant régulièrement ses droits en tant que piétonne. L'architecture est bon marché, strictement utilitaire et construite pour être temporaire. Comme elle n'est jamais sortie de Vacca Vale, Blandine présume que l'essentiel de l'Amérique est bâti de la sorte – c'est-à-dire de manière jetable. Cette galerie commerciale particulière lui évoque toujours la "Parabole des bâtisseurs de maisons" d'Hildegarde. C'est une métaphore mettant en scène des "travailleurs écervelés" sans talent ni formation "qui érigent un immeuble grand et haut", plaçant leur "confiance vaine et stupide en eux-mêmes" plutôt qu'en des experts.

La sensation qui dérange le plus profondément Blandine tandis qu'elle traverse sa petite ville à pied est celle de l'absence. Sur le trottoir, elle voit une capote pleine d'écorce et de boue, comme si deux arbres avaient copulé la veille au soir. Elle passe devant des jardins clôturés exhibant des objets sinistres et solitaires – du verre brisé, des peaux de ballons de baudruche, une chaussure de sport, une porte. Trois canettes de jus de pêche vides. Il y a des détritus partout où elle regarde, mais tous ces éléments reviennent à rien, construisent une atmosphère de néant. Usines vides, quartiers vides, promesses vides, visages vides. Un vide contagieux qui infecte tous les habitants. Vacca Vale, pour

Blandine, est un vide, pas une ville. Chaque mètre carré de Vacca Vale. Sauf la Valley.

Alors qu'elle traverse un carrefour, un SUV rutilant manque de lui foncer dessus ; le conducteur s'est arrêté à quelques centimètres de son corps. Il baisse sa vitre.

— Hé ! hurle-t-il. Vous m'avez presque fait vous renverser !

Après avoir repris son souffle, Blandine regarde instinctivement le feu de l'autre côté de la rue. Le feu lui dit qu'il lui reste treize secondes. Elle se tient fermement campée sur le passage piéton.

— J'ai la priorité, dit-elle sèchement.

— On vous confond bien trop avec la rue ! beugle l'homme.

Soudain, elle comprend pourquoi les gens se tuent les uns les autres. Aveuglée par les pires des composés chimiques neurotransmetteurs, le corps vrillé par la colère, elle s'approche de la portière conducteur sans aucun plan. À sa surprise, un petit enfant dort à l'arrière.

— On vous confond vraiment avec la rue, répète le conducteur. Ce n'est pas mon problème.

— Vraiment ? rétorque-t-elle. Vous comptez vous accrocher à ce genre d'argument aussi obscène qu'idiot ?

— Connasse, dit-il, puis il remonte sa vitre.

— On ne vous a pas aimé comme il convient, dit-elle, puis elle finit de traverser la rue en courant jusqu'à la station-service.

À l'intérieur, le souffle court, elle actionne agressivement le levier de la machine à granités et remplit un gobelet de bleu glacé spectaculaire. Elle paie et se tient un moment sur le trottoir, à observer les pompes à essence en pensant à l'apocalypse environnementale, tout en sirotant son granité à l'aide d'une paille qui finira sans doute dans une baleine. Une femme d'une soixantaine d'années se trouve à quelques mètres d'elle ; elle mâchouille une cigarette en regardant son téléphone d'un air furieux. Un homme du même âge émerge des portes vitrées crasseuses et s'approche de la femme, tenant un gobelet de café en polystyrène et une bouteille en plastique d'eau pétillante bien fraîche. La femme a les cheveux gris à la racine, coiffés en chignon haut ; les vêtements de l'homme sont mouchetés de peinture blanche ; ils ont tous les deux l'air épuisé. Blandine comprend clairement à la similarité de leurs mouvements – même pas traînant, même inclinaison de la tête, mêmes plissements d'yeux – que cela fait des années qu'ils essaient de s'aimer.

L'homme donne l'eau pétillante à la femme.

— Je voulais un Coca, dit-elle.

— Il n'y en avait pas.

— C'est la seule chose que je voulais.

— Ils n'en ont plus du tout.

— Ils n'ont plus de *Coca* ?

— Désolé, chérie.

Elle plisse les yeux.

— *Ahurissant*.

— Je croyais que tu adorais ça, l'eau pétillante.

— Éloigne cette saloperie de moi !

— Mais qu'est-ce qui te prend, bon sang ?

Elle lui arrache l'eau pétillante de ses mains tendues et la balance à travers la station, vers une pompe de diesel. Elle ricoche et explose.

— Je ne peux pas vivre comme ça ! crie-t-elle. Zéro goût ! Zéro couleur ! Je ne *peux pas !*

Sur le trottoir, elle se tourne et il se tourne. Il essaie de prendre sa tête dans ses mains pour la réconforter, mais elle lui mord le doigt.

— Fous-moi la paix ! crie-t-elle.

Il ne lui fout pas la paix. La femme ne bouge pas. La chaleur de l'été, l'odeur d'essence et quelque chose de douloureux – Blandine songe à un avis d'expulsion, ou un diagnostic grave, ou des preuves numériques d'une relation extraconjugale, ou une fille qui vient de replonger dans la drogue – clouent l'homme et la femme au sol. La femme s'affaisse en lui, membre après membre.

— Ça va aller, murmure l'homme. On va s'en sortir.

La femme presse son visage contre la chemise bleue de l'homme.

— Là, dit-il. Éloignons-nous de toute cette essence. Allons quelque part où tu pourras fumer.

Blandine colle sa langue contre le haut de son palais. Cerveau congelé par le granité.

Le temps que Blandine arrive à l'entrée sud de la Valley, le soleil – plus neutre que jamais – a coloré le ciel d'une teinte de vin rosé entre les nuages qui s'assombrissent. À l'entrée, une banderole tendue au-dessus d'une clôture grillagée vante les appartements de luxe et les sièges d'entreprises de haute technologie qui dévoreront bientôt la Valley. Les illustrations numériques sont moches mais ostensiblement onéreuses, combinaison qui déprime toujours Blandine. Elle éternue et jette son gobelet dans une poubelle qui déborde, coupant un essaim d'abeille en deux. Elle prend un chemin de terre qui mène à une prairie ; les bois qui l'entourent sont denses et bruyants, et elle sent tout son corps se détendre alors qu'elle s'enfonce dans la verdure, dans un lieu qui ne s'est pas encore fait saloper. Plus de mille érables à sucre vivent dans la Valley. Ces arbres à feuilles caduques sont époustouflants à l'automne, nappant les bois de cramoisi, de prune et de jaune cadmium. Les oiseaux pépient, les écureuils sautent de branche en branche et Blandine franchit un coude, passe devant un manège abandonné. Des lianes de vigne vierge s'entortillent autour des montants, et des jeunes pousses émergent entre les chevaux de bois. Une clôture grillagée entoure l'intérieur de la forêt. Des panneaux en contreplaqué accrochés de proche en proche disent : DES CHÈVRES ŒUVRENT AU DÉBROUSSAILLAGE. La ville a loué des chèvres pour débroussailler la Valley avant sa reconstruction. MERCI DE NE PAS LES NOURRIR. Blandine se rend dans la Valley presque chaque jour, mais elle n'y a jamais vu de chèvres, ce qu'elle trouve injuste. Les chèvres de la Valley se classent parmi les rares choses dont elle estime qu'elle a le droit de jouir en ce monde.

Deux hommes, tous deux dans la trentaine, apparaissent à l'autre bout du chemin, marchant vers Blandine.

— Mais je déteste les geais bleus et les merles, dit le plus petit des deux. Ils font vivre un enfer aux autres oiseaux.

Son compagnon – grand, chauve, visage poupin – fixe Blandine.

— Bonjour, dit-il, ses yeux en chasse sur la peau de Blandine. Comment allez-vous *ce matin* ?

— Jeff, dit son ami. On est le soir.

Blandine les ignore et continue de marcher.

L'homme nommé Jeff s'arrête et se tourne vers elle, analysant théâtralement son corps.

— Mon Dieu, vous êtes *splendide*. Comment vous appelez-vous, mon ange ?

— Jeff, dit son ami.

— Je peux avoir votre nom ? Votre numéro ?

— Arrête, Jeff.

— Et un sourire, bébé ? Juste un ?

Blandine sent le corps de l'homme derrière le sien.

— Vous ne voulez même pas me parler ? Vous êtes là en public, et vous n'allez même pas me regarder ?

Elle serre les dents.

— Vous avez une obligation, vous savez, quand vous êtes dehors. Vous devez regarder autour de vous et *interagir* avec les gens ; c'est ce qu'on doit tous faire. C'est malpoli d'ignorer quelqu'un comme ça. Vous ne savez pas accepter un putain de compliment ? Bon sang !

Lorsqu'il pose sa main sur l'épaule nue de Blandine, elle se retourne d'un coup, montre ses dents et feule avec conviction.

— Nom de Dieu ! s'écrie Jeff.

Blandine courbe ses doigts comme des griffes, fait un grand geste en direction du visage de l'homme et feule de nouveau.

Jeff recule d'un bond, se heurtant à son ami.

— Elle est folle.

Blandine pousse des cris stridents et saute de manière erratique, en feulant de plus belle.

— Allez, Jeff, dit l'ami. On y va.

Blandine a récemment appris que les chouettes effraies blanches reflètent le clair de lune avec leurs plumes pour aveugler momentanément les campagnols qu'elles chassent. En ce monde, chacune fait du mieux qu'elle peut avec les ressources qu'elle a.

Jeff détale vers son ami, et les hommes s'en vont d'un pas rapide dans la direction opposée, jetant des regards incrédules et des sourires apeurés par-dessus leurs épaules tout en marchant. Ils rient bruyamment. Quand ils sont hors de vue, Blandine se détend et se remet à marcher.

Elle sent bien qu'il y a quelque chose d'hilarant dans ce genre de drague ; elle ne sait juste pas ce que c'est.

Se reprenant, elle suit le chemin de terre jusqu'à la prairie – étendue d'émeraude foisonnante flanquée par deux collines. Près de la bouche de la forêt plonge une grande pelouse brillante, où les gens viennent souvent pique-niquer. Si vous vous enfoncez plus loin, vous trouvez des ruisseaux, des terriers, des sentiers équestres oubliés. Aussi bouleversée qu'elle puisse être par le saccage imminent, Blandine trouve miraculeux que la Valley ait duré si longtemps, malgré toutes les pressions pour la raser et la transformer en terres agricoles, l'équiper en zone industrielle, la compresser en décharge. Pendant cent ans, elle a survécu en tant qu'elle-même.

Blandine prend un chemin sinueux qui mène à une des clairières les moins connues et s'assied dans l'herbe luxuriante. C'est une aire de pelouse ovale, entourée par des arbres, au contour ponctué de quatre bancs en bois et dotée en son centre d'une fontaine en panne. De toute sa vie, Blandine n'a jamais vu d'eau dans son bassin en ciment. C'est l'endroit que Blandine préfère pour lire, parce qu'il est toujours vide, que les oiseaux y chantent fort et qu'elle s'y sent en sécurité. Le vent porte les senteurs du bosquet de lilas tout proche, les livrant droit dans ses poumons. Ce soir, alors qu'elle regarde autour d'elle, elle sursaute brusquement.

Un homme est assis sur le banc de l'autre côté de l'herbe, tête rejetée en arrière, des lunettes de soleil onéreuses formant des dômes au-dessus de ses yeux. Il semble avoir la cinquantaine, est légèrement en surpoids et sa peau est constellée de lésions, presque comme des piqûres de moustiques. Mais elle ne voit pas grand-chose de sa peau parce que, malgré la chaleur, il porte un pull à col roulé noir, un jean noir et des chaussettes noires dans des sandales noires. Une touffe de cheveux châtains jaillit loin vers l'arrière de son front mais retombe en volume sur son crâne, dense et saine. Petite bouche aux lèvres fines formant une moue sévère. Cet homme a quelque chose d'enfantin. Ses manches sont retroussées, ses bras croisés sur son ventre et, malgré les lunettes de soleil, Blandine peut voir son expression. Il ressemble à quelqu'un qui n'a jamais dormi une nuit complète.

Elle veut partir mais se force à rester. Pourquoi un homme qui dort devrait-il l'effrayer ? Elle sort le livre de son sac et essaie de le lire, mais elle a trop conscience du corps de l'homme, qui semble luire à la périphérie de son champ de vision. Les muscles abdominaux de Blandine se crispent, ses nerfs se mettent en alerte, ses sens sont prêts à recevoir toutes les données et à y réagir immédiatement. C'est juste un type lambda. Elle se souvient de son interaction avec l'automobiliste. Avec Jeff et son ami sur le chemin. Elle est capable de se défendre.

Femmes mystiques la fixe d'un regard noir et accusateur, mais lorsqu'elle essaie de lire, les mots vagabondent sur la page, disparaissent à sa vue. Elle prend une pause pour regarder des abeilles fourrer leur tête dans des fleurs de trèfle blanc, qui s'épanouissent dans l'herbe comme des flocons de neige. Elle aime ces fleurs de trèfle parce qu'elles sont simples et qu'il y en a partout. Le bol alimentaire des lapins à queue blanche. Au printemps, elle a passé une soirée à les étudier sur un ordinateur poisseux de la Bibliothèque Publique de Vacca Vale. Ce qui a le plus frappé Blandine, alors qu'elle cliquait de site en site, passant en revue des blogs, des commentaires, c'est la bonne volonté de la communauté des amateurs de botanique sur Internet. Quand Mary Peterson avait demandé : *le pois mascate peut-il cohabiter avec le trèfle blanc ?* Ken Meltzer avait répondu deux heures plus tard, pour dire la chose suivante : *Salut, Mary – merci pour ta question ! C'est une SUPER question ! La bonne nouvelle, c'est que le trèfle blanc & les légumineuses comme le pois mascate PEUVENT cohabiter, mais la mauvaise nouvelle, c'est que tu dois attendre ~2 ans après avoir semé le trèfle pour semer n'importe quelle légumineuse, psk le trèfle blanc = hôte pour des pathogènes qui font pourrir les racines comme le rhizoctone brun et le Pythium : (Bonne chance, et tiens-nous au courant !!!!*

Blandine a pris une capture d'écran de cette conversation et se l'est envoyée par e-mail.

Elle en sait peu sur sa propre lignée, mais elle a décidé il y a des années, avec une conviction fort mal fondée, qu'elle était russe. C'est le pays que les gens citent toujours en premier quand elle leur demande de deviner d'où elle vient, alors elle s'y est tenue. Ce trèfle fleurit sûrement sur sa terre d'origine. Peut-être que ses arrière-arrière-arrière-arrière-arrière-grands-parents ont fait l'amour dans un champ de trèfle. À la bibliothèque, elle s'est imaginé la chose jusqu'à ce qu'elle la dégoûte. Elle a fait des recherches sur le trèfle jusqu'à ce qu'un homme renverse sa boisson énergisante sur ses genoux, la forçant à remballer ses affaires et à rentrer au Clapier.

Dans les bois, autour de Blandine, des tamias s'ébattent. Des petites araignées jaunes grimpent sur ses bras et ses jambes, sinuant à travers ses petites pousses de poil. Dans le ciel, un avion fait vrombir un ré de violoncelle à travers les nuages. Blandine veut prendre une gorgée de ciel dans le creux de sa main et l'avaler. Le parc est si verdoyant qu'on dirait que c'est un fond d'écran. Elle se passe un peu de baume à lèvres rose bon marché et inhale l'odeur de la terre qui cuit. S'allonge sur le ventre et examine chaque pétale tandis qu'une abeille butine, son dard pendant comme un fardeau. Les pétales rappellent à Blandine les cheveux de son assistante sociale Lori, qui jaillissaient de sa tête en jets raides et givrés. Lori sirotait toujours des sodas sombres dans des énormes gobelets. Elle portait des lunettes de soleil qui évoquaient des choses spécifiquement américaines, comme les boucs des hommes, les guichets en *drive* des banques et les courses NASCAR. C'était une bonne assistante sociale, bien meilleure que les autres, et c'est la dernière qu'elle a eue avant de quitter le système à dix-huit ans. Lori appelait Blandine Blandine, et non pas Tiffany, ce qui était gentil. Là, Blandine cueille une poignée de trèfles blancs – ceux que les abeilles ne sont pas en train de butiner – et la fourre dans la poche de sa robe.

Soudain, l'homme en face de Blandine se réveille en un violent accès de ronflement.

Ennuyée par sa propre peur, elle l'examine tandis qu'il prend ses marques ; elle adore regarder les gens quand ils reprennent conscience. Dérouté, l'homme enlève ses lunettes de soleil. Ses yeux sont petits, roses et terrifiés. Son front étincelle de sueur. Lorsqu'il regarde Blandine, il semble encore plus terrifié. Elle trouve sa peur rassurante.

— Bonjour, dit-il.

Il parle d'une voix douce.

— Bonjour.

Silence. Blandine montre un trèfle devant elle. L'homme la regarde prudemment depuis son banc, comme si elle était une ourse.

— Saviez-vous que cette variété s'appelle officiellement *Trifolium repens* ? demande Blandine. (Sa voix est claire et confiante.) Mais on l'appelle aussi trèfle de Hollande et trèfle-bâtard, selon sa taille. La grandeur exige toujours qu'on la distingue de la petitesse, pas vrai ?

C'est comme s'il y avait un délai entre ses mots et leur réception, comme on en voit parfois en direct aux nouvelles. Enfin, l'homme secoue la tête.

— Non, dit-il. Je ne le savais pas.

— Ouais. Certaines personnes disent que le trèfle blanc est la plante urbaine qui s'adapte le mieux partout dans le monde, parce qu'elle peut réguler la production de cette toxine particulière – le cyanure, il me semble – pour s'adapter à des climats extrêmement différents. Elle est originaire d'Asie centrale et d'Europe, mais elle peut prospérer sous la chaleur du sud de l'Inde et dans la froidure de la Norvège. (Elle se tait un instant.) Sous les climats froids, elle ne produit pas de cyanure.

— C'est vrai ? demande l'homme.

Elle ne sait pas s'il est juste poli, mais chaque seconde de cette interaction accroît son pouvoir et réduit la menace que cet homme représente, alors elle continue.

— Ouais. Et puis – vous voyez cette tige ? Cette façon qu'elle a de ramper plus ou moins à l'horizontale, puis de lancer une pousse pour faire une nouvelle racine, qui fera naître une nouvelle plante aux racines adventives ? Ces genres de pousses s'appellent des stolons. Elles sont autosuffisantes, mais interconnectées.

— Je ne peux pas bien le voir, répond l'homme. Mais c'est joli.

— Le trèfle blanc est aussi très nutritif pour des tas d'animaux différents – bovins, insectes, rongeurs. Enfin, quand il ne produit pas de cyanure. C'est riche en protéines. Les hommes peuvent manger le trèfle blanc, aussi, quand on le fait bouillir ou qu'on le fume. Je crois qu'on peut le faire sécher et en faire des tisanes. Il existe un insecte – j'ai oublié son nom – qui se nourrit exclusivement de trèfle blanc. Vous imaginez ça ? Être si essentiel dans un écosystème qu'une espèce tout entière *disparaîtrait* si vous n'étiez pas là ?

Le visage de l'homme s'assombrit.

— Non, murmure-t-il. Je n'imagine vraiment pas ça.

Blandine panique un peu ; elle est à court de faits à partager et elle ne se souvient pas comment on alimente une conversation sans eux. Mais elle est épargnée, parce qu'à l'instant où elle a fini de parler, l'homme se lève laborieusement en s'essuyant les mains sur le pantalon. Il l'observe un moment, le visage déformé par une mystérieuse angoisse. Un sentier à côté de son banc le mènera hors de cette prairie, de retour sur le chemin central, hors de la Valley, dans la circulation automobile.

— Vous êtes belle, dit-il d'une voix triste.

Blandine reste très immobile et très droite, suivant la silhouette de l'homme tandis qu'il disparaît de la clairière. Lorsqu'il est hors de vue, elle offre son petit doigt à une abeille, l'aiguillonnant pour qu'elle le pique. Elle ne le pique pas.

Lorsqu'elle parvient enfin à se reconcentrer, Blandine ouvre *Femmes mystiques : anthologie* à la page 247, où un pissenlit brunissant marque l'endroit où elle s'est arrêtée. Elle considère Hildegarde comme sa seule vraie amie. Mettant en scène une de ses œuvres musicales, Hildegarde a fait jouer le Diable par son assistant masculin et les Vertus par ses nonnes. Les Vertus avaient des parties chantées ; le Diable ne faisait que hurler. Dans la pièce, sans grande provocation, l'Âme crie : *Dieu a créé le monde ; je ne lui fais aucun mal, je veux simplement en profiter !* Plus tard, le Diable dit : *Eh bien, aucune d'entre vous ne sait qui elle est !*

Vous ne pouvez débattre ni avec l'un, ni avec les autres. Blandine respire le parfum d'herbe, d'arbre, de pollen et de lilas sauvage – c'est ainsi qu'Hildegarde décrit le Paradis. Enlevant d'une pichenette une fourmi de son bras, Blandine reprend sa lecture où elle l'avait laissée.

> Dans votre folie, vous voulez me saisir avec des menaces comme celle-ci : "Si Dieu veut que je sois juste et bonne, pourquoi ne me fait-il pas ainsi ?" Vous voulez me piéger comme la jeune chèvre présomptueuse qui attaque le bouc. Elle se fait prendre et clouer au sol par les cornes puissantes. Si vous testez votre force téméraire contre moi, vous serez anéanti dans le cours de la justice par les préceptes de mon droit comme par les cornes du bouc. Ces cornes sont des trompettes qui sonnent à vos oreilles, et pourtant vous ne les écoutez pas, et vous courez après le loup, pensant que vous l'avez domestiqué et qu'il ne vous fera pas de mal. Mais le loup vous avale en disant : "Ce mouton s'est égaré loin du chemin ; il a refusé de suivre son berger et m'a couru après. Alors je vais le garder, parce qu'il m'a choisi moi,

> et qu'il a abandonné son berger." Être humain ! Dieu est juste, et il a donc conçu tout ce qu'il a créé, au ciel et sur la terre, avec justice et ordre.

Ce passage trouble Blandine. Vous ne pouvez pas gagner si vous êtes une chèvre ou un mouton, et vous ne pouvez pas perdre si vous êtes un loup. Hildegarde laisse tomber l'histoire du bouc à mi-chemin. Et aussi, Dieu – qui a soi-disant inventé les moutons et les chèvres – les confond.

Un bêlement dans les feuillages inquiète Blandine, et elle laisse tomber son livre dans l'herbe. C'est un son presque humain. Elle se retourne, corps en alerte, s'attendant à voir l'homme au col roulé derrière elle. Au lieu de ça, elle ne voit rien. Nouveau bêlement, désespéré, fluet. Blandine se lève et suit le son à de nombreux mètres de son livre, s'enfonçant de plus en plus profondément dans la végétation dense et épineuse. Enfin, elle voit une petite chèvre dans un enchevêtrement de verdure. Elle a le poil blanc avec des taches rousses. Des yeux frénétiques. C'est un chevreau.

Blandine regarde la chèvre, puis regarde le ciel, puis regarde son livre dans la clairière. Puis elle se pince la cuisse. Est-ce Hildegarde qui a fait se matérialiser cette chèvre ?

C'est là que Blandine se souvient des panneaux affichés partout dans la Valley. DES CHÈVRES ŒUVRENT AU DÉBROUSSAILLAGE.

— Qu'est-il arrivé à ta tribu ? demande Blandine.

La chèvre se débat au son de sa voix, yeux grand ouverts, affolés, pour tenter de se relever. Blandine se rapproche. Une clôture grillagée est censée séparer les chèvres du public, mais celle-ci a dû s'échapper. Il y a de la peur dans ses yeux, de la panique dans sa voix et des grondements de tonnerre d'opéra dans le ciel. À quelques centimètres de l'animal, Blandine remarque sa patte avant droite, tordue selon un vilain angle, clairement blessée.

Elle regarde les arbres comme si un vétérinaire pouvait sauter de leurs branches et apporter son aide.

Cette chèvre est si mignonne et si pathétique qu'elle en semble presque fausse. Blandine n'a pas de téléphone pour appeler la clinique vétérinaire de Vacca Vale et elle n'y connaît rien aux chèvres. Elle pense qu'elle doit peser une dizaine de kilos. Elle pourrait la laisser là, bien sûr – elle sait que des gens normaux la laisseraient là. Calmement, elle retourne prendre son livre dans la clairière. Puis elle revient voir la chèvre et la prend dans ses bras, bien décidée à l'emporter en un lieu où elle sera moins exposée aux mauvais traitements et à la déshydratation. D'abord, la chèvre crie et donne des coups de pattes, mais très vite – trop vite – elle se détend, cède et se laisse aller dans les bras de Blandine.

— Hildegarde, dit Blandine, baptisant l'animal. Hildegarde de Vacca Vale.

Elle compte sept taches sur la robe de la chèvre. Elle a les yeux d'un bleu glacé, humanoïdes, et des dents de lait, elles aussi humanoïdes.

— Sais-tu que la femme à qui tu dois ton nom est largement considérée comme la fondatrice de l'histoire naturelle en Allemagne ? Elle a aussi inventé son propre alphabet.

Pendant les quelques premières minutes, Blandine peine à porter la chèvre – qui sent l'urine – à travers les feuillages puis sur le sentier forestier, mais le poids d'Hildegarde commence à rassurer Blandine, qui n'a pas l'habitude de porter autre chose que des livres. Elle se met à marcher d'un pas plus énergique, revigorée par ce nouveau but. La simplicité de la tâche la fascine : garder cet animal en vie. Il n'y a rien de morbide là-dedans – pas de privation volontaire de nourriture, pas de stigmates. Pas même beaucoup de capitalisme. Les nuages luisent de toutes parts sur le soir, s'amassant dans le ciel, tandis que le vent se lève, animant les branchages.

Enfant, Blandine a semé de nombreux grains de café dans la Valley, dans l'espoir que l'un d'eux germe et s'élève vers le ciel. Elle suivait tous les lapins qu'elle voyait, bien décidée à trouver leurs terriers et à plonger dedans. Les sirènes d'alerte aux tornades la fascinaient, et elle se faisait souvent punir pour être allée vagabonder loin de son groupe à l'école. Elle avait un gros faible pour les portails et était prête à signer les contrats les plus épineux – géants, poison, réclusion, farceurs, chasseurs, loups arnaqueurs, sorcières cannibales, tout ce que vous voulez – s'ils promettaient de la transporter. Elle ne se sentait chez elle nulle part parce qu'elle n'avait pas de chez-elle. Désormais adulte aux yeux de l'État, elle marche sur l'herbe, sur les racines, les détritus et ses pieds se salissent de terre, et elle rêve d'une petite chèvre domestique, d'une chambre orientée à l'est, d'un jardin comestible, d'une échelle posée contre un grand mur de livres, d'une absence d'électricité, d'une cheminée. Elle rêve d'une autosuffisance absolue et de liberté vis-à-vis du marché. Elle commence à rêver d'une révolution politique en Amérique, mais trébuche sur des problèmes de logistique et ajourne la question. Elle est déçue par la domesticité de ses fantasmes d'adulte, mais également ragaillardie par elle. La domesticité, au moins, est un but atteignable.

Blandine aime les mystiques parce que, contrairement à elle, elles n'ont jamais cessé de chercher des portails. Elles traitaient la prière comme une voiture pour s'enfuir, les cathédrales comme des terriers de lapin, la souffrance comme un pays des merveilles, l'extase divine comme le cyclone faisant naître une femme à la couleur. Les mystiques n'ont jamais baissé les bras vis-à-vis de l'Au-delà, et elles refusaient de quitter le Monde Vert.

Blandine arrive sur un chemin large près de la rue et suffoque en voyant l'homme qui se trouve devant elle.

Son cerveau reptilien réagit immédiatement : sa respiration se bloque, son pouls s'accélère, ses paumes suent, elle perd l'équilibre. Avant même qu'ils ne parlent, elle sait que cette interaction sera l'épisode final de leur relation, une scène mécaniquement chargée d'autant de mélodrame que leur histoire en exige. Étudiant son beau bronzage et sa posture puissante, elle se souvient d'un certain dictateur dont elle a oublié le nom. Il porte des vêtements monochromes – tenue de sport blanche, avec quelque chose de sanguinaire dans son chic informel. Il se tient à l'ombre des feuillages et ses yeux la tailladent comme des lasers chirurgicaux. Lorsque Blandine voit James Yager, elle voit un harpon, un cercueil, un coyote, une scie à ruban. Il est composé d'angles qu'elle voulait jadis utiliser lors de ses examens de géométrie. Quelque part dans la Valley, quelqu'un fait un barbecue ; Blandine adore l'odeur du charbon de bois qui brûle, malgré l'euthanasie que cette pratique inflige à la planète. Elle a la tête qui tourne mais s'efforce de garder le contrôle de sa conscience. Elle n'a pas d'assurance santé.

— Tiffany, dit James. Quelle surprise.

La chèvre bêle, apeurée. La justesse de l'intuition d'Hildegarde impressionne Blandine.

— Je m'apprêtais juste à faire une petite promenade, dit James. Mais j'ai ma voiture. Tu veux… ?

— Quoi ? dit Blandine d'un ton sec.

Il hésite.

— T'as besoin d'aide avec ça ?

GRANDS INCENDIES EN AMÉRIQUE

JE pourrais vous dire les choses, ou je pourrais vous dire l'effet qu'elles m'ont fait, mais je doute que rien de tout cela puisse vous donner l'explication que vous attendez. Oui, nous étions sous l'emprise de substances. De deux ou trois substances. Todd, Malik et moi étions en train de nous saouler avec une grosse bouteille de vodka que quelqu'un avait laissée dans l'entrée, et de nous défoncer avec un peu du shit puissant que Todd avait acheté à une fille du nom de Stephen. Pour avoir droit aux bourses de l'Atelier d'Indépendance, vous devez passer un test de dépistage des drogues à la fin de chaque mois, mais ils ne cherchent que les opiacés et les narcotiques, ce que nous considérons comme un petit geste de compassion bureaucratique. Cette vodka était le genre d'alcool qui ne vous laisse pas oublier que vous vous empoisonnez en le buvant, ce qui signifie qu'elle était bon marché et que nous n'avions aucun remords de l'avoir volée.

Nous étions dans la chambre de Todd parce que c'était la plus propre. Un matelas sur le sol, aux draps férocement faits, absolument pas de crasse, une odeur de citron chimique, des étagères chargées de rien d'autre que de bandes dessinées classées par ordre alphabétique. Todd voulait devenir dessinateur. Veut, plutôt. Pendant que nous parlions, il n'arrêtait pas de prendre la vodka pour la placer au centre d'une serviette en papier, puis de s'assurer que la serviette était au centre de son sol. Sur ses murs, il avait scotché quelques-uns de ses dessins, parfaitement alignés. Il dessinait rarement devant nous, et son travail ne ressemblait à aucune bande dessinée que j'avais jamais vue. Ses dessins étaient des esquisses chaotiques au feutre noir ou au crayon, représentant surtout des personnes sans visage, quelques animaux imaginaires, toutes et tous toujours en mouvement. Je les trouvais dérangeants, mais ils me fascinaient.

Malik avait décrété la soirée fête nationale parce qu'il venait de trouver un nouveau boulot. Un *vrai* boulot, nous a-t-il dit.

— J'apprends les émotions à des robots, a-t-il annoncé avec un grand sourire. (Todd l'a regardé attentivement.) Le salaire est royal. Et les directeurs de casting vont adorer ça. Ils attendent de toi que tu aies un book varié.

Malik pense qu'il va devenir acteur – il économise pour aller vivre à Los Angeles. Tout l'été, il a filmé avec son téléphone et posté des vidéos de rien sur tous ses profils pathétiques parce qu'il est persuadé d'avoir le Gène de la Célébrité. On ne le détrompe pas. Il a l'allure, le charme, la vanité qu'il faut. Peu importe. Mais on a quand même envie de l'assassiner un peu quand il parle comme ça. Quelque chose me dit qu'il va devenir agent immobilier.

— Tu dois te construire une communauté de *fans*, nous a-t-il dit. Et quand tu l'as, les agents viennent se bousculer au portillon.

— T'apprends les *émotions* à des robots ? a demandé Todd.

— On est en quelle année ? ai-je demandé.

Je ne m'en souvenais vraiment plus.

Ils ne m'ont pas répondu.

— Y a un type qui construit une famille d'IA – c'est comme ça qu'il l'appelle, la Famille – et il veut que je lui serve de modèle, a dit Malik avec un sourire satisfait.

De modèle. Nom de Dieu. J'ai dû reprendre une autre gorgée.

— C'est dingue, non ? a poursuivi Malik. Il essaie de saisir le langage corporel. Les expressions, les voix. Alors il te colle tous ces capteurs partout, il te branche à des trucs et il te dirige comme un acteur.

— Un gars d'ici ? a demandé Todd.

— Né et élevé ici. Mais dès qu'il aura fini, il emmènera la Famille à je ne sais quelle convention à San Francisco. Il dit que tous les P-DG et tous les génies miseront dessus, là-bas. Il va se faire des millions. Et on aura notre part.

— À quoi ils servent ? a demandé Todd.

— Qui ça ?

— Les robots.

— Et *toi*, à quoi tu sers ? a rétorqué Malik.

— Est-ce qu'ils nettoient tes chiottes ? a demandé Todd. Promènent ton chien ? Te sucent la bite ?

Malik est resté un moment silencieux.

— Il ne nous l'a pas encore dit.

— Ça ressemble à quoi, sa direction d'acteur ? a demandé Todd. (Je lui en voulais de nourrir l'ego de Malik comme ça.) Sois heureux, sois en colère ?

— J'en sais rien, a répondu Malik. Je commence la semaine prochaine. Mais pour les auditions, j'avais des scripts. Des scénarios. Attendez, je vais vous en lire un. Ils nous les ont envoyés par mail… (Il fait défiler l'écran de son téléphone.) C'est bon, j'en ai un : vous tenez un bébé dans vos bras pour la toute première fois ; vous lui comptez les cils. Le délire. En voilà un autre : après avoir gravi tous les échelons au sein de votre entreprise, vous vous faites licencier. Vous avez neuf ans et vous venez d'apprendre que votre grande sœur a relâché votre hamster dans la nature. Vous avez quinze ans et vous venez de surprendre vos parents en train de faire l'amour. Vous avez quatre-vingts ans, on vient de vous diagnostiquer un cancer des os en phase terminale et vous dites aux médecins que vous refusez tous les traitements. Votre équipe de base-ball favorite vient de gagner les World Series. Vous faites la queue pour une demande de carte grise. (Malik pose son téléphone, l'air fier de lui, comme s'il était déjà célèbre.) Et ainsi de suite.

Todd avait mangé tous ses radis, alors il grignotait ses légumes de secours : céleri, carottes, poivrons. Tous crus. Il piochait un légume dans un sac en plastique, puis il mettait les bouts non comestibles dans un autre, avec une précision d'usine.

— Donc tu t'apprêtes à transformer définitivement l'Amérique, a conclu Todd.

— C'est ça, a dit Malik. Sans doute le monde entier, en fait. Je veux dire, ce type a de grandes ambitions. Il vise vraiment les étoiles. Et il suscite déjà énormément d'intérêt – il suffit de voir les sommes d'argent que les gens ont investies. Des investisseurs providentiels, on appelle ça. Ils pensent qu'à partir de maintenant, les robots s'inspireront de la Famille. Sérieusement. C'est ce qu'il nous a dit. Ce qui veut dire qu'ils s'inspireront de…

— Toi, a dit Todd.

— C'est ça, a répondu Malik en souriant. (Je suis sûr qu'il utilisait des bandes de blanchiment dentaire.) Moi.

Todd m'a regardé, puis a regardé Malik.

— Cool, a-t-il dit.

Ce soir-là – le mercredi 17 juillet – le soleil commençait à se coucher, mais ça ne se voyait pas parce que le temps avait été brumeux toute la journée. Ça sentait la fumée de caoutchouc, ce qui me faisait penser à la guerre. J'étais déjà bien parti, à ce moment-là, neurologiquement parlant. Je suais beaucoup. Dehors, le tonnerre commençait à gronder. Depuis le mois de mars, on avait tué quelques souris supplémentaires, ainsi que quelques lapins. Un pigeon, un jour. Sans discuter de rien de manière explicite, on en avait fait une sorte de cérémonie. En général, on faisait ça le mercredi soir, parce qu'aucun d'entre nous ne devait travailler, et que Blandine n'était jamais à la maison. On se bourrait toujours la gueule avant. On avait trouvé des bongos. On faisait ce truc avec la bougie où on devait garder nos doigts au-dessus de la flamme et le premier qui l'enlevait devait se charger de la mise à mort. Avez-vous besoin d'en savoir plus ? Honnêtement, j'aimerais autant ne pas rentrer dans les détails. Est-ce que ça vous convient ? Je vous dirai tout ce que vous avez besoin de savoir. Mais s'il vous plaît, ne me forcez pas à le décrire.

Bref, ça faisait des semaines que nous n'avions pas sacrifié d'animal, et je commençais à éprouver cette sensation – cette sensation qu'on a quand, vous savez, ça fait longtemps qu'on n'a pas *fait la chose*, et qu'on a l'impression de jaillir hors de son corps. Je crois pouvoir dire sans me tromper que Todd et Malik ressentaient la même chose. Quand vous avez besoin de vous astiquer le jonc, votre cible est évidente. Ce qui était étrange dans ce cas c'était que je n'arrivais pas à dire vers quoi je jaillissais. Je me rappelle m'être senti enflammé, plus chaud que je le croyais possible. Mais c'était juste la température.

— C'était très sélectif, a dit Malik. Il y a eu quatre tours. Ils m'ont fait signer un accord de confidentialité, mais maintenant j'ai le droit de dire aux gens que je fais ça. Je ne peux pas vous donner plus de détails, ceci dit, alors ne m'en demandez pas. Ils n'ont gardé que quatre d'entre nous, et il y avait quelque chose comme deux cents candidats. Peut-être même trois cents.

Un menu de plats à emporter traînait par terre à côté du matelas de Todd, et il avait écrit une liste au dos. J'ai observé sa petite écriture. Parfaite, comme une police de caractères. Pour faire taire Malik, j'ai commencé à la lire à voix haute : c'était une liste de tous les grands incendies que l'Amérique avait connus au cours de l'année précédente. Lieu, durée, dégâts, cause. Au milieu de la liste, j'ai commencé à prendre un accent écossais, juste pour éviter de m'ennuyer. C'est vous dire comme cette liste était longue.

— C'est bon, ça, a dit Malik. (Il avait son téléphone braqué sur moi ; il me filmait.) C'est du bon contenu. En fait, t'es assez doué en accents, Jack. Je pourrais te donner quelques conseils, si tu veux.

— Non merci, ai-je dit entre mes dents serrées.

J'ai froissé la liste et je l'ai jetée sur la tête pâle de Todd.

— C'est quoi ton problème ? ai-je demandé, aiguillonné par la colère.

Todd était si petit, si cassable. Soudain, j'ai eu envie de le briser comme une décoration de Noël.

— Pourquoi tu peux pas être normal ?

Todd a levé les yeux vers moi en arborant une expression indéchiffrable. Il aurait pu dormir, pour ce que j'en savais.

— Je garde le compte, a-t-il dit.

Sa toute petite écriture allait avec ses toutes petites mains. Des mains de rongeur mouchetées de taches de rousseur. Quand il a ramassé la feuille, son visage est brusquement devenu triste, ce qui a mis fin à ma colère. Dans la chambre psychotiquement propre de Todd, face à un ventilateur en plastique qui barattait l'été devant la fenêtre, je voulais tous les extrêmes en même temps : je voulais mourir, tuer, baiser, trouver mes parents et les ramener à la vie puis les tuer, puis les enterrer et hurler, hurler, hurler. Pour la première et sans doute dernière fois de mon existence, j'enviais les femmes d'être capables de donner la vie. Je voulais me fondre dans quelqu'un d'autre. Je voulais savoir ce qu'il faudrait pour que j'en aie quelque chose à foutre.

J'ai pensé à Blandine. Nous avions vécu quelque chose tous les deux dans le loft de Pinky. J'en étais persuadé, sur le moment. Mais au fil de la journée, je me suis mis à en douter de plus en plus, et le soir venu, je me disais que j'avais tout imaginé. Elle se servait juste de moi. Pour quoi faire ? Je n'en sais rien. À peu près une semaine avant que tout ça se produise, elle m'a entendu dire à Todd et Malik que j'avais été engagé pour promener les chiens de Pinky. C'est là qu'elle s'est intéressée à moi pour la toute première fois.

Elle a attendu que Todd et Malik sortent de l'appartement, puis elle est venue me voir.

— Je pourrai venir avec toi, un jour ? m'a-t-elle demandé, les yeux tout pétillants et faux.

Je lui ai demandé pourquoi, mais pendant qu'elle me répondait, je ne pensais qu'une seule chose : j'aimerais que Malik et Todd soient là pour voir ça. Je me suis mis à fantasmer sur tous les embellissements que j'apporterais à mon histoire quand je la leur raconterais. Je leur dirais que la bretelle de son débardeur était tombée. Je leur dirais qu'elle m'a touché le bras. Je leur dirais qu'elle a mis du parfum avant de sortir de sa chambre. J'étais si obnubilé par ma version des événements que je l'entendais à peine.

— J'adore les animaux, c'est tout, disait Blandine quand je me suis enfin remis à l'écouter.

Plus tard, j'ai dit à Malik et Todd que Blandine voulait passer du temps avec moi.

— Seule à seul, loin de tout ça.

Puis j'ai fait un clin d'œil et je me suis dandiné. Malik m'a jeté la boule d'élastiques, mais il souriait. Comme s'il était fier de moi.

Assis là dans la chambre de Todd quelques heures plus tard, j'ai repensé à ce moment dans le loft de Pinky, la première fois que Blandine et moi avions parlé assez longtemps pour être en désaccord sur quelque chose, et son visage qui rougissait comme je ne l'avais jamais vu rougir, et son corps qui se mouvait dans le loft et qui se tenait trop près du mien. Sur le moment, j'ai cru qu'elle allait m'embrasser ou bien qu'elle attendait que je l'embrasse. Et puis elle s'est mise à caresser les chiens, et j'ai compris que ce n'était qu'une allumeuse.

L'alcool et la beuh déconstruisaient la chambre de Todd, pour la reconstruire en une sorte de bateau. Je tanguais.

Blandine m'est apparue brièvement, aussi nette qu'une photo, vêtue d'un smoking. Je savais que je ne la toucherais jamais. Le pire, c'était que je m'en fichais. Je me fichais de tout.

— Y a un truc qui me chiffonne, a déclaré Malik avec autorité. (Il pouvait se montrer extrêmement fédéral.) Cet empoisonnement des nappes phréatiques au benzène, dans les années 1960 ?

Il a laissé un silence théâtral.

— Ouais ? a dit Todd pour le relancer.

— C'était pas Zorn.

— Arrête, dit Todd. C'est la seule chose qu'on sache de façon certaine.

— Ce que je veux savoir, ai-je dit, c'est ce qu'ils ont donné aux gens qui sont devenus cinglés et cons à cause de ça.

— À cause de quoi ?

— Du benzène. Des fois je me dis que c'est pour ça que tous les adultes qu'on a connus étaient de si gros abrutis.

— Personne n'a pu le prouver, a dit Todd.

Je voyais qu'il faisait des efforts pour avoir l'air de ne pas être affecté par le commentaire que je lui avais fait plus tôt, qu'il essayait de la jouer cool, ce qui aggravait les choses. Je l'avais blessé sans raison.

— Zorn disait que ce n'était pas leur faute si vous étiez con.

— Il doit y avoir moyen d'évaluer ça.

— Les boules que ça doit être si tu te donnes tout ce mal et que tu finis par découvrir que *c'était pas* leur faute.

— Ce n'était pas *du tout* la faute de Zorn, a dit Malik. C'est ce que j'essaie de vous dire.

— Ah ouais ? ai-je dit. C'était quoi, alors ?

— Cette contamination au benzène, a dit Malik, était un acte de guerre extraterrestre.

Todd a arrêté de trifouiller la bouteille de vodka et a fixé Malik.

— Quoi ?

Puis Malik a explosé de rire, ses dents parfaites en plein dans notre face.

Todd a nerveusement hoché la tête.

— Ce que je veux vraiment, ai-je dit, c'est guillotiner tout Internet. Avant qu'il me guillotine moi.

— Jack, a dit Todd. Vire-toi de mon lit.

J'ai obéi sans réfléchir. Je me suis levé, je suis un peu tombé.

— Pourquoi ?

— Tu mets plein de sueur partout. Regarde.

La porte d'entrée s'est ouverte. Malik s'est levé d'un bond et a enlevé sa chemise instinctivement, comme tous ces gens qui vérifient leur téléphone quand la sonnerie par défaut se fait entendre dans une foule. Sérieusement. Blandine entre dans l'appartement et Malik *enlève sa chemise.* J'aimerais pouvoir dire que son comportement était pas croyable, mais, bien sûr, je le croyais. Nous avons entendu les pas hâtifs de Blandine, un robinet qui coule, la porte du frigo qui s'ouvre, un bruit de plastique et de métal, sa voix basse. Puis la porte d'entrée s'est refermée.

Sur la couette bleue de Todd, je voyais une forme indistincte humide qui n'avait pas ma forme mais celle d'un pays saignant sur tout l'espace qui l'entourait.

— Ah merde, a dit Malik. Ce soir, c'était le bon soir.

— Le *bon soir*, dis-je d'un ton sarcastique. Qu'est-ce que tu voulais faire, ta demande en…

— Chut, a dit Todd. Écoutez.

C'est là qu'on a entendu la chèvre pour la première fois. Elle pleurait.

— C'est quoi ce bordel ? a marmonné Malik.

Elle a bêlé de nouveau.

Rien n'était réel. On s'est immédiatement levés et on s'est dirigés vers l'origine du bruit. On n'avait jamais envisagé de faire quoi que ce soit d'autre.

JE T'EN LAISSE JUGE

Le soir, à 7 h 51, cent douze minutes avant que Blandine Watkins sorte de son corps, elle porte la chèvre Hildegarde dans l'escalier qui mène à son appartement. James Yager attend au volant de sa voiture hybride économique devant le Clapier. Blandine a utilisé son téléphone pour appeler le seul vétérinaire de la ville, mais son cabinet était fermé. En dehors des questions de logistique caprine, ils n'ont échangé que quelques mots. Depuis qu'elle l'a vu, elle tremble si violemment qu'elle doit garder la bouche ouverte pour éviter que ses dents claquent. Elle ne détecte aucun changement dans son attitude ; il se comporte vis-à-vis d'elle comme il se comporterait vis-à-vis d'une élève, n'importe quelle autre élève.

Dans sa chambre, Blandine laisse Hildegarde avec cinq bols en plastique remplis d'eau. Elle jette des épinards par terre, ainsi que des poires, des branches de céleri et des carottes. Certains de ces légumes appartiennent à Todd, mais elle le remboursera. Elle examine sa chambre et se sent – brièvement – riche. Avec sa couette et ses oreillers, elle bricole un lit pour la chèvre sur le plancher, et elle l'y borde doucement. Hildegarde regarde Blandine d'un air plaintif.

— Essaie de pas faire de bruit, murmure-t-elle à l'animal.

Les garçons ne semblent pas être là, ce qui la soulage. Ceci dit, la porte de Todd est fermée : il pourrait bien être dans sa chambre. Mais Todd ne ferait jamais de mal à Hildegarde ; des trois garçons, c'est lui le moins rustre. Doux et sensible. Parfois, quand elle est seule dans l'appartement, elle se glisse dans sa chambre et admire ses dessins, qu'elle trouve raffinés et étranges.

— S'ils reviennent, ne leur fais pas savoir que tu es là, murmure Blandine à Hildegarde.

Rapidement, Blandine écrit sur un Post-it : NE PAS OUVRIR, puis elle en prend un autre sur lequel elle écrit : S'IL VOUS PLAÎT, et elle les colle tous les deux sur la porte de sa chambre. Le cœur battant vite, elle quitte l'appartement en courant, oubliant de verrouiller la porte d'entrée derrière elle.

Ils sont assis dans la voiture de James, garée sur le parking d'une église abandonnée à quelques rues du Clapier, et ils évitent tout contact oculaire. Les fenêtres de la voiture sont ouvertes ; une brise d'avant orage flirte avec eux. Sur la banquette arrière se trouvent quatre sacs d'un magasin de fournitures agricoles local : sel blanc, sels minéraux et oligoéléments, spray répulsif contre les mouches, aliments pour ovins et caprins, trois sacs de foin, pierre à lécher enrichie en protéines pour ovins et caprins, complément nutritionnel pour caprins Nutri-Drench, une petite auge, un seau de vingt litres, et un sac de bonbons pour humains. Ça a coûté plus de cent dollars, et en scannant leurs achats, la caissière les a regardés tous les deux comme si elle percevait quelque chose d'illicite et de sordide entre eux. James a payé.

— Je ne suis peut-être pas *opprimée*, au sens strict, poursuit Blandine en mâchonnant son bonbon pour éviter que ses dents claquent. Mais dans cette situation, je suis indiscutablement le prolétariat et tu es évidemment la bourgeoisie, et le capitalisme empêche qu'il se passe quoi que ce soit entre nous en dehors d'une transaction foireuse fondée sur le présupposé selon lequel tu possèdes tout ce que je produis. Et bien sûr nous nous rencontrons dans la Valley ; bien sûr que tu devais la polluer comme ça. Et la chèvre, notre seul témoin, n'est plus là. Putain. On va avoir besoin d'être défoncés pour continuer cette conversation.

Elle sort un vaporisateur de la poche de sa robe et s'en sert vite pour qu'il ne voie pas le tremblement de ses mains. Toutes les voix qu'elle a en elle veulent s'adresser à James et lui chanter la sérénade. Elle n'arrive pas à croire qu'elle ait pu trouver Jack attirant plus tôt dans la journée. Elle se rend compte à présent que ce qu'elle a pu ressentir alors n'était qu'une version diluée de l'orage qui est en train de tout saccager en elle.

Après un long silence, James dit son désaccord.

— En quoi est-ce que je suis la bourgeoisie ? Si tu veux faire une analyse marxiste de notre relation, reconnais au moins le fait que j'ai accédé à la richesse par le mariage. Mes parents étaient de petits agriculteurs. Toute ma vie, on a été pauvres. Mon frère a essayé de financer ses études à l'université en s'engageant dans l'armée et, aujourd'hui, il ne peut plus marcher parce qu'il a sauté sur une bombe artisanale en Afghanistan. Les feux d'artifice lui causent des crises d'angoisse. Mes parents sont morts de maladies évitables parce qu'ils se sont fait trahir d'abord par leur régime alimentaire, puis par leur assurance santé. Je ne gagnerai jamais plus de quarante mille dollars par an. J'ai toujours été l'inférieur de ma femme, subordonné à ses décisions, aux décisions de ses parents. Tu ne comprends pas.

— Oh, pardonne-moi. Étant donné que c'est par *mariage* que tu es entré dans l'aristocratie, tu n'en es pas vraiment un membre ni un bénéficiaire, dit Blandine.

Il lui est si facile d'exprimer la colère qu'elle éprouve à son égard – bien plus facile que d'exprimer quoi que ce soit d'autre.

— Étant donné que tu y es entré par *mariage*, tu ne jouis évidemment d'aucune de ses protections et de ses biens, comme une grande maison et un bouclier financier en cas de crise. On dirait que tu n'as jamais lu un seul roman du XIXe siècle. Bon sang.

— Je suis professeur de musique en lycée, Tiffany.

— Et ta femme ? Qu'est-ce qu'elle est, sinon une princesse du Midwest, l'héritière d'une fortune créée par des gens comme tes parents, un membre de la classe qui possède les gens comme moi ? Qu'est-ce qu'elle est, sinon fondamentalement monarchique ? Entrer dans l'élite par mariage ne t'exempte pas de ses modalités et conditions. Elle possède peut-être la majorité de ta personne, mais tu en as, disons… (Elle cherche ses mots.) La garde partagée.

— On a divorcé.

Blandine inspire à la bouche en métal du vaporisateur en s'efforçant de ne pas réagir.

— J'espère que ton contrat de mariage était cynique.

Elle pose l'appareil dans le vide-poches. James le prend sans demander ; sa main la frôle électriquement. Elle se sent en colère, et en sueur, et enchantée qu'il mette sa bouche où elle a mis la sienne. Elle a l'impression qu'elle est sur le point de vomir, de se déshabiller, de se voir pousser des ailes.

— Écoute, Tiffany, dit James en soupirant. Rien de tout ça ne se passe comme… j'espérais que ça se passerait. Je voulais m'excuser auprès de toi. Je veux te dire que je reconnais à quel point j'ai pu être manipulateur, pervers et – oui, bon, d'accord – *bourgeois* dans mon comportement. Mais la conversation m'a échappé, et tout est juste parti… je ne sais pas ; tout est parti en vrille.

Il fait un geste en direction du ciel, où des nuages d'orage se sont amassés comme un public.

— Hildegarde de Bingen – la mystique – dit que Dieu fait se lever les orages pour punir la vilénie, dit Blandine en observant le ciel. Ou annoncer des dangers.

— Ce n'est pas une position originale.

— Elle dit : "C'est parce que toutes nos actions affectent les éléments et sont en retour troublées et influencées par les éléments."

Des gouttes de pluie éclatent sur le pare-brise.

— J'avais oublié ta mémoire, dit James. Ta mémoire incroyable.

— J'en ai tellement assez, dit Blandine, des violences faites aux femmes sous couvert de validation.

— Désolé, murmure James instinctivement, mais il ressemble à un chien qui s'est fait gronder et qui ne sait pas ce qu'il a fait de mal.

— Enfin bref, dit Blandine. Le problème, c'est que quand tu es une jeune femme, tu ne peux pas décider de sortir du système de production économique. Personne ne le peut, pas vraiment, mais un homme blanc comme toi est au moins en mesure de faire quelque chose qui ressemble à une telle sortie. Une femme ne peut même pas *plus ou moins* décider de sortir, peu importe ses efforts, parce que son corps *contient* des biens et des services, et que les gens essaieront forcément d'extraire ces biens et ces services avec ou sans sa permission. Comment pourrais-tu comprendre ? On commence enfin à parler de comportements sexuels abusifs, et c'est déjà ça. À l'évidence, il y a un peu de justice horizontale qui se fait actuellement, et ce n'est pas vraiment idéal, mais c'est quand même quelque chose.

— De justice horizontale ?

— Je veux dire que si on ne peut pas abattre le machisme américain en la personne de son commandant en chef, alors peut-être qu'on peut abattre le producteur, le P-DG, les présentateurs de JT, les acteurs, et ainsi de suite. On s'en sentira bien, ça fera un peu de bien, mais au bout du compte, notre sécurité nucléaire et démocratique est déterminée par un concours international pour savoir qui a la plus grosse, et quand tu as vécu dans des foyers d'accueil, tu ne… peu importe. Nous pensons vouloir nous tuer les uns les autres, mais ce que nous voulons vraiment tuer, c'est la cage. Je ne sais même pas ce que je dis. Si, je le sais. Ce que je dis, c'est qu'il faut qu'on fasse de la place dans notre discours pour les abus de pouvoir auxquels les deux parties ont soi-disant consenti. Qu'on puisse regarder les mégalomanes qui règnent sur notre monde en décrétant que c'est important, puis écouter une affaire foireuse et décréter que ce n'est rien du tout parce que les deux ont dit, Oui, d'accord, au début… Je ne supporte pas ça. Je veux dire, on ne veut pas s'infantiliser, mais le consentement, *c'est quoi* ? "Nous" avons voté pour ces tarés ; n'était-ce pas consenti ? À quoi consentons-nous, exactement ? Alors si tu examines *ce* scénario-*là* – toi et moi – et que tu y vois autre chose qu'une version miniature de notre grand désastre, et si tu regardes dans le miroir et que tu vois autre chose que la cravate rouge du pouvoir que tu portes autour du cou, alors tu refoules la réalité de tes tendances au pillage et à l'exploitation, juste pour pouvoir vivre. Et c'est merdique.

James prend une longue respiration, les yeux fermés.

— Tu as raison, dit-il sans conviction.

— J'irais même jusqu'à dire que notre relation contenait trois étapes habituelles du développement économique au cours de l'histoire humaine : d'abord, le communisme primitif, où tout semblait mutuellement bénéfique l'espace d'un bref instant ; puis le féodalisme – où j'étais radicalement inféodée, et où je travaillais pour toi pour à peu près rien du tout ; puis le capitalisme. Et maintenant, merde. Je n'en sais rien. Peut-être que je suis allée trop loin. J'essaie d'aimer tout le monde et de me purger de mon ego, tu sais. J'essaie de reconnaître la pleine dimension humaine de chaque personne que je rencontre, et je suis… honnêtement, je suis épuisée. À partir de maintenant, ce sera la justice du Nouveau Testament. Alors il faut que j'expulse la justice de l'Ancien Testament de mon organisme tant que je peux encore le faire. (Elle se pince la cuisse et le surprend en train de la regarder faire.) Je crois que je te déteste.

— Je ne te déteste pas, dit James.

Blandine donne l'ordre à son cerveau de faire barrage à l'émotion qui défile au pas de charge dans son corps. Ça ne fonctionne pas.

— Ce n'était pas que du sexe pour moi.

James se tait. Il détourne les yeux de la cuisse de Blandine, regarde droit devant, en lui laissant la liberté d'étudier son profil.

— Si c'est ce que tu crois, ajoute-t-il.

Il paraît immoralement beau ; sa mâchoire poursuit son œuvre lassante mais efficace sur le corps de Blandine. Elle peut presque sentir son propre hypothalamus – ce tyran neurologique ! – s'abattre avec violence sur son cortex préfrontal. Elle s'accroche à tous les fragments de raison qu'elle peut trouver. La raison, dit Hildegarde, est la troisième plus noble des facultés humaines. Après le corps et l'âme. Dieu est vie, mais Dieu est aussi rationalité, dit Hildegarde. *La raison est la racine à travers laquelle s'épanouit la parole résonnante.* Où est la raison ? Qu'est-ce que la parole résonnante ? Rien ne s'épanouit. Blandine a la sensation de suffoquer dans sa robe de coton ample. Elle veut l'enlever, elle veut voir comment James réagirait, elle veut que l'orage l'emporte avec lui.

— Je veux dire, ce n'était même pas essentiellement une question de sexe, dit James. Quand je repense à ce qui est arrivé, cette nuit-là n'est pas la seule chose qui me vient à l'esprit. Je n'avais jamais imaginé que ça se produirait, je n'avais même jamais pensé que ça appartenait au domaine des possibles – je te respectais trop pour penser comme ça.

— Et pourquoi le fait de respecter une femme et le fait de la sauter sont-ils mutuellement exclusifs à tes yeux ?

James passe une main dans ses cheveux couleur paillis, trop fournis pour son âge.

— Ils ne le sont pas. (Enfin, il la regarde dans les yeux.) Mais respecter son élève de dix-sept ans et la sauter le sont.

Des larmes montent aux yeux de Blandine. Elle se détourne de lui.

— J'étais très attaché à toi, dit James. Je le suis encore. Ça m'a rendu malade pendant des mois. Tu sais, après… après cette nuit, je me suis forcé à ne pas te contacter, je pensais que ce serait… une forme de négligence bénigne, j'imagine. Je pensais que ce serait mal de te contacter. Et quand j'ai découvert que tu avais quitté le lycée, j'ai dit à tous les professeurs et à tous les membres de l'administration de te tendre la main, j'ai dit au principal de t'offrir tout ce dont tu avais besoin. J'ai dit à tout le monde de faire tout ce qu'ils pouvaient pour te garder.

— J'apprécie ton paternalisme.

— Je me considère comme un criminel, tu comprends ?

— Eh bien. (Elle mord sa cuticule, laisse échapper une larme.) C'est ce que tu es.

Mais pas dans l'État de l'Indiana.

Lorsqu'elle l'observe, elle remarque que le sang est venu surpeupler son visage. Il accueille les larmes de Blandine avec une horreur manifeste. Est-il horrifié de lui-même, ou d'elle ? L'espace d'une seconde, elle pense qu'il va tendre la main et la toucher. Elle veut qu'il le fasse. Il ne le fait pas.

— Je n'ai pas dormi pendant toute une semaine après ce qui s'est passé entre nous, dit-il.

— Eh bien moi, je n'ai pas dormi pendant des mois – je n'ai jamais bien dormi de toute ma stupide vie –, mais ce n'est pas un putain de concours.

— Je n'aurais pas dû recentrer ça sur moi. Je suis désolé. Je sais que je suis… hors sujet, dans cette situation.

Elle lâche un petit rire dédaigneux.

— Hors sujet ? Tu penses vraiment que tu es *hors sujet, dans cette situation* ? Hors sujet ! Dans *cette* situation !

— Qu'est-ce que je peux faire pour que tu comprennes que je reconnais à quel point c'était mal ? (Il est vraiment de plus en plus perdu. Elle le voit à son visage, elle l'entend à sa voix.) Comment est-ce que je peux te convaincre que, malgré toutes les horribles… malgré tout ce que j'ai fait, malgré le caractère vraiment irresponsable de mon attitude vis-à-vis de toi, je me soucie de ton bien-être, et je m'en suis toujours soucié ? Comment est-ce que je peux te convaincre que je n'avais jamais fait une chose pareille, et que si je pouvais la refaire, je la referais sans hésiter ? *Différemment*, je veux dire. Si je pouvais la refaire *différemment*, je la referais. Tout ce que je dis sonne creux, mais c'est quand même exactement ce que je veux dire. Tu es plus douée que moi pour ça. Je ne…

— Je croyais *réellement* que nos objectifs et intérêts étaient les mêmes du début à la fin de ce rêve enfiévré. Quelle putain d'abrutie j'étais l'an dernier. Je pensais… Je croyais réellement que je t'aimais. Je croyais que j'étais *amoureuse* de toi. Et peut-être que *c'était* une variété d'amour, et après ? On a passé six mois à fracturer hydrauliquement nos âmes respectives – ce n'est pas parce qu'on en a tiré un peu de pétrole que c'était *bien*. Et qui ne s'est pas fait avoir par le capitalisme ? Évidemment qu'il te séduit avant de te broyer. Évidemment qu'il t'enivre complètement avant de t'amener dans l'arène. Comme dans les sociétés antiques, où on donnait de la cocaïne aux enfants avant de les sacrifier. Et évidemment que ton imposante maison m'a enchantée, évidemment que je suis devenue stupide en voyant tout le *savoir* que tu avais, évidemment que j'ai cédé à un fantasme de maîtrise, évidemment que j'ai eu envie de baiser ton piano. Évidemment que toi et ton corps, vous m'avez fait me sentir en sécurité, comme si j'étais entourée par… je ne sais pas, *des soldats*, ou quelque chose de dégoûtant comme ça… et évidemment que cette réaction était poisseuse et chiante et américaine, *ad nauseam*. Moi, je t'ai séduit, j'en suis à peu près sûre. Mais…

— Non, je suis responsable de…

— Mais mon obsession pour toi n'annihile pas le… ne signifie pas que notre relation n'était pas… écoute, ce que j'essaie de dire, c'est que nous étions des concepts plutôt que des individus. Des ions stupides dans une tempête géomagnétique, tu vois ? Pendant des mois, je me suis persuadée que toi et moi avions transcendé les structures de pouvoir qui étaient à l'œuvre, que j'étais un agent égal, que t'accuser reviendrait à m'infantiliser. J'ai même excusé ton silence parce que j'étais si enchantée par toi, et par tout ton putain de… par ton *cerveau*, ou je ne sais quoi… et à l'époque j'étais en train de tomber en vrille dans cette, je sais pas, crise d'éducation, tu vois, parce que je comprenais que je ne pouvais pas juste m'extraire de ma malchance par la lecture et les études, que je ne pouvais pas juste escalader une pile de livres, et franchir des diplômes, pour atteindre la liberté. Je me rends compte maintenant que toutes ces croyances ne faisaient que valider le système qui nous maintient tous à notre place, et je me rends compte maintenant que la seule façon de sortir du système est de sortir de son corps. Et donc, comme tu peux le voir, à l'époque, j'étais trop occupée par l'effondrement de toutes mes autres illusions pour te *diaboliser* correctement. Mais plus maintenant.

Nous n'étions pas deux personnes succombant simplement à une attirance inopportune, tabou et complètement galvaudée. Nous étions des engrenages dans une superstructure de classe et d'état et de production et de distribution et de législation et de pyramides politiques et de milices et de taux de change et de dettes nationales et d'énergies fossiles et de tout ce que tu veux. On était pris dans un réseau de relations matérielles. Je crois, en fait, au bout du compte, qu'on était la réponse à la question : "Pour qui les pianos à queue sont-ils faits ?" Nous n'avions rien de dialectique. Et c'est ça qui me fait le plus enrager – ton silence, avant, pendant, et après. Oh, c'est sûr, on *parlait*. On parlait et parlait et parlait, et on n'a pourtant jamais rien dit, pas vrai ? Tu étais la seule personne dont j'aie jamais eu envie d'avoir des nouvelles, James, et je n'en ai plus jamais eu. Ne me parle pas de putain de négligence *bénigne*.

— Moi aussi, je t'aimais, marmonne James. Comme une… nièce.

Elle pleure maintenant pour de vrai, mais elle s'obstine à continuer, dopée par une année complète de fureur.

— Si c'était ça ta version de l'amour, pas étonnant… pas étonnant que ton mariage soit mort dans l'ambulance, pas étonnant que tu aies crevé d'envie de sauter une adolescente. Je parie que tu as réduit tes propres filles à ne faire plus que nourrir ton narcissisme. Je parie qu'elles le sentent. Je parie qu'elles préfèrent leur mère. Qui accepterait de te confier ses amis ? Viens-tu soudain de comprendre que tu allais mourir, James ? Est-ce pour cela que tu me demandais de rester tard ?

Il accepte ces coups avec seulement une once de vertu messianique.

— Ta fille ne m'a dit qu'une seule chose à ton sujet, dit Blandine, tu veux savoir ce que c'est ? Elle m'a dit que tu achetais trop de brosses à dents. Si tu as besoin d'une preuve qui montre que tu es un pion de la bourgeoisie, de la classe dominante, propriétaire des moyens de productions et de leurs fruits, ne cherche pas plus loin : tu es un homme riche qui amasse des biens matériels qu'il n'a pas fabriqués et dont il n'a pas besoin, pour compenser un défaut de caractère fort justement perçu. Des brosses à dents, nom de Dieu. Dire que j'ai trouvé ça *mignon*.

— J'admire ta passion, dit James, mais je trouve que cette discussion devient un peu bancale. Tu as lu le *Manifeste du parti communiste*, je suppose. Et sans doute les pages Wikipédia sur le marxisme, le socialisme démocratique, la social-démocratie. Et je ne doute pas que tu n'ignores rien des nombreux dictateurs brutaux qui ont utilisé le communisme et le socialisme comme des armes pour asseoir un contrôle despotique. Je suis sûr que tu me répondrais qu'ils ont mal appliqué ces idéologies, et qu'il n'y a jamais eu de société authentiquement marxiste nulle part. Mais as-tu au moins parcouru le premier volume du *Capital* ? Tu ne me fais pas l'effet d'être le genre de personne qui serait prête à confier une forme de pouvoir autoritaire à qui que ce soit. Et tu es trop intelligente pour penser qu'il pourrait exister un être humain capable de faire advenir une société sans classes, sans argent et sans État.

— Ce n'est pas le problème, réplique Blandine. Je ne débats pas *pour* quelque chose. Je débats juste contre toi, et c'est le meilleur cadre que j'aie pour ça. Je ne suis pas assez maligne pour mener une révolution, d'accord ? J'en suis tout à fait consciente. Tout ce que je sais, c'est qu'il nous en faut une, putain.

James l'observe sans rien dire.

Elle se retourne pour regarder les sacs de produits pour chèvres, qu'elle voit maintenant comme des enfants innocents piégés dans une dispute de leurs parents au cours d'un voyage en voiture. Elle prend une nouvelle bouffée à son vaporisateur.

— Je suis déjà défoncée, dit Blandine. Merde.

— Moi aussi.

Plissant les yeux, Blandine regarde un immeuble moderniste des années 1970 de l'autre côté de la voie express. On dirait un parking, mais c'est en fait le siège d'un site web d'annonces de décès.

— Si seulement tous les putains d'architectes modernistes s'étaient réconciliés avec leurs putains de pères plutôt que de saloper notre putain de pays avec leurs putains d'érections merdiques.

James lâche un petit rire satisfait.

— Quoi ? demande-t-elle.

— C'est juste que l'architecture moderne était censée représenter les goûts et les besoins d'une classe moyenne en pleine ascension, dit-il. En réaction contre l'élitisme et l'oppression des régimes qui propageaient l'architecture classique.

Blandine rougit ; elle se sent stupide. Elle ne savait pas ça. Elle ne sait rien du tout.

— Je m'en fiche. C'est laid, c'est d'un orgueil sans nom, c'est anti-piétons et pro-voitures. Y a peut-être des trucs modernes qui sont jolis, mais pas ces merdes purgatoriales qu'on a partout en ville.

Ils restent silencieux quelques minutes.

— Ça sent le feu de camp, finit par dire James. Tu le sens aussi ?

— C'est juste la beuh.

— Non, non… ça vient du centre-ville. Je me demande ce qu'ils font brûler ?

Blandine arrache le dernier croissant d'ongle de son petit doigt.

— L'avenir.

Il la regarde comme s'il cherchait une émotion qu'il aurait égarée. La ferveur, peut-être. Ou l'affection. Il a l'allure d'un homme qui a connu de nombreuses tempêtes de sable internes et dont les convictions – naguère tranchantes et subtiles – ont perdu leur netteté. Observant James, Blandine repense à un cygne qu'elle a vu en février dernier. Il s'était résigné à vivre dans une mare sur le parking d'un grand magasin.

— Tu es très jeune, observe James.

— Vraiment ? dit-elle d'un ton cassant. Je suis jeune comment, James ?

Il détourne le regard.

— Mais tu ne fais pas dix-huit ans, marmonne-t-il.

Là, un cri primal se met à enfler en elle. Elle le place en quarantaine. Se racle la gorge.

— Quand Hildegarde décrit ensemble les vertus et les vices dans cette pièce qu'elle a écrite, les vices sont grotesques et physiques et ils *sont là*. Mais les vertus sont invisibles. Ce ne sont que des voix.

— Ah.

Il la regarde. Malgré elle, elle réagit à l'attention de James comme un iguane à la chaleur d'une lampe.

— Qu'est-ce qui t'a fait penser à ça ?

— J'aimerais juste… des fois, je regarde ma vie, tout ce que j'ai vu jusqu'ici, et tout a l'air si… si grotesque. Je cherche la vertu et je n'en vois pas du tout. J'ai un besoin terrible d'en voir des preuves, tu sais, des preuves de quelque chose de bon… de quelque chose qui ressemble au divin. Mais je n'en vois pas. Je regarde ma vie et je vois cet entrepôt plein de… plein de *gargouilles*. Pourquoi les vices ont-ils le droit d'être si physiques ? Pourquoi ont-ils le droit d'encombrer le monde ? Pourquoi est-ce que je ne peux pas voir la moindre putain de vertu ?

C'est cette partie-là qui l'a fait pleurer le plus. Elle est trop contrariée pour avoir honte, trop contrariée pour le détester tandis qu'il pose sa main sur son bras.

— Peut-être qu'il faut que tu écoutes.

— Ouais, c'était évidemment ce que je sous-entendais, murmure-t-elle, mais ça paraît histrionique et asinien quand on le dit à voix haute.

— La vérité est peut-être histrionique et stupide.

— Alors je ne veux rien avoir à faire avec elle.

Il éloigne sa main, puis farfouille dans la voiture à la recherche d'un paquet de mouchoirs en papier. Il lui en donne un, elle le prend et se mouche aussi élégamment que possible, comme si elle savait qu'elle était répugnante.

— Tu veux que je te ramène ? demande-t-il.

Elle le regarde, le cœur tambourinant, le visage humide.

— Quoi ?

— Je veux dire, précise-t-il, à ton appartement. Tu as cette chèvre, maintenant, et je ne voudrais pas…

Bien sûr que c'est ce qu'il voulait dire. Bien sûr. Pourquoi Blandine ressent-elle cette affreuse déception ? Qu'est-ce qui ne va pas chez elle ?

— Ne te sers pas d'Hildegarde comme d'une sortie de secours.

— Non, je te parle de la chèvre.

Elle ne dit rien. Elle ne voulait pas lui révéler le nom de la chèvre.

— Tu as dit que nous n'étions pas des individus, juste des concepts, dit James. Mais nous étions des êtres humains. Toi et moi, nous sommes des êtres humains. Je t'ai blessée et je crois que c'est aussi simple que ça. C'est moi qui t'ai blessée : voilà la syntaxe qui convient à ce qui est arrivé. Je. T'ai. Blessée. Tu parles comme si tu avais la même maîtrise des choses que moi, comme si, alors même que notre dynamique était foireuse, tu étais malgré tout une sorte d'agent totalement libre… et je ne veux pas non plus t'infantiliser, mais je dois te dire… tout ce que tu voulais qu'il se passe aurait dû être hors sujet. Tu es tellement en colère, Tiffany. Je le vois bien. Tu as parfaitement le droit d'être en colère contre moi. Mais j'ai l'impression que tu es en colère contre toi-même pour avoir supposément *choisi* ça, mais ton choix n'aurait pas dû entrer en ligne de compte, tu ne comprends pas ? Tu aurais dû pouvoir te pointer chez moi en lingerie fine et te jeter sur moi… sans que ça ne change rien. C'était à moi de m'assurer que rien ne se passerait entre nous. On t'a confiée à moi en tant qu'élève et c'était à moi de te protéger. C'est moi qui aurais dû fixer les limites, et je ne l'ai pas fait. Je ne t'ai peut-être rien appris, mais j'étais ton professeur. Tu n'avais que… tu n'avais que dix-sept ans. (Il couvre son visage avec ses mains. Sa voix se brise.) Bordel de merde.

Blandine serre les poings.

— J'ai une requête.

Il la regarde avec une sorte d'espoir exténué.

— Je t'écoute.

— Mon cerveau se drogue aux choses non résolues, et je ne serai jamais libre si je ne… si nous ne… si nous ne résolvons pas ça. D'une manière ou d'une autre. S'il te plaît.

Il a maintenant l'air triste.

— Je ne sais pas si ça peut se résoudre, Tiffany.

Blandine panique.

— Tu crois que c'est impossible.

— Eh bien, je t'en laisse juge.

Elle se tripote une mèche de cheveux raides.

— Je déteste quand le dominant prétend être le dominé. Ce n'est qu'un abus de pouvoir encore plus pernicieux. *Tu m'en laisses juge*. Mon cul.

— Écoute, j'adorerais résoudre ça. Vraiment. C'est juste que…

— Je t'en prie, James. Résous-le. *Je t'en laisse juge*.

Il lui adresse un air peiné.

— Peut-être en acceptant que c'est insoluble ?

Elle lâche un petit rire méprisant.

— Génial. Vraiment très fort.

— Tu veux que je démissionne ? demande-t-il. Que j'invente une machine à voyager dans le temps ? Que j'aille me livrer à la police ?

Il semble prêt à faire ces choses.

Brusquement, Blandine sort de la voiture.

— Où tu vas ? demande James. Laisse-moi au moins te raccompagner chez toi.

Elle ne dit rien, donne un coup de pied dans le pneu, puis fait le tour de la voiture.

— Tu vas me tabasser ? demande-t-il.

Elle ouvre la portière de James, le tire hors de son siège. Il se laisse faire. Se tient mollement debout sous les prémisses de l'averse. Des gouttes tombent de loin en loin, comme si elles espéraient qu'on ne les remarque pas. L'air est chargé d'électricité.

— S'il te plaît, dit-il. Tabasse-moi.

Elle l'envisage.

— Tu n'es pas quelqu'un de bien.

— Tu as raison.

— Tu es un narcissiste.

— Tu as raison.

— Tu pilles les gens qui orbitent autour de toi, tu fais en sorte qu'ils te servent et qu'ils te sauvent et qu'ils te donnent, te donnent, te donnent, et – pire encore – tu fais en sorte qu'ils fassent tout ça sans les *forcer* à le faire. Tu fais en sorte que les gens *choisissent* de se mettre à ton service. Tu traites les jeunes femmes comme des nutriments injectés par intraveineuse jusqu'à ce qu'elles croient que c'est ce qu'elles sont… jusqu'à ce qu'elles croient que *tu es* leur *raison d'être*. T'es un putain de Jim Jones*.

— Je ne suis pas sûr que cette partie-là soit juste, en fait, dit-il. Le pluriel. Il ne s'était jamais produit rien de tel, avant.

Elle reste silencieuse, puis lui donne très mollement un coup de poing dans le ventre.

Il réagit à peine.

— Tu peux me frapper plus fort que ça.

Elle hésite.

* Gourou fondateur de la secte "le Temple du peuple" connue pour le suicide collectif de 1978 au Guyana.

— Je n'en ai pas envie.

Mais elle le fait, elle vise le nombril et frappe aussi fort qu'elle le peut sans prendre son élan.

— Bon sang.

Il grimace, se serre le ventre, tousse.

La pluie tombe maintenant plus fort, leur rafraîchit la peau, et leurs anatomies bourdonnent sous l'averse. Pour la première fois, elle voit comme il a mauvaise mine. Son bronzage le cachait, mais il est maigre et ses yeux sont injectés de sang, tapis au fond de leurs orbites sombres. Le blanc semble envahir ses cheveux et sa barbe naissante tandis qu'elle l'étudie, comme s'il vieillissait de plusieurs décennies en l'espace de quelques secondes.

— Pardon, dit-elle, et sa voix se brise.

Les poings serrés, en proie à une grande confusion, Blandine s'effondre contre son professeur de théâtre au lycée. Il la prend instinctivement dans ses bras ; sa force est restrictive, rassurante, chaude, et elle essaie de ne pas savourer ces choses, mais son cerveau et son cœur ne sont pas étalonnés sur le même système moral, et elle est si fatiguée de tordre ses émotions pour qu'elles s'accordent à ses principes. Elle pleure et hurle plus ou moins contre son torse parce qu'elle est fatiguée, et qu'elle frissonne, et qu'il est la seule structure vivante dans son champ de vision qu'elle ait envie de toucher. Il la maintient debout. Elle ne voit pas son expression.

— S'il te plaît, Tiffany, ne t'excuse pas. Tout sauf ça.

L'odeur qu'il dégage – une odeur de savon générique – la bouleverse.

— Ça ne s'est vraiment jamais produit avant ? demande Blandine.

— Jamais. Il ne m'est jamais arrivé rien de semblable.

— Mon cul, murmure-t-elle la bouche contre sa chemise blanche.

— Tiffany, je ne suis peut-être pas la meilleure personne qui soit, mais là, je te dis la vérité. Et par ailleurs, je ne suis pas en train de sous-entendre que la nature exceptionnelle de mes actions soit une quelconque excuse. Ce n'est pas ce que je veux dire.

— Tu enseignes toujours à Philomena ? demande-t-elle.

Il hésite.

— Oui.

Elle s'écarte de lui, plisse les yeux.

— Et tu jures sur la tête de ta mère qu'il ne s'est jamais rien passé de tel ? Entre toi et une élève.

— Je te l'ai dit. Jamais.

— Est-ce que tu me mens ?

Son regard est calme, ses iris chauds et verts, sa voix douce.

— Non. Je te dis la vérité.

— Pourquoi devrais-je te faire confiance ?

— Je ne t'ai jamais menti, Tiffany.

Blandine n'a pas envie de le dire – si elle le dit, elle devra s'en dépêtrer, et elle a réussi à le refouler correctement jusqu'à maintenant –, mais les mots sortent sans sa permission.

— Alors, putain, commence-t-elle à voix basse, pourquoi est-ce que Zoe Collins m'a contactée quand j'ai quitté le lycée ?

Le visage de James se vide, et Blandine reconnaît en lui un animal traqué qui se purge de son poids pour pouvoir fuir plus vite. C'est tout ce qu'elle avait besoin de voir. Le dégoût l'envahit, et elle s'éloigne de James. Il garde une voix posée, mais il ne peut cacher sa peur.

— De quoi tu parles ? demande-t-il.

— De Zoe Collins. Trois classes au-dessus de moi.

Il déglutit.

— C'était une négligence de ta part de choisir deux élèves présentes en même temps au lycée.

— Je connais à peine Zoe, dit James.

— Tu étais son prof de musique. Elle chantait. Elle jouait du piano. Elle jouait dans tes pièces. Tu l'as aidée à obtenir cette bourse de musique. Bien sûr que tu la connais.

— Bon, oui. Évidemment. Mais je ne l'ai même jamais rencontrée seul à seule, et encore moins... qu'est-ce... qu'est-ce qu'elle t'a dit ?

Blandine récite le mail de Zoe sans quitter les yeux de James.

— *Alors toi aussi, il t'a eue ?*

Elle voit le corps de James éteindre toutes les lumières, tirer les rideaux, se verrouiller complètement.

— Elle pouvait parler de n'importe qui, dit James.

Blandine plisse les yeux.

— Écoute, Tiffany, elle était obsédée par moi, dit-il, changeant d'approche. J'ai sciemment évité de la rencontrer seul à seule parce qu'elle avait un comportement vraiment inapproprié ; elle s'asseyait toujours trop près de moi, elle n'arrêtait pas de m'envoyer des messages, elle me réclamait sans cesse des cours particuliers. Elle m'a même envoyé une photo d'elle, un jour – enfin, elle avait des vêtements, mais c'était parfaitement déplacé – et elle a fait passer ça pour une espèce d'essai de costume, je savais ce qu'elle cherchait à faire, et je l'ai tout de suite effacée, je lui ai dit de ne pas faire des choses comme ça, mais elle... *elle n'avait pas de limites*. Elle en a parlé à d'autres élèves – de ses sentiments pour moi – et ils m'ont mis en garde. C'est comme ça que je l'ai su. Elle leur a dit qu'elle voulait me briser. Elle leur a dit que son but était de me séduire et de me faire quitter ma famille. Non, je te jure… c'est ce qu'elle leur a dit ! Aux autres élèves ! Je n'ai… je n'ai *jamais* laissé les choses ne serait-ce que se *rapprocher* de quoi que ce soit de… d'*amoureux*… J'ai mis consciencieusement de la distance entre elle et moi pour qu'elle ne puisse pas…

— Arrête, dit Blandine.

Lorsque le message était apparu dans sa boîte de réception, des mois après qu'elle avait arrêté d'aller à Ste Philomena, elle n'avait pas pu se résoudre à y répondre. Elle supportait à peine de le lire. À présent, la conscience de sa propre trahison la submerge. Zoe avait dû se sentir terriblement seule. Et stupide, et anormale, et vulnérable, et jetable. Seule.

— Arrête, putain.

James secoue la tête.

— Non, c'est important. Je n'arrive pas à croire qu'elle répande des rumeurs de ce genre. Elle doit se sentir rejetée, et c'est pour ça qu'elle est en colère. Je veux dire, ça remonte à des années, nom de Dieu. Tu sais, elle m'a touché la jambe, un jour, après une répétition. Elle s'était débrouillée pour se trouver seule avec moi, et…

— Je croyais que tu avais dit que tu n'avais jamais été seul avec elle.

— Mais c'est vrai ! Ça a duré juste une seconde, et elle a réussi à me faire un truc comme ça ! Je me suis tout de suite éloigné d'elle, et je lui ai dit qu'il fallait qu'elle arrête, et que si elle continuait à se comporter comme ça, j'allais devoir en parler au principal. Je suis sûr qu'elle est juste gênée. C'est vrai, quoi, c'est tout ce qu'elle a dit ? *Alors toi aussi, il t'a eue ?*

Ça peut vouloir dire n'importe quoi. Peut-être qu'elle pensait juste que tu avais des sentiments pour moi, toi aussi, ou je ne sais quoi. Peut-être qu'elle voulait juste parler de ça. Elle était délirante, obsédée, prête à tout. Vraiment mal dans sa peau. Elle avait une vie merdique, à la maison. Je crois que ses parents vivaient un très vilain divorce, quand ça s'est passé. Allez, Tiffany. Tu ne peux tout de même pas croire…

— Alors c'est comme ça que tu parles de moi ? demande Blandine d'un ton sévère. Quand on te pose des questions ?

Il cligne des yeux, paniqué.

— Non. Bien sûr que non.

— Tu leur dis que j'étais obsédé par toi ? Que je n'avais pas de limites ? Que j'étais juste la conséquence d'une vie merdique à la maison ? Juste une banale adolescente de plus qui crève de baiser un homme âgé parce qu'elle s'est déjà fait baiser par un autre ?

— Tiffany. Non. Je ne dirais jamais ça.

Elle lui adresse un regard furieux et remarque que ses tennis blanches hors de prix sont maintenant couvertes de boue.

— Personne ne me pose de questions, marmonne James.

— Bien sûr que personne ne te pose de questions !

Désormais incapable de maintenir le cri en quarantaine, elle le libère d'un coup. Il fait un pas en arrière en même temps qu'elle ; il a l'air terrifié. Le cri est animal. Ancestral. C'est le cri de la première femme à terre blessée par le premier homme.

— Ça faisait partie de ton plan, n'est-ce pas, James ? Mon anormalité faisait partie de ton putain de plan ! Je parie que Zoe était pareille. Je parie qu'elle se sentait comme une paria jusqu'à ce que tu arrives et que tu la fasses se sentir spéciale.

Je parie que tu lui as fait sentir qu'elle ne pouvait pas avoir de relations avec les gens de son âge parce qu'elle était juste trop mûre, trop sensible, trop intelligente. Différente des autres parce qu'elle était *unique*, parce qu'elle était *brillante*, parce qu'elle était *destinée* à faire de *grandes choses*. Je parie que tu lui as dit ça pendant des mois avant de passer à l'action. Où est-ce que tu l'as baisée ? Chez toi ? Dans ton bureau ?

— Ça ne s'est pas produit, Tiffany. (Son ton est déterminé.) Il ne s'est rien passé.

— C'est malin, de choisir des élèves qui n'ont pas d'amis. Pourquoi quelqu'un poserait-il des questions ? Je n'ai jamais rien dit à personne. Je t'ai *obéi*. J'ai gardé ton putain de secret parce que je croyais à tort que c'était le mien.

— S'il te plaît, laisse-moi te raccompagner chez toi, dit James. Tu dois comprendre, Tiffany. Il ne s'est rien passé entre moi et Zoe, ni aucune autre élève. Je te le jure. Je le jure sur la vie de ma mère. Tu es la seule élève qui ait jamais… que j'aie jamais…

C'est la première fois que Blandine voit James aussi perdu, aussi hors de contrôle. Elle déteste ça.

— Écoute, dit-il, on peut éclaircir ça. Je te montrerai les messages qu'elle m'a envoyés. Je te dirai tout ce que tu veux savoir. Je te montrerai les preuves. Je ne supporte pas l'idée que tu croies à ce… à ce mensonge.

Il tend la main vers elle. Elle recule.

— Ne me touche pas, putain, dit Blandine d'une voix grave. Tu ne toucheras plus jamais aucune version de moi.

Les sacs de courses en papier attendent sur la banquette arrière de la voiture, oubliés. Blandine Watkins se détourne de James Yager et rentre chez elle en courant, fendant la pluie, mettant les voitures au défi de la renverser.

VENDUES !

À 8 H 14 le soir du mercredi 17 juillet, Clare Delacruz, l'ancienne assistante personnelle de feue l'enfant actrice Elsie Jane McLoughlin Blitz poste un tweet. Elle est assise par terre dans la cuisine de son studio encombré de Koreatown, à Los Angeles.

> Je suis très heureuse d'annoncer que les cendres d'Elsie ont été vendues à M. Angus Hammond pour la somme de 2,3 millions de dollars. Merci à tous ceux qui ont participé à ces enchères. Votre générosité profitera à la sauvegarde des paresseux nains. C'est le meilleur hommage qu'on puisse faire à Elsie, qui nous a tous appris à protéger les êtres en danger.

Puis Clare regarde son compte en banque. Hier soir, sa vitre côté conducteur a été fracassée par quelqu'un qui n'a visiblement rien trouvé à voler à l'intérieur de la voiture. Le compte de Clare confirme qu'elle doit choisir entre faire réparer cette vitre ou payer son loyer. Elle n'a pas les moyens de régler les deux ; Elsie la payait juste au-dessus du salaire minimum. Pendant toutes les années où elle a travaillé comme assistante, Clare a dû offenser au nom d'Elsie tellement de gens dans le show-business qu'elle pense qu'elle ne pourra jamais retrouver du travail à Los Angeles. Sirotant un grand verre d'eau, elle regarde l'attention s'amasser sur son tweet. Les notifications lui font l'effet d'un baume sur une peau gercée.

QUATRIÈME PARTIE

ET MAINTENANT, TOUS ENSEMBLE

C12 : Et si la conscience a perdu ses attraits, raisonne le bûcheron veuf, qui peut te reprocher de t'endormir avant dix heures ?

Un bip de Rate Your Date (Réservé aux Adultes !)

LEGGYPEGGY : *je suis sûre qu'il ne veut rien avoir à faire avec une ratée dans mon genre mais je veux juste dire que c'est quelqu'un de gentil. il m'a vraiment redonné espoir et m'a aussi fait rire* ★★★★★

C10 : Seul avec l'ordinateur portable de la famille, l'adolescent apprend une importante leçon de vie : avoir du mauvais Wi-Fi n'est jamais plus pénible que durant une séance de sexe en visio avec un inconnu beaucoup plus âgé que vous, qui ne vous a pas payé à l'avance pour votre prestation.

— J'aurais… remboursement… bon, dit l'homme.

— Pardon ? Ça a coupé.

— J'ai dit… demandé… bon.

— Pardon ? Je suis désolé.

— Putain mais jamais… dit l'homme. Je suis… là.

L'homme raccroche.

L'adolescent reste quelques minutes assis sur son lit en silence. Puis il sort son caleçon souillé des draps, le jette dans le panier à linge et va se laver à la salle de bains. Ensuite, il enfile un peignoir et se fantasme en milliardaire avec un jacuzzi et un cigare. Moelleux et doux, ce peignoir lui a été offert par le père Noël il y a quelques années. Sa mère ne le lui a jamais dit, et il ne le lui a jamais demandé, et elle continue à signer les cadeaux "père Noël". Ce peignoir est une relique de son enfance, et il trouve ça plaisant de porter un tel vêtement en un moment pareil. L'adolescent aime furieusement sa mère.

Un chien dehors. De la musique – avec des percussions – quelques étages plus bas. Des garçons hurlent encore. Ils hurlent constamment. Il les a déjà vus dans le hall, où ils tournent souvent des vidéos au contenu indéterminé. L'un d'eux est vigoureusement attirant, l'autre décemment attirant, le troisième pas du tout. Mais le troisième a l'air gentil. C'est le seul qui sourit parfois à l'adolescent. Ces garçons sont un peu plus âgés que lui, mais ils auraient pu être ses amis, dans une autre vie. Ce qui l'a le plus frappé, c'était leur énergie – ils paraissaient gonflés à bloc de couleur et de bruit, d'une force assez puissante pour se maîtriser elle-même. Il n'a jamais trouvé le courage de leur parler.

Les murs du Clapier sont si fins que l'on peut suivre les tribulations des gens comme si c'étaient des pièces de théâtre radiophoniques. Pour cette raison, l'adolescent a baissé le volume de son ordinateur portable avant que l'homme ne l'appelle. Mais c'était une mesure inutile – l'homme est resté silencieux du début à la fin.

Ce secret mène un travail de rénovation à l'intérieur de son corps, rasant au bulldozer des murs entiers de son enfance, dégageant de l'espace pour quelque chose de neuf. Il ne sait pas ce que ce sera, mais il regarde assez de films français pour savoir que ce sera enchanteur. La reconstruction est inévitable – c'est une chose qu'il accepte – et il n'y a pas de renaissance sans mort. Il éteint tous ses appareils électroniques et nourrit son poisson, un combattant siamois d'une beauté stupéfiante. Il y a tellement de gens entassés dans cet immeuble, s'émerveille l'adolescent, et cependant personne ne sait à quel point sa soirée fut vaste.

C8 : Dans la salle de bains, la mère fixe son mari tandis qu'il se brosse les dents. Elle a toujours aimé la façon dont il se brosse les dents : méthodiquement, en s'appliquant à passer trente bonnes secondes sur chaque rangée. Il ne porte pas de haut, juste un caleçon. Elle étudie la cicatrice de son appendicite.

— Les yeux d'Elijah me font peur, lâche-t-elle d'un coup.

Son mari crache.

— Quoi ?

— Eli, dit-elle. Ses yeux me font peur. Ils me font si peur que j'arrive à peine à respirer. J'ai l'impression de vivre une crise d'angoisse toute la journée et je ne peux pas le regarder – on est censé regarder son bébé, je le sais, mais je n'y arrive pas, tout simplement, à cause de ses yeux, je ne peux même pas penser à ses yeux, je panique dès que je le fais, je panique en ce moment parce que je pense à ses yeux, je me les représente, et personne… personne ne te prépare à ça, personne n'en parle sur Internet, je n'ai pas trouvé un seul parent qui ressente la même chose vis-à-vis de son bébé, ou des bébés en général, et j'ai passé ma journée à chercher sur Internet, mais il y a quelque chose qui cloche chez moi, quelque chose qui cloche vraiment chez moi, parce que si tu ne trouves personne d'autre *comme toi* sur toute la putain de toile, c'est là que tu sais que t'as des problèmes, c'est là que tu sais…

— Oh, mon amour, dit son mari en la serrant contre son torse, pressant ses bras contre son flanc, exactement comme ils emmaillotent Eli.

Elle pleure encore, et elle hyperventile. Il lui caresse les cheveux.

— Depuis combien de temps est-ce que tu ressens ça ?

— Depuis… qu'il… est… *né*.

— Et tu as gardé ça pour toi pendant tout ce temps ?

Elle acquiesce, sanglotant.

— Pourquoi tu ne me l'as pas dit ?

— Tu aurais pensé que j'étais… une mauvaise mère, si tu… si tu l'avais su… si tu…

— Tu veux que je te dise ce que je pense ?

Elle sanglote.

— Je pense que tu es une mère géniale. Je pense que tu es la Mère de l'Année. Et je pense aussi qu'il faudrait qu'on te trouve des médicaments. Que tu fasses une thérapie, peut-être. J'ai économisé pour ça – non, écoute, on peut se le permettre, maintenant – et je pense qu'il est temps que tu prennes rendez-vous, d'accord ? J'en ai parlé à Mike, et il m'a dit que son ordonnance lui coûtait quelque chose comme quarante dollars par mois, et lui non plus, il n'a pas d'assurance qui le couvre pour ça. Si tu veux, on peut. Tu n'es pas obligée de te sentir comme ça, Hope. Et on va aussi te trouver un peu de compagnie. Ta mère, pourquoi pas ? Je sais que Kara travaille tout le temps, mais pourquoi pas Val ? Elle aussi, elle a sans doute envie de compagnie. Et son bébé a… quoi ? Deux mois de plus qu'Eli ? Peut-être que ta mère pourrait prendre un avion et venir chez nous quelques semaines plus tôt. C'est dur de rester si longtemps seul, Hope. Qu'est-ce que tu en dis ? On te trouve des médicaments ? Une thérapie ? De la compagnie ? Ça te ferait du bien ?

Il la serre plusieurs minutes dans ses bras, jusqu'à ce qu'elle recommence à respirer normalement. Elle acquiesce.

— Bien.

Au bout d'un moment, son mari se met à rire. Ce rire monte de très loin dans sa poitrine, et prend bientôt possession de lui.

— Quoi ?

— C'est juste… je suis désolé ; c'est juste que…

— *Quoi ?*

— C'est juste trop drôle. (Il couvre sa bouche avec sa main.) Ses… (éclat de rire)… *yeux.*

La mère commence par hésiter, mais, sans s'en rendre compte, elle aussi, elle éclate de rire. Follement. Irrépressiblement. Extatiquement.

— C'est vrai qu'ils font peur, dit-il.

Ça fait rire Hope encore plus fort.

— Non, non, non. (Elle rit.) Non !

— Ce qui rend la chose *encore plus* drôle, c'est que… commence-t-il, toujours amusé, en essuyant une larme au coin de l'œil de sa femme.

— Quoi ?

— C'est juste…

Il rit de nouveau, épaules prises de secousses. Elle sent son rire se réverbérer en eux deux tandis qu'il la tient dans ses bras.

— C'est…

— *Quoi ?*

— Tout le monde dit qu'il a tes yeux.

C6 : Comme la plupart des gens, Reggie n'aime pas toucher les souris mortes. Comme la plupart des gens, Reggie parvient à vivre au quotidien en pensant que lui et les personnes qu'il aime sont épargnés par la mortalité, et il déteste voir la mort s'affirmer de la sorte.

— Vite, dit Ida. Avant qu'ils aillent se coucher.

La souris ou l'épouse, dit une voix à Reggie. *La souris ou l'épouse.* Cette voix sonne comme celle de son institutrice de fin d'école élémentaire, une femme aux cheveux noirs affligée d'un boitillement et d'un psoriasis, de qui il s'était entiché. Elle inventait souvent des comptines pour aider ses élèves à mémoriser les choses. Elle sentait le goudron – comme une rue neuve. Quelle femme ! Reggie se hisse hors de son fauteuil, enfonce ses pieds dans ses claquettes et marche jusqu'au balcon. Jusqu'ici, la décennie de ses soixante-dix ans lui fait l'effet d'être le dernier kilomètre d'un marathon – qu'il courait, à l'époque où son corps lui appartenait. Tout lui fait mal et il est complètement déshydraté. Sa vision est morcelée, floue. Il n'arrête pas d'entrer dans des pièces et de ne plus se souvenir ce qu'il est venu y faire. Ça lui fait peur, jusqu'à ce qu'il finisse inévitablement par oublier sa peur.

— D'accord, dit-il en bougonnant. *D'accord.*

Il glisse sa main dans un sac de courses en plastique comme si c'était une manique, ouvre la baie vitrée coulissante et s'avance sur le balcon en ciment. La nuit qui s'installe autour de lui est le genre de nuit du Midwest qu'il adore – chaude et humide, avec des lucioles qui scintillent çà et là, un ciel pourpre, un orage qui va et vient. Il y a des décennies de cela, avec Ida et les enfants, ils avaient passé le 4 Juillet chez sa sœur Brandy en Californie du Nord. À l'époque, Reggie travaillait comme électricien chez Zorn Automobiles. C'était avant qu'ils ne perdent la maison. Même si leur situation financière n'était pas aussi tendue qu'elle allait bientôt le devenir, Ida et Reggie avaient économisé pendant toute une année pour se payer ce voyage, et les enfants étaient aux anges – ils n'étaient encore jamais sortis de l'État.

Pendant tout leur séjour, sa sœur avait pris soin de se vêtir, de parler et de se comporter de façon à exprimer sa supériorité, fière qu'elle était d'avoir quitté leur ville, comme si c'était une prison de haute sécurité. Comme s'il lui avait fallu plus qu'un billet d'avion, un diplôme d'esthéticienne et un joli visage pour se trouver une nouvelle vie. Ils s'asseyaient autour d'une table dans le jardin de Brandy, et les enfants de Reggie n'arrêtaient pas de frissonner et de gémir à cause du froid.

— On est au mois de juillet, s'était plaint Mike, l'aîné.

— C'est de la chaleur sèche, avait répondu Brandy d'un ton cassant. C'est pour ça que les journées ne sont pas aussi étouffantes et horribles que d'où vous venez.

D'où *vous* venez. Reggie ne supportait pas ça. Les enfants étaient déjà déprimés qu'il n'y ait pas de feu d'artifice, et maintenant ils devaient faire semblant d'aimer la tisane de hippie que Brandy leur servait. Leurs récriminations à propos du feu d'artifice avaient suscité un sermon long et sévère de la part du mari de Brandy, qui était pompier. En plus de ça, il s'était avéré que le petit Justin était allergique au chèvrefeuille. Lorsque Reggie avait bordé ses enfants – trois fils et une fille – dans leurs sacs de couchage par terre dans le salon de sa sœur, ils étaient étonnamment silencieux, presque défaits, comme ils l'étaient après avoir reçu des piqûres de vaccins.

— Je préfère Vacca Vale, avaient chuchoté son plus jeune fils et sa seule fille, Tina, huit ans, dévoilant dans le noir la dentition chaotique qui allait bientôt coûter à Reggie ses heures supplémentaires.

Tina n'était pas encore une alcoolique mariée à un cambrioleur incarcéré ; c'était une enfant qui adorait les bonbons Atomic Fireballs, les écosystèmes de jungle, et faire "des figures de gymnastique" en sautant du plongeoir. Sa taie d'oreiller, qu'elle avait insisté pour emporter avec elle, était ornée de tigres. Ses cheveux sentaient la fumée de feu de camp.

— J'aime le temps qu'il fait, avait-elle murmuré. Chez nous.

À présent, des décennies plus tard, Reggie emplit ses poumons de cette nuit de Vacca Vale, en espérant que Tina soit assez sobre pour en profiter. Il éclaire le balcon avec la lampe de son téléphone. Le faisceau révèle deux chaises de jardin, une table en plastique blanc, un balai, deux canettes de bière sans alcool vides, un flacon d'écran total périmé, un bout de fil électrique inutile, une quantité ahurissante de chiures d'oiseaux – ils n'ont jamais vu un seul oiseau ici – et un pot rempli de terre dans lequel pousse un drapeau américain, le tout trempé par l'orage. Enfin, il voit la tapette à souris. Il s'en approche lentement, en se disant pour se rassurer que, d'ordinaire, les souris tuées par les tapettes ont l'air intactes.

Il a de la chance : celle-ci semble dormir. Mais ça le fait bientôt se sentir encore plus mal. Même dans la mort, cette souris est une visiteuse paisible, qui ne lui demande rien.

La peau de cette souris est fauve, pas grise, et ça trouble Reggie. Ça lui évoque une sorte d'individualité. Il voit les veines de ses oreilles. Ces oreilles lui font de nouveau penser à Tina, et sa poitrine se serre. D'un geste vif, il se force à ramasser la souris avec le sac en plastique. Il remonte les bords du sac autour d'elle, fait un nœud, et rentre dans l'appartement d'un pas raide.

— J'ai fait un mot, dit Ida.

Reggie traverse la pièce pour s'approcher de sa femme, parce qu'en cinquante-six ans de mariage elle n'a jamais traversé la pièce pour s'approcher de lui. Elle lui colle un Post-it jaune sur le revers de la main : "AINSI, TOUT CE QUE VOUS VOULEZ QUE LES HOMMES FASSENT POUR VOUS, FAITES-LE VOUS-MÊME POUR EUX : C'EST LA LOI ET LES PROPHÈTES !!! – Matthieu 7:12"

— Il est dans le sac ? demande-t-elle.

— Quoi ?

— Le cadavre.

— La souris ?

— Ouais.

— Oui.

— Pense bien à la *sortir* du sac.

— Ida.

— Balance-la juste sur leur paillasson. Et colle le mot sur leur porte.

Reggie reste un moment immobile, regardant la télévision pour fuir la vie qu'il a devant lui. Le journal télévisé local. Un homme en a presque assassiné un autre dans un bar appelé le Burnt Toast la semaine dernière, et maintenant ce bar ferme. Au cours de l'année écoulée, la police a été appelée au Burnt Toast trois fois par semaine en moyenne. *Cut* sur une interview de la copropriétaire : "Ouais, on vient juste d'arriver et on est tristes de le voir disparaître – des décennies entières de notre vie, vous savez, on a usé trois dobermans depuis qu'on a ouvert. Mais y a eu trop de *biiip* dans ce *biiip* de trou perdu, dit-elle. Je suis un peu amère." Aucune arme n'a été trouvée sur le corps du défunt.

Dans la suite des nouvelles, certaines personnes qualifient l'incident de lundi soir au Country Club de Vacca Vale d'acte de terrorisme. *Cut* sur l'interview d'une femme entre deux âges. Le bandeau dit : MARY KOZLOWSKI, ÉPOUSE D'UN HOMME PRÉSENT AU DÎNER DE LANCEMENT.

— Ça me rend malade que les gens soient trop politiquement corrects pour appeler un chat un chat, dit Mary Kozlowski. Le terrorisme, c'est quand on se sert de la violence pour obtenir ce qu'on veut. Ou même, vous savez, quand on *menace* de recourir à la violence. Et c'est ce qui s'est passé. Vous pouvez me croire. Franchement, je suis déçue de voir où on en est. La police ne s'occupe pas de cette affaire comme elle devrait. Ils disent qu'ils ne pensent pas qu'il y ait de danger réel pour qui que ce soit, mais ils n'ont aucune raison de penser ça. C'est une affaire sérieuse

– les poupées vaudou – et il faut qu'ils la prennent au sérieux. Dieu veuille qu'il n'arrive rien à mon mari ou à ses collègues, mais s'il *devait* leur arriver quelque chose, la police de Vacca Vale doit savoir qu'elle aura du sang sur les mains.

Les autorités refusent tout commentaire sur cette enquête en cours.

— Alors, t'attends quoi ? demande Ida. Vas-y.

Reggie se retourne et se dirige vers la porte d'un pas traînant. Un souvenir se pose en lui comme un oiseau, et il l'accueille. Il avait quinze ans. C'était le jour de sa rencontre avec Ida, une fille de ferme au tempérament de feu, âgée d'un an de plus que lui. Il était arrivé à Vacca Vale en provenance de Gary, dans l'Indiana, une semaine auparavant. La mère d'Ida était allée trouver la sienne un dimanche après la messe, lui avait pris la main et lui avait souhaité la bienvenue. Les pères essayaient timidement de lier conversation autour des beignets et du café, laissant Reggie fixer Ida, terrifié. La puberté était une ère d'angoisse mystérieuse et de constante humiliation. Pourquoi est-ce que je suis visible ? se demandait-il chaque jour. Mais Ida aimait être visible, il l'avait vu dès qu'il avait posé les yeux sur elle. Elle lui renvoyait son regard comme si elle acceptait un duel, cou étiré, menton levé, peau tendue et brillante de bronzage estival. Elle faisait quelques centimètres de plus que lui. “Le café est affreux, ici”, avait-elle dit. La sueur le piquetait violemment, comme une armée de cure-dents. “C'est vrai ?” avait-il demandé d'une voix friable. “Ouais, avait-elle dit, mais les beignets sont un délice.” Elle avait ajusté ses collants à travers sa robe bleu ciel et s'était approchée du buffet. “Tu en veux un ?” Reggie s'était raclé la gorge. Elle n'était pas vraiment belle – elle avait les traits rudes et anguleux –, mais c'était la personne la plus instinctivement impérieuse que Reggie avait jamais rencontrée. “Ouais, avait-il dit. Juste un de ceux qu'ont du glaçage.” Elle avait lâché un petit pouffement de mépris et l'avait regardé comme s'il lui avait demandé de le nourrir au biberon. “Non, avait-elle dit. Je vais t'en donner un aux pommes.”

Lors de leur premier rendez-vous, elle avait volé une voiturette de golf à ses voisins et les avait conduits jusqu'aux champs d'agriculture intensive, à l'orée de la ville, huit kilomètres plus loin, caquetant magnifiquement, lançant des volées de blagues dans la nuit. Il n'avait encore jamais vu une femme conduire. Elle était libre, elle était forte et elle sentait la terre. “Mon père dit que le diable a éternué sur moi à ma naissance”, avait-elle dit à Reggie tout en poussant la voiturette à pleine vitesse – vingt-cinq kilomètres/heure – sur une petite route déserte, jusque dans un champ de maïs. “Il dit que c'est pour ça que je suis aussi vilaine.” La poussière s'élevait tout autour d'eux. Brusquement, elle se gara sous un ciel étoilé qui les contenait tous les deux dans une géométrie à la fois sublime et surnaturelle. Il n'y avait pas de lucioles à cet endroit. Pas de cigales ni de moustiques. Pas de place pour aucune vie en dehors du maïs. C'était le plein été et les plants de maïs faisaient deux mètres de haut, tout verts, à perte de vue – en une démonstration de santé monstrueuse. Ida avait cueilli un épi sur son pied, l'avait violemment épluché, et avait bandé les yeux émerveillés de Reggie avec les feuilles. “Ne regarde pas, avait-elle dit. Je vais t'embrasser, mais tu ne pourras jamais le prouver.”

Soixante-deux ans plus tard, Reggie regarde les cheveux blancs d'Ida en plissant les paupières, submergé d'affection, de pitié et de crainte. Ce mélange, suppose-t-il, forme l'amour. Il aimerait pouvoir le prouver.

— Tu es partie où, ma chérie ? demande-t-il d'une voix qu'il sait que sa femme ne peut entendre.

Elle regarde la télévision ; sa tête est immobile devant le poste.

Il se traîne hors de l'appartement et jusqu'à l'escalier mais se fige en entendant du vacarme plus bas. Il écoute un moment, mais n'entend rien d'intelligible. Au lieu de monter un étage, il descend, attiré par le bruit. Au deuxième, il piste les sons – des claquements, des cris – jusqu'à l'appartement C4. Il colle son oreille à la porte, serrant le sac en plastique.

L'activité à l'intérieur de l'appartement envoie des ondes sonores dans le micro de l'appareil auditif de Reggie, qui les envoie à son tour dans un petit haut-parleur, qui les renvoie dans son oreille à un volume nouvellement ajusté. La chaîne de montage d'une usine à sons.

C4 : Près de son lit, Blandine a scotché le chapitre XXIX de *Vie écrite par elle-même* de sainte Thérèse d'Avila, qu'elle a recopié à la main sur du papier brouillon de la bibliothèque. Il décrit ce que de nombreuses mystiques appellent la Transverbération du Cœur, que certaines d'entre elles ont déclaré avoir vécu dans les tourments de l'extase divine. Blandine a appris que "transverbération" vient du latin *transverbere*, signifiant "transpercer". Dans leurs visions, c'est le plus souvent un ange qui transperce le cœur des mystiques, raison pour laquelle ce phénomène est aussi appelé l'Assaut du Séraphin. Thérèse décrit en fait la chose comme une partie de baise avec le plus sexy des anges de Dieu; Blandine trouve les métaphores de ce texte phalliques, évidentes et érotiques. Elle relit le chapitre XXIX chaque fois qu'elle n'arrive pas à s'endormir – c'est-à-dire souvent. Presque toujours. Quand elle sort de son corps par une nuit chaude dans l'appartement C4, elle connaît ce passage par cœur.

> Tandis que j'étais dans cet état, voici une vision dont le Seigneur daigna me favoriser à diverses reprises. J'apercevais près de moi, du côté gauche, un ange sous une forme corporelle. Il est extrêmement rare que je les voie ainsi. Quoique j'aie très souvent le bonheur de jouir de la présence des anges, je ne les vois que par une vision intellectuelle, semblable à celle dont j'ai parlé précédemment. Dans celle-ci, le Seigneur voulut que l'ange se montrât sous cette forme : il n'était point grand, mais petit et très beau ; à son visage enflammé, on reconnaissait un de ces esprits d'une très haute hiérarchie, qui semblent n'être que flamme. Il était apparemment de ceux qu'on nomme chérubins ; car ils ne me disent pas leurs noms. Mais je vois bien que dans le ciel il y a une si grande différence de certains anges à d'autres, et de ceux-ci à d'autres, que je ne saurais le dire.
>
> Je voyais dans les mains de cet ange un long dard qui était d'or, et dont la pointe en fer avait à l'extrémité un peu de feu. Il le plongeait et le replongeait, me semblait-il, au travers de mon cœur, et l'enfonçait profondément ; en le retirant, il paraissait m'enlever ce que j'avais de plus profond en moi, et me laissait tout embrasée du formidable amour de Dieu. La douleur de cette blessure était si vive, qu'elle m'arrachait ces gémissements dont je parlais tout à l'heure : mais si excessive était la suavité que me causait cette extrême douleur, que je ne pouvais

> ni en désirer la fin, ni trouver de bonheur hors de Dieu. Ce n'est pas une souffrance corporelle, mais toute spirituelle, quoique le corps ne laisse pas d'y participer un peu, et même à un haut degré. Il existe alors entre l'âme et Dieu un commerce d'amour ineffablement suave. Je supplie ce Dieu de bonté de le faire goûter à quiconque refuserait de croire à la vérité de mes paroles.
>
> Les jours où je me trouvais dans cet état, j'étais comme hors de moi ; j'aurais voulu ne rien voir, ne point parler, mais m'absorber délicieusement dans ma peine, que je considérais comme une gloire bien supérieure à toutes les gloires créées.

Blandine Watkins n'a que dix-huit ans mais elle a passé l'essentiel de sa vie à espérer que cela se produise. Chèvre, garçon, voisin, inconnu, lapin, faucon, bûcheron, arbre, orpheline, mère – alors qu'elle sort d'elle-même, elle est tout ça.

C2 : Joan Kowalski est allongée sur sa couette et essaie d'ignorer le bruit qui vient de l'appartement au-dessus du sien. C'est pire que jamais. Elle a déjà vérifié trois fois les verrous de sa porte, troublée par la mise en garde de Penny. Hantée par des visions d'un homme glaciaire. Un abominable homme des neiges. Elle tend la main pour attraper une boîte de comprimés de mélatonine sur sa table de nuit et elle en avale un avec de l'eau du robinet. Elle allume la télévision et met le journal à plein volume ; des présentateurs locaux ont exhumé un tweet écrit par un homme politique. Le débat est suffisamment oiseux pour la distraire.

Elle s'était promis qu'elle vaincrait sa misophonie et deviendrait une meilleure personne. Une idée parfaite atterrit dans sa tête : ce soir, elle rédigera un mot de remerciement pour sa tante. Le problème de Joan, elle s'en rend compte, n'est ni l'ingratitude ni l'insensibilité – son problème est l'excès de gratitude et l'excès de sensibilité. À cette pensée, une moitié d'elle lève les yeux au ciel à l'adresse de l'autre. Elle veut toujours écrire de longues lettres de remerciement somptueusement calligraphiées sur du papier très cher. Des phrases parfaites accompagnées de tous les gestes par lesquels une âme peut s'ouvrir à une autre. C'est l'ampleur de son ambition qui l'empêche d'essayer. Mais elle peut envoyer un message de remerciement par voie électronique, se soulageant elle-même et soulageant sa tante. Elle va le faire.

Par terre, à côté de son lit, bourdonne une machine à bruit blanc pour bébé réglée à pleine puissance, et à sa fenêtre grogne un climatiseur, et chacun des experts prend plusieurs minutes pour exprimer une seule idée. Joan essaie de se masser elle-même les épaules en regardant le journal télévisé, mais ça ne fonctionne pas. L'homme aux cheveux parfaits répète la même phrase en la tournant dans tous les sens, encore et encore, jusqu'à ce qu'un autre expert le coupe. Malgré cela, Joan entend encore le chaos au-dessus. Il y a quelque chose de sauvage ce soir dans le vacarme. Des hurlements, des coups, des tambours, et même – est-ce possible ? – des claquements de sabots. Elle se souvient de la fille aux cheveux blancs qu'elle a rencontrée au lavomatique deux jours plus tôt. Des gens qui suent du sang. Jésus qui fait des demandes en mariage. Des stigmates.

Puis Joan entend une chose qu'elle n'a jamais entendue en provenance de l'appartement C4 : un hurlement féminin. Elle éteint le journal télévisé et se fige. Nouveau hurlement.

Tandis que Joan écoute un son qui vient très vraisemblablement de la gorge de cette fille, elle mord la peau autour de l'ongle de son pouce jusqu'au sang. Elle lèche le sang pour l'empêcher de tacher ses draps. Elle ne peut pas bouger les jambes.

Joan est-elle une sorte de traîtresse à la Sororité si elle ne va pas voir ce qui se passe ? Il est tard. Elle est épuisée et elle a peur. Elle regarde le bocal de cerises au marasquin sur sa table de nuit. Elle n'en a pas encore mangé une seule. Ces cerises étaient censées être délicieuses, mais elles ne sont plus désormais qu'un grotesque habillage de sa souffrance sonore.

Ce sont des *adolescents*, se répète Joan. Ils doivent faire les fous. Ils font les fous, et quel manque de respect que de faire un vacarme pareil un mercredi soir, quels que soient les dérèglements hormonaux qui vous affligent, quand vous partagez l'immeuble avec tant d'autres gens, des gens si entassés les uns sur les autres, entre des murs bon marché qui n'isolent aucune vie individuelle d'une autre.

Lorsqu'elle creuse jusqu'à la vérité dans la poubelle de ses pensées, Joan doit reconnaître que ce cri n'est pas du genre de ceux qu'on pousse quand on fait juste les fous. C'est la première fois que Joan trouve l'expression *à vous glacer le sang* appropriée dans la vraie vie.

Mais non – cette fille sait ce qu'elle fait. Elle sait dans quoi elle s'est fourrée. Au lavomatique, elle était parfaitement maîtresse d'elle-même. Elle aime probablement le jeu macabre auquel ils jouent là-haut ; elle aime l'attention que ces garçons lui offrent, quelle que soit la forme qu'elle peut prendre. Quel genre de fille *choisit* de vivre avec trois garçons adolescents ? Le genre qui a besoin d'être admiré. Cette fille recherche d'abord et avant tout l'attention – ça, au moins, c'était évident au lavomatique. Ses cheveux blancs décolorés.

Avec beaucoup de concentration, pensée après pensée, Joan remplace sa culpabilité par de la colère, comme son père avait jadis remplacé son addiction à l'alcool par une addiction à la nourriture.

Il ne vient pas à l'esprit de Joan d'appeler la police pour signaler le bruit. Plus tard, lorsqu'elle apprendra ce qui s'est passé, elle considérera ça comme une information révélatrice sur sa psychologie, ainsi que sur la société dans son ensemble.

Enfin, les hurlements cessent. Joan n'avait pas remarqué qu'elle retenait sa respiration.

Ni son téléphone ni son ordinateur portable ne sont à portée de main. Elle rédigera le mail de remerciement pour sa tante demain, après le travail. La nuit est à présent complètement déformée. Elle rallume la télévision et zappe sur un documentaire sur le chant des baleines. Joan apprend que bien que les femelles soient capables de produire des sons, elles le font rarement. Seuls les mâles chantent. Une pollution sonore sévère peut causer des hémorragies internes chez les baleines et, dans les cas les plus graves, elle peut même entraîner la mort.

— Nous avons toujours pensé que les baleines à bosse mâles chantent pour attirer les femelles – et c'est la vérité, sans aucun doute –, mais de plus en plus d'études suggèrent que les mâles chantent aussi pour s'intimider et s'impressionner les uns les autres ! s'écrie un cétologue passionné du nom d'Alfie.

Joan ne se considère pas comme quelqu'un de curieux – elle accepte globalement le monde tel qu'il se présente à elle –, mais elle adore immédiatement ce documentaire parce qu'il éloigne ses pensées du bruit qu'il y a en haut, bruit qui a continué même si les cris se sont arrêtés. Le documentaire transporte Joan vers des bruits différents, des bruits de haute mer, des bruits beaucoup plus agréables. Elle reprend dix milligrammes de mélatonine supplémentaires et s'instruit sur les baleines jusqu'à ce que la chimie assiège son corps et la pousse à marche forcée vers un sommeil puissant.

À côté d'une toute petite fourchette sur sa table de nuit, le bocal de cerises au marasquin attend. Elle a oublié de les manger.

PROBLÈME ÉLECTRIQUE

Au moment où Reggie appelle la police depuis son appartement quelques étages plus haut, Todd lâche le couteau. Toujours debout sur une chaise dans le salon, dominant la scène, Malik télécharge sa vidéo et la poste sur quatre comptes de réseaux sociaux. Il sait qu'elle a de quoi devenir virale. De quoi le métamorphoser d'Influencé en Influenceur. Luisant et tremblant, oubliant le Prix à payer, Moses court vers le corps et comprime le ventre ouvert de Blandine avec la ceinture large de son trench-coat. Il applique une pression sur la plaie. Il surélève les jambes. La voix de Marianne s'est fossilisée dans sa mémoire : *Pression, circulation, pression.* La chèvre, qui a subi sa seule blessure longtemps avant d'entrer dans l'appartement, pisse par terre. Jack regarde tout, les yeux écarquillés.

Plus tard, lorsqu'on les interroge séparément au poste de police, toutes les personnes présentes sur la scène de crime mentionnent un étrange éclair de lumière. Tous insistent sur le fait que cette lumière venait de l'intérieur de la pièce.

Malik l'attribue à l'homme luisant. Todd l'attribue à sa détresse psychologique. Jack dit à la police que c'était peut-être l'orage. L'éclair n'est pas visible sur la vidéo.

— J-j-je ne s-s-s-*sais* p-p-pas, bredouille Moses. Un… un… pr-pr-problème électrique ?

VIRALE

DANS les trois premières heures qui suivent sa publication, une vidéo YouTube intitulée "Histoire vraie" postée par Malik P. Johnson rassemble 695 vues. Sapphire, une jeune femme qui a jadis partagé une famille d'accueil avec Malik P. Johnson, clique sur le lien depuis un réseau social dont elle n'arrête pas de vouloir se désabonner parce qu'il lui semble vieillot et maléfique. Elle regarde la vidéo trois fois, puis étudie le règlement du site. Sapphire a aujourd'hui trois enfants à elle, et ils ont aiguisé sa sensibilité au sang – l'inverse de l'effet qu'elle pensait que la maternité aurait sur elle. *YouTube interdit les contenus violents ou sanglants destinés à choquer les spectateurs ou à leur inspirer du dégoût ainsi que les contenus incitant à commettre des actes de violence. Si vous pensez que quelqu'un court un danger imminent, vous devez immédiatement contacter les autorités locales pour leur signaler la situation. Si vous constatez qu'un contenu enfreint ces règles, merci de le signaler.* Elle poste *C'est quoi cette merde ?* dans les commentaires. Peut-être que c'est de l'"art". Elle consulte de nouveau le règlement. *Ne publiez pas de contenu sur YouTube s'il correspond à l'une des descriptions ci-dessous…*

Contenu dans lequel un humain inflige des souffrances inutiles à un animal en dehors des pratiques traditionnelles ou courantes (exemples de pratiques traditionnelles ou courantes : la chasse ou la préparation de nourriture)… Séquences théâtralisées ou fictives montrant du contenu interdit par ces consignes, lorsque le spectateur n'a pas suffisamment de contexte pour déterminer si les images sont théâtralisées ou fictives.

Cette vidéo est-elle réellement son problème ? Sapphire a du mal à définir quelles obligations elle a à l'égard des personnes qu'elle rencontre, et quelles obligations elles ont à son égard. Cela fait des années qu'elle n'a pas parlé à Malik. Elle se lève de sa chaise, va voir ses enfants dans leur chambre pour s'assurer qu'ils dorment toujours, se réchauffe un burrito surgelé au micro-ondes, essaie de regarder une série sur un psychopathe bienveillant. Mais elle ne peut s'empêcher de penser à la vidéo – la chèvre ligotée avec des cordes, la fille par terre, le sang sur son ventre. Cheveux blancs dans l'obscurité. Si réaliste. Soit ils avaient un tout petit budget, soit ils avaient un budget gigantesque, un budget suffisamment gros pour que ça fasse petit budget – Sapphire ne saurait le dire. À ce moment-là, la vidéo affiche 2 000 vues, 272 Je n'aime pas, et 83 J'aime. Malik a toujours adoré susciter l'attention ; elle pense qu'il est capable de faire du mal à quelqu'un pour cela. Elle pense que tout le monde en est capable. Sapphire clique sur le pouce Je n'aime pas, puis clique sur Signaler.

D'APRÈS TODD

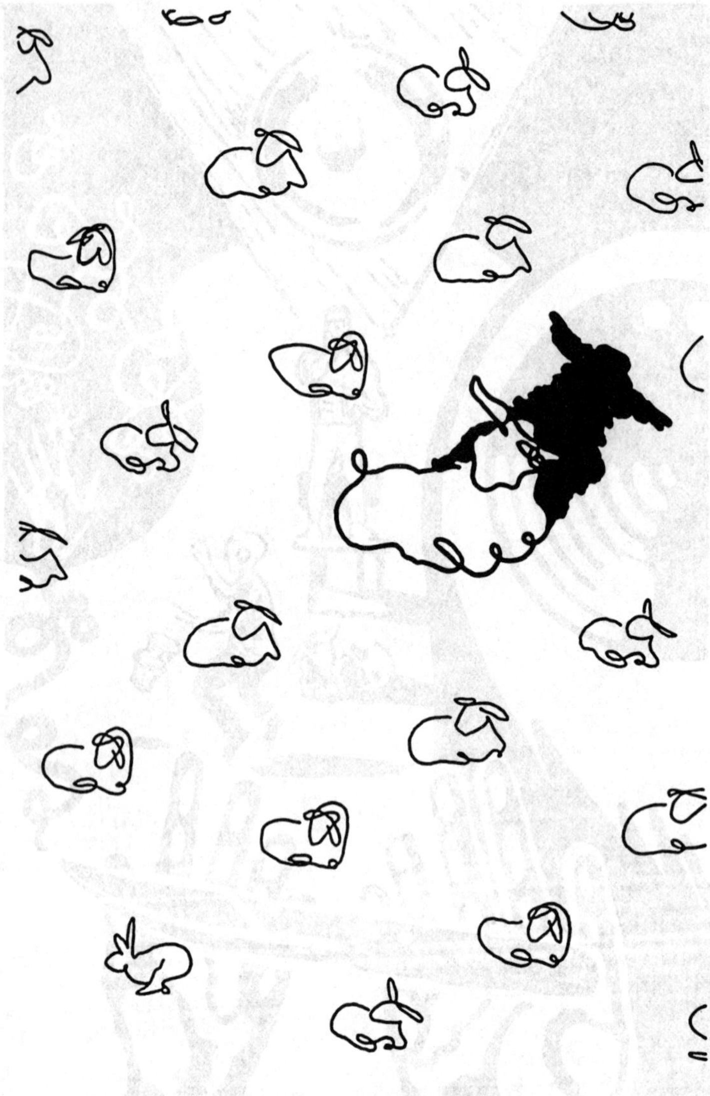

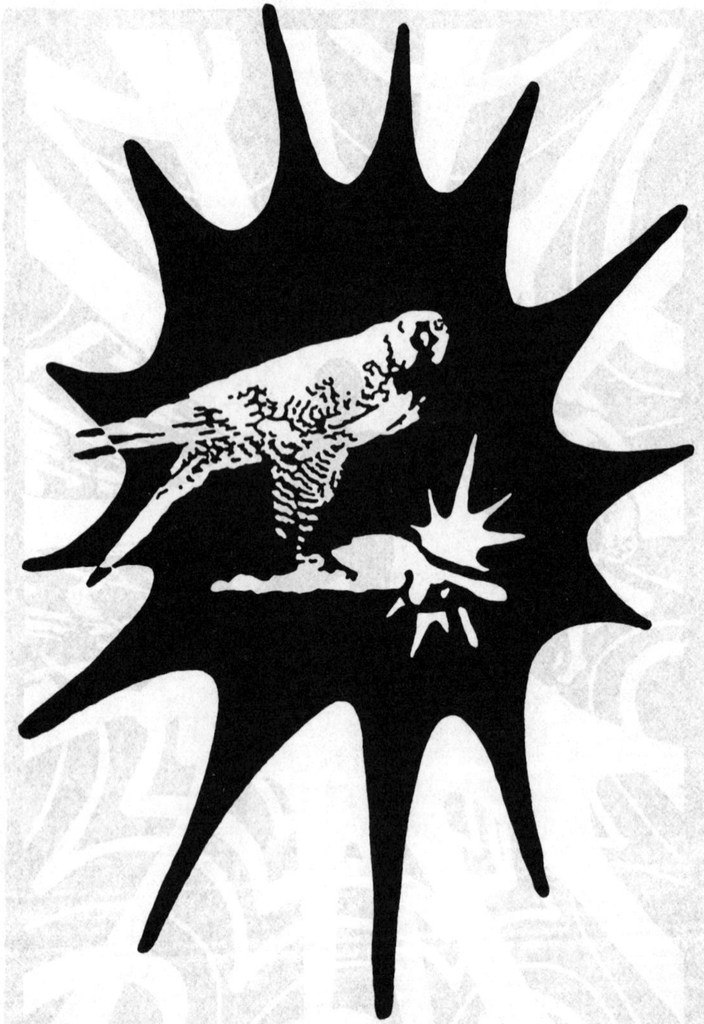

LES FAITS

J'AI essayé de vous donner une explication. Mais ce que vous vouliez, c'était les faits.

On a entendu la chèvre.
On a trouvé la chèvre.
On l'a portée hors de la chambre de Blandine.
On l'a ligotée à terre avec des cordes à sauter.
La chèvre était devant la télé.
La télé était éteinte.
Todd a pris les bongos.
J'ai pris le couteau.
Malik a pris son téléphone.
On a donné le couteau à Todd.
C'était notre seul couteau bien aiguisé.
Je l'avais pris dans le loft de Pinky.
Il en avait, genre, trente, et nous zéro.
Ce n'est que justice.
Todd ne voulait pas le couteau.
Todd a dit : Non.
Todd a dit : Hors de question.
On l'a traité de femmelette.

Todd a pris le couteau.
On a bu des shots.
On a tapé par terre avec nos pieds et nos poings.
On s'est crié dessus.
On a crié sur la chèvre.
On a éteint les lumières.
On a allumé une bougie.
Todd a posé le couteau.
On a passé nos doigts dans la flamme.

L'homme qui pouvait laisser sa peau dans la flamme le plus longtemps gagnait.

Malik a gagné.
Todd a perdu.
Malik a tendu le couteau à Todd.
On a bu des shots.
La chèvre bêlait.
La chèvre avait peur.
On n'aimait pas sa peur.
Aucun d'entre nous ne voulait la tuer.
L'un d'entre nous devait la tuer.
On n'aimait pas notre peur.
L'un d'entre nous devait la tuer.
Todd a laissé tomber le couteau par terre.
Je l'ai ramassé et je le lui ai redonné.
La chèvre était petite.
Todd était petit.
On a bu des shots, et rien n'était réel.
Fais-le, fais-le, espèce de foutue femmelette.
Fais-le pour elle.
Montre-lui que t'es pas une foutue femmelette.
C'est le test.

Es-tu un homme ou un garçon ?

Es-tu un garçon ou une fille ?

Fais-le, putain.

Malik était debout sur une chaise à l'autre bout de la pièce.

Todd a brandi le couteau.

Todd a fixé la chèvre.

La chèvre a fixé Todd.

Et puis elle était là. Juste là.

Tout d'un coup. Blandine.

On ne l'avait pas vue venir.

Elle se mouvait comme un chat.

Rien n'était réel.

Elle s'est mise entre Todd et la chèvre.

Elle a hurlé.

Arrêtez. Arrêtez. Je vous en supplie. Je vous en supplie. Je vous en supplie.

Elle a dénoué la première corde.

Je l'ai plaquée et maintenue au sol.

Elle s'est libérée.

Je vous en supplie. Arrêtez. Je vous en supplie.

Elle a dénoué la deuxième corde.

Je l'ai plaquée et maintenue au sol.

Elle s'est libérée. Arrêtez. Arrêtez.

Elle a défait un nœud de plus.

La chèvre ne bougeait pas.

La chèvre ne pouvait pas bouger.

La chèvre était toujours ligotée.

Avec son corps, Blandine l'a protégée.

Je l'ai attrapée par la bretelle, je l'ai tirée vers le bas.

Elle s'est ruée sur moi.

J'ai déchiré sa bretelle.

Malik a applaudi.

J'ai touché sa peau.

Malik ne l'a pas touchée.

Ni la chèvre, ni Blandine.

Il a juste filmé, le visage grand ouvert.

Todd, es-tu un garçon ou un homme ?

Fais-le, espèce de foutue femmelette, fais-le putain.

Todd, es-tu un homme ou une fille ?

Blandine m'a laissé au sol et a plongé devant la chèvre.

Elle hurlait comme une bête.

Aucun d'entre vous ne sait même qui il est !

Blandine a essayé d'attraper le couteau.

Todd a reculé.

Blandine a essayé de saisir Todd à la gorge.

Todd a reculé.

Blandine a protégé la chèvre.

J'ai arraché le haut de sa robe.

Elle m'a donné un coup de pied dans les couilles.

La douleur était irréelle.

Je suis tombé à terre.

Malik filmait. Malik criait.

Mais putain, Todd, c'est quoi ton problème ?

La douleur était anormale.

Todd a essayé de donner un coup de pied à la chèvre mais n'a pas réussi.

Blandine s'est jetée sur lui.

Blandine s'est battue avec lui et elle l'a mis à terre.

Blandine a commencé à l'étrangler.

Pourquoi faut-il que vous tuiez tout, a-t-elle hurlé.

Pourquoi faut-il que vous tuiez tout.

Todd commençait à avoir la tête rouge alors qu'elle l'étranglait.

Je vous déteste. Je vous déteste. Je vous déteste.

La tête de Todd a viré au violet.

Les mains de Todd ont bougé très vite.

Les mains de Todd sont très petites.

Il tenait le couteau. Il l'a mis dans Blandine.

Une fois. Deux fois. Trois fois.

Dans son torse. Peut-être dans sa poitrine. Je ne voyais pas bien.

La douleur était extraphysique.

C'est trop facile – c'est trop facile de vider une personne d'elle-même.

Todd a repoussé Blandine.

Il s'est levé et a regardé Malik.

Malik regardait le hall d'entrée, terrifié.

Dans le hall d'entrée se trouvait un inconnu.

L'inconnu s'est mis à hurler.

Il portait un trench-coat.

Il luisait dans le noir.

Son visage, ses mains, ses jambes, son cou.

Il luisait. Comme une luciole.

Rien n'était réel.

Il y avait du sang par terre.

Il y avait du sang sur mes pieds.

Le sang était chaud, comme de la soupe.

Je le sais parce que je l'ai touché. J'ai touché le sang. C'était le sang de Blandine.

C'est là qu'une lumière a claqué dans la pièce, comme un éclair.

Mais ça venait de l'intérieur de l'appartement, pas de l'extérieur.

Pas de coup de tonnerre. Ça venait de l'intérieur.

La lumière la plus vive que j'avais jamais vue.

Todd a laissé tomber le couteau. Personne ne l'a ramassé.

L'homme luisant a traversé la pièce en courant, jusqu'à Blandine.

Rien n'était réel pendant dix-neuf ans et voilà que.

Todd a vomi.

La chèvre a pissé.

Le corps saignait.

J'ai regardé autour de moi et j'ai essayé de voir.

Un vieil homme est apparu dans le hall.

L'horreur sur son visage. Mais il a disparu dès que je l'ai vu.

J'ai cru l'avoir imaginé. Cru que c'était un fantôme.

L'homme luisant a ouvert son trench-coat.

En dessous, il ne portait qu'un caleçon.

L'homme luisant a comprimé le ventre de Blandine avec la ceinture de son trench-coat.

Il l'a allongée. Il lui a surélevé les jambes.

L'homme luisant a dit : Bordel de merde, bordel de merde.

L'homme luisant a dit : Bordel de merde mais qu'est-ce qui cloche chez vous ?

L'homme luisant a dit : J'étais censé être la chose la plus étrange qui aurait lieu ce soir.

L'homme luisant a dit : Je vous tuerai si vous la touchez.

La chèvre était affalée à côté de Blandine, elle regardait.

On sentait sa pisse.

Malik souriait en regardant son téléphone.

Un sourire que je n'avais jamais vu avant.
Un visage qu'on découperait dans une citrouille.
On a entendu les sirènes.
On a entendu les pas.
Les coups à la porte.
Les voix.
Vos voix.
Et là tout a été réel.

TROUVER Y EN FONCTION DE X

QU'ÉTAIT Tiffany Watkins pour James Yager ? Son ex-femme veut le savoir. Elle était la faute de l'évolution. Une note de bas de page dans le divorce. Le prolétariat. Ondine. Elle était une enfant, une victime, une chute, un virus, un bol de lait. Elle était née l'année où James avait épousé Meg. Elle avait reçu trois coups de couteau dans le ventre. Qu'était James Yager pour Tiffany Watkins ? Il ne veut pas le savoir.

James est assis par terre dans sa chambre, déprimé par sa moquette couleur beurre de cacahuètes, déprimé par le système de valeurs que cette première dépression révèle. L'appartement est bon marché. James sent l'odeur de la rivière quand il ouvre les fenêtres ; les fenêtres sont constamment ouvertes ; il n'y a pas de climatisation ; sa vie est partie en vrille. Il faut si peu de temps et si peu d'efforts pour s'habituer au luxe, mais des années de labeur pour inverser ce processus. Un vent chaud d'orage tourbillonne en tous sens. James se lève et va à la cuisine, esquivant les murs comme s'il pilotait une voiture dans un jeu vidéo.

— Ce n'était pas mon élève, dit-il.

— Non ? demande-t-elle dans le téléphone que James tient contre son oreille.

Il en baisse le volume, puis le remonte, puis le baisse de nouveau. Il ne sait pas trop avec quel degré de clarté il a envie d'entendre les choses.

— Elle jouait juste dans la pièce.

— Ah, d'accord. La pièce. Bon sang, James. Je n'y crois pas. C'est si malsain. Je ne l'ai pas tout de suite remise, quand j'ai vu sa photo aux informations. Il m'a fallu longtemps pour me rappeler d'où je la connaissais. La baby-sitter. Je veux dire, je l'ai reconnue, mais je croyais que ce n'était qu'un cas de *déjà-vu*[*].

— Pardon ?

— Qu'un cas de *déjà-vu*.

James regarde une colonie de fourmis sortir en file indienne de la bonde de l'évier, en remonter les bords et entrer dans sa vie. Il ouvre les placards ; il ne se souvient plus où il a mis le whiskey. C'est leur première conversation d'après-divorce qui s'éloigne des questions de bureaucratie domestique et des contraintes du temps.

— Quelle a été ta réaction ? demande-t-elle. En voyant les informations ?

Les filles sont avec Meg pour la semaine. Même quand elles sont avec lui, il apparaît clairement qu'elles n'ont pas leur place dans sa vie rétrécie. Elles sont l'élite, elles sont climatisées, elles sont orthodontiquement parfaites. Cela réconforte James de penser au rocking-chair en velours bleu que son père a fabriqué pour lui à sa naissance, celui dans lequel James a bercé et nourri ses propres enfants. Les

* En français dans le texte.

berceuses, les histoires et les larmes en ont imprégné le tissu. Quand il a déménagé, il a laissé ce fauteuil dans la chambre des filles. Elles ne voulaient pas qu'il l'emporte avec lui. *Mais vous aurez aussi une chambre dans ma nouvelle maison*, leur avait-il dit. *Vous ne voulez pas qu'on le mette là ?* Ça les a fait pleurer encore plus fort.

— Ouais, dit James. C'est un vrai choc.

— Tu la connaissais plutôt bien, non ?

— Non. Pas vraiment.

— Vous répétez pendant des mois, tout de même. Tu deviens proche de tous ces enfants.

— Bah, elle a abandonné le lycée.

— Mais ce n'était pas vers la fin ?

— Si, mais… c'est juste que c'était… elle était très réservée. Elle ne s'ouvrait pas vraiment aux autres.

— C'est bizarre. Je dois mal me souvenir.

James trouve le whiskey qui boude derrière un pot de morceaux de gibier séché et il s'en sert une tasse. La marée descendante de la marijuana lui offre une vue aérienne sur cette soirée, sur sa vie. Il voit des autoroutes, un entrepôt de ferraille, une scène de théâtre de lycée. Ses filles. Une jeune chèvre. Du plastique, des pneus, des débris d'ouragan.

— Mal me souvenir ?

— J'avais l'impression que tu étais une sorte de mentor pour elle.

— Ah. Bon. Je suppose que je devais l'être, plus ou moins. Elle n'avait personne d'autre. Je veux dire, pas d'amis. Elle était prise en charge par les services de protection de l'enfance, tu sais. Avec elle, il fallait lire entre les lignes – tout n'était que sous-texte –, mais je crois qu'elle en avait vraiment bavé.

— Comment ça ?

— Je crois qu'elle avait subi des agressions. Elle n'en parlait jamais ouvertement. Mais, ouais, j'imagine que ça lui faisait du bien de faire du théâtre. C'était une de ces gamines sous pression, tu sais, une de ces gamines qui compriment tout à l'intérieur jusqu'au jour où quelque chose les fera exploser.

Il boit une grande gorgée de whiskey. Dire de Tiffany que c'était une gamine le pousse au paroxysme du dégoût. Il s'en libère.

Des heures plus tôt, le sang et les organes de Tiffany semblaient solidement enveloppés dans sa peau. Quelle injustice que les matériaux d'une personne si immatérielle s'avèrent aussi vitaux pour elle qu'ils le sont pour tout le monde. Il l'a blessée, il le sait, il l'a toujours su, mais il pensait tout de même qu'elle était intouchable. Jusqu'à ce que Meg l'appelle pour dire qu'elle était désolée, qu'elle venait juste de voir les informations. Forçant James à reconnaître qu'il était possible de meurtrir Tiffany Watkins.

— Elle jouait un personnage très renfermé, dit-il. Ça a peut-être compté.

— Elle était douée, non ? Je me souviens t'entendre dire qu'elle était douée.

Il rougit jusqu'à ce que ça lui fasse comme de la fièvre.

— Elle était correcte. Je veux dire, pour une lycéenne. Ce n'est pas comme si elle faisait pleurer tout le monde lors des répétitions. (Il continue laborieusement.) J'avais juste l'impression que le théâtre était peut-être le seul endroit où elle se sentait assez confiante pour… exprimer des émotions, tu vois ? Je crois qu'elle avait été formée à les cacher, en grandissant. Ou à les étourdir. Je ne sais pas. Mais dans la pièce, tout était faux, elle n'était pas elle-même, alors elle se sentait… libre, peut-être. Ce n'est que mon impression.

La facilité avec laquelle il peut résumer et évaluer Tiffany en un moment pareil l'inquiète, mais son subconscient marque la chose comme un problème à résoudre plus tard, si possible lors d'un rêve.

— C'est horrible, répond son ex-femme.

Les bruits de fond et dix-huit ans de vie commune permettent à James de comprendre qu'elle est en train de sortir les ordures. Elle préfère avoir une multitude de petites poubelles plutôt que quelques poubelles centralisées, de sorte que quand elle sort les ordures, elle le fait de manière méthodique, de pièce en pièce, rassemblant tous les petits sacs dans un grand. Elle accomplit en général d'autres tâches lorsqu'ils se parlent au téléphone, et cela ennuyait James, avant le divorce, mais maintenant il aime bien ça – cette dernière fenêtre sur la vie de son ex-femme.

— Je veux dire, je savais qu'elle était prise en charge par les services de protection de l'enfance, je me souviens que tu me l'avais dit, mais pour les agressions, je ne savais pas. Pauvre fille. Tu crois que quelqu'un sorti de son passé pourrait l'avoir poignardée ? Quelqu'un du temps où elle vivait en famille d'accueil ? Ou bien quelqu'un du lycée ?

Meg adore les podcasts d'enquêtes criminelles.

— Je n'en sais rien, dit James.

— Ils ont dit qu'ils avaient des suspects, mais sans donner aucun détail.

Il lâche un bruit involontaire – un bruit qui annonce d'ordinaire des vomissements.

— Oh, James. Je suis désolée. Cette nouvelle me bouleverse, alors que je ne l'ai vue qu'une fois – je ne peux même pas imaginer ce que ça doit être pour toi. Tu as toujours été si proche de tes élèves. C'est irréel, non ? Ça te paraît réel ?

— Ouais. (Il envisage d'écraser les fourmis. Elle ne voudrait pas qu'il le fasse.) Non.

— C'est bien qu'elle t'ait eu toi. Je suis sûre qu'il n'y avait pas beaucoup d'adultes à qui elle pouvait faire confiance.

Et puis merde. James écrase lentement les fourmis sous son poing. Elles ne s'écartent pas, ne font preuve d'aucun instinct de survie, acceptent simplement ce massacre mou comme si elles y étaient prédestinées.

— Bon. Ouais. Elle avait beaucoup de mal à se lier avec les gens de son âge, donc oui.

— Est-ce que tu sais pourquoi elle a abandonné le lycée ?

Nouvelle gorgée de whiskey. Il fixe le salon par-dessus le comptoir de la cuisine ; son seul occupant est le Bösendorfer. Le piano le regarde, l'évalue, lui fait du chantage. James le voit soudain comme une carcasse. Il veut s'en débarrasser.

— C'en est juste devenu trop pour elle, je crois.

— Hmm. Le lycée, c'est déjà suffisamment compliqué sans…

— Ouais.

— Tous ces autres problèmes.

Silence.

— C'est quand, la dernière fois que tu l'as vue ? demande Meg.

Jusqu'à présent, une sorte d'infirmière puissante et surnaturelle avait maintenu James intact, maintenu la nouvelle dans le domaine de l'incroyable, maintenu ses yeux sur le whiskey et les fourmis. Mais dès l'instant où Meg lui pose cette question – *C'est quand, la dernière fois que tu l'as vue ?* –, l'infirmière l'abandonne et s'en va en cassant des choses. Sa remplaçante arrive immédiatement. Sa remplaçante est laide, dangereuse, faible et sincère. Sa remplaçante ressemble à James.

— Je ne sais pas, dit-il. Honnêtement, Meg, je ne l'ai jamais vraiment vue.

— Bon, je suis désolée. Vraiment. Enfin bref.

Maintenant c'est Meg qui boit quelque chose – de l'eau citronnée, suppose-t-il. Meg est une personne impeccablement hydratée.

— Je me disais que tu pourrais passer prendre les filles demain vers seize heures, puis emmener Emma au foot puisque c'est sur ta route, et ramener Rosie chez toi. Vous pourriez peut-être vous prendre une glace. Elle est un peu anxieuse, ces derniers temps. Et irritable. Elle pleure beaucoup. C'est notre faute, évidemment.

— Qu'est-ce que tu veux dire ?

— Rosie a poussé une colère l'autre jour à la piscine parce qu'elle ne voulait pas se mettre de crème solaire. Avec des hurlements et des sanglots et tout et tout.

— Hmm.

— Enfin bref, ça lui ferait du bien de passer du temps seule à seul avec toi. Qu'est-ce que tu en penses ?

Mais James a posé le téléphone sur le comptoir et enfoui sa tête dans ses mains, les épaules prises de petites secousses.

— Tu es là ? James ?

TADAM

Au poste de police, de la vapeur monte de deux gobelets de café en polystyrène et emplit la pièce de l'odeur du matin, bien qu'il soit près de minuit. Deux agents scrutent Jack avec le front plissé et des réactions clivées. Tout au long de son interrogatoire, Jack s'est adressé à ses propres mains tremblantes. Ses yeux sont roses, sa bouche est sèche, son visage, pâle. Il pleure par intermittence depuis qu'on l'a amené ici, mais son récit est resté cohérent du début à la fin, comme s'il racontait un conte populaire de son enfance. Observant le garçon qui se trouve devant lui, l'agent Stevens pense à un lapin blanc terrifié et surpris qu'un magicien sort de son chapeau en le tenant par la peau du cou. Le clou du spectacle.

— Ce sont les faits, conclut Jack. Vous trouvez qu'ils ressemblent à une explication ?

CE QU'A DIT HILDEGARDE

Et je vis un homme empli de lumière émerger de ladite aube et déverser sa brillance sur les susdites ténèbres ; elles le révulsèrent ; son teint se fit rouge sang et blême, mais il rendit leurs coups aux ténèbres avec une telle puissance que l'homme qui y gisait devint visible et resplendissant par le truchement de son contact, et, se levant, il sortit des ténèbres. Et c'est ainsi que l'homme empli de lumière, qui avait émergé de l'aube, apparut en une splendeur plus formidable qu'aucune langue humaine ne saurait exprimer, et qu'il s'éleva vers les plus hauts sommets d'une gloire sans mesure, où il brilla merveilleusement dans la plénitude d'un parfum et d'une fécondité formidables.

Et j'entendis une voix me parler depuis le feu vivant que j'ai mentionné : Créature terrestre insignifiante ! Bien qu'en tant que femme tu n'aies été éduquée en nulle doctrine de précepteur mortel qui t'eût permis de lire les écrits avec l'entendement des philosophes, tu es malgré cela touchée par ma lumière, qui porte en ton être intérieur un feu semblable à celui du soleil. Crie et raconte !

CINQUIÈME PARTIE

ET ELLE EST QUI, POUR VOUS ?

— Vous transportez de la dynamite ? demande l'infirmier à l'accueil de l'unité de soins intensifs du Centre Médical de Vacca Vale.

— Pardon ? répond Joan Kowalski.

L'infirmier rit et se tapote la poitrine, où une dent acérée pend à une chaînette.

— Je plaisante ! Je plaisante ! Ah, il faut avoir le sens de l'humour, ici. Les choses deviennent très vilaines… très vite ! (Son rire grésille.) Et elle est qui, pour vous ?

— Oh. (Joan n'avait pas anticipé cette question, bien qu'elle fût prévisible.) Elle est qui, pour moi ?

— Telle est la question, répond l'infirmier avec un mauvais accent anglais avant de rire de nouveau, agressivement joyeux.

L'hôpital a une odeur de piscine que Joan associe à quelques rares séjours dans des hôtels quand elle était petite, et à une harmonie encore plus rare entre ses deux parents. Joan regarde autour d'elle ; il n'y a personne d'autre dans le hall. Ça clignote.

— On a juste besoin de savoir que vous n'êtes pas dans le camp des méchants, vous savez. (L'infirmier lui fait un clin d'œil.) On essaie de ne pas laisser les prédateurs entrer.

C'est vendredi – deux jours après que trois garçons ont poignardé une fille du nom de Blandine Watkins dans la Résidence à Loyers Modérés La Lapinière. Aujourd'hui, c'est jour de paie. Ce matin, Joan a mis quarante dollars d'essence dans sa voiture et est allée à l'hôpital sur la foi de son instinct, assaillie depuis des jours par la culpabilité. Depuis qu'elle a appris pour les coups de couteau, Joan n'a pas dormi et n'est pas allée travailler, tourmentée qu'elle était par des visions d'un ventre transpercé. Elle avait une fièvre qui refusait de se laisser authentifier par le thermomètre. Dans ses visions, c'est presque toujours un ventre d'enfant; parfois, un ventre de chaton. Depuis onze ans qu'elle travaille à Rest in Peace, ce sont les premiers jours de congé maladie que Joan prend.

Joan porte une robe qui appartenait à sa mère. Elle est tachetée de gouttes de pluie aux épaules et aux mollets. Sa mère lui manque comme un membre fantôme.

L'infirmier de l'accueil – la trentaine, potelé, fatigué, amical – lui semble familier, mais Joan n'arrive pas à le remettre. Une pleine théière de thé noir circule dans son organisme, agitant tout.

— Qui sommes-nous tous, les uns pour les autres? rétorque Joan.

Son ton est étrange, et elle le sait. Elle a subi une forme de tremblement de terre psychologique, et les fioles qui empêchaient naguère ses associations d'idées de se contaminer les unes les autres ont été fracassées.

— C'est important?

L'infirmier offre à Joan un sourire d'encouragement parental, comme si c'était une fillette en train d'inventer une histoire.

La vision de Joan se trouble. Elle serre son crâne entre ses mains.

— Il y a cette nécrologie… vous l'avez lue ? La nécrologie d'Elsie Blitz ?

L'infirmier fait non de la tête.

— Elle l'a écrite elle-même, et…

Joan perd le fil en voyant l'infirmier griffonner *Elsie Blitz* sur un bout de papier. Il lève les yeux vers elle, attendant la suite.

— Eh bien, continue-t-elle. Hmm. Dans sa nécrologie, elle dit que tout a des effets sur tout… quelque chose comme ça. C'est son fils qui a essayé de… de me punir… mais il s'est trompé d'appartement, et… et je voudrais juste… je pense qu'on devrait tous se prendre un petit peu plus au sérieux les uns les autres. Je veux me réveiller. Vous comprenez de quoi je parle ?

Il est un peu plus de neuf heures du matin. Elle ne se souvient pas de la dernière fois où elle a éprouvé tant de choses avant le déjeuner. La sueur, la pluie et le thé la remplissent. La lestent. L'échauffent. La font frissonner. Lorsqu'elle parle, les mots lui semblent être de l'eau. Sa bouche lui semble être de l'eau.

Au bout d'un bref instant, l'infirmier rit.

— Ah, vous ne craignez pas d'être sérieuse ! (Il fait un grand sourire.) Ça me plaît, ça me plaît. Moi aussi, j'ai fait des tas de thérapies. Et j'aime bien les sermons. J'en écoute constamment – des sermons de tous les horizons, en termes de religions. Des émissions de radio, aussi. Je ne m'en lasse pas. Vous êtes vraiment douée. Vous devriez participer à une de ces émissions, à New York.

Il sourit d'un air rêveur.

Puis Joan comprend : l'infirmier lui paraît familier parce qu'il ressemble à un koala.

— Donc, dit-il, sortant d'un coup de sa rêverie. Vous êtes de la famille, ou bien… ?

— Non. (Elle soupire.) Non. Je suis sa voisine.

— Oh, ce n'est pas un problème. N'ayez pas l'air si terrifiée ! Oh, trésor, on dirait que vous allez fondre en larmes ! Vous voulez un mouchoir ? Tenez, prenez. Jamais servi ! Ah ! N'ayez pas peur. Les personnes extérieures à la famille ont des droits de visite. Indiscutablement. Si on n'autorisait que la famille, alors. Ça serait purement et simplement anti-démocratique. Moi, personnellement, si je me retrouvais dans ce service, je touche du bois… (Il frappe rudement le guichet, qui n'est pas fait de bois.) Si je me retrouvais dans le pétrin, voyez, dans l'unité de soins intensifs, les *dernières* personnes que j'aimerais voir, ce sont les membres de ma famille *biologique*. Je trouverais ça lamentable que les membres de ma *vraie* famille – celle que je me suis choisie – aient l'interdiction de me voir parce qu'on n'a pas le même ADN.

Il sourit à Joan, qui essaie de se moucher sans faire de bruit. Un nuage passe sur le visage de l'infirmier.

— Ça ne veut pas dire non plus que je suppose que cette patiente-là ait *envie* de voir des visiteurs, tout bien considéré. Son histoire… bon. On voit des saloperies sordides, ici. Et ne croyez pas non plus qu'on *classe* les histoires des patients, ça non, bien sûr, mais y en a quand même qui sont pires que les autres, évidemment, et on se doit de voir les choses avec recul… vous comprenez. Et son histoire… c'est celle qui m'a fait me sentir le plus mal. J'ai dû prendre rendez-vous avec ma psy pour en parler. Vous voulez savoir la première chose qu'elle a dite en se réveillant de l'opération ?

En fait, Joan ne veut pas le savoir.

— Elle a dit quoi ?

— Elle a dit qu'elle accepterait toutes les visites qui se présenteraient. Je veux dire, je n'étais pas là, mais j'entends ce qui se dit. Elle l'a exigé. Furieusement ! Mais… (Son visage s'effondre, et il touche de nouveau sa dent de requin en pendentif, la tripote nerveusement.) Personne ne lui a encore rendu visite. À part une assistante sociale, qui n'est même pas restée longtemps. Ça me rend juste tellement triste.

Il se tait. Lorsqu'il reprend la parole, c'est en chuchotant.

— Elle n'avait personne à contacter en cas d'urgence. C'est pas tragique, ça ?

Joan accepte cette nouvelle comme si c'était un diagnostic redouté mais pas surprenant. Un diagnostic qui se rapporte à ses propres cellules.

— Alors c'est bien que vous soyez là, conclut l'infirmier d'une voix gentille. Bon, tout ça reste entre nous, hein ? Ce que je vous ai dit. J'ai peut-être un peu enfreint certaines règles de confidentialité. Je ne sais pas. Mais ne la kidnappez pas ! Ah ! Et pas de dynamite, vous m'entendez ? Oh, on essaie de rester un peu léger, ici. On vit une époque sombre, vous savez. (Il donne à Joan toute la boîte de mouchoirs.) Tenez, gardez-les. (Un téléphone sonne et ses yeux filent se poser sur lui.) Prenez soin de vous, d'accord ? L'infirmière va venir vous voir très rapidement. Vous êtes une voisine formidable.

Délicatement, comme si son corps était fait de terre meuble, Joan marche vers la zone d'attente, où elle s'installe dans un fauteuil en cuir froid. Pendant longtemps, elle garde les yeux rivés sur un magazine de tricot. Enfin, elle repère sur la table un exemplaire de la *Gazette* de vendredi, et elle le prend.

L'histoire de ce qui s'est passé dans l'appartement C4 de la Résidence à Loyers Modérés La Lapinière le soir du mercredi 17 juillet a migré vers le milieu du journal. Elle n'est plus digne de faire la une ; elle est déjà presque inactuelle. Joan apprend que les jeunes suspects ont été arrêtés – l'un des garçons est soupçonné de tentative de meurtre sans préméditation, les deux autres de complicité, et tous les trois sont inculpés pour des faits avérés de cruauté envers les animaux, possession illégale de marijuana et consommation d'alcool avant l'âge légal. Lors des interrogatoires, les autorités ont rapidement obtenu trois déclarations d'aveux cohérentes corroborées par la vidéo qui avait été publiée sur Internet. Deux témoins ont confirmé cette version des faits. Joan comprend que ce genre de cohérence narrative est atypique, presque inouïe. Les garçons seront jugés lors d'un procès au cours duquel ils plaideront coupables. Le journaliste cite un cas similaire ailleurs dans l'Indiana – coups de couteau à l'abdomen, survie, coupables multiples. Dans cette affaire, les criminels étaient inculpés pour un crime de classe 3 : coups et blessures aggravés ayant causé un sérieux risque de mort. Ils ont été condamnés et placés en détention, avec des cautions fixées à vingt-cinq mille dollars payables en intégralité uniquement en liquide. “Le sort de ces garçons, en revanche, écrit le journaliste, dépend de leur intention de tuer.” Certaines questions demeurent. Menace plausible ? Légitime défense ? Qui a commencé ?

D'autres opossums ont été découverts au Wooden Lady. Dans le jacuzzi cette fois. Vivants, cette fois.

Une photo montre le maire Douglas Barrington, l'urbaniste Benjamin Ritter et Maxwell Pinky vêtu d'un costume blanc, tous trois coiffés de casques de chantier, arborant de grands sourires lors d'un abattage d'arbres en grande cérémonie à Chastity Valley. OUVRONS UN CHEMIN VERS L'AVENIR, dit la légende. Cette cérémonie s'est déroulée hier, lançant le programme de revitalisation de la Valley.

Les recherches se poursuivent pour retrouver les responsables de l'attaque du dîner des promoteurs.

"Nous manquons tout simplement d'éléments, a déclaré l'agent Stevens au journaliste. Nous en manquerons peut-être toujours."

— Joan Kowalski ?

Joan lève la tête. Une infirmière tient un porte-bloc ; elle a une moue crispée.

— Pour Blandine Watkins ?

— Oui.

— Suivez-moi.

Elle mène Joan dans un aveuglant couloir vide.

— Je reviens dans une minute, dit-elle en abandonnant Joan devant la porte telle le passeur d'Hadès.

Une puissante odeur de roses emplit la chambre de la jeune fille, bien qu'il n'y ait aucune rose en vue – juste une poignée de trèfles blancs en train de virer au brun sur la table de chevet. La jeune fille est allongée sur le dos, visage tourné vers la fenêtre, nuque vers Joan. Une couverture d'hôpital en coton blanc bordée jusqu'au menton. Joan observe les cheveux lunaires de la jeune fille. Les racines sombres et grasses distordent les dimensions de sa tête, faisant paraître celle-ci, l'espace d'un instant, comme la seule chose présente à l'intérieur de la chambre.

En face du lit, une télévision au son coupé diffuse un chaos de gris : galets, plumes, brindilles et os. Les images sont granuleuses, comme filmées par une caméra de surveillance. Joan met un moment à comprendre ce qu'elle voit. C'est un nid d'oiseau, industrieux et robuste, construit dans une structure de poutres de bois. Plissant les yeux, elle remarque enfin trois oisillons dégingandés dans le chaos, les pattes de la couleur du maïs cru, les serres marron, les yeux à la fois terrifiés et furieux, le visage ourlé de beige, le bec crochu, la bouche tordue en une moue grincheuse, avec des plumes d'adulte sombres jaillissant au hasard de leurs corps de duvet blanc vaporeux. Ils sont vraiment très vilains, et Joan est certaine que ces oiseaux n'étaient pas faits pour être vus dans cet état. En haut à droite de l'écran, on peut lire : *Caméra des faucons de Vacca Vale*. En bas à gauche s'affichent la date et l'heure. Pelotonnés les uns contre les autres, ces jeunes voyous menacés d'extinction sont imposants, maladroits et attentifs. Ces oisillons seront des tueurs un jour prochain, Joan le sait, mais ce ne sera pas leur faute. Pour le moment, ils sont sans défense, à la merci de la créature qui les a amenés là, condamnés à attendre que quelqu'un de plus puissant qu'eux les nourrisse.

Lentement, la tête de Blandine se tourne vers la porte, révélant un visage aussi pâle que les murs, bleui sous les yeux, vert autour de la bouche, avec un trait de sang séché sur un sourcil.

— Susan, dit-elle.

On dirait qu'elle n'a pas parlé depuis des jours.

— Non, Joan. C'est Joan.

Joan serre son parapluie ; elle a peur de la jeune fille à moitié morte qui se trouve devant elle ; elle a peur que la mort soit contagieuse.

— Du lavomatique. Je veux dire, du Clapier. J'habite en dessous de chez vous. Je suis la dame aux… la dame sans mangeoires à oiseaux.

La jeune fille cligne des yeux comme un chat au soleil.

— Joan, dit-elle.

Elles se regardent sans rien dire.

— C'est quoi, ça ? demande Joan en faisant un geste en direction de la télévision.

Blandine met longtemps à répondre, et lorsqu'elle le fait, ses mots lui semblent laborieux. Elle les traîne péniblement dans la chambre comme s'ils étaient des meubles.

— La caméra des faucons. En direct de Ste Hedwige. C'est l'infirmière qui a mis ça.

— Oh. C'est… ils ont l'air si… euh. Mignons.

Entendant ça, la jeune fille plisse le front, visiblement déçue par Joan.

— Comment va la chèvre ? demande Blandine.

— Ah oui, dit Joan, ravie d'avoir quelque chose de positif à offrir. La chèvre ! Elle va très bien ! On l'a emmenée chez le véto. Ils lui ont mis une attelle, donné des médicaments, et elle va bien s'en remettre. Incroyable, non ? Sa blessure n'était pas si grave que ça, apparemment – il semblerait que ça ait à voir avec le fait qu'elle est très jeune et que ses os n'ont pas encore complètement durci ? Ils appellent ça… euh… comment ils appellent ça ? Ah oui, une "fracture en bois vert", si je me souviens bien. Elle devrait être complètement remise d'ici trois semaines. Elle a même été adoptée par un refuge animalier du Michigan. Ouais. Tout le monde en parle. Y a plein de trucs sur elle sur Internet. Des mèmes, vous savez ? Oui… des mèmes. C'est une sacrée vedette, maintenant. Enfin, bon. C'est cool.

Lorsqu'elle avait lu les articles sur cette affaire, Joan avait trouvé pénible l'acharnement laborieux avec lequel le journaliste expliquait tout cela. Comme si la bonne nouvelle concernant le sort de la chèvre constituait une résolution adéquate des événements dans leur ensemble.

Sur le visage de Blandine, un sourire clignote faiblement, gagne en éclat. Joan voit des larmes étinceler dans les yeux injectés de sang de la jeune fille, mais elle se dit que ce n'est qu'un tour que lui joue la lumière.

Il vient à l'esprit de Joan qu'elle aurait dû apporter des fleurs. Ou une corbeille de fruits. Un livre de sudoku ? Qu'est-ce qu'une visiteuse apporte pour réconforter une adolescente qui s'est fait poignarder et qu'elle connaît à peine ? Joan remarque un livre de bibliothèque imposant sur la table de chevet. *Femmes mystiques : anthologie*. Elle reconnaît le livre qu'elle a vu au lavomatique. En l'état actuel des choses, la jeune fille ne semble pas assez forte pour le soulever. Si Joan trouve un moment propice, elle proposera à Blandine de lui en faire la lecture. Elle lui proposera de venir tous les jours. Elle sera une bonne voisine.

L'immobilité paraît contre-nature chez la jeune fille, visiblement vidée de l'énergie frénétique que Joan avait remarquée la première fois qu'elles s'étaient rencontrées. Joan repense à une photo qu'elle a vue jadis : un cheval allongé sur un tapis dans une pièce obscure, en train de regarder la télévision. Lorsque Joan observe la jeune fille dans son lit d'hôpital, elle peut enfin se représenter les endeuillés. Quels commentaires rempliraient le livre d'or du site, se demande Joan, si Blandine était morte ?

Pendant un long moment, les deux femmes s'étudient l'une l'autre.

Joan a envie de dire : moi non plus, je n'ai personne à contacter en cas d'urgence. Elle a envie de dire : je suis heureuse qu'ils ne vous aient pas tuée. Elle a envie de dire : je suis désolée pour toutes les fois où j'ai pris alors que j'aurais pu donner.

— Vous êtes réveillée, dit-elle de façon incongrue en lieu et place de tout ça.

Un éclair de lumière singulier frémit dans toute la chambre.

— Oui, répond Blandine. Et vous ?

REMERCIEMENTS

Entre le moment où j'ai commencé à travailler sur ce roman et sa publication, un nombre incalculable de gens ont œuvré à améliorer *Écoutez-moi jusqu'à la fin* et à lui faire trouver son lectorat. Les mots peinent à décrire l'immensité d'un tel cadeau ; la gratitude que je me suis efforcée d'exprimer ci-dessous ne représente qu'une fraction de ce tout.

Duvall Osteen, mon formidable agent littéraire, a été ma guide et mon alliée depuis le début. Elle a fait sortir ce livre de mon ordinateur pour le porter au monde avec compétence, générosité et verve. Je suis reconnaissante à toute l'équipe d'Aragi Inc. de m'avoir si bien accueillie et soutenue.

Mon éditeur, John Freeman, possède cette rare trinité que forment le génie, l'éthique du travail et l'intégrité. Il a aidé *Écoutez-moi jusqu'à la fin* à devenir lui-même en le poussant dans ses retranchements avec une humilité d'une profondeur qui continue à m'émouvoir. Je remercie John et Duvall d'avoir compris – sans jamais chercher à la domestiquer – la folie de ce roman, et pour avoir instillé une telle joie dans mon premier parcours de publication.

Knopf est le meilleur foyer littéraire qu'on puisse imaginer, et je remercie tous les membres de l'équipe pour le temps et l'énergie qu'ils ont consacrés à ce livre.

Je remercie mes agents littéraires à l'étranger : Jemma McDonagh, Camilla Ferrier et Caspian Dennis. Je suis immensément reconnaissante à toutes les équipes des Éditions Gallmeister, Guanda, Kiepenheuer & Witsch, et Oneworld Publications.

Mes professeurs d'écriture à l'université de Notre-Dame ont déraciné mes préjugés littéraires pour planter à leur place de bien meilleures idées. Je remercie Joyelle McSweeney, Orlando Menes, Steve Tomasula et Anne García-Romero. Je chérissais leur générosité en tant qu'étudiante de premier cycle et continue à la chérir aujourd'hui.

Je remercie mes professeurs de NYU qui m'ont aiguillonnée, soutenue et même parfois embauchée. Deborah Landau anime la communauté littéraire qui a enrichi ma vie à tout jamais. Rick Moody a été mon directeur de thèse durant les étapes d'écriture les plus formatrices pour *Écoutez-moi jusqu'à la fin* ; ses commentaires, ses listes de lecture et sa vaste sagesse furent cruciaux dans le développement de ce roman. Je n'aurais pas pu obtenir mon Master of Fine Arts sans les personnes qui financent la bourse d'études Lilian Vernon. Les enseignements de Rivka Galchen, Nathan Englander, David Lipsky et Yusef Komunyakaa continuent à me guider. Jonathan Safran Foer m'a apporté un soutien inestimable au fil des ans, et je lui suis particulièrement reconnaissante d'avoir très tôt plaidé la cause de ce livre.

Mes camarades du Master of Fine Arts ont incroyablement accru la force de ce roman et de son autrice. Je remercie particulièrement Crystal Powell, Francine

Shahbaz, Lindsey Skillen, Jacquelyn Stolos, Jordan Tucker et Lynn Pane.

Ma gratitude va à mes très chers séraphins de New York, dont l'intelligence, l'amitié et les discussions de groupe continuent à me nourrir : Steph Arditte, Tess Crain, Laura Cresté, Alyx Cullen, Emma Hine, Sophie Netanel et Torrey Smith. J'adresse des remerciements suprêmes à Kate Doyle, la fondatrice de cet atelier, qui crée des communautés littéraires importantes partout où elle va. Je n'aurais jamais soumis ce roman à des agents sans les encouragements de Kate.

Pour leur amitié, je remercie Sarah Young, Christian Coppa, Ale Coccia, Brittanie Black, Grace et Jonathan Franklin, Stephanie et Jason Pham, et tous les Andrew.

J'ai esquissé les premières ébauches d'*Écoutez-moi jusqu'à la fin* dans Prospect Park, et mon amour pour ce sanctuaire public a clairement nourri la dévotion que Blandine éprouve à l'égard de la Valley ; je remercie la Prospect Park Alliance pour le soin avec lequel elle s'occupe de ce parc.

Je suis reconnaissante au-delà des mots à mes parents et à mes frères, qui ont nourri mon amour de la lecture et de l'écriture depuis que je suis petite. Ma mère, la plus grande professeure d'art de la planète, nous a appris que la créativité a besoin de désordre, d'erreurs et d'amour. Mon père nous faisait la lecture tous les soirs et retranscrivait patiemment mes histoires quand je ne savais pas encore écrire. Mes deux parents ont passé d'innombrables heures avec nous à la bibliothèque publique. Ils m'ont encouragée dans la rédaction de mes premières fictions, et ont continué à me soutenir lorsque j'ai fait le choix statistiquement malavisé de faire de l'écriture mon métier. Ben m'a offert des commentaires brillants sur mes brouillons, des conseils de lecture instructifs, des analyses littéraires lumineuses, et même une playlist spéciale pour ce livre. Je remercie Joshua pour sa poésie, pour sa musique et pour avoir façonné sa vie comme il l'entend. Je remercie Nick pour sa musique, pour son art graphique, et parce qu'il est mon premier ami en ce monde. Nick a élevé les illustrations de Todd à un niveau bien supérieur à ma vision originelle – je ne puis imaginer collaboration plus harmonieuse.

J'éprouve une gratitude infinie à l'égard d'Andrew Krizman. J'ai passé cinq années difficiles à écrire ce roman ; le respect créateur d'Andrew pour mon travail et la confiance qu'il avait dans mon œuvre ont été mon principal carburant du début à la fin. Il a gardé sa foi en moi-même quand moi je la perdais.

Enfin, je remercie toutes les lectrices et tous les lecteurs pour avoir achevé ce que j'ai commencé.

RÉFÉRENCES

La première épigraphe est tirée du documentaire de Michael Moore de 1989 *Roger & moi (Roger & Me)*.

La seconde épigraphe est tirée de *Selected Writings : Hildegard of Bingen*, traduit par Mark Atherton, Londres, Penguin, 2001. La plupart des citations d'Hildegarde reproduites dans *Écoutez-moi jusqu'à la fin* sont tirées de ce volume.

En l'absence d'un recueil totalement équivalent en français, et parce que c'est la musique des citations trouvées dans cette édition de Mark Atherton qu'a entendue l'autrice et qui l'a séduite et/ou influencée, ce sont ces mêmes citations qui ont été traduites en français depuis l'anglais.

Cependant, si l'on souhaite se référer à l'œuvre d'Hildegarde de Bingen directement traduite en français, voir :

– *Scivias*, Éditions du Cerf, 1996, notamment : I, 2, 28 ; I, 3 ; I, 4, 20-21 ; II, 1 ; II, 1, 14 ; II, 5, 29 ; III, 13, 9 ;

– *Le livre des œuvres divines*, Albin Michel, 1982 ;

– *Lettres* (d'Hildegarde de Bingen), R. Lenuir (éd.), J. Millon, 2007 ;

– *Les Causes et les remèdes*, J. Millon, 2015 ;

Dans “La Vie après la mort”, Blandine cite *La Pesanteur et la grâce*, de Simone Weil, nouvelle édition, Plon, 2019.

Dans “Le Cercle en expansion”, Moses évoque l'expérience de pensée de 1997 du philosophe moral Peter Singer “The Drowning Child and the Expanding Circle”*. (Je ne partage pas l'attitude venimeuse de Moses vis-à-vis de cet article et de son auteur.)

“Variables” s'inspire de questions d'examens du site collegeboard.org. Il cite également brièvement *The Wasteland* (*La Terre vaine*) de T.S. Eliot**. Une version de “Variables” a été publiée dans le 150e numéro de *The Iowa Review*.

“Pearl” présente une femme fictive qui est inspirée de la vraie Rose Marie Bentley (1918-2017). Comme Pearl, Bentley a possédé un magasin d'animaux domestiques et est morte de causes naturelles à l'âge de quatre-vingt-dix-neuf ans, sans jamais avoir reçu de diagnostic de situs inversus avec lévocardie de son vivant. Bentley avait fait don de son corps à un centre hospitalier universitaire, où des étudiants en anatomie ont découvert son problème.

* “L'Enfant qui se noie et le cercle en expansion”. Cet article ne semble pas avoir été traduit en français. Peter Singer évoque également cette expérience de pensée dans un article intitulé “Famine, Affluence, and Morality”, traduit en français par Fanny Verrax : “Famine, richesse et moralité”, https://www.utilitarianism.com/peter-singer/index.html.

** La traduction que nous citons alors est celle de Pierre Leyris. *Cf.* la note de bas de page, p. 200.

Les photographies d'Al Quig de notre ville d'adoption, South Bend, ont inspiré de nombreuses images décrites dans "Pearl".

"Et Maintenant, Tous ensemble" cite le chapitre XXIX de *Vie écrite par elle-même*, de Thérèse d'Avila*.

"Virale" cite les règles sur les contenus de YouTube.

Mon frère Nicholas Gunty, musicien et artiste plastique, a créé les illustrations qui figurent dans ce roman.

** Le traducteur a utilisé la traduction d'Arnaud Dandilly en accès libre sur Internet (http://livres-mystiques.com/partieTEXTES/Avila/table.html), en l'adaptant parfois légèrement quand elle semblait atténuer les connotations sexuelles du texte que Tess Gunty cite en anglais.

DERNIÈRES PARUTIONS

Doug Peacock, *Itinéraire d'un éco-guerrier*
Peter Farris, *Le Présage*
Henning Ahrens, *Les Péchés des pères*
Andy Davidson, *La Fille du batelier*
Jennifer Haigh, *Mercy Street*
William Boyle, *Éteindre la Lune*
Cedar Bowers, *Astra*
John Gierach, *Debout dans la rivière*
James Crumley, *La Contrée finale*
Craig Johnson, *Le Cœur de l'hiver*
Paul Tremblay, *Le Chant des survivants*
Barry Lopez, *À ciel ouvert*
Lizzie Pook, *La Fille du pêcheur de perles*
Andrew J. Graff, *Le Radeau des étoiles*
Piergiorgio Pulixi, *L'Illusion du mal*
Joe Wilkins, *La Montagne et les pères*
Tiffany McDaniel, *L'été où tout a fondu*
Larry McMurtry, *Adieu Cheyenne*
Peter Swanson, *Chaque serment que tu brises*
Jake Hinkson, *Rattrape-le !*
Gregory Brown, *Les Jours sombres*
Jenny Lund Madsen, *Trente Jours d'obscurité*
Aldo Leopold, *Almanach d'un comté des sables*
Chris Offutt, *Les Gens des collines*
Giulia Caminito, *L'eau du lac n'est jamais douce*
Todd Robinson, *Les Morts de Riverford*
JoAnne Tompkins, *Ce qui vient après*
Christina Sweeney-Baird, *La Fin des hommes*
Larry Watson, *L'Un des nôtres*
Elliot Ackerman et James Stavridis, *2034*
Ellen G. Simensen, *La Vertu du mensonge*
Phil Klay, *Les Missionnaires*
Pete Fromm, *Le Lac de nulle part*

CET OUVRAGE A ÉTÉ COMPOSÉ PAR ATLANT'COMMUNICATION (VENDÉE)

ACHEVÉ D'IMPRIMER EN JANVIER 2023 SUR LES PRESSES
DE NORMANDIE ROTO IMPRESSION S.A.S., 61250 LONRAI
POUR LE COMPTE DES ÉDITIONS GALLMEISTER
13, RUE DE NESLE, 75006 PARIS

IMPRIMÉ EN FRANCE

IMPRIM'VERT

DÉPÔT LÉGAL : MARS 2023
N° D'IMPRESSION : 2206689